T0018013

BESTSELLER

Isabel San Sebastián (Chile, 1959) es periodista todoterreno. Ha trabajado en prensa (*ABC*, *El Mundo*), radio (Cadena SER, Onda Cero, RNE, COPE, esRadio) y televisión (TVE, Antena 3, Telecinco, Telemadrid y 13TV), actividades a las que roba tiempo para dedicarse a su pasión: escribir. Autora de diversos ensayos, ha publicado *La visigoda* (2006, Ganadora del Premio Ciudad de Cartagena 2007), *Astur* (2008), *Imperator* (2010), *Un reino lejano* (2012), *La mujer del diplomático* (2014), *Lo último que verán tus ojos* (2016) y *La peregrina* (2018). Todas ellas han gozado de gran éxito y ya superan los 400.000 ejemplares vendidos.

Biblioteca
ISABEL SAN SEBASTIÁN

La visigoda

DEBOLS!LLO

Papel certificado por el Forest Stewardship Council®

MIXTO
Papel procedente de
fuentes responsables
FSC® C117695

Penguin
Random House
Grupo Editorial

Primera edición en Debolsillo: noviembre de 2020
Primera reimpresión: febrero de 2021

Printed in Spain – Impreso en España

ISBN: 978-84-663-5393-9
Depósito legal: B-11.657-2020

Compuesto en M. I. Maquetación, S. L.

Impreso en Black Print CPI Ibérica
Sant Andreu de la Barca (Barcelona)

P 3 5 3 9 3 A

A Fernando, «Mingolo», que remó bien
y ya está en la otra orilla

I

Arrancada del castro

Llegaron al castro una tarde de vientos preñados de lluvia, en el tiempo de la fruta dulce que dobla las ramas de los manzanos. Eran ocho hombres armados, a lomos de monturas asturconas, que traían consigo un carro tirado por mulas. La niebla les permitió acercarse prácticamente hasta las puertas antes de que el vigía de la torre sur pudiera dar la voz de alarma, pero en cuanto lo hizo un gentío de chiquillos se arremolinó junto a la muralla, para observar de cerca a esos caballeros grises cuya visita se repetía, inexorable, año tras año. Todos sabíamos que estaban cerca. Lo habían anunciado las hogueras encendidas en lo alto de las cumbres situadas a occidente, con el fin de urgirnos, en un lenguaje que solo nosotros descifraríamos, a que escondiéramos de sus garras las mayores reservas posibles. Les aguardábamos con temor resignado, como se espera la galerna cuando el cielo tiñe de negro las aguas del mar del norte.

Ha pasado tanto tiempo desde entonces... Hoy no puedo recordar lo que las monjas que me atienden guisaron ayer a mediodía, pero soy capaz de recrear en mi recuerdo cada detalle de la aventura que comenzó aquel atardecer brumoso de hace setenta y tres años, en una aldea perdida de Asturias.

¿Por qué habrá querido Dios todopoderoso que en mi vida, que ya se apaga, llegara a ver lo que he visto? He sido cautiva en tierra de moros y perseguida en mi propia casa. He sobrevivido a innumerables peligros. Ante mis ojos han muerto tantos hombres que sus rostros se mezclan en mis pesadillas, unas veces maldiciendo y otras llamando a sus madres. He parido hijos para verlos marchar. He conocido el goce y también el desamor, como una puñalada cruel. He servido a un rey grande entre los grandes. He ayudado a construir un reino. No estaré aquí cuando mis nietos y sus nietos culminen la reconquista de la tierra cristiana que les fue arrebatada a mis antepasados, pero creo que descansaré en paz. Hice lo que debía, me esforcé cuanto pude y ni un solo día perdí la esperanza.

—¡Alana! Corre a casa y avisa a tu madre de que el recaudador del rey ya está aquí.

—Pero, padre... —protesté.

Una mirada suya bastó para que yo abandonara a regañadientes la posición de primera línea que había conquistado en lo alto del camino y enfilara la cuesta empedrada que conducía a mi hogar: una construcción circular de piedra, sin ventanas, como todas las del poblado, edificada mucho antes de que los primeros invasores hollaran la tierra de los astures, destruida siglos después por los guerreros romanos y levantada de nuevo en época de los abuelos de mis abuelos para acoger a los supervivientes de la devastación que arrasó la tierra cuando la noche de los bárbaros cayó sobre nosotros. Allí arriba, entre aquellos muros protectores y al abrigo de esas callejuelas por las que únicamente podía transitarse a pie, uno se sentía más tranquilo que en los valles abiertos, escenario de ataques y saqueos constantes a la población campesina.

Era la mía una de las viviendas más espaciosas, sólidas y bien situadas, próxima a las fortificaciones de la zona elevada, ajena a inundaciones y alejada de la fetidez de los corrales. Dividida en dos plantas por un piso de madera de castaño, conservaba en invierno el calor de la lumbre, repelía la humedad del verano y nos permitía mantener la despensa fuera del alcance de ratones o pajarracos ávidos de comerse nuestro grano. A mí me parecía un fortín; un castillo de los que vería tiempo después durante mis viajes, digno de la más alta princesa y seguro ante cualquier peligro. Porque el castro, pensaba yo, con su corazón de pizarra, había de tener una vida indestructible.

—¡Alana, date prisa!

La voz de mi padre resonaba como un trueno. Todos temían en la aldea al gigante rubio Ickila, veterano de las guerras de Alfonso el Cántabro, que incluso anciano y despojado de armadura mantenía el aspecto feroz que le había convertido en una leyenda viva. De estirpe goda, al igual que el Rey Magno, había cabalgado junto a él por los campos de media Hispania y sobrevivido a mil batallas frente a los sarracenos que la ocupaban, antes de recalar en esta aldea remota de la Asturias trasmontana, colgada de un altozano no muy lejos del Cantábrico. Su cuerpo, cosido a orgullosas cicatrices, daba fe de cada escaramuza librada contra el moro invasor, o contra los señores alaveses, vascones, cántabros y gallegos reacios a acatar la autoridad de su soberano.

Durante las noches de invierno, cuando el ulular del viento invitaba a la conversación como conjuro contra el espanto, el viejo luchador derrotado por la edad solía sentarse frente al fuego, en el centro de la estancia, y desgranar el recuerdo de cada uno de esos combates, de cada plaza conquistada al enemigo, desde Lucus a Salmántica y desde Secobia a Legio, Amaia o Asturica Augusta; de cada caldeo degollado a conciencia, de cada victoria celebrada con ruido, cánticos y abundante cerveza. De aquellos días de gloria previos a la usurpación del trono por los monarcas que renunciaron a dar batalla.

—Si hubierais visto a Alfonso blandir su espada reluciente al sol, al frente de cien jinetes lanzados a la carga, a galope tendido, aullando como demonios y ávidos de derramar la sangre de esos paganos... Aquello eran hombres. Buenos cristianos. Luchaban con valor contra las huestes de Alá y levantaban iglesias para honrar al Salvador. Ahora solo quedan holgazanes que nos arrastran a todos en su deshonor.

Así decía mi padre, humillado en sus últimos días, mientras apretaba los puños y le preguntaba al Cielo por qué el verdadero Dios consentía semejante infamia. Yo era todavía joven para comprender esa palabra o situar los lugares mencionados en un mapa que reducía la geografía a los valles que rodeaban mi castro, pero escuchaba embelesada aquellas historias de honor, anhelando haber nacido varón para poder empuñar la espada y liberar Asturias de sus cadenas musulmanas. Fantaseaba a toda hora con aventuras gloriosas que me tendrían por protagonista. Y también aquel día alimentaban mi imaginación los sueños vengativos de Ickila, mientras me dirigía a casa para cumplir el mandato que se me había encomendado.

—¡Madre, madre! Padre me manda decirle que el recaudador del rey ha llegado.

—Ve a la fresquera, saca el mejor queso, dispón mantequilla en un plato y llena una jarra de sidra. Coloca también en la fuente un cuenco de sal, pero desmenúzala antes, no sea que aparezca rojiza en vez de blanca. Luego prepara las copas, parte el pan de mijo y pon agua a calentar para que puedan lavarse esos hombres, que traerán en manos y pies todo el polvo del camino. Apresúrate, enciende la lumbre de la casa de juntas y, cuando hayas acabado, regresa aquí para ayudarme. Debo terminar lo que estoy haciendo antes de que se reúna el Consejo.

Por su tono, estaba nerviosa. La había sorprendido en la preparación de alguna clase de ungüento curativo, mezclando líquidos con hierbas en el mortero, mientras musitaba palabras en una lengua antigua que yo comprendía solo a medias. Su gesto contrariado evidenciaba que algo le había estropeado con esa irrupción precipitada, pero nadie que no la conociera tanto como yo habría podido decir que Huma alteraba el semblante. Menuda de estatura para ese cuerpo nervudo, blanquísima de piel, su rostro ovalado, de facciones marcadas, apenas era visible entre las hebras de una cabellera oscura que llevaba siempre suelta, según la costumbre de su pueblo. Ella era hija de estos bosques, llevaba en las venas sangre de una nobleza anterior a la de su esposo y conocía los secretos de la Madre Luna. Sabía el modo de sanar fiebres, aliviar dolores y conjurar a las deidades ancestrales para que el rayo no dañara las cosechas o la enfermedad respetara a los ganados que nos alimentaban. La mujer que me dio la vida era fuerte como el roble y flexible como el helecho que se pliega al viento. Por eso intuía que el tiempo de esos saberes pertenecía al pasado y que debían practicarse en secreto, lejos de miradas hostiles dispuestas a dar curso a la envidia.

—Cuando recites las palabras sagradas —me repetía siempre que estábamos en la faena de culminar alguna cocción del amplio elenco que me enseñó—, asegúrate siempre de estar sola. Ya sabes que en el castro no todos son como nosotros ni entenderían lo que hacemos. La ignorancia y la superstición son hermanas gemelas, hijas del miedo y madres de la incomprensión. Los que llegaron con Ickila —así se refería a él cuando quería marcar las distancias— cruzando los pasos montañosos practican otros ritos y adoran a otros dioses. Sus sacerdotes les prohíben invocar a los nuestros y, por respeto a tu padre y a la comunidad que representa, hemos de ser discretas. Es lo más sensato, Alana. No olvides nunca lo que te digo.

Sus oraciones se elevaban siempre al cielo silenciosas, sin que supiéramos a quién las dirigía. Sus pensamientos rara vez se convertían en palabras, si no era para resolver algún problema concreto. Más que conocerla o escucharla, era preciso adivinar sus sentimientos, hondos y limpios como la raíz del haya.

Ahora que el tiempo ha teñido de blanco mi cabello y tengo el rostro surcado de arrugas, sé con certeza que aquella mujer a cuyos pechos me alimenté marcó mi existencia como nadie. Estuvo más cerca de mí de lo que yo jamás he estado de mis hijas, me regaló lo mejor de su conocimiento y me transmitió toda su alegría sobria, aunque casi nunca cantara y no tuviera tiempo de danzar, como tantas veces he hecho yo con mis pequeñas a lo largo de su infancia.

Era la dueña, por herencia, de la casa en que vivíamos, pero jamás la oí reivindicar derecho de propiedad alguno a un marido al que había escogido libremente, sin que mediara en ello dote o compromiso familiar, y al que amaba con lealtad a su manera fría. Se habían conocido a una edad avanzada, después de que Ickila recalara en el poblado al frente de una columna de refugiados cristianos procedentes de los Campos Góticos devastados por el Rey Cántabro. Él debió de prendarse de ella por la belleza salvaje que emanaba de su cuerpo ágil y su espíritu libre. Ella encontró en él al hombre seguro de sí, capaz de aceptarla por compañera. Su pasión no se extinguió jamás, a juzgar por los gemidos que arrullaban mi sueño desde la cama donde dormían bajo la techumbre de nuestro hogar, pero no dio más frutos que mi persona. Cuando vine al mundo, mi padre estuvo a su lado y rechazó acostarse en el lecho ensangrentado, como manda la tradición astur, aunque ella habría aceptado de buen grado cederle a su hombre ese puesto. Otra criatura murió al poco tiempo de nacer, tras perder madre la leche con que amamantarla, y ella se las arregló para no traer más hijos a este valle de lágrimas. A mí nunca me acarició, aunque siempre me sentí querida por su mirada verde y profunda. La recuerdo hoy, cuando arrastro muchos más años de los que tenía ella entonces, vestida con su túnica bordada de flores coloreadas y sentada en círculo junto a mi padre, con la espalda muy erguida, en la amplia habitación que acogía las reuniones de notables de la aldea cada vez que la importancia de la ocasión lo aconsejaba. Siempre la veré joven y hermosa, desafiando con su dignidad al portador del estandarte de Mauregato cuya visita había congregado esa asamblea.

—Que hable el recaudador del rey, que presente los títulos de su mandato y que exponga lo que haya venido a decir —proclamó solemnemente el miembro más anciano del Consejo, dando con ello comienzo a la junta extraordinaria.

—Me llamo Vitulo, traigo un documento rubricado por el soberano y que lleva su sello —dijo mientras exhibía un pergamino escrito con letra pequeña muy prieta, ilegible para todos los allí presentes—. He venido a recaudar los tributos imputables a esta comunidad. Mis hombres registrarán vuestros hórreos, despensas de conservas y establos, para comprobar la riqueza de la aldea. Nos llevaremos un cuarto de lo que hallemos. Tres quintas partes para el pago de la jaray, que garantiza la paz con los mahometanos del sur, y dos quintos para el rey, que os tiene bajo su protección. Dad gracias al soberano que con su sabiduría ha alejado la guerra de estas tierras y mantiene lazos de amistad con los poderosos guerreros de Alá. Reconoced su prudencia, fuente de prosperidad para todos los súbditos del reino. Aquellos de vosotros sujetos por hacienda y fortuna al diezmo llamado yizia, también deberán entregármelo en oro, plata o pieles finas bien curtidas. Os dejaremos a todos vuestros esclavos, ya que los necesitáis para desbrozar nuevas tierras y despejar prados. No os atreváis a ocultar nada de lo debido a vuestro señor. Si alguno de vosotros intentara burlarnos o apartar algún fruto para sí, lo pagaríais todos y lo pagaríais caro. La justicia del rey es implacable y su brazo, largo; no lo olvidéis.

Desde la puerta, oculta tras la cortina, mientras esperaba una orden de mis mayores para entrar con la bandeja de las viandas, escuchaba las palabras de ese hombre de aspecto extraño. Era alto, delgado, con la piel salpicada de manchas blancuzcas, enfermizas, la cara surcada por una cicatriz reciente que iba de la boca hasta la oreja, y con una cabellera crespa, entre castaña clara y rojiza. Vestía una túnica corta de un color muy parecido y llevaba la espada ceñida al cinto, en una vaina de cuero con ribetes de cobre. Agitaba mucho los brazos al hablar, se paseaba de un sitio a otro por la amplia estancia, señalando de cuando en cuando a alguno de los presentes en actitud amenazante, y desgranaba su discurso despacio, con una media sonrisa en esa boca sin labios, de culebra, como si disfrutara atemorizando a un grupo de seres desarmados, incapaces de oponer la menor resistencia a un legado real acompañado de su guardia.

Me produjo hostilidad nada más verle, hasta el punto de desear huir de allí. Mas solo fue una idea fugaz. Se me había ordenado cumplir una tarea y desde la cuna sabía que mi obligación era obedecer. Aguardé, pues, pacientemente, hasta que escuché cómo Ickila proponía a su huésped algún alimento o bebida fermentada. Con la frente bien alta y la mirada impenetrable aprendida de mi madre, me dirigí con mi ofrenda directamente al extraño. Él me miró durante un rato largo, acercó su mano húmeda hasta mi mejilla y se dirigió a mi padre.

—¿Quién es esta sirvienta?

—Mi hija, señor. Es un honor para ella servirte con sus propias manos.

—¿Es hija de tu linaje?

—De mi propia sangre.

—Y su madre es una princesa astur, ¿no es así?

—Heredé de la mía la jefatura del clan que antaño construyó este castro, señor —respondió con sencillez Huma.

—Excelente. Esto que me decís constituye una magnífica noticia, porque este año no habíamos logrado reunir totalmente el grupo de cincuenta doncellas nobles y otras tantas plebeyas que nos exige el emir de Corduba para completar el tributo que hemos venido a recaudar. Ella redondeará la cifra. ¿Cómo te llamas, muchacha? —se dirigió a mí.

—Alana —contesté sin comprender muy bien el significado de lo que acababa de decir.

—Dentro de poco podrás utilizar esas preciosas manos para algo más importante que servir sidra. Tu hija, Ickila —prosiguió mirando a mi padre—, es la criatura más hermosa que jamás he visto. Su destino no está en este castro perdido. Mauregato se complacerá en enviársela al emir de Corduba como parte del cupo de vírgenes pactado, y seguro que no yerro al aventurar que será escogida por el mismísimo Abd al-Rahman para sumarla al harén de sus favoritas. En caso de que el viejo ya no se excite ante semejante obsequio —musitó bajando el tono y torciendo el gesto en una mueca obscena— podrá premiar con ella a alguno de sus capitanes, quien de seguro no le hará ascos.

—Pero, Vitulo, es todavía una niña, acaba de cumplir dieciséis años. Es nuestra única hija y, además, está ya prometida en matrimonio...

—Gran señor —terció madre tragándose el orgullo—, llevaos todo nuestro grano, llevaos nuestro ganado y a nuestros esclavos, llevaos nuestra vida misma, si así os place, pero dejadla a ella. No sabría cómo complacer a un hombre y menos a alguien tan sobresaliente como un emir. Es tan joven...

—Pues te queda poco tiempo para instruirla —se mofó él—. Aparenta más edad de la que tiene, ya lo creo. Es alta, para lo que se suele ver por aquí, sus carnes están bien prietas y esas caderas anchas harán de ella una excelente paridora. Por no hablar de ese rostro inocente, capaz de volver loco a cualquiera —añadió el recaudador mientras me desnudaba con la mirada, haciéndome enrojecer de vergüenza y de humillación—. ¿Es todavía doncella?

Ni madre, sumida en un mutismo sombrío, ni padre, súbitamente empequeñecido, respondieron a la pregunta, aunque su silencio resultó más elocuente que cualquier confirmación.

—Sea pues —sentenció él, acercando a mi cabeza sus manos enormes, recorridas igualmente por borrones blanquecinos de aspecto ominoso—. Esa melena rubia, esos ojos azules y esa piel que no ha marchitado el sol harán las delicias del caudillo sarraceno. ¡Hasta se ruboriza con gracia! Es exactamente el tipo de belleza que cautiva a los hombres del desierto, y no andan sobrados de mujeres así. Además, lleva sangre noble por sus dos linajes, lo que de seguro complacerá al emir y apaciguará su ira. Confío en que su educación esté a la altura de las circunstancias. Podría incluso llegar a casarse con algún potentado andalusí, ya que el rey se complace en cultivar la buena armonía con nuestros vecinos proporcionándoles jóvenes adecuadas para darles hijos en calidad de esposas legítimas. Aquí las tenemos en abundancia —rio soez, mostrando una dentadura grisácea— y ellos han cruzado el mar solos, sin hembra que les caliente el jergón y el puchero. Tu hija —dijo sonriendo a padre— está llamada a un destino elevado. Lo más probable es que sea admirada y agasajada en un palacio cuyo lujo no podéis ni imaginar. Vivirá en la opulencia y servirá de ofrenda para garantizar la paz de los súbditos del rey. El sacrificio que se te pide es insignificante en comparación con la empresa en la que participará la muchacha. Prepárala para el viaje, pues en cuanto completemos nuestra carga marchará con nosotros hacia su nueva vida.

Aquella fue noche de despedidas. Los tres sabíamos que no tenía escapatoria, pues todo el poblado era rehén de los soldados de Vitulo. De haber intentado huir a buscar refugio en el bosque, habrían incendiado el castro después de encerrar en las casas a todos sus habitantes. Madre y padre me explicaron que esas gentes campesinas sabían bien lo que era agachar el testuz y llevaban generaciones acatando la voluntad de sus amos. La ley decía que eran libres y dueños de sus presuras, mas su existencia apenas difería de la de los siervos que dormían junto a las bestias en los establos adosados a la muralla: trabajo, sudor y hambre en los años de heladas con malas cosechas, tanto los hombres como las mujeres. Parir hijos para verlos morir, pagar los impuestos establecidos y rezar suplicando que el castro quedara libre de las devastadoras aceifas de los berberiscos que tiempo atrás arrasaran la cercana Gallecia. La palabra «rebelión» no estaba en su vocabulario. No nos quedaba más alternativa que cumplir la orden recibida.

Desde muy chica me enseñaron a tragarme el llanto. Era un desahogo inútil y desacostumbrado en mi entorno, pero en los últimos instantes que pasé con mis padres más de una lágrima se perdió entre mis mejillas y sus regazos. Él me dio su bendición con su vozarrón ronco, maldiciendo al mismo tiempo el nombre de Mauregato, mientras ella cosía en el dobladillo de mi túnica unas raspaduras de oro, conservadas celosamente, de generación en generación, desde tiempos inmemoriales. También se despidió de mí con palabras dulces de su lengua vieja, acompañadas de gestos con los que parecía invocar la protección de alguna entidad desconocida sobre las distintas partes de mi cuerpo. Tocó con manos firmes mi cabeza, mi pecho, mis caderas y mis pies, desgranando una plegaria cuyos sonidos se repetían una y otra vez.

—Guárdate de las fuentes donde habitan las xanas y dales siempre lo suyo al fuego y al agua —me recordó, evocando las enseñanzas que tantas veces había repetido mientras ofrendaba un puñado de harina a la lumbre o un trozo de pan al pozo—. Reza con devoción tus oraciones y, cuando estés perdida, necesitada de guía, busca los lugares donde las grandes piedras reciben la luz del sol y de la luna. Allá habitan los espíritus de mis antepasados, fundidos hoy con la fe en Cristo de tu padre, que ha levantado iglesias junto a esos mismos santuarios. Son polos mágicos, poderosos, que te traerán de nuevo a casa. Confía en mí y no desesperes. Aunque te parezca que la noche cae sobre ti sin que se anuncie la aurora, pronto llegará el día de tu regreso a estos valles que son tu heredad sagrada. Volverás, te lo prometo.

Me abrazó como pocas veces había hecho y sentí toda su fuerza traspasarme la piel y penetrar hasta lo más profundo de mi alma. Sentí su calor, que nunca me ha abandonado, y grabé a fuego en mi memoria la imagen de ese instante mágico en el que me transmitía su herencia más valiosa. La que su madre y la madre de su madre habían recibido de sus abuelas. La que convertía a las mujeres de nuestra estirpe en guerreras feroces en el campo de batalla, esposas ardientes en el lecho y madres capaces de matar o morir por defender a sus hijos. La esencia de un pueblo llamado a desaparecer para dar vida a una nación recién gestada.

—¡En marcha! Paso ligero hacia levante antes de que el cielo empiece a descargar toda el agua que arrastran esas nubes.

Satisfecho, descansado tras una noche de sueño profundo en colchón de lana, Vitulo dio la orden de partir. Uno de los carros, arrastrado hasta las puertas del castro, había sido llenado con grano de escanda y mijo, algo de avena, siempre escasa, y aún menos cebada. Junto al cereal, se habían amontonado varios sacos de castañas, avellanas, nueces y bellotas de roble, algunas vasijas de conservas de ciruela y de mantequilla, un montículo de manzanas verdes y unas tres docenas de quesos de vaca y cabra. También había algo de carne y pescado en salazón, patas de jamón, tarros de miel, más ciruelas secas, lana apilada en ovillos y una buena carga del excelente lino de nuestros campos, que serviría para tejer los vestidos de la corte. Seguramente pasarían hambre los habitantes de la aldea después del expolio sufrido, lo cual no parecía inquietar la conciencia del recaudador, visiblemente satisfecho por la eficacia de su embajada. El rey premiaría su diligencia con nuevas prebendas y alguna parte del botín, suficiente para alimentar y comprar muchas bocas.

—¡Arre! —rasgó el aire la voz del carretero.

No me atreví a mirar atrás mientras traspasaba los portones de mi poblado fortificado. Temía romper a llorar al contemplar por última vez las calles familiares, y me había propuesto resistir con valor aquel trance. En todo caso, ya no me quedaba llanto que derramar. El alma se me había roto al decir adiós a los padres que me criaron. Todo mi pasado yacía ahora en aquel carro maldito, encerrado en un cofre de madera basta que contenía una túnica de lana oscura con cenefas de colores, dos camisas de lino, un manto largo con capucha forrado de piel de nutria, último obsequio de mi madre, dos pares de calzas que yo misma había tejido y unas albarcas de repuesto. Ese era todo el equipaje para mi nueva vida, hacia la que puse rumbo el último día del noveno mes del año 787 de Nuestro Señor.

Partimos, de buena mañana, rumbo a la costa que seguiríamos en dirección a donde nace el sol. El camino bordeaba la muralla del castro y se adentraba en un valle estrecho, cerrado por cumbres infranqueables, antes de girar a la izquierda y abrirse a los campos despejados por el trabajo del ser humano. Generaciones de hombres y mujeres, libres y esclavos, habían luchado contra el bosque y la maleza para desbrozar terrenos de cultivo y conquistar prados donde apacentar el ganado. ¡Tantas veces me lo habían contado con el fin de enseñarme a valorar, amar y defender aquellos campos! Algunos eran hijos de estos montes y otros habían llegado aquí a lo largo de los años, huyendo de la guerra, en busca de protección y seguridad para sus familias. Juntos, paganos y cristianos, vivían, labraban y, cuando era menester, empuñaban las armas para defender el Reino. Habían ganado con su esfuerzo cada palmo de aquella tierra áspera, aunque fértil, hasta dominar un paisaje que yo ya conocí salpicado de laderas verdes, sembrado de frutales y recorrido por caminos que enlazaban la aldea con las granjas dispersas aquí y allá, no muy lejos del amparo de los viejos muros de piedra. Precisamente al final de ese sendero, en el cruce con la vía empedrada, había acampado el resto de la comitiva, a la espera de nuestro grupo. Allí aguardaban otros cuatro hombres de armas a cargo de un carro igual al nuestro, en cuyo interior viajaban dos muchachas de mi edad, abocadas al mismo destino.

—Yo soy Eliace —se presentó la que parecía más entera y podría haber sido mi hermana, a juzgar por su fisonomía—. Ella es Guntroda —añadió señalando a su compañera, mucho más baja de estatura, de cabello oscuro y ojos enrojecidos por el llanto, que descansaba sobre un montón de heno para los caballos—. Somos de la misma aldea, no muy lejana a Dumio. ¿Tú vienes de Coaña?

—Así es —asentí—. Allí nací y nunca me he alejado de estas colinas.

—No temas —me consoló mi nueva amiga—. Nosotras llevamos ya varios días viajando con ellos —miró a los guardias— y no nos han hecho daño. Dicen que Passicim, donde se encuentra el palacio del rey, es diez veces mayor que cualquier castro y que allí veremos cosas que no podemos imaginar. Cuentan que quienes han viajado hasta Corduba, adonde nos conducen, han regresado cubiertos de finas telas y fascinados por la magnitud de las riquezas moras. Tal vez seamos más felices allí. A mí, por lo pronto, me han arrancado de un padre con manos largas y vergazo fácil, al que no extrañaré.

Evidentemente Eliace y yo pertenecíamos a estamentos distintos. Tanto ella como Guntroda eran hijas de familias pobres, aldeanas, sin más horizonte que una boda apresurada con cualquier campesino de la vecindad, destinada a producir nuevos brazos con los que labrar el campo. En comparación con la vida que había conocido hasta entonces, este viaje representaba una aventura irrenunciable para mi brava compañera. Pero yo no compartía ese optimismo indestructible que trataría de contagiarnos a lo largo de todo el recorrido.

—Tal vez sea como dices, aunque dudo de que exista un lugar más hermoso que este. Aquí se encuentra todo lo que cualquiera puede desear: alimento, seguridad y libertad. Aquí están nuestros seres queridos. Allá nos espera el cautiverio, por mucho que esté rodeado de lujos.

Con presagios tan lúgubres como el cielo nublándome el espíritu, enfilé junto a mis guardianes la calzada romana que, bordeando la costa, pasaba por Amnemi, llegaba a Gegio y continuaba hacia el oriente. Alguna vez había caminado por allí con mi padre, quien me había hablado de los soldados que empedraron la vía para facilitar el paso de sus ejércitos y, de ese modo, la conquista de nuestras tierras, mucho tiempo antes de que naciera cualquiera de las personas que conocía.

La marcha era lenta hasta la desesperación, porque los carros se hundían en el barro del camino abandonado a su suerte y deteriorado por el tiempo. Los puentes que construyeran los ingenieros de Roma se habían derrumbado por completo, y era preciso dar grandes rodeos para sortear ríos o brazos de mar. Si alguna vez existieron puertos en los que refugiar a los barcos de la furia del océano, habían desaparecido sin dejar huella. Avanzábamos bajo la lluvia, entre bosques tupidos de castaños, hayas o abedules, que llegaban prácticamente hasta el agua. Las millas se sucedían con mortal monotonía, casi siempre en silencio, rumiando amarguras e intentando ignorar el dolor causado por las largas horas de un trote que convertía cada paso en un suplicio.

Para poder montar con desahogo, me había puesto una túnica corta, ceñida con cinturón y abierta por los lados, protegiendo mis piernas con calzones largos, sujetos por cintas, al modo de los varones. También mi pelo iba recogido en una trenza oculta bajo la ropa, lo que me daba un aspecto parecido al de los hombres de la comitiva.

Desde el principio me negué a viajar dentro del carro, con las otras muchachas, e invoqué mi derecho de sangre a cabalgar con la frente alta. Aceptaron darme una montura asturcona de alzada corta y patas fuertes, recia como la que más, acostumbrada a caminar con casco seguro por entre los barrancos que habríamos de atravesar en nuestra larga marcha. Era una cabalgadura mansa, dócil, muy adecuada para un viaje largo como el que nos aguardaba, aunque demasiado ancha para mis ingles. Cuando desmontábamos, con el fin de acampar al resguardo de algún saliente rocoso, la diferencia entre los hombres y yo se hacía evidente. Mis piernas, no acostumbradas al esfuerzo, se negaban a sostenerme. Los soldados se reían de mis pasos torpes y bromeaban sobre la «orgullosa damisela de los ojos tristes». Las chanzas se repetían, hirientes, destinadas a hacerme desmontar y subir al carro con las otras mujeres, pero me mantuve firme.

¡Qué ridículo resultaba ese dolor en comparación con el que estaba a punto de experimentar!

No habían transcurrido tres días con sus noches, cuando sucedieron unos hechos que aún hoy, después de tanta miseria conocida, no puedo relatar sin un profundo sentimiento de vergüenza. Me acababa de dormir, vencida por el cansancio, intentando conjurar los fantasmas infantiles del miedo a la oscuridad, cuando algo me sacó de un sueño profundo para enfrentarme a una pesadilla muy real. El fuego era solo un rescoldo y un cielo negro sin estrellas lo envolvía todo, pese a lo cual supe que alguien estaba muy cerca de mí. Palpé a mi alrededor, e inmediatamente descubrí algo blando, caliente: un cuerpo humano arrebujado junto al mío.

—¡No grites! —me susurró una voz en la que reconocí a Vitulo—. No voy a hacerte ningún daño. Estate quieta, cierra los ojos y, pase lo que pase, mantente callada. No olvides que voy armado.

Paralizada por el terror, sentí cómo su mano fría se introducía bajo mi ropa, recorría mis pechos y bajaba por el vientre, hasta tocar el vello púbico y enredar en él sus dedos como gusanos. Una y otra vez, abajo y arriba. Sufrí su asquerosa caricia durante un rato interminable, mientras con la otra mano se sacudía la verga jadeando como un perro. Esa noche y las siguientes, hasta que aprendí a convertirme en piedra para soportar lo que no podía impedir. Construí un cofre de hierro en mi cabeza y le coloqué un candado. Un cofre que nunca ha salido de allí. Cada noche, después de cada afrenta, abría esa caja fuerte, metía en ella mi dolor, mi humillación, mi rabia, mi desesperación... y colocaba en su sitio el candado para mantener bien cerrada la tapa. Hasta hoy. Nadie ha sabido nunca lo que pasó en esas horas amargas y nadie lo ha de saber mientras me quede un soplo de vida. Ni mi esposo, ni mis hijos, ni siquiera mi confesor. Lo consigno en este testamento con el único fin de liberar mi espíritu, porque me siento incapaz de llegar al otro mundo con semejante carga a cuestas.

¡Maldito Vitulo! Ni un solo día, desde aquel, he podido sentirme limpia.

Logré dominar mis emociones mirando al océano desde los acantilados. Era un espectáculo aterrador, de espumas coléricas embistiendo contra murallas de roca, que me llenaba de libertad y alimentaba mi esperanza. Mostraba una salida, mi salida secreta de aquella trampa. El aullido del viento competía en intensidad con el rugido de las aguas y costaba superar el vértigo de esas paredes altísimas, cortadas a pico sobre un mar insondable.

En ciertos lugares, las peñas desprendidas por las olas asemejaban castillos fantásticos o criaturas monstruosas, surgidas del mismísimo averno. Todavía desconocía las formas horribles del infierno que más tarde conocería por la pluma de un monje lebaniego llamado Beato, pero seguro que se llega hasta él a través de las grutas que contemplaron mis ojos durante aquellos días.

Fascinada por la idea de dejarme caer, me obligaba a mirar, conducía mi montura hasta el borde mismo del abismo y permanecía allí, cautivada por el vacío, hasta que algún guardia, alertado por Vitulo, me echaba en falta y acudía a rescatarme de esa locura. Pensaban que buscaría la muerte arrojándome al vacío desde una de esas alturas, y no andaban errados de juicio. Más de una vez tuve la tentación de terminar con todo antes de continuar sufriendo aquellas infamias. Antes de olvidar los perfiles de los rostros que amaba. Antes de dejar atrás los olores de mi infancia.

Recordaba, junto a ese océano, las historias antiguas que contaba mi madre mientras hilábamos juntas, preparábamos jabón y conservas, o me desvelaba los secretos de su medicina. Eran relatos verdaderos, transmitidos de padres a hijos, que daban fe de la libertad indoblegable del pueblo astur. De la negativa de esas gentes a dejarse esclavizar, por poderoso que fuera el enemigo que construyó calzadas, puentes y palacios. De su elección de la muerte, mil veces preferida a la servidumbre.

Con palabras mezcladas de las dos lenguas en que me hablaba, madre solía referirse a los cautivos arrastrados por los conquistadores romanos a las minas de oro de las Médulas, al otro lado de la cordillera, y obligados a arañar, encadenados, las entrañas de la tierra. Aquellos hombres —relataba orgullosa Huma— se quitaban la vida con sus picas o se arrojaban a las hogueras de sus guardianes. Las mujeres mataban a hierro a sus hijos y luego se degollaban o ingerían el veneno de los tejos. Ese holocausto constituía, para ellas, la mejor prueba de amor. ¿Cómo iba yo a deshonrar la memoria de mis antepasados aceptando la más humillante esclavitud? ¿Qué otra salida tenía, sino la de lanzarme al océano y acabar allí mismo mis días?

—Ni se te ocurra hacerlo —oí gritar junto a mí a Eliace, como si hubiera estado leyéndome el pensamiento—. Mientras hay vida, hay mañana, y esto no ha hecho más que empezar. ¿Vas a rendirte sin luchar? ¿No eras tú la orgullosa hija de un guerrero godo y de una jefa de clan astur? ¿Dónde están tus ganas de cambiar el mundo? Déjate de tonterías y cuéntame otra vez eso de tus esponsales con el apuesto caballero que se muere por abrazarte...

—Se llama Índaro —le aclaré una vez más a mi amiga, desechando mis tentaciones, mientras la mera mención de ese nombre encendía una sonrisa en mis labios.

Me di la vuelta, me alejé del acantilado y caminé con Eliace hasta el fuego de campo que habían encendido los guardias para nosotras.

—Vino a pedir mi mano al castro con su padre, un conde de las tierras de Primorias, cercanas a Canicas, cuando yo todavía jugaba con muñecas. Le recuerdo delgado, varios años mayor que yo, con el pelo y los ojos claros, sin saber qué hacer con las manos. Las paseaba inquieto del cinturón a la barba incipiente y de la cara a la espalda, sin atreverse a mirarme. Parecía desazonado por el trance, aunque yo me empeñara en resultar de su agrado.

—¿Tú crees que te amaba? ¿Te ama todavía? ¿Le amas tú? ¡Cuéntamelo todo!

—¡En eso estoy, impaciente! Me habían hecho una túnica nueva para la ocasión y procuraba erguirme todo lo posible para parecer más alta. Yo me sentía muy honrada al ser pretendida por un mozo de tanta alcurnia, cuyos méritos no dejaba de ponderar padre desde que decidiera nuestro compromiso. Quería gustarle e intentaba mostrarme coqueta, como había visto hacer a las muchachas de la aldea que buscaban marido en las fiestas que celebrábamos tras recoger la cosecha. Recuerdo la severidad de madre, reprendiendo mi conducta con su gesto duro, al tiempo que padre me lucía orgulloso ante nuestros huéspedes. Era él quien había concertado la entrevista para cerrar el contrato. Eran sus costumbres las que imponían que nuestra familia emparentara con otra de rango similar, igualmente interesada en ampliar las propiedades comunes. Yo no iba a transmitir mi herencia ni a escoger por voluntad propia a mi esposo, como habían hecho siempre las mujeres astures, según me explicaría madre al ir pasando los años. Pero ¿sabes qué te digo? No me importa. ¡Ojalá estuviese Índaro aquí! Ojalá me rescatara de estos hombres y me llevara con él a dondequiera que esté, si es que está vivo...

—¿Y por qué no habría de estarlo?

—Hace años que no sabemos nada de su paradero. Cuando se arregló nuestro matrimonio gobernaba todavía el rey Silo, e Índaro vivía en palacio, junto al heredero Alfonso, en calidad de escudero y futuro espatario. Su padre y el mío compartían fidelidad al designado soberano ya que ambos combatieron a las órdenes de su abuelo el Cántabro. Pero poco después de que depositaran las arras y se hicieran las correspondientes promesas, supimos que Mauregato se había apoderado del trono y perdimos el contacto con mi prometido. De buen grado daría todo el oro que entregó para pagar mi dote y renunciaría a las fincas que me donó en los confines de Cantabria, con tal de saberlo vivo y a salvo. Pero el corazón me dice que no es así. Que si viviera y sintiera por mí algún afecto, sabría encontrar el camino para llevarme de nuevo a casa.

Eliace se aproximó a mí, me tomó de la mano y depositó un beso cálido en mi mejilla. Pasó su brazo sobre mi hombro y me acunó como se mece a un niño para que se duerma. No sé qué habría sido de mí en aquellos días sin esa compañera de desventura. Jamás se olvidó de sonreír. No se dejó vencer ni por el miedo ni por la fatiga. Ojalá encontrara en Corduba un destino acorde con lo que soñaba, pues una vez allí nos perdimos de vista por un tiempo... Pero no adelantemos acontecimientos, pues cuando alcanzamos las puertas de Passicim aún nos quedaba mucho camino por recorrer juntas.

II

Viaje a la desolación

El aire era un líquido viscoso aquel día en el valle amplio y bien abastecido que acogía a la capital del Reino asturiano. Jirones de niebla espesa se enredaban en los montes, penetraban en las gargantas y avanzaban hacia las cumbres, haciendo que la humedad calara hasta las entrañas. A nuestro alrededor, perales, ciruelos, cerezos y avellanos daban testimonio del ingente trabajo realizado por generaciones de labradores para convertir aquel paraje en uno de los más fértiles de toda Asturias. Hacía frío, mucho frío para la estación, en aquel vergel de huertos y frutales en cuyo centro se alzaba, impresionante, la ciudad de Passicim.

A mis ojos parecía inabarcable. Acostumbrada al recinto cerrado del castro, aquella urbe crecida sobre una antigua villa romana se me antojaba gigantesca e indefensa, porque carecía de murallas y fortificaciones capaces de repeler al enemigo. No tenía torres de vigilancia o trampas exteriores como las de mi poblado. Estaba claro que el rey había renunciado a defenderla con las armas y prefería pagar el tributo de su servidumbre y la nuestra.

Las casas y almacenes triplicaban en tamaño las que yo había contemplado hasta entonces y estaban levantadas sobre sillares formidables extraídos de aquellas ruinas. El palacio real se alzaba rodeado de columnas majestuosas, aunque eran visibles los remiendos hechos aquí y allá con piedra nueva, argamasa y ladrillos, con el fin de hacer habitable una villa abandonada varios siglos atrás por sus moradores originales y saqueada después por muchas hordas de bárbaros.

Nuestra comitiva enfiló la calle principal que conducía a las dependencias reales, pero se desvió antes de llegar a la escalinata donde una pareja de soldados, portadores de coraza, yelmo y lanza, montaba guardia. Giramos a la derecha, subimos una ligera cuesta empedrada de adoquines y llegamos a una explanada de hierba, al fondo de la cual se adivinaban los contornos de un edificio enorme a mis ojos, rodeado de una tapia. Frente a nosotros se abría un portón de dos hojas de madera reforzada y, junto a él, una campana de la que colgaba una cadena. Tras bajarse de su cabalgadura, uno de los hombres que nos custodiaba llamó con fuerza tirando de aquel artilugio, hasta que una mujer anciana, tocada de un velo oscuro y vestida con un sayón negro de lana basta, acudió a abrirnos la puerta.

—La paz del Señor sea con vosotros.

—Y también contigo, hermana. Traemos a estas doncellas para que pasen aquí unos días, acogidas a vuestra hospitalidad, en espera de conducirlas a Corduba. Decid a vuestra priora que Vitulo, legado del rey y recaudador especial de sus tributos, suplica de su merced que atienda a las muchachas en lo que necesiten y las tenga a buen recaudo, bajo su protección y vigilancia.

—Así se hará, hermano. Id con Dios y que Él os guarde.

Tras dedicarme una última mirada cargada de desprecio, el hombre que me robó la paz y la inocencia espoleó su caballo, tiró de las riendas y partió a trote rápido por donde había venido. Hubiera querido borrarle en ese instante de mi memoria, pero algo en mi interior me decía que nos volveríamos a encontrar...

Jamás había estado en un monasterio ni sabía lo que era. En el castro nunca hubo ni una pequeña capilla, y únicamente algún verano se acercaba hasta nuestras alturas un clérigo itinerante, apenas capaz de leer las Escrituras, de los que vivían de predicar por las aldeas suplicando la caridad de los campesinos. Madre no me instruyó en la religión cristiana, que ella misma no practicaba, y padre era un guerrero ajeno a letras y latines, cuya fe se daba por supuesta y no requería justificaciones. Habrían de pasar años antes de que descubriera yo la luz de la Palabra, que no encontré precisamente aquella noche entre los muros sagrados de San Juan Evangelista.

El recinto era amplio y parecía nuevo. A la izquierda de la entrada, adosadas al muro exterior, se encontraban las viviendas de los siervos del cenobio, encargados de las tareas del campo y de otros menesteres sucios, como limpiar establos o sacrificar animales. Frente a ellas, en un extremo alejado, un pequeño cementerio dejaba ver unas lápidas. Y a la derecha, una vez superado el huerto en cuyo centro se había excavado un pozo, otra puerta más pequeña, pero recia, daba entrada al claustro cerrado donde habitaban las monjas en celdas individuales. Allí no había hombres conviviendo con ellas, como en otros monasterios que conocería más adelante, y la vida estaba ordenada por una regla estricta que marcaban el tiempo de oración, el de trabajo y el de descanso. El viento corría gélido por los pasillos silenciosos.

Pese a lo avanzado de la hora, la hermana portera nos condujo directamente a los baños, situados en un sótano de techo bajo cercano al claustro y rescatados de un pasado remoto, como atestiguaban los extraños dibujos que ornamentaban las paredes. Tras pedirnos que nos quitáramos la ropa, ordenó a una pareja de esclavas que llenara de agua tibia la gran tinaja de piedra que se utilizaba para ese fin. Transportando con esfuerzo unos grandes calderos de metal, calentados al fuego, las fornidas mujeres cumplieron el encargo y nos ayudaron a despojarnos de las prendas sucias que llevábamos pegadas al cuerpo.

Nunca antes me había introducido en una cosa así. En una de las cabañas del castro había una tina parecida, aunque mucho más pequeña, destinada a abluciones rituales, pero nadie se lavaba la piel para privarla de su grasa protectora si no era en el tiempo del calor y sumergiéndose en el río. No comprendía por qué pretendían obligarnos a hacer tal cosa ya bien entrada la estación que desnuda a los árboles para que puedan aguantar las nieves, y pensé que sería una nueva humillación gratuita. A mi lado, Eliace protestaba a grandes voces, mientras Guntroda, siempre callada, se acurrucaba contra la pared para escapar al castigo.

Con gestos y sonrisas, pues no hablaba nuestro idioma, una de las esclavas de piel oscura como todas las de su raza, capturadas a los árabes por los cristianos y reducidas a servidumbre, nos dio a entender que no sufriríamos daño. Hizo ademán de meterse ella misma en la piscina y nos animó a que la siguiéramos. La valiente Eliace tomó la iniciativa y se quitó las albarcas, luego la túnica y finalmente las calzas. Sin renunciar a la camisa, metió una pierna y luego otra en el líquido humeante, e inmediatamente empezó a reírse a carcajadas.

—Venid aquí, esto es fantástico, mucho mejor de lo que imagináis. Es como entrar en una cama que alguien ha calentado antes.

La seguimos, cautelosas, para descubrir que decía la verdad. Las tres cabíamos con dificultad en el reducido espacio, pero fuimos pasando una a una por las manos y el jabón de la experta sierva, que nos rascó la mugre de la piel antes de lavar y aclarar con agua limpia nuestro cabello. Al concluir aquel ritual, estábamos sonrosadas, incluso alegres, ajenas por un instante al destino que nos aguardaba.

Vestidas con sayos idénticos al de nuestra guía, nos llevaron a la cocina para una cena que nos pareció opípara: sopa de nabos bien condimentada, pan de centeno y algo de pescado ahumado. Cuando, ya entrada la noche, caímos en los jergones que nos aguardaban en el suelo de una de las celdas más alejadas de la puerta, el sueño nos venció inmediatamente.

Entonces llegó ella.

—Soy la reina Adosinda, hija de Alfonso, nieta de Pelayo. Decidme, desventuradas, vuestros nombres y linajes.

Había surgido de la oscuridad como un fantasma. Arrastraba por el suelo una túnica blanca de tejido fino, cubría su cabeza con un velo y llevaba en la mano un cirio encendido que iluminaba su rostro pálido, revestido de majestad. No era alta, pero imponía.

Por derecho de linaje, fui la primera en hablar.

—Yo me llamo Alana, de la estirpe de Huma, señora de Coaña y esposa de Ickila, mi padre, de sangre goda, que sirvió con el vuestro en Amaia, Legio, Bracaram y otras batallas. Mis compañeras, Eliace y Guntroda, son campesinas de Dumio destinadas, como yo, al tributo de las cien doncellas debido al emir.

A la tenue luz de la vela vimos cómo la reina entristecía el gesto. Luego se acercó a mirarnos y se detuvo ante mí, como queriendo hacer memoria.

—¿Has dicho Huma e Ickila? ¿Y Coaña, el castro situado a occidente, no muy lejos de Amnemi?

—Así es, dómina Adosinda.

—Déjame recordar... ¿Tú no fuiste desposada con un espatario de Alfonso, mi amado sobrino, cuando él vivía en palacio junto a mí y a mi llorado esposo Silo? ¿No se arregló el matrimonio y se pagó la correspondiente dote?

Mi corazón empezó a latir como un caballo desbocado, borrando la última brizna de sueño. Asentí, incapaz de hablar, sin atreverme a interrumpir su discurso con la pregunta que me quemaba los labios.

—Conocí a tu prometido hace tiempo... Un muchacho apuesto y lleno de coraje, ya lo creo. Fue antes de que la viudez y este felón de Mauregato me enterraran viva entre estos muros, escudándose en los mandatos de algún concilio de clérigos oscuros. ¡Godos! Dicen que es maldad execrable el que una vez muerto el rey haya nadie que aspire al lecho real. Sostienen que una viuda debe ofrecerse a Dios ya para siempre, en un monasterio de vírgenes, para que nadie la trate con desacatamiento. Quieren evitar que otro hombre reciba de mí la fuerza de Pelayo que transmití a Silo y también a Alfonso. Por eso buscan pretextos sagrados. ¡Cobardes! ¡Bastardos! ¡Embusteros!

Iba a rogarle que me hablara de Índaro, cuando unos pasos de hombre resonaron en el pasillo y la sobresaltaron. Apagó la luz y entreabrió la puerta.

—Me vigilan. Debo marcharme antes de que me descubran en vuestra compañía. No desesperes, Alana, y recurre a mí cuando lo necesites. Yo no te olvidaré.

Al cerrarse la puerta tras su túnica, sentí que un vendaval se desataba en mi alma con la furia de mil tempestades. No sabía si alegrarme, desesperar o acabar allí mismo mis días. La reina viuda no había dicho que Índaro hubiese muerto, pero tampoco que estuviese vivo. En medio de aquellas afiladas dudas, pasé el resto de la noche sin encontrar descanso.

Dos días más tarde, al despuntar el alba, vinieron a buscarnos y nos condujeron hasta las afueras de la ciudad, donde nos aguardaba el grueso de la escolta para emprender la marcha. Esta vez traían caballos para las tres, con el fin de dejar todo el espacio disponible en las carretas a la cuantiosa variedad de especies destinadas al pago del tributo ofrecido al soberano caldeo a cambio de su clemencia: grano, frutos secos, carnes ahumadas, pescados secados al sol, miel de la mejor, pieles bien curtidas de zorro, marta, nutria y lobo, minerales preciosos, sal colorada de las salinas cercanas a Gauzon... y nosotras, doncellas suficientemente hermosas como para saciar otros apetitos.

La expedición era más numerosa en esta ocasión, ya que el número de carros se había multiplicado por tres y la guardia había sido reforzada para garantizar la seguridad de la caravana en su largo viaje. En total, eran catorce jinetes bien armados —cuatro de ellos arqueros—, seis siervos de a pie encargados de la intendencia, otros tantos muleros con la misión de conducir los carros a través de las escarpaduras que encontraríamos a nuestro paso y tres muchachas asustadas, intentando mostrarse valientes.

—¿Cómo puedes sentirte cómoda sobre esta bestia del infierno que parece descuartizarme con cada paso que da?

—Ya te acostumbrarás, Eliace. Son solo los primeros días. Antes de que te des cuenta cabalgarás como si ella y tú formarais un único cuerpo y hasta le tomarás afecto. Nuestras antepasadas astures eran grandes amazonas y grandes guerreras. ¿No lo sabías? Peleaban junto a los hombres, danzaban con ellos antes de la batalla y mataban a sus hijos antes de permitir que los convirtieran en esclavos.

—Yo no sé nada de esas cosas, Alana. Solo de cuándo plantar la escanda, cómo ordeñar la vaca para que no ensucie la leche o la mejor forma de engordar la olla con harina de bellotas para burlar el hambre en época de escasez. Solo eso me han enseñado.

—Pues has de saber que también algunas damas cristianas cabalgan con sus hombres al campo de batalla y les sostienen en la lucha. Yo seré una de ellas. Siempre estaré junto a mi esposo, tanto en la paz como en la guerra. Llevo años ejercitándome en el uso de la honda y soy muy buena, ¿sabes? Puedo acertar a una manzana a una distancia de cincuenta pasos y tirarla de la rama.

—Pues yo jamás podré acostumbrarme —terció Guntroda, quien siempre estaba atenta a la conversación aunque pareciera ausente—. Ni el animal me gusta a mí, ni yo a él. Lo siento. Lo sé.

Nos reímos de los presagios sombríos de nuestra compañera, sin saber lo que le depararía el futuro inmediato. Estábamos al final de la primera jornada extenuante, cerca de las ruinas de la villa que un tal Cornelio edificara al sur de Passicim, y nos disponíamos a acampar para pasar la noche. La luz del sol se acortaba a ojos vista a medida que pasaban los días, lo que disminuía las horas útiles y nos obligaba a acelerar el paso hasta límites inhumanos. Era evidente que la salida de nuestro grupo se había retrasado más de lo debido, lo que amenazaba con dejarnos atrapados en la cordillera por unas nieves que el frío y la humedad anunciaban tempranas.

Cenamos pan de bellotas, queso seco y agua clara, como casi siempre, y ya nos disponíamos a acostarnos cuando uno de los guardias, que recogía leña, lanzó un chillido lastimero y soltó toda la carga que llevaba. Sujetándose la mano derecha con la izquierda, empezó a correr en círculos por el campamento, maldiciendo su suerte y gritando cosas inconexas. Con gran esfuerzo logró comprender su jefe que le había mordido una víbora, lo que le producía gran dolor y un miedo comprensible a una muerte espantosa. Sin pensármelo dos veces, recordé las enseñanzas de mi madre y me ofrecí para tratar su herida antes de que el veneno se extendiera por su cuerpo. Mientras dos de sus compañeros le sujetaban, hice con la punta del cuchillo un corte allá donde dos puntos diminutos marcaban los dientes de la serpiente, acerqué mis labios a su mano y empecé a chupar la sangre mezclada con ponzoña. Chupaba, escupía y volvía a succionar, ante la mirada atónita de todos los presentes. Me tomé mi tiempo para asegurarme de que extraía todo el líquido mortífero, y aún después de acabar estuve un buen rato presionando el corte para hacerlo sangrar más, tal y como había visto hacer a Huma en alguna ocasión. Luego lavé la llaga con agua, la cubrí con el barro negro de aquella tierra y pedí un lienzo para vendarla. Cuando terminé, el soldado estaba prácticamente sin sentido, más por el susto, pensé yo, que por la gravedad.

Aterrada ante la eventualidad de un nuevo suplicio como el sufrido a manos de Vitulo, me acurruqué junto a mis compañeras buscando su protección, que resultó innecesaria. Ni aquella noche ni las otras osó ninguno de aquellos hombres ponerme las manos encima.

Con el sol despuntando por el horizonte levantamos nuestro humilde campo. El guardia a quien había auxiliado parecía encontrarse bien y me lanzaba miradas agradecidas, aunque no se atrevió a decirme nada pues el único autorizado a comunicarse con nosotras era el que estaba al mando, quien se mostró siempre cortés, respetuoso e incluso amable. Tomamos el camino en dirección al sur, siguiendo el cauce del río, procurando acelerar el paso. En algunos tramos la vegetación era tan densa que solo dejaba un sendero angosto, apenas suficiente para la carreta, y en otros el valle se abría y dejaba ver al fondo un parapeto natural impresionante, gigantesco, que parecía imposible traspasar. A medida que subíamos por las laderas de sus estribaciones la marcha se hacía más ardua y los gritos de los carreteros intentando controlar sus animales rompían el silencio de aquella inmensidad. A nuestro alrededor los árboles iban dejando el sitio a lenguas de piedra negra, dientes de roca afilada, gargantas abiertas bajo nuestros pies. Presagios ominosos de lo que estaba a punto de suceder.

—¡Auxilio! ¡Me arrastra!

El caballo de Guntroda, asustado por alguna alimaña, se había alzado de manos. Aterrada e incapaz de dominarlo, nuestra amiga empezó a lanzar alaridos que espantaron aún más al animal, desbocándolo en una carrera enloquecida por el estrecho camino que ascendía hacia el puerto. No era un comportamiento habitual en un asturcón, pero había sucedido. Uno de los guardias de la escolta se lanzó en su persecución, mas su intento fue inútil. La oímos chillar unos instantes, escuchamos un último grito desesperado, y luego nada. Apenas un correr de guijarros ladera abajo, por donde su montura y ella acababan de despeñarse sin dejar rastro.

Así es la muerte. Una compañera de viaje silenciosa pero atenta, de la que solo te apercibes cuando ya es demasiado tarde...

Únicamente lloramos a Guntroda Eliace y yo. Los hombres, que no pensaban más que en salir cuanto antes de aquel laberinto montañoso, nos urgieron a seguir escalando hacia el paso natural que se abría a la meseta por la Mesa; un puerto, hoy lo sé, transitado en una y otra dirección por romanos, sarracenos, paganos y cristianos a lo largo de los siglos. Desde sus alturas, el espectáculo resultaba sobrecogedor: hacia el norte, las escarpaduras verdosas de nuestros valles familiares, adivinadas, más que vistas, a través de una espesa capa de bruma parecida al colchón de un gigante; hacia el sur, una inmensidad desértica, despoblada y yerma. Los Campos Góticos de los que tantas veces oyera hablar a mi padre. El escenario de muchas de sus batallas.

Siguiendo el curso del Luna, tras bordear un lago gris y descender por senderos abiertos en la roca junto a profundas simas, alcanzamos finalmente la llanura, a los catorce días justos de partir de Passicim y con una baja irremplazable en nuestras filas.

—Estos parajes están muertos porque el rey Alfonso hizo aquí grandes matanzas y se llevó a los cristianos al otro lado de las montañas, desandando el camino que nos ha traído aquí a nosotras —instruí a la compañera que me quedaba, recordando las historias de guerreros que tanto gustaba contar a Ickila.

—¿Hace mucho tiempo?

—Más de treinta años. Por aquel entonces aquí crecían en abundancia el trigo con el que se hace —dicen— un pan blanco tierno y dulce; la avena y la cebada. Cereales suficientes como para alimentar a toda la población de las grandes ciudades que fueron arrasadas.

Eliace me miraba con ojos acuosos, como miran las vacas, sin comprender el sentido de lo que yo le contaba. Era un relato tan alejado de su realidad como ajeno a sus preocupaciones, pero me escuchaba paciente, con el afán de complacerme. En algún lugar de su corazón generoso debía de sentir que, para mí, la evocación de esos fantasmas constituía el mejor modo de mantener viva en la memoria la imagen redentora del hombre a quien yo más amaba entonces.

—Esas ciudades, Legio, Asturica, Braca, Septemmanca, Semure o Salmántica, fueron construidas o conquistadas por los romanos en tiempos remotos, ocupadas después por los godos venidos del este, a cuyo pueblo pertenece mi padre, ganadas por los sarracenos con la ayuda de traidores como los hijos de Vitiza, que vendieron a los suyos por unas migajas de poder, y destruidas por el padre de Adosinda, a quien conocimos en Passicim. Como no tenía tropas suficientes para ocuparlas, las mandó quemar.

»Alfonso era de estirpe goda e hijo del duque de Cantabria, a quien padre describía como más fuerte que un toro, valiente hasta la locura e implacable con los enemigos. Él unió a los pueblos de nuestras montañas y armó un gran ejército de cántabros y astures con el que hizo frente a los caldeos. Junto a él pelearon su hermano, Fruela, y también buenos guerreros godos, como Ickila, mi padre, huidos a tierras del norte para no someterse a los hijos de Alá. Lucharon durante casi dos décadas, sin descanso, hasta expulsar a los moros de nuestra tierra y crear a su alrededor un desierto de seguridad para mantenerla a salvo. Sin huertos de los que alimentarse —pensaban ellos—, ni ganados que robar, ni granjas cuyos graneros saquear, los guerreros de la media luna no hallarían provisiones para llegar hasta nosotros. Y si lo intentaran, encontrarían resistencia. Para eso se llevó el rey a todos los hombres que pudo, quisieran ellos o no.

Íbamos cabalgando despacio, por una meseta polvorienta, siguiendo la Vía de la Plata que, en la Antigüedad, llevaba el metal precioso desde las entrañas de nuestros montes hasta la capital del Imperio. Hacía cada vez más frío y yo me había puesto una túnica larga de lana gruesa, que hube de descoser para adaptarla a la grupa. Eliace, cuyo ajuar se limitaba a lo que llevaba encima, se cubría con una tosca capa del mismo material, mucho más basta, pero también más abrigada. A mí me daba pudor lucir ante su pobreza mi cálido manto de piel de nutria, aunque no faltaba mucho para que lo sacara del arcón en el que viajaban mis pertenencias. Mis pertenencias y mi vida entera, transportada en una carreta como si cupiese entre cuatro tablas.

—... Alfonso y Fruela eran fieros —proseguí mi narración, escuchada tantas veces que casi podía contarla con la emoción de haberla vivido—. Cada aldea, caserío, villa o ciudad que caía en sus manos era dada en pasto a las llamas, después de hacer una cuidadosa selección de la población: los varones musulmanes eran pasados por las armas sin contemplaciones, uno por uno, para acrecentar el terror que había de inspirar el nombre del rey entre los sarracenos; sus hembras e hijos eran reducidos a esclavitud y conducidos al norte, junto a los cristianos, llevados también al reino por las buenas o por la fuerza. Así cruzaron las cumbres millares de hombres y mujeres, junto con sus siervos y los bienes que pudieron llevarse a cuestas. También portaban sus costumbres, su religión, sus leyes y las diferencias entre vasallos y señores que jamás había conocido el pueblo de mi madre. En las caravanas que seguían a los guerreros después de cada campaña iban gentes de todas las procedencias. La mayoría hablaba una lengua que es la misma que empleamos tú y yo ahora. Algunos marchaban contentos por huir del yugo musulmán y de sus pesados tributos a repoblar tierra cristiana, pero otros lloraban con amargura por tener que dejar atrás sus campos y sus hogares.

—También nosotras hemos hecho lo mismo y yo no me siento desgraciada —apuntó Eliace, que en ese momento seguía con atención los pormenores del relato.

—Seguro que muchos de ellos sí se sentían infelices —repliqué pensando en mis propias emociones—. Los arrancaban de sus raíces soleadas hacia un futuro incierto. Los trasladaban a nuestros montes, salvajes y lluviosos, desde la Transmiera cántabra o incluso más al oriente, en Supporta y Carranza, hasta los confines del reino en Gallecia, cerca de donde se encuentra mi castro, mu-

43

chos de cuyos habitantes son hijos o nietos de esos inmigrantes. En compensación por su pérdida, eso sí, nada más llegar se les entregaban tierras en propiedad para que pudieran instalarse en ellas y alimentar a sus hijos. «Tierras de nadie», solía decir mi padre, encargado del reparto por delegación de Alfonso, «o tierras de todos», como le contestaba mi madre, hija de aquellos campos. Antes de la llegada de esos refugiados, las hambrunas, la peste y la guerra habían dejado esa tierra huérfana de manos capaces de labrarla e incapaz de dar hijos suficientes como para luchar contra el invasor. Claro que eso ya no es necesario, porque nuestro rey ha optado por someterse...

—Y gracias a eso hay paz y bonanza...

—... y esclavitud. ¿Es que no te das cuenta de cuál es nuestro destino?

—No será peor que el que he dejado atrás, tenlo por seguro.

Desde que habíamos entrado en el escenario de las hazañas que le contaba a Eliace para entretener la monotonía del camino el paisaje había variado muy poco. Alfonso y los suyos se empeñaron a fondo en yermar aquellos campos y lo consiguieron, no cabía duda. A ambos lados de la ruta que seguíamos a buen paso, dada la escasez de obstáculos, solo se veía polvo, una hierba rala y parduzca, en nada parecida a la que pastan nuestros ganados, y llanuras vacías. Un horizonte chato, interminable a mis ojos acostumbrados a la geografía endiablada de Asturias. Muy de tarde en tarde, una torre a medio derribar, los restos ennegrecidos por el humo de una antigua villa o los muros de una vieja alquería recubiertos por la hiedra daban testimonio fidedigno de que lo narrado por mi padre había sido real. Tan cierto como la fruición con la que él describía aquel horror y tan definitivo como la destrucción de todo aquello que perteneció a las gentes que fueron muertas o arrancadas de allí, muchas camino de un norte lejano, otras hacia la esclavitud y las peor paradas, directamente a una ejecución atroz: la decapitación, bajo el filo de una espada mora, para que sus cabezas, apiladas en altas pirámides, se secaran al sol de aquellos páramos sin encontrar descanso. Algún vestigio de esa brutal costumbre alcanzamos a ver en más de una encrucijada, lo que llegó a helarme la sangre e incluso hizo tambalearse el optimismo de mi amiga.

Las ciudades no habían corrido mejor suerte que las aldeas. Una tras otra fuimos dejando atrás Asturica, Semure, Salmántica y otras muchas, todas desiertas, silenciosas, devastadas, pobladas por los espectros de sus antiguos habitantes.

Cruzamos otra cordillera helada, tras la cual nos reencontramos con la vida, seguimos avanzando sin descanso y, al fin, tras veinte días de marcha sostenida, con sus noches de sueño a ras de suelo y sus altos fugaces para dar descanso a las bestias y engullir unas gachas de escanda con miel, llegamos a Toletum. Era el atardecer oscuro del 11 de noviembre, día de San Martín. Por una broma del destino, la fecha era la misma en la que setenta y un años antes entraran en la ciudad las tropas de Tariq ben Ziyad, lugarteniente de Musa ben Nusayr, conquistador de Hispania para el Islam. Pero eso, claro está, lo supe mucho más tarde.

Si Passicim parecía grande, Toletum resultaba grandiosa. Situada en lo alto de una elevación rocosa, circundada en tres de sus flancos por un caudaloso foso natural y parapetada tras una muralla de la altura de varios hombres, la antigua capital de los godos se alzaba orgullosa ante nosotras, ondeando al viento desde las almenas el estandarte verde de los hijos de Alá. A nuestro alrededor, extramuros de la puerta que nos llevaría al interior de aquel gigantesco castillo, edificaciones colosales, como ni siquiera imaginaba que existieran, desafiaban al tiempo y a la guerra mostrando sus armaduras de piedra. Mas no tenía yo el ánimo dispuesto para el espectáculo y avancé con la vista baja al ritmo que marcaba la carreta más pesada, hasta que nuestra columna se vio forzada a parar su marcha.

—¡Alto! —nos detuvo el jefe de la guardia, poco antes de alcanzar la fortificación que guardaba la entrada—. Conducid los carros hasta la aduana —ordenó a sus hombres—; y en cuanto a vosotras —dijo mirándonos con cierta compasión y respeto—, aquí nos separamos. A partir de ahora viajaréis con una escolta sarracena que os llevará a Corduba. Seguidme, por favor, hasta vuestro alojamiento de esta noche. Al menos por un día podréis dormir en cama blanda...

A esas alturas del camino casi habíamos perdido la capacidad de asustarnos. Eliace conservaba prácticamente intacto su optimismo, y yo, la esperanza de fugarme y regresar a casa. Con ese espíritu descargamos nuestras escasas pertenencias de una de las carretas, las trasladamos a lomos de una mula y nos adentramos con ella por el laberinto que recorría la antigua «ciudad real», precedidas por nuestra guardia, obligada a dejar sus armas en custodia antes de cruzar las puertas.

Con desgana subimos y bajamos más de una cuesta por callejuelas empedradas que nos hacían resbalar, siempre en dirección oeste, hacia la aljama que albergaba a la comunidad judía, de la cual yo no sabía absolutamente nada. Por fin, tras un deambular que se nos hizo largo, nos detuvimos frente a una casita baja, llamamos y fuimos recibidas por una mujer de edad indefinida, aunque mayor que nosotras, que se velaba el rostro, llevaba túnica larga y la cabeza cubierta. Sin apenas más que un saludo, como si todo estuviera arreglado de antemano, nuestro guía se llevó las monturas a la cuadra, dejándonos allí con esa extraña cuya hostilidad hacia nosotras traspasaba los gruesos paños que la tapaban.

—Venid conmigo, os mostraré vuestro aposento —fue su gélido recibimiento. Con una candela en una mano y un manojo de llaves en la otra, la dueña cruzó el patio de la entrada hacia el interior y enfiló unas escaleras estrechas que conducían a la amplia estancia situada ligeramente por debajo del nivel de la calle, donde se encontraban los aljibes y la despensa de la casa. Allí había dispuesto, junto a dos jergones con sus mantas, un recipiente con agua, un pedazo de jabón y un lienzo con el que secarnos.

—Señora —me dirigí a ella intentando ser amable sin perder la dignidad—, os agradecemos vuestra hospitalidad, aunque habéis de saber que somos huéspedes forzosas, arrastradas aquí en contra de nuestra voluntad.

—Lo sé —respondió mientras encendía con su mecha un cabo de vela situado sobre un escabel y se dirigía hacia la puerta, con la intención de encerrarnos.

—Somos doncellas entregadas en tributo al emir de Corduba por Mauregato, príncipe de Asturias. Vos habláis nuestra lengua, sois mujer, como nosotras. Decidnos: ¿qué os hemos hecho para que nos tratéis de este modo? ¿En qué os hemos ofendido?

Como si hubiera pulsado un resorte con mis palabras, nuestra anfitriona se descubrió la cara para mostrar un rostro duro, ajado por el paso de muchos años.

—¿Qué me habéis hecho, queréis saber? Sería imposible de enumerar. Es tan extenso el elenco de agravios sufrido por los judíos a manos de los cristianos, que no tendría tiempo de contároslo en la noche que vais a pasar conmigo. Baste pues decir que tengo motivos sobrados para obrar como lo hago. Y dad gracias a Dios porque no devuelva ojo por ojo.

—No os marchéis aún, dómina, os lo suplico. Somos cristianas, es verdad, pero procedemos de aldeas en las montañas del norte y no somos instruidas. Yo soy de estirpe goda por parte de padre y conozco algo de su historia, pero no sé nada de esos agravios que relatáis, ni oí hablar hasta ahora de los judíos. Tened piedad. Dadnos al menos el consuelo de vuestra conversación en esta noche larga.

—Tal vez nuestra sangre no caiga sobre vosotras, pero ha de manchar seguro la conciencia de vuestro pueblo. Nosotros estábamos aquí mucho antes que ellos. Antes que los romanos que levantaron el circo y construyeron el acueducto. Nuestros mayores hicieron de esta ciudad un lugar rico, próspero, en el que vivir en paz con los unos y los otros. Pero la paz se rompió cuando empezaron las persecuciones. Vosotros, los cristianos, nos llevasteis al holocausto. Nos arrebatasteis lo nuestro: nuestras tierras, nuestros bienes, nuestros esclavos, para dárselo a vuestros reyes. Nos prohibisteis ejercer cargos públicos. Nos cargasteis de impuestos por el mero hecho de ser judíos. Nos obligasteis a convertirnos y rezar a vuestro Dios, comer carne de cerdo impura y acudir a vuestras iglesias, so pena de ser azotados y entregados en servidumbre. Os llevasteis a nuestros hijos para educarles en vuestra fe. Nos arrancasteis la piel de la cabeza por circuncidar a nuestros varones o casarnos según nuestros ritos. Nos desterrasteis, nos privasteis del derecho a acudir a vuestra justicia, nos acusasteis falsamente de conspirar contra vosotros y nos redujisteis a esclavitud... Qué me habéis hecho, preguntas... ¿No te parece suficiente?

—Pero nosotras no somos culpables —acerté a replicar.

—Lo son vuestros padres, vuestros reyes, vuestros sacerdotes. Cuando los hombres de Alá llegaron al fin hasta aquí, abolieron aquellas leyes devolviéndonos la dignidad, el derecho a acudir a nuestras sinagogas y vivir con arreglo a nuestra fe. Les ayudamos, por supuesto, y les volveríamos a ayudar. ¿Qué judío iba a dar la espalda a Tariq para combatir junto a los herederos de Egica? Cuando ellos prosiguieron su conquista hacia el norte, nuestros hombres quedaron aquí asegurando la ciudad. La guardaron bien, como yo os guardo ahora a vosotras. No esperéis compasión de mí. Nadie me enseñó lo que significa esa palabra.

A la mañana siguiente una guardia sarracena nos esperaba, con nuestro equipaje y monturas, para escoltarnos hasta nuestro destino final. Eran cuatro hombres de tez morena, vestidos de oscuro según la costumbre beréber y tapados de los pies a la cabeza, de los cuales solo uno, el que parecía mandar, hablaba bien nuestra lengua. La empleaba únicamente para indicarnos el camino u ofrecernos comida, ya que el trato de esos soldados era mucho más distante que el recibido por parte de los nuestros. El mundo familiar quedaba definitivamente atrás y nos adentrábamos en lo desconocido. Una tierra nueva, jamás pisada por los de nuestra sangre, y una nueva vida. La alcanzamos un atardecer de cielos encendidos, con el frío mordiéndonos la piel, al divisar las murallas de Corduba.

III

Esclava en Corduba

—Tengo tanto miedo, Eliace, que me falta el aire. Todo lo que he oído sobre estas gentes desde que guardo memoria es que son brutales, lujuriosas e insaciables; que no temen el nombre de Dios ni cumplen con sus mandamientos. Estamos en el corazón mismo de la bestia.

—No ha de ser para tanto, mujer, no te dejes vencer ahora; verás que aquí también hay personas buenas, como en cualquier parte. Además, estamos juntas; yo cuidaré de ti y tú de mí, ¡espero!

Eliace nunca perdía la oportunidad de bromear. No poseía más que la ropa que llevaba encima, sucia y desgastada por el largo viaje, pero algo en su interior la hacía inmensamente rica en capacidad para la dicha. Eliace era feliz, creo comprender, porque sus ojos no veían más allá del momento presente ni buscaban otra cosa que reflejarse en la sonrisa de quien tenía cerca. Libaba gota a gota cada instante, extrayendo la miel que a mí se me escapaba. Yo siempre he vivido en guardia ante el ayer o el mañana, mientras ella se dejaba acariciar por el sol de cada amanecer y el sabor de un bocado de pan. Era, hoy lo sé, infinitamente sabia a pesar de su ignorancia.

Sin detenernos a contemplar el espectáculo de la capital de Al-Ándalus, que aparecía ante nosotras majestuosa, enrocada tras sus murallas, nos adentramos en ella cruzando el río por un puente similar al que nos había alejado de Toletum, con su correspondiente puerta, cerrada a cal y canto como era de ley a esas horas de la noche. Después de una espera considerable, unos guardias uniformados con ricas telas aparecieron para franquearnos la entrada, no sin antes comprobar el salvoconducto de nuestro guía. La oscuridad larga del otoño se nos había echado encima, lo que obligaba a nuestra escolta a iluminar con antorchas el camino entre calles estrechas. Me sentía presa de un laberinto parecido al del castro, aunque de otra escala, como si en mi vida anterior hubiera sido una hormiga y ahora adquiriese de pronto dimensiones humanas... o más bien lo contrario: tan infinitamente grande era todo lo que me rodeaba, que me veía pequeña, insignificante, perdida, según avanzaba a ciegas en la oscuridad.

Pareció que no llegaríamos a ver el alba, pero finalmente nos detuvimos ante un edificio imponente por su tamaño y fachada: los baños.

—Aquí podréis purificaros antes de ser entregadas a vuestro señor, el emir de los Creyentes, que Alá guarde muchos años —nos indicó con distante cortesía nuestro acompañante—. Vestid vuestras mejores ropas y poned en valor vuestros cuerpos, pues por ellos serán juzgados la calidad del dueño que os envía y vuestra valía como tributo. Si queréis hacer honor al rey cristiano, comportaos como se espera que lo hagáis y sed dignas del alto destino que os aguarda. Vosotras, como cautivas, habéis perdido para siempre vuestra honra y la de vuestros parientes; no manchéis también la de vuestro nuevo amo con una conducta impropia. No se os tolerará. Mostraos humildes, discretas, obedientes, que él sabrá ser generoso y justo, como manda el Profeta.

Eran demasiadas sentencias como para asimilarlas de golpe. Sin honra, ni familia, ni libertad, ¿qué podía movernos a desear continuar con vida? Una vez más acudieron a mi pensamiento las imágenes de esos astures, antepasados de mi madre, arrojándose a la hoguera antes de aceptar la esclavitud, lo que me tentó a clavarme la espada de aquel hombre en el corazón. Pero me faltó valor. Así que procuré convertirme en piedra como había hecho ante los ultrajes de Vitulo, me dejé conducir dócilmente por la mujer que apareció para hacerse cargo de nosotras, y no protesté ni siquiera cuando empezó a despojarme de la túnica.

—Me llamo Ilduara y soy cristiana, como vosotras. Casi todas aquí lo somos, ya que ellos —explicó en nuestra lengua, sin precisar a quién se refería— no permiten la esclavitud entre los practicantes de su religión. También soy cautiva, aunque me trajeron de muy niña desde las tierras cercanas al mar, al oriente de aquí, y no recuerdo otra cosa que estos baños. Vosotras sois afortunadas. Dicen que vais al harén del emir y allí no os ha de faltar ningún capricho.

—Yo soy Eliace y ella se llama Alana. Venimos desde lejos y llevamos muchos días cabalgando. ¡Ojalá que en ese lugar haya por lo menos un jergón cómodo en el que descansar y algún alimento que no esté duro y mohoso! Por cierto, ¿qué es un harén?

—¿No hay harenes en el país del que procedéis? Los hay en todas partes. También los llaman serrallos... claro que no se parecen al que os espera a vosotras. Allí encontrarás todo lo que deseas y mucho más, no te preocupes —aseguró dirigiéndose a Eliace—. Quienes sirven en el alcázar cuentan, y no paran, sobre los manjares que disfrutan las mujeres del emir, las sedas con que se cubren o la música que les endulza los oídos... por no hablar de otros placeres que ya iréis descubriendo vosotras mismas. Así es el harén de Abd al-Rahman: un paraíso en el que únicamente trabajan las esclavas, en el que no hay que servir a más hombres que el propio emir y en el que viven todas sus mujeres, las legítimas y las demás, que por lo que se rumorea no son pocas.

—¿Hay alguna forma de escapar de allí? —interrumpí sin preocuparme de preguntar el significado de la palabra «seda».

—¿Escapar? ¿Quién querría escapar del harén real? ¿Sabes lo que estás diciendo? Las concubinas del emir tienen todo lo que pueden desear: esclavas que satisfacen sus mínimos caprichos, joyas, instrucción en la escuela del propio serrallo, donde se enseña caligrafía, canto, baile, lenguas; tiempo ilimitado para dedicarse a la holganza... Incluso las siervas que lavan sus ropas o preparan su comida dan gracias a Dios por su suerte. Cualquier muchacha en tu situación estaría dando saltos de alegría. Y si atrapas al emir con tus caricias y le das un hijo que le guste, tal vez incluso alcances su corazón y te convierta en madre del heredero.

—¿Cómo va a engendrar una esclava en su vientre nada menos que al heredero? Desvarías, Ilduara, debes de haber oído rumores infundados y los confundes con la realidad.

—Es tal y como te digo, Alana. Aquí viene mucha gente y habla. Yo escucho y tomo nota de las cosas mientras cambio el agua o doy masajes. Que seas esclava o libre carece de importancia, ya que no es la sangre de la mujer, sino la del hombre, la que corre por las venas del hijo. Todo el mundo lo sabe. Las madres engendran y amamantan, pero son los padres quienes transmiten el linaje. Por eso repito que si alguna de vosotras logra el favor del emir y llega a parirle un varón... ¡Qué no daría yo por estar en vuestro lugar! —suspiró la muchacha, elevando las palmas de las manos al cielo y levantando la cabeza en señal de súplica—. Pensad más bien en aprovechar vuestros encantos y seducir a Abd al-Rahman.

Ya está muy viejo para amoríos, pero siempre le han gustado las mujeres rubias de piel clara, como vosotras. A todos los árabes les fascinan, hasta el punto de que más de un notable de la corte, de los que acuden habitualmente a los baños, está casado con antiguas cristianas venidas del norte, algunas cautivas y otras por voluntad de sus familias, que se han convertido al Islam y ahora viven como buenas musulmanas, cumpliendo sus reglas y compartiendo incluso a sus maridos con otras esposas. Claro que no hay muchos que puedan permitirse el lujo de mantener a más de una, con sus hijos, su servidumbre y su dote. Les salen carísimas, o al menos eso es lo que dicen ellos cuando presumen aquí ante los amigos de gastarse fortunas en complacerlas.

Mientras hablábamos, habíamos cruzado un patio y bordeado varias estancias, hasta llegar a una sala enorme y vacía a esas horas nocturnas: la destinada a las mujeres. Tenía algún parecido con la que habíamos visitado en Passicim, aunque las dimensiones de la piscina eran mucho mayores y el conjunto en general parecía más nuevo, ya fuera porque lo era o porque había sido remozado recientemente. En aquellos baños, de tamaño reducido, techo bajo y paredes decoradas con mosaicos, hacía un frío considerable. En estos, los braseros proporcionaban un calor muy agradable y la decoración geométrica de las paredes parecía pensada para transmitir sosiego.

Una vez desnudas del todo, como jamás habíamos estado, el parecido entre Eliace y yo se reducía. Su piel era más áspera, su cuerpo más macizo, especialmente a la altura de la cintura, sus pechos más pesados y sus manos y pies, los propios de quien ha trabajado duro. A su lado, y aun sin espejo en el que contemplarme, yo me sabía más esbelta, lo que me llevaba a rechazar mi propio cuerpo y la posibilidad de atraer con él la atención de aquel a quien despreciaba ya sin conocerle, tanto como le temía. No deseaba hijos de un enemigo. Solo quería huir, regresar a mi hogar, con los míos y recuperar a Índaro, si es que todavía estaba vivo. Me lo imaginaba con mil rostros diferentes, aunque siempre atractivo, fuerte, valiente, luchador y galante conmigo. Invocaba su recuerdo en las noches frías y en mis sueños mezclaba su imagen con la de mi padre, que se iba difuminando a medida que pasaba el tiempo. ¡Cuánta angustia me producía esa incapacidad para recordar cada detalle de su cuerpo o del de mi madre, sus gestos, el tacto de sus manos y hasta su olor! Conservar su memoria intacta se convirtió para mí en una obligación sagrada, como si el olvido más insignificante me alejara aún más de casa.

Nos frotaron, enjuagaron y volvieron a frotar. Fuimos lavadas a conciencia por las manos expertas de una esclava negra como el azabache, cuya aparición repentina nos dio un buen susto, tanto a Eliace como a mí, hasta que su sonrisa, esta sí blanquísima, nos convenció de que no era una amenaza. Ella fue la primera persona de ese color que me encontré en Corduba, donde, según supe tiempo después, moraban gentes de todas las razas conocidas, ya fueran puras o mezcladas. Con silenciosa eficacia nos restregó la piel cepillo en mano hasta hacernos daño, vertió sobre nosotras para aclararnos agua caliente y luego fría, ungió y perfumó nuestro cabello, después de lo cual trajo mi baúl para que pudiéramos lucir nuestra propia ropa una vez concluida su tarea. Cedí a Eliace mi vestido corto, una de mis camisas y mis calzas de repuesto, mientras yo intentaba revestirme de toda la dignidad posible, con la túnica larga bordada en cuyo dobladillo había escondido mi madre las raspaduras de oro, la capa forrada de nutria y las albarcas de piel nueva reluciente. Así ataviadas fuimos conducidas de nuevo hasta el patio central del edificio, donde nos aguardaba un ser gigantesco, de carnes descomunales, rodeado de guardias armados que portaban antorchas capaces de iluminar la noche cerrada.

—Soy Sa'id, eunuco jefe del gran harén real —dijo en buen romance con voz aflautada, inconcebible en ese cuerpo que parecía querer reventar las costuras del sayón de tela fina con que se cubría—. Sé que ha sido un viaje largo. Pronto podréis reposar. El administrador me envía para recibiros en su nombre, pues él está estos días ausente de Corduba. Esperábamos tres muchachas...

—Éramos tres, en efecto —repliqué con tristeza, procurando al mismo tiempo marcar distancias y mostrarme altiva—, pero una de nosotras, Guntroda, sufrió un accidente cuando cruzábamos las montañas y se despeñó con su caballo. Yo soy Alana de Coaña, hija de Huma y de Ickila, y ella es Eliace de Dumio. Venimos de muy lejos y estamos cansadas.

—Hablas con mucha altanería, esclava, para valer lo que vales. Hay que reconocer que eres hermosa, pero te aconsejo que frenes tu lengua si quieres sobrevivir. Cuando llegues al harén verás que tu presencia no es grata a muchas de las mujeres que te han precedido en él. Habrás de ganarte su confianza con halagos, a menos que quieras «accidentarte» tú también —rio de su propia gracia. Luego se acercó a Eliace y le tomó las manos, al tiempo que pedía que le acercaran una luz—. Manos de campesina, ¿no es así?

—Así es, señor —contestó ella agachando la cabeza en un gesto tan delator como su piel o sus dedos.

—Eres bella, pero no tanto como tu compañera. Serás una buena concubina para el joven general Abd al-Malik, un hombre excepcional aunque sencillo, religioso y de nobleza probada, a quien el emir profesa aprecio y respeto. Tú, en cambio —dijo mirándome a mí—, vendrás conmigo al alcázar. Tu juventud complacerá a mi señor y si tú le complaces a él la vida para ti será agradable, créeme. Despedíos, pues no creo que os volváis a encontrar. Vuestro lugar, a partir de ahora, estará en casa con las demás mujeres.

Sabíamos que era inútil protestar, aunque el dolor por la separación fuera tan fuerte como el temor a la soledad que nos aguardaba. De nuevo, Eliace puso todo su valor en juego para salvar el momento, susurrándome al oído a la vez que me abrazaba:

—Esto no es definitivo, no te rindas, nos volveremos a ver seguro y será en esta vida, no en la otra.

—Seguro, amiga, seguro —dije llorando, sin querer romper ese abrazo, pese a que sentía la fuerza de un guardia tirando de mí—. Nunca, nunca te olvidaré...

Me arrancaron del calor de mi amiga y arrancaron al mismo tiempo un pedazo de mí. Una porción del aliento que nos hace seguir adelante con alegría. Una parte de esa víscera escondida que se ve reducida y nos empequeñece después de cada adiós. Me dejaron sola, como tantas veces a lo largo del camino. Sola y dolorosamente consciente de esa soledad. Creo que debió de ser a partir de ese el momento cuando empecé a mostrarme avara con el amor, hasta el punto de huir esquiva ante la posibilidad de una nueva amistad. Habían sido demasiadas despedidas en un espacio tan corto de tiempo... demasiadas como para que las cicatrices se pudieran borrar sin más. Y aún hoy, sabiendo como sé que nacemos y morimos solos, que solos afrontamos las encrucijadas realmente decisivas, maldigo mil veces los nombres de Vitulo, Mauregato, Abd al-Rahman y todos los que me robaron la inocencia de esos años en los que es posible creer en otra cosa.

No recuerdo bien lo que me dejaron ver durante el resto de aquella noche. Estaba ida, desesperada, deseando morir cuanto antes y acabar con todo. Entre tinieblas, fui conducida hasta una fortaleza cuyas puertas tenían una altura colosal, guiada a través de patios y galerías hasta otro portón algo más pequeño, y depositada allí en manos de un hombre parecido a Sa'id. Él me llevó sin decir nada a una habitación amplia y caldeada, donde una sierva me ayudó a desnudarme, me entregó una camisa muy suave y me dio a beber una infusión dulzona que me sumió en un sueño agitado, poblado de extrañas visiones. Me vi a mí misma deambulando por un paraje espectral de árboles muertos, iluminado por la luna, que reflejaba su luz sobre las aguas de un río manso. A lo lejos, como flotando en el aire, una figura irreconocible me llamaba agitando unos brazos absurdos, similares a las alas de un cuervo, que se abrían y contraían en un gesto claro de invitación a que me acercara. Yo deseaba acudir a su llamada, lo intentaba con todas mis fuerzas, pero tenía los pies enterrados en un barro espeso que no me dejaba moverme, y cuanto más lo intentaba, más me hundía en esa ciénaga. Así transcurrió toda la noche, una eternidad angustiosa, hasta que el sol logró abrirse paso a través del ventanuco en forma de ojo de cerradura que coronaba una de las paredes de mi estancia.

Desperté con la cabeza pesada y el pensamiento confuso, sin reconocer el lugar en que me hallaba. Busqué a Eliace instintivamente, inquieta por su ausencia, hasta que empecé a recordar los acontecimientos de la víspera. Entonces sentí la tristeza como una puñalada en el estómago y rompí a llorar sin disimulos ni barreras, sin contención alguna, volcando en ese llanto toda la amargura acumulada desde la partida de Coaña. Pocas veces me ha sucedido en la vida algo así, pero cuando ocurre no hay dique capaz de sujetarme el alma rota que se derrama hasta que vence la fatiga. Jamás me ha servido de nada, porque he aprendido que el dolor llama al dolor y la debilidad al desprecio disfrazado de compasión, pero en ocasiones la voluntad pierde el control para que el sentimiento abra su propio cauce, aunque intentemos impedirlo con todas nuestras fuerzas.

Lloré, pues, hasta caer rendida. Perdí la noción del tiempo. Flotaba en un universo ajeno a la realidad cuando la puerta de mi aposento se abrió para dar paso a una anciana diminuta, arrugada, envuelta en paños prendidos al hombro con una fíbula, que se dirigió a mí en una lengua hecha de gestos y palabras incomprensibles, entremezcladas con alguna conocida, dichas con una voz extrañamente tranquilizadora.

—Tú Alana, ¿verdad? ¡Qué hermosa! ¿Cuántos años tienes?

—Dieciséis para diecisiete —respondí sin ganas.

—Yo Hafsa, soy qabila —pronunció despacio, señalándose el pecho con una mano fina que se notaba muy cuidada—. Partera, decís vosotras. Debo mirarte para comprobar si eres doncella.

Horrorizada, intenté retroceder y protegerme en el rincón más alejado, pero ella me siguió con la intención clara de no dejarme escapar.

—No te haré daño. Tengo costumbre larga. Es necesario que te vea. El emir quiere saber si eres virgen. Tiene que saber si llevas dentro un hijo de otro, antes de entrar en ti. Podemos hacerlo por buenas o bien malas... —Miró hacia la puerta y los guardias que la custodiaban.

—¿Qué quieres que haga? —musité.

—Quítate la camisa y tiéndete en la cama con piernas separadas. Será rápido y sin dolor si te estás quieta. Antes de que te des cuenta habrá acabado.

La qabila hizo su trabajo con eficacia, mientras yo recurría una vez más al cofre construido en mi interior para huir de la humillación y la vergüenza. Me miró, me tocó y asintió satisfecha al comprobar que su dueño y el mío podría estrenarme sin temor, una vez pasado el plazo de abstinencia establecido por la ley para garantizar al comprador de una esclava que un posible embarazo fuera obra suya y no de un propietario anterior: dos lunas. Durante ese tiempo —me informó la anciana— nadie me forzaría ni me obligaría siquiera a volverme a desnudar en público. A partir de ahí, Abd al-Rahman disfrutaría de mí a su antojo y, tal vez, si tenía suerte, me convertiría en la madre de uno de sus numerosos vástagos. Al parecer, todas las mujeres habitantes del harén, más de las que yo jamás había visto juntas, vivían con esa esperanza, esa satisfacción, o la frustración de no haberlo conseguido. Lo descubrí con el transcurso de los días, cuando empecé a adentrarme en aquel mundo exclusivamente femenino, cuyas moradoras fui conociendo poco a poco.

El lugar en el que me encontraba respondía a todo lo que me habían dicho sobre él: grandioso, colmado de lujos, escenario de todos los goces susceptibles de satisfacer el apetito de cualquier sentido. También era un territorio fértil en rencores rancios, envidias cultivadas con esmero, viejos agravios sin vengar y venganzas rumiadas hasta la consumación perfecta. Un mundo cerrado, prácticamente aislado del exterior, donde era posible conseguir cualquier cosa, excepto la libertad, y donde los medios empleados para ello se medían exclusivamente por su grado de eficacia.

La abundancia o el afán de poder son tan destructivos para el espíritu como la miseria, o tal vez más. El hambre no nos hace más generosos, sino más mezquinos; lo he visto con mis propios ojos a lo largo de la vida. Pero la perspectiva de acumular más cuando ya se tiene mucho convierte a los seres humanos en fieras desprovistas de piedad, de cuyas garras es difícil escapar sin caer en la misma mutación.

—Así que tú eres la nueva adquisición de mi esposo...

Acababa de entrar en la sala inmensa donde las mujeres —lo iba a descubrir pronto— compartíamos interminables horas de ocio entre fuentes cantarinas y paredes adornadas con delicados tapices, sobre alfombras y cojines de seda. Estaba deslumbrada por el espectáculo de tanta belleza, cuando ella se dirigió a mí con aire desafiante, subrayando ese «mi» para dejar constancia de su rango.

—Yo soy Raqiya, primera esposa del emir y madre de Suleiman, su primogénito. Soy, por tanto, la primera dama del harén y tú la última. No lo olvides —sentenció mirándome de arriba abajo—. Antes que tú están las otras cuatro esposas de Abd al-Rahman, todas de linaje árabe y por tanto superior; las madres de sus otros hijos aspirantes al trono, las de sus hijas; sus favoritas, el resto de sus concubinas y hasta las alumnas de la escuela del harén, en la cual tal vez algún día, si lo mereces, puedas aprender algo. ¿Qué sabes hacer tú, esclava?

—Me llamo Alana, hija de Huma e Ickila. Llevo sangre noble por mis dos linajes. Mi madre es la jefa de su clan en mi castro de Coaña, en el Reino de Asturias, y mi padre, un guerrero godo que ha matado a muchos de los tuyos.

No sé de dónde saqué las fuerzas para responder de aquella manera a Raqiya, pero logré desencadenar su cólera y me gané un sonoro bofetón que aguanté sin pestañear, pensando en demostrar lo que acababa de decirle.

—Tu pueblo está vencido y sometido al mío. Ni siquiera quedan ya bárbaros como los que asesinaban campesinos en sus correrías salvajes por el valle del río Durius. Pero es verdad que tenéis valor, lo acabas de demostrar al enfrentarte a mí. Tanto valor como para no admitir la huida en los encuentros de la guerra, lo que os hace peligrosos en extremo. Por eso te vigilaré de cerca. Conozco a tu gente. He estudiado vuestra historia. Los gallegos sois célebres por considerar buena la muerte en la batalla y habéis sido, de entre todas las naciones vecinas de Al-Ándalus, la más conflictiva, aunque ahora estéis reducidos al pago de tributos para comprar la paz que os ofrecemos. No siempre ha sido así, es verdad. Por eso la sangre de muchos soldados de Alá fue derramada en el pasado intentando llevar la luz de la fe hasta vuestras montañas frías, donde no crece el olivo, ni la vid, ni los naranjos; donde el horizonte se estrecha como unos grilletes y obliga a trepar constantemente por fragosidades penosas; donde la lluvia o la bruma apenas dejan ver la luz del sol. Quienes han estado allí aseguran que nada hay que pueda interesar a los árabes, amantes de los países llanos.

—Mi pueblo rechazó vuestros ataques y os expulsó de Asturias. Mi padre combatió con el rey Alfonso para reconquistar la tierra de Hispania robada a los cristianos. Y volverá a hacerlo. Algún día seremos libres.

—¡Qué sabréis vosotros de libertad! Me hablas de bandoleros, vulgares ladrones de ganado. De asnos salvajes, como ese a quien llamáis Pelayo. Astures, gallegos, sois, como los beréberes, pueblos a los que Dios ha distinguido particularmente con la turbulencia y la ignorancia; a los que en su totalidad ha marcado con la hostilidad y la violencia. Tal para cual, por mucho que estos últimos se hayan convertido a la religión de Alá. Eso explica que los beréberes enviados a combatiros en vuestro norte incivilizado terminaran sucumbiendo a la tentación de rebelarse a la autoridad del emirato. ¡Escoria! Y aún pretendían un pedazo del pastel de la conquista... No merecen ni el pan que comen. Dios, ensalzado sea Su sagrado Nombre, dispensa Su favor a quien quiere y priva de Su gracia a quien estima oportuno. En vuestro caso, os ha hecho valientes, pero a la vez traidores y de naturaleza vil. Es sabido que tu pueblo no come otra cosa que bellotas y castañas. No se limpia ni se lava al año más que una o dos veces con agua fría. No lava sus vestidos desde que se los pone hasta que, puestos, se les hacen jirones; basta con ver el que traías tú y el que dejaste en los baños, cuya peste no ha podido disipar ni el incienso que han quemado en abundancia desde entonces. ¿Es cierto que creéis que la suciedad proveniente del sudor proporciona salud y bienestar a vuestros cuerpos?

Para entonces se había formado un corrillo a nuestro alrededor, con lo que un enjambre de mujeres escuchaba la conversación entre murmullos de aprobación o reproche. Para mi sorpresa, la lengua que hablaban todas era muy parecida a la mía, con alguna variación menor, porque era el idioma común de las cristianas, musulmanas o paganas de distinto origen que poblaban aquel universo en calidad de concubinas, esclavas sexuales, sirvientas, maestras, músicas, cantoras, peinadoras, echadoras de cartas o especialistas en cualquiera de los mil oficios que se desempeñaban por manos exclusivamente femeninas dentro del harén. En cuanto a los hombres, no tardaría en descubrir lo que era un eunuco.

—En nuestros valles —contesté ofendida por la hilaridad que había despertado el último comentario de mi interlocutora— la vida es más dura de lo que podéis imaginar aquí. Allí la nieve lo cubre todo durante muchas lunas y los ríos arrastran agua gélida incluso en la estación cálida. Todos sabemos que el frío lleva a enfermar y morir, mientras que la grasa protege. Pero no es fácil acumular grasa cuando se pasa hambre para pagar vuestros tributos. Nuestros vestidos nos abrigan incluso cuando están sucios. Nuestros esclavos dedican su tiempo a desbrozar bosque para el cultivo, o bien a pastorear en las brañas los ganados que nos alimentan. No podemos permitirnos holgar como hacéis vosotras. En mi tierra las mujeres trabajan como los hombres, o incluso más; preparan medicinas, saben sanar a personas y animales, tejen hermosos mantos de lana. También gobiernan, van a la guerra, buscan esposa a sus hermanos y transmiten la herencia a sus hijos. ¿Qué hacen las mujeres aquí?

—Lo que nos enseñó y nos ordena el Profeta —respondió Raqiya escandalizada—. Ser buenas esposas y buenas madres, pues está escrito en el Libro que «los hombres son tutores de las mujeres porque Alá dispuso que los unos sobresaliesen sobre las otras y porque a ellos les pertenecen las riquezas. Las mujeres virtuosas son las que son obedientes y se mantienen discretas, que es lo que Alá espera de ellas. Y aquellas que no guarden obediencia serán amonestadas, y permanecerán solas en su lecho, y recibirán castigo».

Tras este alarde de erudición, pues había recitado de memoria, con gesto de devoción contrita, la primera esposa concluyó mirándome como si no me viera:

—Claro que las campesinas saben hilar, cocinar o arar la tierra. Pero lo que realmente ha de hacer una mujer virtuosa es mantener la armonía de su hogar, servir a su marido, cuidarle en la enfermedad, serle fiel, honrarle con una conducta intachable, evitar su cólera, mostrarse humilde y, por encima de todo, darle hijos sanos y fuertes que continúen su estirpe. La maternidad es nuestra responsabilidad más sagrada. Amamantar a nuestros hijos durante sus dos primeros años de vida, una obligación que nos engrandece. Dios ama a las madres hasta el punto de que nada le agrada más que ver cómo las veneran sus hijos. El Paraíso —dice el Altísimo— está a los pies de las madres. Pero los varones son propiedad de sus padres a partir de la pubertad. Así ha sido siempre y así ha de ser. Solo las niñas pertenecen a la madre hasta que se casan y pasan a manos de sus maridos. En todo caso, ¿qué tendríamos que aprender nosotras de vosotros, unos bárbaros que rechazáis la ciencia y estáis más cerca de las bestias que de los hombres? Idólatras, politeístas, seres de una raza maldita, claramente inferior... ¿Qué encontrarán nuestros hombres en esa piel enfermiza y esos ojos carentes de expresión?

Sin esperar una respuesta, Raqiya giró sobre sus talones y se marchó muy erguida, seguida por la constelación de satélites que vivían a su alrededor, adulándola con la esperanza de obtener de ella alguna prebenda. No era una mujer joven, aunque se veía que había sido hermosa. Morena, de tez oscura y pupilas negrísimas, su rostro estaba surcado de arrugas, en tanto que sus manos mostraban los estigmas de la edad en forma de manchas. Era lo único que enseñaba. El resto de su cuerpo estaba envuelto por una túnica ligera y amplia de color púrpura, ribeteada con cintas doradas, que no permitía adivinar lo que había bajo la tela. Sería mala enemiga, supe tras escucharla, pero tal vez se apaciguara al comprobar que mi interés no estaba en conseguir el favor de su hombre, sino en mantenerme alejada de él y, a ser posible, huir de aquella jaula dorada.

—No te dejes intimidar por ella. Está acostumbrada a imponer su voluntad sobre todas las que se lo permiten, pero no es la peor de nosotras; solo una de las más viejas. Más o menos como yo. Me llamo Holal, fui cristiana como tú, y también cautiva. Llevo aquí más años de los que quisiera recordar, pero soy feliz. Dime, Alana, ¿cómo has llegado hasta nosotras?

—Desde hace años —respondí a la desconocida—, el príncipe Mauregato paga un pesado tributo para comprar su tranquilidad y evitar ir a la guerra. De cada vaca o ternera, cada manzana de nuestros árboles, cada pieza de metal de nuestras minas y cada espiga de nuestros campos, hemos de entregar un cuarto a los recaudadores de impuestos. La jaray y la yizia abruman a mi gente, pero no le bastan al emir. También exige cien doncellas cada año y yo soy una de ellas. He sido arrancada de mi castro y traída hasta aquí contra mi voluntad, como una vulgar esclava, pero no lo soy.

—Aquí no importa tu origen —repuso la antigua cristiana regalándome una sonrisa cargada de ternura—. Fíjate en mí. Yo fui capturada hace muchísimo tiempo, cuando tenía aproximadamente tu edad, en mi aldea cercana a Asturica, durante una incursión del anterior wali de Corduba, Yuzuf al-Fihri. Él me entregó a sus hijas como regalo, poco antes de perecer derrotado en la guerra civil que se desarrolló durante aquellos años por el gobierno de Al-Ándalus. El vencedor, mi señor Abd al-Rahman, fue clemente con la familia del vencido, a quien rodeó de una consideración piadosa, y como testimonio de su gratitud mis amas me cedieron al futuro emir, que entonces no ostentaba aún el título y llevaba el nombre de Abd al-Rahman ben Muawiya.

»Él tenía entonces poco más de veinte años —prosiguió su relato Holal— y había llegado a Corduba tras una larga serie de penalidades. En su país natal, Siria, el clan rival de los abbasíes había expulsado al suyo del califato de Bagdad, exterminando con violencia a todos sus parientes omeyas, excepto un hermano, asesinado también poco después durante la huida. Sin más compañía que la de un grupo de fieles seguidores, mi señor —¡que Dios le guarde muchos años!— salió ileso con su astucia de entre las espadas y las lanzas, cruzó el desierto con la ayuda de tribus beduinas, atravesó el mar, entró por tierra de infieles, fundó ciudades, juntó ejércitos y organizó un reino sólido que, antes de él, se hallaba en la anarquía, dividido en luchas sangrientas entre hermanos de fe y amenazado por las revueltas. Bajo su sabio mando, Al-Ándalus ha crecido fuerte como el olivo, con raíces profundas. Sus expediciones al norte han traído un rico botín en esclavos, cuya venta en Mauritania alimenta nuestras arcas y permite adornar Corduba. La victoria es su amiga, aunque también él ha pagado su tributo. Su propio hijo, Umar, fue derrotado y muerto en la batalla de Pontubio, ha muchos años de esto, en el curso de una campaña fallida contra Gallecia, cuando reinaba Fruela. Eso le causó gran dolor y reforzó su voluntad de eliminar el reino cristiano, al que ha sometido a constantes aceifas de castigo. Pero su prudencia es pareja a su determinación y también sabe hacer pactos. Tú eres la prueba de lo que digo.

—Mi padre me contó de esos ejércitos y sus correrías por nuestras tierras, arrasando cosechas, quemando casas, pasando a cuchillo a los hombres y llevándose a las mujeres y los niños para traerlos aquí como cautivos. He contemplado con mis propios ojos montañas de cabezas cristianas, cortadas por sus soldados, pudriéndose al sol. Ya veo en qué consiste su sabiduría...

—Ese no es el hombre que yo conozco —repuso la conversa, con tintes de reproche en la voz—. El Abd al-Rahman que tantas veces me llevó a su lecho para llenarme de caricias era elegante, prudente y extremadamente delicado. Tenía, aún tiene, la palabra fácil, y sabía hacer versos, aunque hoy la amargura se ha apoderado de sus labios. Suave, instruido, resuelto, unía una bravura temeraria a una grandísima prudencia. Pronto a perseguir a los rebeldes, sabía mostrar compasión, ignoraba lo que es la holganza y no delegaba en nadie el cuidado de sus negocios o sus mujeres. Era también rabiosamente apuesto. Alto, fuerte, de piel clara, manos hábiles y boca ardiente, las noches junto a él eran un adelanto de la recompensa que espera en el cielo a quienes cumplen los mandatos del Profeta. Ya entonces, como hoy, llevaba de ordinario vestiduras blancas siempre inmaculadas, per-

fumadas de albahaca, y ungía su barba y cabello con aceites aromáticos. Creo que me amó tanto como yo a él y de
ese amor nació un hijo, Hixam, que heredará el trono
de su padre.

—¿Cómo es eso posible, si Raqiya acaba de decirme
que su hijo, Suleiman, es el primogénito del emir?

—Porque Hixam tiene la sangre de su padre, además
de su carácter y virtudes. Es inteligente, magnánimo, sabio, justo y religioso, por lo que está llamado a continuar
su linaje y sus obras. Abd al-Rahman tardó treinta y tres
años y tres meses en construir un reino sólido donde antes había caos. Combatió a los yemeníes sublevados, a los
beréberes y por supuesto a los cristianos del norte. Era
su obligación sagrada. Todo buen musulmán debe defender el Islam, sus territorios y sus gentes. La Guerra Santa
no termina nunca, y por eso mi señor compró numerosos
esclavos para incrementar sus fuerzas y castigar con dureza a quien osó hacerle frente. Todo lo hizo únicamente
con su administración inteligente y su carácter tenaz, sin
más auxilio que su voluntad, siempre al acecho, y su mente despierta, siempre en acción. Ahora el león ha perdido
vigor y necesita savia joven para recuperar fuerzas. Tú y
yo podemos ser amigas y aliadas en esa empresa, de la
que ambas saldríamos muy beneficiadas, te lo aseguro.
Tú le darás energía con esa belleza que me recuerda a la
que tuve yo, y le harás olvidar la política, mientras yo me
ocupo de que Hixam alcance el destino para el que está
llamado. Es piadoso y noble, muy querido por el pueblo.
Solo necesita un poco más de ayuda para desbancar definitivamente a su hermano mayor, Suleiman. Y cuando lo
consiga, él y yo sabremos recompensarte.

—¿Por qué me hablas con tanta reverencia de un hombre que te arrancó de tu hogar y te mantiene cautiva y
encerrada? —le dije, sin poder comprender ese entusiasmo opuesto a la rabia que me embargaba.

—Ya te he dicho que Abd al-Rahman siempre ha sido justo y cariñoso conmigo. Ama a nuestro hijo Hixam, cuyas travesuras siempre ha perdonado, y también a nuestras hijas, Aixa y Fátima, a quienes ha buscado buenos esposos árabes, de elevado rango y fortuna, que las tratan con respeto, cubriendo holgadamente todas sus necesidades, tal y como ordena el Corán. Ninguna de ellas se ha quejado de haber recibido golpes por parte de sus maridos, pero si alguna los sufriera, como le sucedía a mi madre y a tantas otras allí y aquí, podría divorciarse. En cuanto a mí, ¿qué futuro habría tenido en la aldea en la que nací, víctima de la violencia de unos y otros? ¿Crees que habría sido mejor que el construido aquí, junto al hombre más grande de su tiempo? ¿Acaso la libertad consiste en trabajar sin descanso, pasar hambre y ver morir a los hijos? No te atormentes, Alana, la fortuna te ha sonreído. Lo único que tienes que hacer ahora es encontrar tu lugar en el harén, para lo cual yo puedo ayudarte.

IV

Los placeres del harén

No había rincón en aquellas estancias en el que yo pudiera sentirme a gusto. Acostumbrada a la inmensidad de las montañas, a la visión del mar en la distancia, al olor de la tierra cuando llueve, al tacto del musgo bajo los pies desnudos, las paredes del serrallo se me antojaban los barrotes de una cárcel. Además, entre aquella humanidad ruidosa, charlatana y muy aficionada a la disputa por cualquier nimiedad, experimentaba la peor forma de soledad, que es la que se sufre en compañía.

Los alardes de sensualidad lujuriosa que se daban ante mis ojos tampoco contribuían a mi tranquilidad, ya que, por escasa que fuera mi formación religiosa, todo aquello me parecía gravemente pecaminoso, sin dejar de ser tentador: la desnudez pública de muchas de esas mujeres, que enseñaban sus encantos en los baños o los salones sin sentir pudor; las caricias que se regalaban unas a otras con sonoras muestras de satisfacción, en zonas del cuerpo cuya mera mención me hacía enrojecer de vergüenza; la libertad con la que hablaban entre ellas del goce que arrancaban a sus olisbos, unos instrumentos de jade, mármol o vejiga de cabra rellena de arena, que simulaban falos masculinos y eran utilizados como tales sin recato alguno...

El sexo, que en mi aldea se ceñía al ámbito de lo más íntimo, se practicaba de noche y jamás se mencionaba, resultaba ser en el harén algo tan natural como el pan de cada día. Ajeno a los hombres, pero siempre presente en los pensamientos y los gestos. Yo entonces lo ignoraba todo de aquel misterio, pues mi madre se había limitado a decirme, justo antes de despedirme en el castro, que me dejara hacer por mi dueño sin resistirme a sus embates. En mi ignorancia, dejaba pasar, sin siquiera percatarme de su verdadero sentido, muchas de las insinuaciones que recibía por parte de unas y otras, pues mi piel clara parecía tentar no solo a los varones árabes, tal como me había advertido Ilduara, sino a muchas de sus mujeres. Hoy sé que, de haber estado yo esos días en disposición de probar aquella miel, no me habrían faltado manos dispuestas a complacerme, pues era evidente que mi juventud inspiraba deseos manifestados en forma de gestos más o menos obscenos. Sin embargo, nada en mi estado de humor facilitaba las ganas de abandonarme a esos placeres. Toda mi energía, mi voluntad y mis esfuerzos se dedicaban a encontrar el modo de salir de allí, para lo cual necesitaría cómplices.

Holal era tan ambiciosa como Raqiya, aunque su origen hispano, así como su antigua condición de cautiva, la convertían en alguien mucho más cercano a mí. Dentro de aquella prisión alfombrada de seda, su amistad era lo máximo a lo que podía aspirar mientras no encontrara el modo de traspasar las puertas, lo cual no parecía fácil. Ese privilegio correspondía únicamente a las mujeres extrañas al harén que desempeñaban en él sus servicios, como las echadoras de cartas, frecuentemente solicitadas por las esposas reales, y las peluqueras, tatuadoras o depiladoras. Estas últimas estaban malditas por el Profeta —decían— ya que alteraban con su trabajo la sagrada obra de Dios, pero eran utilizadas sin reparo por todas mis compañeras. Expertas en embellecer los cuerpos y escuchar confidencias, ganaban fortunas con su profesión proscrita por el Islam y obtenían, además, un sobresueldo considerable al servir de mensajeras con el mundo exterior, trayendo y llevando notas o recados de familiares y amantes. Era la única forma de establecer ese tipo de comunicación, muy arriesgada tanto para la portadora de la misiva como para su receptora.

De acuerdo con la ley, si una mujer era sorprendida cometiendo una infidelidad, debía recibir cien azotes y ser recluida en soledad hasta su muerte, a menos que el arrepentimiento fuese capaz de suscitar el perdón de su dueño. Las que decidían, pese a todo, desafiar las reglas y jugarse la vida, tenían también la posibilidad de llamar a su hombre sobornando a un eunuco, cuya fiabilidad, según el criterio general no del todo justo, era sencillamente nula.

Cada una de nosotras disponía de un aposento privado para dormir o recibir las visitas del emir, que últimamente prodigaba poco sus anheladas apariciones, obligando a sus esposas a consolarse entre ellas o a pagar los favores de algún castrado en particular, cuya habilidad con ciertos juguetes, como las plumas, gozaba de alta estima en aquel mundo. El Corán —me instruyeron— ordena a un buen musulmán tratar con justicia equitativa a todas sus mujeres, lo que en la práctica se traducía en un estricto sistema de reparto de las noches de pasión entre las habitantes del serrallo. Alguna, como yo, procuraba eludir ese peculiar derecho, pero otras llegaban a pagar fortunas por unas horas más de disfrute de la real compañía. Por lo demás, la mayoría del tiempo estábamos juntas en estancias comunes como el patio, los salones o los baños, muy del agrado de todas.

Al otro lado de los muros una vigilancia estricta impedía cualquier salida a la calle, y en el interior los eunucos mantenían alta la guardia, sin perdernos de vista ni por un instante. Eran, pronto lo supe, hombres mutilados cruelmente para dedicarlos al servicio de las mujeres sin temor a que las poseyeran. Hombres únicamente a medias, dotados, sin embargo, de un enorme poder. Tenían una gran influencia dentro de ese universo nuestro por su cercanía con los mandatarios del alcázar y tanto esposas como favoritas buscaban ganarse su simpatía a base de regalos y zalamerías. Aquellos seres privados de sus atributos sexuales, casi siempre en la niñez, veían además recompensada esta castración con una vida de lujo y abundancia material, en la que tampoco faltaba actividad erótica. Apenas unos días de estancia en el harén me bastaron para comprobar que la mayoría de aquellas criaturas deformes, sobrealimentadas, suspicaces y de voz chillona, eran sin embargo expertas en el arte de complacer la carne por los caminos más recónditos. No era mi caso, desde luego, pues jamás sentí por ellos otra cosa que repugnancia, pero su pericia en ciertos juegos y caricias se cotizaba cara en el surtido mercado de goces a nuestro alcance.

Aparte de ellos, lo que más llamó mi atención al principio fue la comida. En comparación con la pobre rutina de nuestro castro, la inagotable variedad de manjares que servían las esclavas en cualquier momento del día resultaba abrumadora. Frutas jugosas llenas de color, como la naranja, el albaricoque o la granada; pan blanco caliente, aceite de oliva, que no de grasa animal; dulces de miel y de un polvo denominado azúcar, obtenido de una caña y desconocido por nosotros; verduras tiernas, sabrosos guisos de cordero o ternera, aderezados con azafrán y acompañados de un grano fino llamado arroz... No comíamos carne ni embutidos de cerdo, pues lo prohibía su religión, pero nadie lo echaba de menos. Y entre delicia y delicia para la piel y el paladar, los otros sentidos tampoco quedaban huérfanos.

Con nosotras habitaba una cierta cantidad de qaynas, o esclavas cantoras formadas durante años en la escuela real, que eran muy apreciadas en los banquetes, a los que acudían libremente mostrando todos sus encantos. Educadas para complacer, carentes de las ataduras férreas que otras habían de soportar en cuanto salían del serrallo, ellas hacían, según me contaron, las delicias de los hombres de la corte, quienes preferían su compañía a la de sus esposas legítimas. De ahí que para estas estuvieran a la altura de las prostitutas, a quienes despreciaban profundamente, mientras que a juicio de las personalidades que visitaban el palacio su talento y habilidades resultaran dignas del mayor respeto. Una en particular, llamada Gizlan, poseía una voz pura de gran potencia y recitaba con tal emoción que, incluso yo, sin entender ni una palabra de lo que decía en lengua árabe, solía quedarme encandilada escuchándola. Era tan elogiada por algunas como odiada por las más envidiosas, ya que su arte la había elevado a la categoría de favorita del emir e invitada de honor a todas sus fiestas. Unas recepciones suntuosas —decían quienes habían estado en alguna—, que pronto tuve ocasión de conocer en persona.

Llevaba ya casi una luna en el harén y todavía no había pisado las calles de Corduba desde mi llegada. Estaba a punto de dar comienzo el Ramadán —me informaron, explicándome muy por encima el significado de ese término, que interpreté como un ayuno prolongado— y Abd al-Rahman tenía prisa por anunciar a sus más ilustres súbditos su decisión definitiva sobre la sucesión al trono. Para ello se había organizado un gran festín en el alcázar, al que acudiríamos muchas de las esclavas del serrallo destinadas a satisfacer a los hombres. Ninguna convertida al Islam, desde luego, ya que ellas tenían prohibido mostrar su rostro en público, pero sí las más jóvenes y hermosas de entre nosotras, infieles a sus ojos, en calidad de pruebas vivientes del poderío y esplendor del emir de los Creyentes. Allí fue donde me crucé por primera y última vez con su mirada de fuego, y donde conocí el rostro maldito de su hijo Hixam.

Me habían bañado y perfumado para la ocasión, adornado mis manos con dibujos de alheña y mis orejas con aretes de oro. Ceñía mi cabello suelto una cinta de seda, igual a la de la túnica que apenas me cubría las rodillas. Los pies descalzos me hacían sentir desnuda. No tenía frío, ya que en aquel palacio los braseros no se apagaban nunca, pero temblaba como una hoja al viento cuando entré, junto a las demás mujeres, en el inmenso salón engalanado para el convite donde ya un buen número de hombres aguardaba al emir. Cuando llegó, se hizo un silencio absoluto, roto al cabo de unos segundos por la voz del mayordomo anunciando con solemnidad los nombres y títulos de nuestro ilustre anfitrión.

No me moví de mi rincón, procurando hacerme invisible en compañía de Fátima, una muchacha mayor que yo que había acudido ya a más de un festejo regio. Observaba el espectáculo que se desarrollaba en torno a mí, a la luz de cien candelabros de plata, y escuchaba las explicaciones de mi compañera. Algunos invitados, vestidos con trajes sencillos y luciendo largas barbas, hacían corrillos o conversaban de dos en dos.

—Son los sabios ulemas, estudiosos del Corán y encargados de la administración de justicia —me ilustró Fátima—. Seguramente están discutiendo alguna interpretación sobre su libro sagrado, porque lo hacen constantemente. Esos dos de ahí, en cambio, parecen estar acordando un matrimonio entre sus hijos. Aquí es costumbre que el discípulo se case con la hija del maestro, o bien que dos ulemas desposen a sus respectivas hermanas. Ellos jamás tomarían por esposa a una pagana o una conversa, ni mucho menos entregarían una hija a un hombre de sangre beréber o hispana. Para ellas solo son dignos los árabes.

—Y dime, ¿conoces a ese personaje que se apoya en un bastón de ciego? —inquirí, curiosa.

—Todo el mundo lo conoce. Es Abulmajxí, el primer y más afamado poeta del emirato. No nació así. Hace apenas unos meses tuvo la osadía de enaltecer a Suleiman en sus versos, lo que fue interpretado por Hixam como un gesto destinado a incomodarle, que castigó cruelmente. Abulmajxí fue capturado por sus hombres, quienes le martirizaron y arrancaron los ojos antes de dejarle tirado a las afueras de la ciudad, cerca de un molino. Como ves, ha sobrevivido y sigue frecuentando el alcázar, porque el emir, al enterarse de lo ocurrido, reprendió con severidad a su hijo pequeño, tras lo cual dobló al poeta la indemnización legal prevista como desquite. Algunos rumores apuntan a que habría recibido mil dinares de oro, que son, te lo aseguro, mucho más de lo que valen unos ojos...

Sin pararme a manifestar mi opinión al respecto, seguí interrogándola:

—¿Y esos otros de allá, que llevan calzas largas bajo la túnica?

—Esos son militares, generales de los ejércitos, preparando seguramente la próxima campaña. Creo ver a Abu Utman Ubayd Allah, que hace años fue visir de Abd al-Rahman y le ayudó a conquistar su trono, y también a Yusuf ben Bujt, otro de los más antiguos partidarios del emir. Con ellos está Hixam, de quien te hablaba ahora mismo, hijo de Holal, que finalmente ha resultado ser el elegido de su padre. El aspirante descartado, Suleiman, ha abandonado el convite junto a otro de sus hermanos, Abdalá, cuando el soberano ha hecho pública su elección. Siempre tuvo mal perder y ahora debe de estar en algún burdel lamiéndose las heridas. A poco que pueda, traicionará a Hixam. Guárdate de la furia de Raqiya, pues debe de estar rabiosa tras el descarte de su hijo.

El rostro de Hixam revelaba claramente su origen mestizo. De pelo rojizo y tez muy blanca, era más alto que su padre, con quien compartía, sin embargo, el gusto por la ropa sencilla. Bajo esa agradable apariencia se escondía —lo sabría años después— un ser de naturaleza despiadada, tan virtuoso en su comportamiento personal como implacable en la conquista y la venganza. Un enemigo feroz de mi pueblo, a quien quise conocer por si algún día se cumplía mi sueño de escapar. Cuanto más supiera de él, pensé, mejor podría combatirle. Y allí mismo, en medio de aquel festejo, me propuse aprovechar cualquier ocasión para descubrir sus intenciones.

—¡Mira, Alana, ahí está él, Abd al-Rahman, viene hacia aquí! —oí que decía Fátima, muy excitada ante la presencia del emir.

Debía de tener cincuenta años cumplidos, pero su porte imponía. No era tan corpulento como mi padre, ni tampoco igual de fuerte, aunque algo en su forma de mirar le hacía parecer más peligroso. Tal vez su boca fina, ligeramente inclinada hacia abajo, en un gesto de amargura o crueldad infinita. Acaso esos ojos negros, en los que nada leí. Incluso es posible que fuera mi propia rabia la que reflejé en su rostro. Pero el caso es que, cuando se detuvo ante mí, sentí un escalofrío de terror.

—¿Eres tú la esclava llamada Alana, llegada recientemente de tierras del norte? —preguntó en tono cortés, demostrando dominar mi lengua.

—Mi nombre es Alana, señor —respondí intentando negar la condición de esclava.

—Eres bonita, muy bonita. —Me miró de arriba abajo—. Me gusta esa actitud altiva que yo sabré domar con mano firme y paciencia, como se doma a un purasangre. ¿Cuánto tiempo llevas aquí?

—Lo que tarda la luna en hacer su recorrido —contesté, sosteniendo su mirada.

—Debo esperar, entonces, hasta que se cumpla el plazo. Entre tanto, ¿hay algo que quieras pedirme?

—Quisiera poder salir y visitar Corduba. Dicen que es más hermosa que cualquier otra ciudad, pero como llegué de noche no he tenido la oportunidad de verla. ¡Es tanto y tan bueno lo que he oído sobre ella! —rogué zalamera, buscando una oportunidad para huir.

—Sea, si esa es tu voluntad. Así verás que no has de temerme. Mañana mismo una guardia te acompañará al zoco para que veas la riqueza de mi capital. Aún no está terminada, pero cuando concluyan las obras que he puesto en marcha nada tendrá que envidiar al esplendor de Bagdad.

Era muy temprano cuando salimos del alcázar, atravesamos la muralla que rodeaba la medina por una de sus tres puertas, fuertemente custodiada, e iniciamos el descenso hacia la parte baja de la ciudad. Casi no había pegado ojo en toda la noche por la impaciencia, ya que la perspectiva de traspasar esos muros abría en mi interior ventanales de esperanza. Pensaba, en mi ingenuidad, que tal vez la fortuna me permitiera encontrarme con Eliace, a quien ni un solo día había dejado de extrañar. De haber estado en mi castro esa posibilidad habría sido más que plausible, dados el tamaño y las costumbres de mi tierra, pero en Corduba resultaba sencillamente inexistente. Así me lo hizo saber Sa'id nada más pisar la calle, cuando le confesé el motivo de mi alegría.

—¿Tú crees que veremos a mi amiga Eliace, la muchacha que llegó conmigo? ¿Estará ella también en el mercado?

—Ya os dije entonces que os despidierais para siempre y ahora te lo repito —me contestó—. Aquí las mujeres salen poco de casa y cuando lo hacen van veladas, como tú ahora, pues así lo manda el Profeta cuando dice: «Quédate en casa y no muestres tu belleza. Y diles a las mujeres creyentes que mantengan baja la mirada y que dominen sus pasiones, y que no muestren su belleza ni la hagan visible, y que lleven un pañuelo que les cubra hasta el regazo, y que no muestren su belleza excepto a su marido, o a su padre, o al padre del marido, o a sus hijos varones, o a los hijos varones de su marido, o a sus hermanos, o a los hijos varones de sus hermanos, o a los hijos varones de sus hermanas o sus mujeres, o a sus esclavas, o a los sirvientes varones hacia los que no existe deseo sexual, o a los niños pequeños que nada saben de la desnudez femenina». Eso establece la ley sagrada que prohíbe a la hembra mostrar el rostro o circular de noche, por el peligro de encontrarse con hombres malintencionados. Lo que tiene que hacer una mujer decente es salir lo menos posible y hacerlo siempre acompañada. Incluso en el remoto supuesto de que tu compañera estuviera en el zoco, que como verás es enorme, sería imposible que la reconocieras. Mejor será que disfrutes del paseo, porque sabe Alá cuándo volverás a tener una ocasión así.

El eunuco jefe del harén me trataba con amabilidad comprada, ya que había recibido de mis manos una buena parte del oro que mi madre escondiera en la ropa que llevaba yo al llegar al serrallo. Ese era el modo de obtener facilidades dentro del palacio y yo lo aprendí con prontitud, intentando sacar el máximo provecho del regalo.

—Dime, Sa'id, ¿por qué ha sido Hixam el elegido de su padre, si Suleiman es mayor y es hijo de su primera esposa?

—Para empezar, el emir nunca amó a Raqiya, una pariente lejana escogida por razones políticas, y de Holal, sin embargo, ha estado profundamente enamorado. Ella logró subyugarle con su seducción y es su lecho el que visitó el emir noche tras noche durante años, oyendo hablar a su amante de las virtudes del hijo de ambos. Pronto serás consciente del poder que una mujer puede ejercer sobre un hombre si es capaz de atarle a su piel, encender su deseo hasta llevarle a la locura y satisfacer después esos caprichos que jamás confesaría. Eso hace que se sientan únicos y afloja sus voluntades, Alana. No olvides lo que te digo, pues te será útil de aquí a unas semanas. Más te vale aprender rápido, pues el emir ya no es joven.

»Además —prosiguió su respuesta el eunuco, que ese día se mostraba charlatán—, Hixam es hombre muy religioso, de una gran fortaleza de carácter y sencillez de espíritu, lo que le hace cordial a ojos del pueblo. Suleiman, por el contrario, solo acierta a concitar envidia u odio, dada su naturaleza rencorosa y disoluta.

Mientras hablábamos, habíamos traspasado las puertas del alcázar y bajado por un camino amplio, antes de adentrarnos en las callejuelas estrechas e irregulares que configuraban la ciudad. Una guardia de cuatro hombres fuertemente armados formaba a nuestro alrededor una barrera protectora que llamaba la atención de los viandantes: una abrumadora mayoría de hombres y alguna que otra mujer con la cabeza cubierta, más abundantes a medida que nos aproximamos al mercado, denominado zoco en Al-Ándalus. Pasamos por el barrio de los carpinteros, cruzamos el de los orfebres y bordeamos el de los zapateros, antes de llegar al recinto mismo del mercado, que no difería mucho de lo que habíamos visto al pasar, ya que los puestos de mercancías eran fijos, como pequeñas casitas, y estaban separados por angostos pasillos recubiertos, en su mayoría, de toldos o techos. El conjunto resultaba impresionante. Aunque mi intención era encontrar la forma de burlar la vigilancia y salir corriendo, confieso que la atención se me escapó hacia lo que había a mi alrededor. Jamás pensé que pudiera existir tanta riqueza junta, ni tantos objetos aparentemente inútiles por los que alguien estuviera dispuesto a pagar dinero. Todavía hoy, después de viajar incluso a la corte de Carlos el Magno, recuerdo ese despliegue de mercancías como la más exuberante exhibición de abundancia a la que jamás he asistido.

En el castro las monedas eran un bien muy escaso, desconocido para muchos, ya que las últimas piezas se habían acuñado en tiempos de los reyes visigodos antepasados de mi padre, quien conservaba alguna cual valioso tesoro. El dinero, tal y como lo concebían los habitantes de Al-Ándalus, estaba prácticamente desaparecido en mi poblado. Allí, en la aldea, intercambiábamos unas cosas por otras de valor similar y en contadas ocasiones empleábamos el oro o la plata en forma de barras o raspaduras. Aquí los dinares circulaban con total libertad. En la aldea era rara la visita de algún buhonero ambulante, vendedor de especias o cacharros de cocina, mientras en Corduba el mercado se abría cada día sin interrupción, con una variedad infinita de productos, muchos de los cuales me habían sido desconocidos hasta mi llegada al harén.

—¿Qué son esos objetos expuestos en aquel tenderete de allí, Sa'id?

—Son instrumentos musicales. Los fabrican en Isbiliya, donde están los mejores artesanos del sector, y su calidad es extraordinaria. Los hay de cuerda, de viento y de percusión, capaces de ejecutar unas melodías que no tienen parangón. Alguna vez habrás oído a una qayna acompañarse con alguno de ellos para cantar, ¿no es así?

—Y este mercader de aquí —inquirí, sin responder a su pregunta—, ¿cómo puede acumular esta cantidad de libros? ¿Tanta gente hay capaz de descifrar sus signos?

—Los códices forman parte de esta ciudad, Alana. Aquí hay muchos sabios que estudian el Corán, pero también las interpretaciones que de él han hecho los eruditos que les han precedido. Y además se leen los textos que nos han legado los hombres que en la Antigüedad, antes de la llegada al mundo del Profeta —alabado sea Su Nombre— e incluso de vuestro Jesucristo, escribían sobre medicina, física o la ciencia del pensamiento llamada filosofía. También hay tratados de matemática, álgebra, geometría...

A esas alturas de su explicación me había perdido por completo. Los libros en sí, con sus tapas de piel pulida y sus páginas de pergamino, ya me parecían suficientemente raros, toda vez que ni sabía leer, ni conocía a nadie en mi entorno familiar capaz de hacerlo. Mi primer contacto con ellos se había producido en el harén, desde la distancia y el temor que produce lo desconocido. No alcanzaba a comprender cómo aquellos signos extraños, similares a los que decoraban las paredes, podían atraer la atención de una persona durante tanto tiempo, y mucho menos transmitirle algún conocimiento. La lectura, que algunas de mis compañeras practicaban durante largos ratos, carecía entonces para mí del menor atractivo. Pero palabras como «filosofía», «álgebra» o «matemáticas» me sonaban a brujería y me interesaban todavía menos. Mi curiosidad se inclinaba mucho más hacia los vendedores de tejidos, aceites, especias, hierbas de todo tipo, piezas de cuero y joyas, que exhibían sus maravillas allá donde dirigiera la vista.

—El emir me ha encargado que te compre un regalo de su parte. Eres libre de escoger aquello que más te plazca.

Inmediatamente pensé en mi madre. ¡Cómo habría disfrutado ella en medio de este festín para los ojos, empapándose de cosas nuevas y absorbiendo conocimientos a través de los cinco sentidos! ¿Qué le habría gustado más?, ¿una pieza de seda para acariciar su piel cansada, o un aceite perfumado con el que regalar su olfato y el de mi padre? Opté por esto último y observé cómo Sa'id desembolsaba tres piezas de oro, una fortuna, para pagar el recipiente.

—Tienes gustos caros para venir de donde vienes, muchacha. En tu aldea de las montañas no habrá lugares como este, imagino...

—Tal vez no, pero a cambio tenemos otras cosas —repliqué ofendida.

—Pues todavía no has visto nada. De regreso al alcázar voy a enseñarte la mezquita que ha ordenado construir Abd al-Rahman, emir de todos los Creyentes, siguiendo el modelo de la gran mezquita de Damasco, para mayor gloria de Alá. No existe otra mayor en todo el mundo musulmán ni, desde luego, en el vuestro. Es el orgullo de Corduba, sin par en el Califato ni en la Cristiandad. Ochenta mil piezas de oro y plata se han gastado ya en la obra, y aún está por acabar.

Tanto se exaltaba el eunuco ponderándome los méritos del templo levantado para su dios, que perdía el resuello al subir y bajar las cuestas que conducían del mercado a la mezquita, levantada sobre una gran explanada llana en el espacio ocupado anteriormente por otro edificio, del cual aún quedaba algún vestigio visible.

—Mi señor compró a los cristianos por una cuantiosa suma la parte que utilizaban de la iglesia de San Vicente, inmediata a la vieja mezquita, y les dio autorización para que repararan los templos y capillas destruidos durante la conquista, extramuros de la medina. Es un hombre tolerante y acepta que tanto los judíos como los politeístas recen a sus propios dioses, aunque con limitaciones. Los mozárabes, esto es, los seguidores de Cristo que han decidido quedarse, deben vivir en barrios separados, vestir de manera tal que sean reconocibles, casarse entre sí, nunca con un musulmán, y renunciar a hacer proselitismo de su fe. Para llamar a su oración solamente pueden emplear campanas de madera, con el fin de que no sean oídas más allá de su lugar de residencia, y las procesiones públicas están prohibidas, al igual que la construcción de nuevas iglesias. Por lo demás, hay libertad de culto.

Me habría parado a pensar en lo curioso de ese concepto de libertad, de haber contado con los años y el conocimiento que atesoro hoy y de no haber tenido toda mi atención puesta en el formidable edificio que se alzaba ante mí, parcialmente recubierto de andamios.

—No hace todavía dos años desde que comenzaron los trabajos —me informó con orgullo el eunuco—, pero ya están muy avanzados, como puedes observar. El patio ha quedado terminado recientemente y de la fuente mana el agua necesaria para purificarse antes de entrar a rezar, como manda el Libro Santo. En cuanto a la sala de oración, las columnas que sostienen esos arcos —Sa'id señalaba unas arcadas enormes de piedra y ladrillo, milagrosamente sujetadas por unos pilares pequeños, irregulares y diferentes entre sí, recuperados de distintas construcciones anteriores, tal y como había visto hacer en el palacio real de Passicim— forman once naves perpendiculares a la quibla, un muro situado en el centro y orientado hacia La Meca, en el cual se abre un nicho que acoge el Mihrab, el sagrado santuario. Frente a él está el espacio reservado al emir —que Alá le guarde muchos años—, y cerca de allí se levanta el mimbar desde el cual el imán se dirige a los fieles. Esta obra sobrevivirá al paso de los siglos y proclamará la gloria de Abd al-Rahman mucho tiempo después de que haya muerto.

De regreso en el harén me propuse no olvidar nunca esas palabras y ponerlas en práctica en la medida de lo posible, si es que tenía la oportunidad de hacerlo. En caso de regresar a Asturias y recuperar mi rango, fundaría monasterios, levantaría iglesias y construiría una casa digna de mi linaje en las cercanías del castro, para que mi nombre fuera recordado tiempo después de mi muerte. Soñaba despierta con esas quimeras, porque quien no sueña muere un poco cada día y quien no edifica castillos en la imaginación jamás consigue conquistarlos.

—¿Qué te ha parecido la ciudad, dulce Alana? —me preguntó esa noche la madre de Hixam—. ¿Habías llegado a imaginar siquiera una cosa igual?

—Es hermosa, Holal, lo reconozco, aunque no la cambio por mi aldea.

—Ya te irás aclimatando. Verás que la vida aquí es mucho más grata de lo que crees. Tal vez si fueras instruida en los fundamentos de la verdadera fe, si te convirtieras al Islam como hice yo, encontrarías más fácil adaptarte a tu situación, que sin duda mejoraría. Aunque los conversos no estén a la misma altura que los nacidos en la fe del Profeta, están desde luego muy por encima de los paganos.

—Apenas sé nada de religión —repuse tratando de ganar tiempo—. Mi padre es cristiano, aunque su devoción no sea muy grande, y mi madre reza a sus viejos dioses tanto como al de su esposo. En mi hogar nunca oí hablar mucho de esa cuestión y me gustaría aprender antes de decidir.

—No es que yo sea una erudita. Si lo deseas, puedo solicitar que una adiba te enseñe. Pero ante todo has de saber que hay un único Dios, absoluto, eterno, sin principio ni fin, creador de todas las cosas. Es el mismo Dios de Moisés, Abraham y Jesús, pero nosotros no creemos que tenga ni hijos, ni padres, ni oponentes, ni compañeros. Nadie que pueda parecerse a Él, o mucho menos compararse con Él. Él envió a su ángel Gabriel para que revelase el mensaje al Profeta —la paz y las bendiciones de Alá sean con Él— y este lo transcribió para nosotros.

»Cinco son los pilares sobre los que se sustenta nuestra fe —continuó la conversa—, y cinco son los mandatos que nos impone: primero, Dios es único e inabarcable, y Mahoma, su Profeta; segundo, todo buen musulmán ha de rezar cinco veces al día mirando a La Meca; tercero, ha de dar limosna a los pobres; cuarto, debe ayunar durante el Ramadán para celebrar la revelación del Santo Corán al profeta Mahoma; y quinto, peregrinar al menos una vez a La Meca. Inmediatamente después de esas imposiciones se sitúa la yihad: el esfuerzo que todo creyente debe realizar para ser mejor musulmán, y, en el caso de un hombre y especialmente de un príncipe, la obligación de extender el Islam a nuevos territorios, defenderlo de todos los ataques y combatir contra los infieles. Esa es la misión que aguarda a mi hijo bienamado, Hixam, una vez que su padre ha consolidado con su firmeza e inteligencia el gobierno de Al-Ándalus. A partir de ahora, negarse a combatir sería un acto de cobardía muy cercano a la apostasía. La Guerra Santa debe disputarse hasta la victoria final, y todavía quedan muchas tierras por conquistar.

—¿Quieres decir que Hixam se dispone a reanudar la guerra con el reino cristiano? —pregunté con una mezcla de temor y esperanza.

—Esa es su voluntad, si Alá le da fuerzas. Con él no ha de haber pactos ni tributos que valgan. Se acabarán las treguas, las demoras y la pasividad. Para eso cuenta con el poderoso ejército armado y engrasado por su padre a lo largo de treinta y tres años. Su propósito resuelto es eliminar todo núcleo de resistencia cristiana, capturar cautivos, conquistar botín y extender las fronteras de Al-Ándalus. Los días de tu reino están contados.

Desde que partiera de Coaña jamás había abandonado la idea de escapar, pero después de oír aquello se convirtió en una obsesión. De cualquier forma, a cualquier precio, debía regresar a casa para avisar de lo que preparaba el nuevo emir de Corduba e instar a los míos a organizar la defensa. Mas ¿cómo burlar la férrea vigilancia a que me sometían? Pensé en buscar alianzas donde menos pudiera sospecharse, y se me ocurrió acercarme a Raqiya para atizar su despecho.

—La paz sea contigo, Raqiya —dije pronunciando las palabras que ella esperaba oír, en la actitud humilde que seguro le agradaría—. Vengo a confesarte mi deslumbramiento ante vuestra gran capital. Tenías razón al decir que tu pueblo tiene mucho que enseñar al mío.

—Veo que eres inteligente, a pesar de todo. ¿Has visitado el zoco?

—Y la mezquita, aunque no haya entrado en ella. He contemplado el alcázar desde las murallas de la medina. La ciudad es realmente grandiosa, al igual que sus gobernantes. He tenido el honor de conocer al emir en persona, y también vi en la recepción, aunque desde lejos, a su heredero, Hixam...

—¡Ese hipócrita que oculta su crueldad tras una máscara de falsa piedad! —saltó, como yo había previsto—. Dicen que su misericordia es ejemplar, que acompaña los entierros, visita a los enfermos y lleva una vida de humildad, cuidando de todos sus gastos con la más rigurosa economía. Sus hombres le adoran porque ni uno solo de los que han caído en batalla ha dejado a su familia sin pensión. Pero esa bondad no es más que apariencia. ¿Sabes que mandó cegar con saña al más grande de nuestros poetas por atreverse a escribir unos versos que enaltecían el nombre de mi hijo Suleiman?

—He oído esa historia terrible y daría cualquier cosa por escuchar esos versos de labios del poeta. Deben de ser tan hermosos y tan certeros, si han provocado semejante furia en Hixam... ¿Crees que podrías lograr que nos visitara su autor y me concediera el honor de recitar para mí? —sugerí, en una clara invitación a que Raqiya demostrara su poder—. Tengo tanto deseo de instruirme en vuestra cultura, y así hacerme digna de estar aquí...

—Veré lo que puedo conseguir. Tal vez acceda a tu ruego si soy yo quien se lo pide...

Cuántas veces a lo largo de los años que siguieron recordé el juicio de Raqiya sobre el futuro emir. Al principio pensé que sería fruto de la envidia, pero el tiempo me demostró que se había quedado corta. Y no solo por la saña que demostró contra nosotros, sino por la dureza implacable con que trató a sus hermanos de fe. A las puertas de su alcázar hizo empalar a muchos hombres por las faltas más nimias, sin compadecerse ni siquiera de aquellos cuyos padres habían servido con lealtad a Abad al-Rahman. Sus adversarios le miraban con terror, sabedores de que incluso sus más estrechos colaboradores podían ser víctimas en cualquier momento del extremado rigor con el que aplicaba su ley. Ese era Hixam, hijo de Holal, enemigo feroz al que hubimos de enfrentarnos desde el reino cristiano. Y aun así, logramos derrotarle en más de una ocasión.

—La primera esposa reclama tu presencia. —Vino a buscarme una esclava pocos días después de mi conversación con Raqiya.

—¿Me llamabas? —Me presenté ante ella.

—Así es. Mañana por la tarde acudirá Abulmajxí a mis aposentos para un recital privado. Solo estaremos tú y yo, con lo que la cosa habrá de quedar entre nosotras. Guarda silencio hoy y siempre. Te espero a la hora de la siesta. No te retrases.

Era la oportunidad que tanto había buscado. Tal vez la única que se me presentaría. Si lograba utilizar en mi provecho el odio del poeta hacia el sucesor, si podía convencerle de que me ayudara, acaso obtuviera su complicidad para salir del serrallo. Y una vez fuera, ya me las arreglaría. Lo urgente era encontrar el modo de quedarme a solas con Abulmajxí, y sabía a quién acudir.

—Sa'id —le llamé seductora, enseñando apenas una bolsa cuyo contenido él podía adivinar—, necesito que me hagas un favor.

—¿De qué se trata ahora? ¿Te has peleado con alguien y necesitas mi mediación?

—No, esta vez se trata de algo distinto. Mañana después del almuerzo acudirá el poeta Abulmajxí a los aposentos de Raqiya, para una fiesta muy privada a la que he sido invitada... Necesito quedarme unos minutos a solas con él.

—Es imposible. Esa mujer es desconfiada por naturaleza y muy vengativa. Olvídalo.

—Te pagaré muy bien —insistí agitando mi bolsa—. Solo será un momento, lo que tardes en consultarle cualquier asunto urgente, una disputa entre dos siervas, lo que se te ocurra. Al fin y al cabo a ella le gusta ejercer su autoridad y tomar todas las decisiones. No creo que te resulte imposible atraer su atención unos instantes.

El eunuco miró la bolsa, que encendió la codicia en sus ojos, y accedió a regañadientes.

—Está bien —me quitó el oro de las manos—, pero si te castigan yo no quiero saber nada. Y no puedo comprometerme a distraer a Raqiya más de lo que se tarda en llegar de sus habitaciones a los salones comunes y regresar. Te repito que es sumamente desconfiada.

—Ese tiempo me bastará. Eres fantástico —le besé en la mejilla, lo que le ruborizó hasta las orejas—, y no te causaré problemas. ¡Lo juro!

A partir de ese instante, y hasta la hora señalada para el recital, el tiempo pareció detenerse. No pegué ojo en toda la noche, urdiendo uno y mil planes para salir de Corduba si lograba abandonar el alcázar después de encontrar el modo de convencer al poeta. Tan pronto me parecía cosa hecha, como sucumbía a un pesimismo negro y abandonaba incluso la idea de intentarlo. El miedo daba paso a la euforia y esta a la prudencia, sin solución de continuidad. Por fin, tras una eternidad consumida sin descanso, llegó el momento de las presentaciones.

—Maestro —ofició Raqiya con altivez—, esta es Alana, la esclava de quien te he hablado. Está deseosa de escuchar tu arte de tus propios labios.

»Alana, tengo el honor de presentarte a Abulmajxí, el más grande de los poetas de Al-Ándalus, capaz de retratar la gloria en forma de palabra bella y convertir la palabra en bello instrumento para la gloria. Maestro —concluyó con reverencia—, te escuchamos.

Aquel hombre no hacía nada por ocultar los estigmas del suplicio al que había sido sometido. Sus cuencas vacías se abrían al infinito como un reproche purulento, que ansía ser escuchado, en vivo contraste con una voz capaz de desgranar versos como si fueran canciones. De pie, gesticulando suavemente con los dedos de una mano, el apologeta de Suleiman entonó las alabanzas del hijo de nuestra anfitriona con toda la pasión que engendra el odio macerado en dolor. De cuando en cuando, Raqiya me susurraba al oído una traducción apresurada del poema, embriagada por la emoción de una madre halagada en el fruto de sus entrañas. Yo fingía deleitarme también con el espectáculo, impaciente por ver a Sa'id aparecer para cumplir el encargo que me había cobrado por adelantado. Cuando ya empezaba a temerme lo peor, sonaron unos golpes en la puerta.

—Señora, suplico con humildad tu perdón por osar interrumpir, pero tu presencia se hace necesaria en los baños, donde dos de las concubinas jóvenes han entablado una disputa que llega ya a las manos.

Sa'id se inclinaba todo lo que le permitía su inconmensurable cintura, tal vez para no ver la mirada iracunda que le lanzaba Raqiya mientras musitaba unas excusas al poeta, acallado en pleno éxtasis interpretativo. Hecho esto, se dirigió a mí con un seco «ahora vuelvo» y salió de la estancia cerrando la puerta tras de sí, probablemente con la intención de mandar azotar allí mismo al eunuco impertinente. Yo no perdí un instante y me arrojé a los pies de Abulmajxí, para besárselos en señal de súplica.

—Maestro, te lo ruego, únicamente a ti puedo acudir. Sé que odias tanto como yo a Hixam, cuya crueldad te ha privado de la luz del sol, y a su padre, Abd al-Rahman, que ha pretendido comprar con oro tu perdón. Si quieres vengarte de ellos, ayúdame a escapar de aquí y devuélveles la humillación sufrida. Ellos no sabrán que fuiste tú, pero tú podrás disfrutar de tu venganza...

—Levanta de ahí, muchacha —me respondió con tranquilidad, alzándome del suelo con una fuerza impropia de su edad avanzada—, y olvida esa locura. No hay quien pueda ayudarte a salir de aquí, y aunque lo consiguieras, ¿adónde irías? ¿Qué sería de ti en Corduba, sola y sin amigos a los que acudir? Tienes razón. Mi corazón alimenta un rencor que crece con cada estrella que no puedo ver, mas no soy un hombre valiente. ¿Sabes lo que me haría el emir si descubriese que le he robado a una de sus doncellas? Por mucho menos que eso me han cegado y no dudarían en empalarme con esmero, manteniéndome vivo el tiempo suficiente para enloquecer antes de morir.

—Pero no sabrían que has sido tú —protesté—, no tendrían por qué saberlo...

—Te digo que no, chiquilla. Acepta tu suerte como yo he aceptado la mía. Es la voluntad de Dios Todopoderoso. Y olvida esta conversación que acabamos de tener. Aquí las paredes oyen y no tienes ni idea de la crueldad que puede mostrar el emir si lo provocas.

Dicho eso, Abulmajxí se puso a recitar en lengua árabe y no volvió a dirigirme la palabra.

Enseguida regresó Raqiya, muy azorada, para deshacerse nuevamente en excusas con el poeta y dar por terminado el encuentro. En cuanto a mí, marché a mi habitación hundida en la desesperanza y me puse a repasar el contenido de mi baúl, como hacía con frecuencia a fin de combatir la nostalgia. Allí estaba, encima de todo, el recipiente de aceite perfumado que esperaba entregar un día a mi madre... ¿Qué sería de ella allí en el castro? ¿Habrían recogido ya las castañas? ¿Castigaría el hambre o la peste al poblado? ¿Se sentiría ella tan sola como yo? Deposité con cuidado el frasquito en el suelo y seguí sacando objetos: una camisa hecha con mis propias manos, unas albarcas nuevas por falta de uso, mi túnica de lana, guardada desde el día de mi llegada al serrallo, y, debajo del todo, la capa de piel de nutria. ¡Cómo me habría gustado tener ocasión de utilizarla! ¡Cuánto añoraba las correrías de mi niñez por los montes nevados, jugando con otros chiquillos y buscando luego el calor de la lumbre y los cuentos de alguna anciana en el idioma antiguo! Desplegué aquella prenda cosida para otro mundo y otro tiempo, comprobé que la piel seguía intacta en su suavidad, y volví a doblarla con cuidado, para devolverla al arcón de mis tesoros. Estaba empeñada en aquella tarea, realizada como un ritual, cuando una de las siervas del harén vino a avisarme.

—La peinadora que mandaste llamar está aquí.

—Yo no he mandado llamar a ninguna peinadora —respondí huraña—. Debe de haberse equivocado de persona.

—No hay error, señora, ha preguntado por...

—Alana —dijo una mujer asomando la cabeza desde detrás de la sierva—. ¿Eres tú?

—Así es. Pero yo no utilizo tus servicios. Te has confundido.

—Creo que esta vez sí lo harás. —Me guiñó un ojo, señalando con la cabeza una bolsa de cuero enorme que llevaban consigo todas las de su oficio para guardar los peines, cepillos, aceites y ungüentos que utilizaban en su trabajo—. Tengo un peinado especial para ti: una creación que te dedica Índaro...

V

La fuga

Adosinda había cumplido su promesa de no olvidarse de mí. Mientras yo emprendía viaje hacia Corduba, en compañía de Eliace, Guntroda y una nutrida escolta, la reina viuda se apresuraba a despachar a un mensajero de su confianza a Vasconia, donde su sobrino Alfonso había encontrado refugio junto a los parientes de su madre. Pocos conocían el lugar exacto en el que el heredero designado por el príncipe Silo esperaba su oportunidad para recuperar el trono, pero entre esos escogidos estaba su tía y benefactora, la mujer que le introdujo en los círculos de poder palatinos en Passicim, le brindó todo su apoyo y también le ayudó a escapar cuando una conspiración elevó a Mauregato hasta el solio que le pertenecía por derecho. Ella sabía cómo encontrar a su protegido y estaba segura de que allá donde estuviera Alfonso tendría cerca al más querido de sus espatarios, a su inseparable amigo, Índaro.

El soberano, destronado antes de llegar a reinar, y mi prometido, prematuramente alejado de mí, se habían conocido a una edad temprana en palacio, donde ambos se preparaban para la vida política y militar a la que estaban llamados. Índaro, hijo de un influyente conde con tierras en el oriente, lindantes con Cantabria, había sido enviado a la corte para formarse como escudero del rey niño, a cuyo destino le ligaban sólidas alianzas de familia. En cuanto al futuro monarca, que apenas contaba cuatro años de edad a la muerte violenta de su padre, había pasado una temporada como pupilo de los sabios monjes del monasterio de Samos, en la remota Gallecia, y vivía desde su regreso a la corte acogido a la hospitalidad de Adosinda, única hermana del asesinado. En un tiempo de barbarie y turbulencia, en el que los hombres no temían ni a Dios ni a la ley, ella era quien le había salvado la vida, pues el príncipe Fruela había perecido víctima de una conspiración en su fortaleza de Canicas, mientras el pequeño se encontraba lejos, en Passicim, aprendiendo de su tía y del esposo de esta, Silo, artes de gobierno más sutiles que la mera fuerza de las armas. De no haber sido por esta circunstancia, padre e hijo habrían corrido idéntica suerte, ya que las luchas por el poder resultaban despiadadas entonces, como ahora, y como siempre será, pues el corazón del ser humano lleva grabado a fuego el estigma de la codicia.

Adosinda, maldita con la cruz de la esterilidad, adoptó al huérfano de su hermano con la intención declarada de continuar en él la estirpe de Pelayo, vencedor de los sarracenos, cuya sangre corría por sus venas. En aquella Asturias que Huma me enseñó a amar, tan distinta de Al-Ándalus y de la cristiandad actual, eran las mujeres, las madres, quienes garantizaban en su vientre la legitimidad de la descendencia, transmitiendo a sus hijos varones los derechos conquistados por sus padres con la fuerza. Y así el caudillo de la Santa Cova, el que se alzó en armas contra la ocupación cuando todos se habían sometido, resistió en los montes con un puñado de fieles alimentándose de miel y mereció la ayuda divina para derrotar a los invasores; el fundador de la dinastía, Pelayo, tuvo continuidad en Ermesinda, su hija bienamada, la cual a su vez engendró con el hijo del duque de Cantabria a Adosinda. Ella cuidó y educó al vástago de su hermano muerto, como si hubiera nacido de sus entrañas, aunque Alfonso fuera fruto de los amores del salvaje Fruela con una hermosa cautiva vascona, capturada durante una incursión de castigo y elevada después al rango de esposa.

En la época a que se remontan estos hechos que estoy contando mi padre y mi madre eran todavía niños. Cuando Índaro y Alfonso entrecruzaban sus espadas de juguete en el patio de armas del palacio de Passicim, yo andaba todavía envuelta en fajas. Me costó mucho tiempo aprender y comprender la historia turbulenta de esos pueblos fieros que engendraron nuestra estirpe, pero Dios quiso colocarme en un lugar destacado de la trama que urdía a nuestras espaldas. Él dispone según Su voluntad y nosotros la acatamos humildemente. Nadie es libre de escoger el tiempo de su vida, aunque a todos se nos brinda la oportunidad de vivirla sometidos o rebelarnos a un destino indigno. Nosotros escogimos este segundo camino.

El clan familiar de Munia, que así se llamaba la madre de Alfonso, habitaba en un estrecho valle alavés situado al norte de Orduña, a varias jornadas de mula de dicha población, protegido por la aspereza de un terreno endiablado incluso para los nativos acostumbrados a recorrerlo. Allí había sido apresada ella siendo muy joven, cuando el rey de Asturias aplastó a sangre y fuego una revuelta de su pueblo, y allá había regresado en la madurez, ya viuda, para ofrecer un hogar seguro al joven habido de su apasionada relación con el que fuera su amo y señor, su amante, su dueño y su marido.

Entre montañas boscosas guardadas por temibles lugareños, al abrigo de nieves y precipicios, el fugitivo de

Passicim, acompañado por un puñado de fieles espatarios, esperaba un momento oportuno para recobrar lo suyo, urdía planes con sus secretos aliados en la corte, recibía los informes de sus espías y se carcomía por dentro viendo cómo su tío bastardo, Mauregato, se entregaba a una vida de holganza, sin mover un dedo para reconquistar con las armas la tierra arrebatada a los cristianos, ni construir nuevos templos o dotar monasterios, renegando del legado recibido de sus predecesores en la dinastía asturiana.

Hasta aquel remoto rincón del norte llegó el emisario de Adosinda, agotando su montura y desafiando mil peligros, más o menos a la vez que yo ponía pie en Toletum. Mientras Rebeca me instruía sobre las razones de su odio a los godos, Índaro recibía la noticia de mi viaje forzoso a Corduba en calidad de tributo. Y cuando yo languidecía en el harén entre cojines de seda fina, añorando el aire de mi castro, él cruzaba la península de noche, a uña de caballo, alejándose de los caminos y evitando todo contacto humano con el propósito de rescatarme. En ello le iban su honra y la de sus antepasados.

Su padre y el mío habían suscrito un pacto que ponía mi vida en sus manos y nos vinculaba con lazos poderosos, ya que nuestro matrimonio era el punto de partida de una alianza de gran trascendencia para ambos. Una unión entre su familia, ubicada en oriente y unida desde siempre a la de Pelayo, y la mía, asentada en tierras de occidente, próximas a la levantisca Gallecia, con control absoluto sobre un importante castro y su valle de influencia. Las dos fundían sangre goda y astur, en mi caso; cántabra y goda en el de Índaro, y las dos coincidían en su ferviente deseo de retomar la lucha para expulsar de Hispania a los ocupantes moros.

Una vez conocida mi suerte, mi prometido no tenía más opción que acudir en mi ayuda, y en esa empresa se volcó, con el permiso de su señor, sin perder un instante, nada más recibir las inquietantes noticias de Adosinda. Claro que todo eso yo lo sabría mucho después...

En el momento en que oí el nombre de Índaro, pronunciado por la peinadora a las puertas de mi prisión, tuve que morderme la lengua para no gritar del susto. Estaba tan fuera de lugar en aquel entorno como el rugido de un oso o el sonido de uno de nuestros cuernos de caza. ¿Qué podía saber una mujer así del hombre con quien yo soñaba? ¿Quién y con qué propósito le había hablado de él? Sobreponiéndome a la primera impresión, dejé lo que estaba haciendo y fingí despreocupación para no despertar la curiosidad siempre alerta de la esclava que había venido a llamarme.

—Está bien —comenté, mientras me dirigía a la sala común, contigua a los baños, donde un ejército de cautivas y trabajadoras libres llevaban a cabo las largas sesiones de masajes, tatuajes, peinados y demás tratamientos destinados a embellecer nuestros cuerpos para el emir. Una vez allí, procuré sentarme en un lugar apartado y, sin poder aguantar la incertidumbre por más tiempo interrogué a la peinadora—. ¿Qué sabes tú de Índaro? ¡Habla, por Dios!

—Sé que es un hombre muy rico y generoso que te espera al otro lado de los muros del alcázar —respondió la mujer mientras rizaba y recogía mi melena en una cascada de tirabuzones rubios—. Ha pagado a mucha gente para llegar hasta ti y me ha encargado entregarte esta bolsa de oro que, a juzgar por lo que pesa, podría comprar el rescate de un rey. Solo tienes que encontrar el modo de salir de aquí y hacerme saber el día, la hora y el lugar exacto. Yo se los comunicaré a él, que te estará aguardando en cuanto traspases la puerta. Pero apresúrate. El invierno ya está encima y su presencia en Corduba resulta extremadamente peligrosa. No es lo que se dice un caballero que pase desapercibido...

—¿Dónde le has visto? ¿Cuándo ha llegado? ¿Dónde se esconde?

—Son muchas preguntas a un tiempo, muchacha. Sobre dónde se aloja y cuándo ha llegado no puedo decirte nada. Yo me entrevisté con él hace un par de días, por mediación de un fraile conocido de ambos que fue quien organizó el encuentro. Es el pastor de la comunidad a la que pertenezco, cada vez más reducida a medida que se nos va complicando la vida. En verdad un santo varón, con muchas e importantes amistades. Él me explicó que tu prometido había viajado desde las tierras del norte siguiendo tus pasos y me preguntó si te había visto en el harén. Por la descripción que hizo de ti, te reconocí enseguida y acepté transmitirte este mensaje. Esa es la razón de que me haya arriesgado a traer esto conmigo —dijo, mientras sacaba con disimulo de su bolsa de cepillos y tenacillas un saquito de cuero lleno a rebosar de monedas—, aunque si alguien llegara a enterarse de lo que estoy haciendo el emir no dudaría en hacerme crucificar a las puertas del alcázar. Por mucho menos ha mandado decapitar incluso a seguidores de su dios... Sin embargo, entre cristianos hemos de echarnos una mano unos a otros, ¿no te parece? Tal vez algún día sea yo quien acuda a ti.

—Desde luego, desde luego —respondí al tiempo que escondía el peligroso bulto en el rincón más íntimo de mi cuerpo—. Por cierto, no me has dicho tu nombre.

—Me llamo Estefanía.

—Es que no puedo creer lo que me estás contando. Hace tanto que no sé nada de él, y de repente aparece aquí, donde menos me podía imaginar, cuando ya empezaba a perder la esperanza. ¿Cómo voy a burlar esta vigilancia? Ya lo he intentado y ha resultado imposible. ¡Señor! Tenerle tan cerca y no poder llegar hasta sus brazos. Es para volverse loca.

—Utiliza el oro que acabo de darte. Sabrá cegar más de un ojo y acallar más de una boca, créeme. Todo ser humano tiene un precio y los que os guardan aquí dentro no son de los mejor pagados, aunque están acostumbrados a venderse. Yo debo marcharme ya. Regresaré pasado mañana en busca de tu respuesta. Y recuerda, el tiempo apremia.

—¡Espera! Di a Índaro que... Dile que no ha hecho el viaje en vano, que sigo siendo digna de él. Y dile también que...

—Intentaré decírselo, descuida. Ahora, prepárate para la huida.

A partir de ese momento mi cabeza se puso a hervir como los calderos en los que mi madre preparaba sus brebajes. No paraba de hacerme preguntas sobre cómo sería mi reencuentro con Índaro, adónde me llevaría una vez que estuviésemos casados, cuánto tardaríamos en regresar al castro, la cara que pondrían mis padres cuando volvieran a verme, la forma en que organizaríamos nuestra boda, tantos años después de celebrarse los esponsales y con tantos obstáculos como habían surgido entre medias... Hasta llegué a buscar nombres para los muchos hijos que deseaba darle. Estaba eufórica y no pensé ni por un instante en los peligros que habríamos de afrontar. No se me ocurría que algo pudiese interponerse en nuestro camino. En aquellos momentos de confianza ciega, como solo la juventud se atreve a confiar, todo parecía posible.

Esa misma tarde me acerqué a Sa'id con la firme voluntad de tentarle hasta más allá de lo resistible. Le hablé de la bolsa que tenía escondida para él, le mentí sobre mi conversación con el poeta Abulmajxí, de quien —aseguré— había obtenido la promesa de un pronto auxilio, e incluso impliqué en la historia a la mismísima Raqiya, la cual, según mi versión, estaría deseando hacerme escapar con el fin de vengarse de su esposo por descartar para la sucesión al hijo de ambos. Empleé todos los recursos a mi alcance con el fin de confundir al eunuco o, cuando menos, convencerle de que el hecho de ayudarme le resultaría muy rentable y escasamente arriesgado, dado el elevado número de sospechosos susceptibles de arrastrar la culpa. Insistí, amenacé, ofrecí, insinué, supliqué y, finalmente, ya de mañana y tras haberle dejado rumiar durante el sueño mi proposición, le enseñé la recompensa prometida en todo su esplendor: una montaña de piezas relucientes esperando cambiar de manos. Aquello fue el elemento decisivo, aunque hoy, visto su gesto desde la distancia de los años transcurridos, creo que aquel hombre castrado, tan influyente como despreciado, había llegado a tomarme cariño. Tengo la sensación de que algo en lo más profundo de su ser le impulsaba a salvar lo que en mí había entonces de puro, a rescatarme de la corrupción del serrallo. No quería que acabase como las otras, atrapada en el pantano de las envidias, y por eso me prestó su mano. Tal vez me equivoque, acaso fuera únicamente el oro, pero yo prefiero aferrarme a esta otra posibilidad favorable a la memoria de Sa'id, porque su rostro y su voz han figurado siempre, desde aquel momento lejano, en la galería de los escasos retratos amados que conserva mi corazón.

Espero que su alma haya alcanzado el paraíso con el que todos soñamos y que su cuerpo haya llegado intacto al jardín del Edén, donde, según sus creencias, cuarenta vírgenes de belleza sin par le estarían esperando para colmarle de atenciones. Rezo todavía hoy por que su Dios le haya pagado con los goces reservados a quienes hacen el bien, ya que la recompensa que obtuvo en este mundo no fue precisamente la que su gesto merecía. La vida suele ser tan ingrata como el hombre poderoso. Algunas veces, por puro azar, acaba poniendo a cada cual en su lugar, aunque lo habitual es que reparta de forma arbitraria los premios y los castigos, a semejanza del amo injusto que eleva a quienes le adulan, traicionando sin remordimiento a los que le han servido con lealtad. Es inútil empeñarse en comprender los designios del Altísimo en nuestro tiempo en la tierra, pues Su sabiduría no está al alcance de talentos tan cortos. Únicamente nos quedan la fe y la esperanza en la eternidad.

Pero volvamos al relato de los hechos acaecidos en aquellos días lejanos, que a mi edad es fácil perderse en vericuetos sin sentido y extraviar en ellos el hilo de la historia.

Quedé con Sa'id en que nos encontraríamos a la medianoche del tercer día, cuando todo el harén durmiese, en la puerta de acceso a las cocinas. Eso me daría tiempo para avisar a Estefanía y permitir que ella, a su vez, comunicara a Índaro la información necesaria. Era indispensable que la coordinación fuese perfecta, ya que una vez cruzada la puerta del alcázar yo habría de desaparecer a toda prisa, disfrazada de hombre, pues las mujeres tenían prohibido circular de noche por las calles de la ciudad. El plan habría de desarrollarse exactamente de acuerdo con lo establecido, sin el menor fallo, o arriesgarse a fracasar.

Llegada la hora acordada, el eunuco me estaba esperando en el lugar previsto, con dos cabos de vela gruesos y un nerviosismo evidente. Tenía miedo, pero lo había vencido para hacer honor a su palabra, cosa que le agradeceré siempre. Desde las cocinas bajamos unas escaleras estrechas, tomamos varios pasillos y llegamos hasta un pasadizo oculto tras un panel de madera, cuyo mecanismo de apertura accionó mi cómplice a guisa de despedida.

—Sigue el túnel sin detenerte hasta que veas la luz del cielo. Es una de las vías de escape secretas que previeron los constructores de la fortaleza para el caso de que un asedio prolongado obligara a entrar o salir clandestinamente. Conduce hasta la orilla del río grande, más allá de la medina y de la muralla. Es seguro, no te preocupes, aunque veas que bajas y giras y vuelves a serpentear y a descender, e incluso resbalas en el suelo húmedo. Si caminas a buen ritmo, sin desfallecer, antes del alba podrás estar en brazos de tu caballero. Que Dios y él te protejan de la ira del emir, porque será grande. Huye de Corduba a toda prisa y regresa a tus montañas. Únicamente allí, tal vez, estés a salvo, siempre que tu reino resista. En caso contrario, no tendrás dónde esconderte. Y recuerda. Yo jamás he estado aquí contigo...

Dicho eso me cedió una de las candelas, tras lo cual, con un elocuente gesto del mentón, me urgió a meterme en aquel agujero oscuro, impaciente por cerrar la entrada y marcharse cuanto antes de allí.

Sola, sin más luz que la de mi vela, cuya llama vacilaba alarmantemente a cada corriente de aire, comencé a caminar primero muy despacio, tanteando la pared con la mano libre, y poco a poco más rápido, burlando al miedo con pensamientos de futuro, llena de ilusión ante lo que me aguardaba. Solo el recuerdo de Eliace y la imposibilidad de compartir con ella ese momento ensombrecían mi alegría, pero confiaba en poder recabar la ayuda de Índaro para buscarla. Vestía la túnica de lana basta que había traído de casa, calzaba mis albarcas nunca estrenadas y a la espalda cargaba un hatillo con mi capa forrada de piel y el aceite perfumado comprado para mi madre. No había querido llevarme nada que me recordase mi condición de esclava, por privilegiada que fuese;

ni siquiera un pañuelo de seda para mostrar su suavidad desconocida entre los míos o un brazalete susceptible de ser vendido en un momento de necesidad. Nada relacionado con el cautiverio que dejaba atrás para siempre. Pretendía borrar así de mi memoria lo que se siente al ser considerada un tributo debido al ocupante, la humillación sufrida al verte despojada de tu propia vida para satisfacer la de otra persona.

Quería olvidar, mas no lo conseguí. Una parte de la Alana que fui quedó atrapada entre los muros del alcázar de Abd al-Rahman, maldito sea su nombre, y no logró regresar a Coaña.

El tiempo se me hizo eterno en aquel lóbrego pasadizo repleto de recovecos, que casi se convierte en mi tumba. Cuando ya llevaba un buen rato andando por aquel laberinto, hasta el punto de perder el sentido de la orientación, me di de bruces con una bifurcación de la que nada me había dicho Sa'id. ¿Cuál sería la dirección acertada? ¿Cómo era posible que olvidara instruirme sobre cuestión tan decisiva? Sin más guía que la de mi instinto, tiré hacia la izquierda, por ser ese el lugar que ocupa el corazón en el pecho. A partir del cruce, el camino se hacía más estrecho y, en algún tramo, se descolgaba en rampas acusadas de suelo húmedo y resbaladizo. Una de ellas me hizo perder el equilibrio y caer rodando, lo que me dejó a oscuras, más atemorizada aún de lo que ya estaba al partir. A tientas, al borde de las lágrimas, seguí hasta el límite de mis fuerzas y, cuando ya no pude más, me derrumbé, decidida a descansar unos instantes, aunque quedé profundamente dormida.

Ignoro el tiempo que transcurrió hasta que desperté, sobresaltada, en medio de aquella negrura silenciosa. No tenía la menor idea de dónde me encontraba, si aquel pasadizo tenía una salida o si ya se había detectado mi ausencia y alguien me perseguía. Estaba ciega, agotada y aterrorizada, pero firme en mi decisión de no volver sobre mis pasos. Proseguí, pues, muy despacio, extendiendo los brazos ante mí para no chocar, y canturreando en voz baja tonadillas aprendidas en la infancia con el fin de darme ánimos. Finalmente, cuando ya casi había agotado el repertorio, sentí la punzada del frío y divisé ante mí una pequeña apertura prácticamente cubierta de vegetación, que dejaba pasar retazos de luz de luna. Creo que nunca me había parecido más hermosa. Corrí hacia ella sin el menor rastro de prudencia, ascendiendo una leve pendiente me arrastré como pude a través de un hueco tan estrecho que apenas cabía por él, incluso después de soltar mi carga, y pronto me encontré en medio de un campo de olivos desde el que se escuchaba con nitidez el rumor de un caudal abundante: el «río grande» del que me hablara Sa'id, que en lengua árabe se decía algo así como «guadalquivir».

La claridad de la noche, sin una nube en el cielo, me resultaba vagamente familiar, a la vez que amenazadora. Las ramas retorcidas de los árboles semejaban garras desplegadas para atraparme. El canto de la lechuza ponía un toque siniestro a mi soledad, y allí no había nadie esperándome. Busqué y rebusqué a mi alrededor, me atreví incluso a susurrar el nombre de Índaro, mas no obtuve más respuesta que el ulular de los pájaros nocturnos. Algo había salido mal. La cita concertada a través de Estefanía se había frustrado, o tal vez alguien nos hubiese delatado, haciendo arrestar a mi prometido. En tal caso, sin embargo, también yo habría sufrido el mismo destino, y allí no había guardias esperando para apresarme. No, la explicación no podía ser esa, lo cual no mejoraba en nada mi situación.

Luchando contra el pánico con todas mis fuerzas, eché a andar en dirección al río, en cuya orilla divisé una pequeña construcción, de las que se usan para guardar aperos de labranza, semioculta entre cañaverales. Entonces reconocí el lugar. Era exactamente el escenario de la pesadilla que tuve la noche de mi llegada al alcázar real. La misma luz blanquecina e idénticos troncos nudosos. Únicamente alteraba mi recuerdo la presencia de la mencionada choza, situada en el mismo punto en que la espectral figura de mi sueño me llamaba con sus peculiares alas. Reconfortada por esta señal de los espíritus, que identifiqué como un presagio inmejorable, corrí hasta la cabaña, forcé su puerta sin dificultad y me cobijé en el último rincón, escondida tras las herramientas, confiando en que nadie acudiera a trabajar el campo en plena estación invernal.

En ese mismo momento Índaro se revolvía de impaciencia, vestido de fraile, en la cocina de un convento situado cerca de allí. Se había camuflado de ese modo para burlar a los soldados del emir, que recorrían el barrio cristiano casa por casa, registrando a conciencia cualquier escondrijo posible, tras las huellas de la doncella que había humillado al soberano huyendo de su harén como una vulgar ladrona. Llevaban toda la noche en vela, después de haber buscado un día entero, sin hallar mi rastro. Y es que, aunque entonces no pudiera saberlo, el hecho de equivocar el camino en el interior del pasadizo secreto, para luego desfallecer por el cansancio, me había salvado la vida.

Pocas horas después de fugarme ya se había detectado mi ausencia, desatando un vendaval en el alcázar. El propio Abd al-Rahman, informado de los hechos, había ofrecido una espléndida recompensa por mi captura, al tiempo que ordenaba interrogar sin miramientos a todo el personal del harén. Más de una señaló a Sa'id como buen amigo y confidente mío, lo que le convirtió en principal sospechoso. Sometido al tormento del fuego no tardó en confesar, delatando a los guardias mis planes, incluido el punto por el que tenía pensado salir del túnel. Cuando llegaron allí, sin embargo, no me encontraron, y tampoco hallaron a mi prometido, pues se había marchado ya tras esperarme en vano toda la noche. Luego se dio la alarma en la ciudad, el eunuco fue empalado a las puertas del palacio, como era costumbre hacer con los culpables de alta traición, y comenzó la persecución contra cualquier persona susceptible de haberme dado asilo. Nadie podía pensar que la verdad de lo sucedido era mucho más sencilla. Que simplemente yo había tomado el desvío equivocado, me había adentrado en un antiguo conducto de ventilación y había salido por un aliviadero olvidado, situado a más de una milla de la entrada exterior marcada en los planos, la noche siguiente a la prevista.

En contra de los consejos de su anfitrión, el abad de San Justo, que le recomendaba olvidarme y marcharse cuanto antes de Corduba, Índaro se propuso arriesgarse hasta la temeridad y volvió a salir la noche siguiente y otra más. En caso de ser interceptado —le dijo al monje— fingiría ser un fraile sordomudo (con el fin de enmascarar su desconocimiento de la lengua árabe) que llevaba los últimos sacramentos a un moribundo. Tal vez el ardid no resultara, pero era lo mejor que se le había ocurrido. Así pues, no una sino dos veces pidió prestados a los hermanos unos hábitos, metió en un zurrón los instrumentos necesarios para justificar su coartada y se adentró en la oscuridad, decidido a recorrer la orilla del Guadalquivir hasta dar conmigo. Las piernas, o tal vez las hadas, le condujeron hasta mi escondite, cuando la desesperación y el hambre estaban ya a punto de quebrar mi voluntad.

Al abrirse la puerta di un respingo, temiendo haber sido descubierta. Me acurruqué entre las sombras, contuve el aliento y forcé la vista para ver quién estaba allí. Enseguida atisbé una figura en nada parecida a la de los temidos guardias, aunque totalmente desconocida para mí. Era un hombre alto, de gran envergadura, vestido con ropas de fraile. Pese a mis esfuerzos, no tardó en darse cuenta de mi presencia, y se acercó casi a rastras hasta mí, a la vez que yo salía de mi esquina. Cuando estuvimos tan cerca como para que su olor penetrante hiriera mi olfato, sensibilizado por las últimas semanas de baños y esencias, me atreví a preguntarle tímidamente:

—¿Índaro?

—Soy yo, en efecto. Y tú debes de ser Alana...

—¡Estás aquí, no puedo creerlo! Ni en mis más locas fantasías me atreví a esperar que vinieras a buscarme, y menos que me esperaras. ¿Dónde has estado? ¿Qué ha sucedido? —Le observaba sin recato, encantada de lo que veía, hasta que el instinto me hizo recobrar la cordura—. Ahora debemos alejarnos a toda prisa. Si alguien nos ve, estamos perdidos. ¿Cómo has conseguido ocultarte hasta ahora y cómo me has encontrado?

—Me ayudan los hermanos del convento de San Justo, que no está lejos de aquí. Toma, ponte esto —dijo tendiéndome un sayo idéntico al que le cubría, e igualmente hediondo—. Pongámonos en camino. Tiempo habrá de hablar cuando estemos a salvo.

En silencio, con la capucha calada hasta la barbilla y las manos ocultas bajo las mangas, atravesamos el sembrado, salimos a un sendero de tierra y lo seguimos en dirección sur, hasta llegar a un cruce. Allí giramos a poniente, enfilamos una callejuela empedrada y comenzamos a ver las primeras casas del barrio cristiano de la ciudad, acurrucadas unas con otras para protegerse, que se alzaban a una distancia considerable del centro por el que yo había tenido ocasión de pasear una vez. En uno de sus extremos, algo apartado de los demás, un edificio de piedra renegrida por el paso de los siglos albergaba el humilde monasterio de San Justo, donde una docena de frailes soportaba los rigores de la ocupación musulmana ofreciendo su sufrimiento al Señor.

Cuando llamamos a sus puertas el alba empezaba a clarear por el horizonte, inundándome el alma de libertad ante la contemplación de su colorido. Eran tantas las emociones acumuladas en las últimas horas que ni el sueño ni el cansancio habían hecho mella en mí, aunque habría dado cualquier cosa por unas castañas calientes. Quería hablar, hablar y seguir hablando, contar a Índaro toda mi peripecia pasada e interrogarle sobre la suya, planear con él nuestra huida, revelarle los terribles planes de Hixam para borrar Asturias del mapa... y mirarle a los ojos.

Sus ojos, por lo poco que había visto en el primer instante, eran de un color azul grisáceo, pequeños y penetrantes. Se escondían tras unas cejas prominentes, rubias como su melena, y parecían perderse en la cabeza, plantada sobre un cuello colosal, forjado por el peso del yelmo y la coraza. Era un hombre atractivo, en nada parecido al recuerdo infantil que conservaba de él. Lo confirmé cuando pude contemplarle más serenamente a la luz del día, dentro ya del cenobio, mientras nos preparaban un frugal almuerzo consistente en pan blanco rociado de aceite y una copa de vino tibio rebajado con agua. Tan alto como mi padre, ancho de espaldas y de brazos visiblemente musculosos bajo las mangas, su cara parecía cortada a hachazos. Aun así, resultaba agradable a la vista con su frente ligeramente sobresaliente, como en vanguardia del resto del rostro; sus pómulos marcados, las mandíbulas poderosas, cubiertas de barba, y los labios ocultos bajo un bigote trigueño. Agradable y a la vez feroz.

—Sigues siendo tan hermosa como te recordaba —rompió el hielo con galantería.

—Tú en cambio has cambiado —devolví el cumplido— y no te pareces nada al muchacho delgaducho que visitó mi castro.

Sentados uno frente a otro en torno a una mesa de madera sin desbastar, solos, vestidos de lo que no éramos y muy lejos de nuestro hogar, nos observábamos con una mezcla de vergüenza y desconfianza, sin encontrar el modo de proseguir la conversación.

—¿Cómo supiste dónde encontrarme? —me decidí finalmente a preguntarle, mientras degustaba la bebida habitual de los hermanos, que me disgustó por áspera.

—Buscando, siguiendo rastros y confiando en mi instinto. Un hombre enviado por Adosinda me trajo noticias de tu paradero. La reina viuda me informaba sobre tu paso por San Juan, en Passicim, y me urgía a seguir tus huellas antes de que fuera tarde y te perdieras para siempre en...

—Has llegado a tiempo, no temas —lo tranquilicé—. Doncella llegué hasta el harén de Abd al-Rahman, por la cobardía de nuestro rey, y doncella sigo siendo gracias a las leyes de los sarracenos. Durante el tiempo de mi estancia en su castillo nadie me ha faltado al respeto. Mi honra y la tuya siguen intactas, pero es indispensable que regresemos a Asturias lo antes posible para avisar de lo que prepara Hixam, el heredero, cuya voluntad es atacar el reino con todas sus fuerzas hasta borrarlo de la faz de la tierra. No nos darán tregua ni habrá tributos que valgan. Quieren exterminarnos y extender las fronteras de Al-Ándalus hasta el mar y más allá de las montañas orientales.

—Eso es exactamente lo que viene temiéndose Alfonso desde hace tiempo, pero está atado de pies y manos, sin ejército con el que combatir y escondido en tierras de Alaba para salvar la vida.

—¿Por qué causa? ¿No había sido elegido por su tío, el príncipe Silo, para sucederle en el trono?

—Así fue, tal y como dices. A la muerte de Silo, hace ahora cinco años, su viuda y los miembros del Oficio palatino se pronunciaron unánimemente a favor de mi señor, siguiendo la voluntad del difunto, pero Mauregato tomó el reino con fraude y derramamiento de sangre. ¡Ese hijo de una perra esclava! Si su padre, el Cántabro, levantara la cabeza y viera la felonía de su vástago... ¡Debe de estar revolviéndose de indignación en la tumba, sin encontrar descanso!

A medida que se excitaba con el relato, la piel del rostro se le iba tiñendo de rojo con la sangre que bombeaban las venas de su cuello. Descubrí en ese momento al Índaro colérico que tantas veces habría de sufrir a lo largo de nuestras vidas, y comprobé que se sentía más cómodo hablando de batallas y conspiraciones que desvelando sus emociones. Acabábamos de reencontrarnos, apenas sabíamos nada el uno del otro, si no es que nos unían unos esponsales acordados por nuestros respectivos padres, pero allí estábamos, en el refectorio de un cenobio tan extraño para él como para mí, interesándonos por las sacudidas del reino en lugar de preguntarnos por nuestros sentimientos. Seguramente ninguno de los dos tenía idea de lo que debía esperar del otro, lo que nos empujaba a huir de ese terreno resbaladizo.

—Sucedió justo la víspera de la ceremonia de entronización de Alfonso —continuó su relato—. El palacio estaba lleno de invitados venidos de distintos puntos del reino para jurar fidelidad al nuevo soberano, y todos habíamos disfrutado de la fiesta organizada en su honor. No podíamos saber que el traidor acechaba en la oscuridad y que su pretendida adhesión a Alfonso no era más que un ardid para ocupar su lugar. Porque allí estaba Mauregato, acompañado de un grupo de condes gallegos, fingiendo lealtad al sucesor de quien les había sometido sin contemplaciones en el monte Cuperio. Ese

mal nacido ya había participado en el asesinato de Fruela y en los levantamientos de nobles que Silo hubo de
aplastar en Gallecia, confiscando tierras y desterrando a
más de uno. La presencia de quienes fueran enemigos
de su padre, y después de su benefactor, Silo, debería haber alertado a Alfonso, pero su juventud le impidió ver
lo que tramaban. Prefirió fiarse de las buenas palabras de
unos y otros, bendiciendo su suerte por haber logrado
atraerse su favor. Se equivocó. El usurpador había so-
bornado a varios miembros de la guardia, que se unieron
a los conspiradores para llevar a cabo una matanza. Bajo
su hierro cayeron muchos buenos espatarios y soldados,
por la espalda, sin la menor oportunidad de defenderse...

Índaro había bajado el tono de voz y rememoraba
aquel momento con la mirada extraviada.

—Yo mismo me libré de milagro. Dormía profundamente en un jergón situado junto a la cama de Alfonso,
cuando su tía vino a alertarnos de lo que estaba sucediendo. No traía puesto más que el camisón y estaba pálida
como la cera —parece que la estoy viendo— pero con-
servó la calma necesaria para salvarnos. Arriesgando la
vida, ordenó a su escolta que cubriera nuestra fuga y le
entregó a mi señor dos alforjas de gran tamaño cargadas
de joyas y monedas. Una parte considerable del tesoro de
su esposo. Mientras nos echábamos una capa encima, nos
instruyó sobre las personas que podrían guiarnos en las
distintas etapas de nuestro viaje a Vasconia. Juró que
mientras tuviera fuerzas lucharía por su sobrino y, hasta
ahora, ha cumplido su palabra, aunque poco pueda hacer recluida como está en un monasterio de vírgenes.

Llegado ese punto, estuve tentada de interrumpir a
Índaro para darle cuenta de mi encuentro con la reina en
Passicim y describirle el lugar en el que se hallaba presa, pero me contuve para no cortar el hilo de su relato,
pues parecía muy necesitado de ese desahogo.

—Así fue —prosiguió él— como escapamos al golpe de mano de ese renegado que entrega cristianas a los caldeos para aplacar su lujuria. ¡Maldito una y mil veces! Aún tuvimos que desenvainar la espada antes de dar rienda suelta a nuestros caballos, pues los conjurados parecían estar por todas partes. Cuando nos dirigíamos a las cuadras, un retén de tres hombres nos hizo frente. Alfonso se encaró con dos de ellos y yo con el tercero; un tipo raro, de piel sarnosa, que a punto estuvo de ensartarme antes de marcarle yo la cara con mi cuchillo.

No podía tratarse de la misma persona. Era impensable que mi verdugo fuera precisamente el personaje del que me hablaba Índaro, pero aun así me lancé a interrogarle.

—Esa piel sarnosa, de la que hablas, ¿no estaría más bien cubierta de manchas lechosas, como si hubiera perdido su color? ¿Recuerdas si sus dientes eran grises, casi negros, en una boca igual que la de una culebra?

—¿Cómo demonios sabes tú eso? —me fulminó Índaro—. ¿Acaso conoces a ese hombre?

—Si su nombre es Vitulo, lo conozco, sí. Él fue quien me arrancó del castro, cuando vino a recaudar los tributos debidos y me condujo hasta Passicim. Jamás olvidaré su cara, ni sus manos grasientas, ni la maldad de su corazón.

—Vitulo, dices. Es posible. Yo no llegué a oír su nombre, pero recuerdo bien esas manos y las reconocería en cualquier parte. Es probable que Mauregato premiara su traición a Silo nombrándole recaudador, cargo que, de todos es sabido, proporciona poder y fortuna a quienes lo ostentan. En todo caso, le encontraré, te lo prometo. Y cuando lo haga, maldecirá la hora de su nacimiento.

VI

Una extraña boda

Me guardé bien de desvelar a mi prometido los detalles de mi relación con ese villano llamado Vitulo. De haberlos conocido, jamás habría consentido tomarme por esposa. Ni siquiera habría deseado mirarme a la cara. Esa deshonra, capaz de mancillar a cualquier mujer, es un secreto que me llevaré conmigo. Un pecado que espero perdonen mis hijos si es que algún día lo conocen, cuando yo ya me haya ido. En todo caso, nadie leerá este manuscrito antes de que mis huesos descansen bajo el atrio de la pequeña capilla que mandé construir con ese fin muy cerca de donde me encuentro, rodeada de manzanos, acogida a la paz de esta casa de oración y trabajo. Un lugar muy parecido al monasterio de San Justo donde había dejado mi narración...

—Cuando lo encuentres —dije procurando borrar de mi mente ese nombre— espero estar a tu lado y saldar cuentas con él. Pero ahora dime: ¿dónde está Alfonso, por qué no lucha para recuperar lo que es suyo?

—Lo ha intentado, pero la suerte no le ha favorecido. Tras huir de Passicim nos dirigimos hacia el noreste, a tierras de mi padre, cuyos moradores nunca han dejado de ser fieles a la familia de Pelayo. Buscábamos el apoyo de quienes combatieron con su yerno, el Cántabro, y después de él con su legítimo hijo y heredero,

Fruela. Pero su fuerza no resultó suficiente. Aprovechando las disputas entre cristianos, los sarracenos lanzaron una ofensiva terrible contra nuestras mermadas huestes y nos aplastaron. Llegaron hasta la ciudad natal de Alfonso, Ovetao, que redujeron a cenizas tras saquearla. Destrozaron la iglesia de San Pedro, fundada por su padre, cuyas sagradas reliquias profanaron. Tomaron muchos cautivos entre las mujeres y los niños, hicieron gran matanza de hombres y regresaron a sus tierras con carretas enteras cargadas con los cráneos de los vencidos. Mauregato se plegó e imploró un armisticio a costa de pagar tributos. Nosotros tuvimos que buscar refugio en Alaba, entre agrestes montañeses, donde Alfonso es intocable por estar bajo la protección de su familia materna, cuyo clan es poderoso.

Me disponía a preguntar por esa misteriosa familia, cuando un fraile entró en la habitación, interrumpiendo nuestra conversación. Era de baja estatura, increíblemente viejo, tan encorvado por la edad que parecía ir olfateando el suelo, con unas manos nervudas aferradas a un cayado sobre el que a duras penas se sostenía en pie. Llevaba la cara afeitada, al igual que casi toda la cabeza, donde solo una corona de cabello blanco resistía a una vida de tonsura. Su rostro era un mar de arrugas extrañamente repartidas, que le hacían parecer triste incluso cuando ensayaba una sonrisa. Caminaba lentamente, sin hacer ruido, y no nos lanzó una ojeada hasta que logró asentar sus torcidos huesos sobre un taburete igual a los nuestros. Entonces, con gran esfuerzo, se aclaró la poca voz que le quedaba y comentó dirigiéndose a Índaro:

—Así que esta es la muchacha que has venido a buscar desde tan lejos y por la que te has jugado la vida desoyendo mis recomendaciones... Me quedo corto; tu vida y muchas otras, pues si la encontraran aquí nos lo harían pagar muy caro no solo a nosotros, los hermanos, sino a todos los cristianos de Corduba. —Tras una pausa, durante la cual me sentí escrutada hasta el punto de enrojecer de pudor, el anciano continuó hablando—. Es bonita, no cabe duda, pero tendrá que ser también valiente, porque lo que os aguarda va a ser arduo; mucho peor que lo que habéis pasado o podéis imaginar. ¿Estás preparada, jovencita?

—Haré lo que sea necesario para regresar a casa, hermano —repliqué aparentando más seguridad de la que en realidad sentía.

—Eso es exactamente lo que tu prometido dijo que responderías cuando vino a pedirme ayuda y le interrogué sobre tu coraje. Veo que hice bien al confiar en su juicio y enviar a Estefanía en tu busca, aunque la colocara en una situación de gran peligro. Afortunadamente, nadie parece haberla relacionado con tu fuga, por lo que se encuentra a salvo. En cuanto a ti, hay que tener valor para abandonar las comodidades del harén y arriesgarse a provocar la ira del emir, pero veo que no te falta. En estos momentos te buscan desesperadamente por toda la ciudad y sus alrededores y tu prometido te habrá informado de la suerte corrida por el eunuco que te ayudó...

—No, nada me ha dicho. ¿Qué ha sido de Sa'id?

—Te delató esa misma mañana, bajo tortura, e inmediatamente fue entregado al verdugo... —Sin darme un minuto de tregua para llorar la muerte de mi único amigo en el harén, ni comprender siquiera mi dolor, el monje siguió hablando en el mismo tono casi inaudible—. Pero el emir no se ha dado por vencido y sus hombres siguen con sus pesquisas. Por aquí ya pasaron el primer día sin encontrar nada, lo cual no significa que no vayan a regresar. Y si dan contigo... no hace falta que os diga lo que ocurriría, ¿verdad? Es preciso que os marchéis cuanto antes.

Íbamos a preguntarle por el mejor camino para salir de Corduba sin ser vistos, pero no nos dio la oportunidad de hacerlo. Como si necesitara justificar su apremio, se lanzó a desgranar un relato que Índaro y yo escuchamos en silencio, con un gran respeto por el sufrimiento que transmitía.

—Abd al-Rahman ya no es el mismo que fue en su juventud. Al comienzo de su mandato parecía un hombre justo, e incluso llegó a pagar por las iglesias que nos habían robado o destruido los guerreros mahometanos. Hoy todo es distinto. Los años, las luchas con propios y extraños, la muerte de alguno de sus hijos... han endurecido su corazón y la vara con la que nos mide. Los impuestos que nos obliga a pagar por la protección que dice proporcionarnos son cada vez más elevados. Muchos hermanos en Cristo abjuran de la verdadera fe y abrazan a su falso profeta, con el único fin de librarse de esa carga, de poder llevar pan a sus hijos. Hace unos años, para colmo de males, la sequía y las plagas se cebaron sobre nuestros campos, arruinando las cosechas. Una hambruna terrible se abatió sobre nosotros, mató a muchos de los más débiles y empeoró la situación de todos. Los mahometanos que tenían medios de subsistencia en África cruzaron de vuelta el mar para regresar a Mauritania, de tanta como era la miseria aquí. No pocos cristianos, con fuerza suficiente para hacerlo, tomaron el camino del norte, abandonando sus hogares y sus tierras, en busca de un lugar en el que poder alimentarse y rezar en paz al Dios verdadero. Quienes nos quedamos sufrimos la cólera de los hambrientos, que siempre se ceba con quien está más abajo. Corren malos tiempos, tiempos parecidos a los de la conquista que vieron en la niñez estos ojos cansados.

El monje, que según supe más tarde por Índaro se llamaba Pedro y era el abad de aquella congregación, había entrado en una suerte de trance y desgranaba sus recuerdos como una letanía. Muchas veces a lo largo de los años he pensado en sus palabras, repasando lo que entonces apenas comprendí, para constatar hasta qué punto acertaba en sus diagnósticos, por mucho que el resentimiento ennegreciera su visión. La teñía de un color oscuro, sí, pero no la desdibujaba.

—La lucha por el poder y la riqueza estuvo en el origen de todos los males que se abatieron sobre nosotros con la llegada de los ismaelitas. El pueblo de Dios había caído en el pecado, incluso su Iglesia estaba corrompida hasta los tuétanos, por lo que hubimos de sufrir Su terrible castigo. ¡Señor, ¿cuándo te apiadarás de este pobre rebaño afligido?!

»Las disputas entre hermanos, la codicia desmedida, son los vicios que carcomen el alma de nuestro pueblo. A la muerte del rey Vitiza la elección de los nobles recayó en Rodrigo, su rival declarado, duque de la Bética y reconocido hombre de armas, quien no dudó en desalojar por la fuerza a los partidarios del monarca fallecido, los cuales ya habían instalado en el trono a su hijo de corta edad. La guerra civil, una de tantas, estalló con furia, y en el momento de la invasión tenía divididos a los ejércitos cristianos, que la traición terminó de diezmar frente al enemigo. La ambición ciega más cruelmente que el hierro al rojo vivo, aturde los sentidos y envilece al ser humano antes de destruirle.

»Eso fue lo que les sucedió a los condes leales al clan de Vitiza, incapaces de soportar la elección de Rodrigo como soberano. Reacios a someterse a su señor natural, ávidos de oro y prebendas que solo puede repartir quien ocupa el lugar más elevado, cruzaron las aguas que nos separan de África para inclinarse ante los infieles, suplicaron su ayuda y abrieron las puertas de la península a siete mil soldados de Alá. Estos desembarcaron en la roca de Calpe, que rebautizaron con el nombre de su caudillo, Tariq, derrotaron a las escasas fuerzas defensivas comandadas por Sancho, hijo de la hermana de Rodrigo, y ocuparon sin tardanza la ciudad de Carteia. En la batalla decisiva, a orillas del Guadalete, los traidores alinearon sus huestes junto a las del monarca legítimo, pero le abandonaron al primer embate enemigo, faltando gravemente a su honor de caballeros; le vieron perecer bajo las espadas berberiscas y celebraron el triunfo del Islam, confiados en obtener la recompensa del trono una vez pagados los servicios de los mercenarios moros con el rico botín del derrotado. Mas el traidor no es menester siendo la traición pasada, por lo que no recibieron más salario que la salvaguarda de sus cargos, vidas y haciendas, rindiendo vasallaje al califato de Bagdad a través de sus administradores en Al-Ándalus.

»Aquí quedó Tariq vencedor en Astigi, Toletum, Amaia y prácticamente toda Hispania. Tariq, sepulturero del reino visigodo. Tras él vino Muza, con sus diez mil guerreros como bestias, y a su paso no quedó una aldea que no fuese saqueada, una iglesia que no fuese quemada, una campana que no fuese quebrada. No hubo más elección que la sumisión o la aniquilación, y la mayoría optó por someterse, como hicimos los habitantes de Corduba ante Ibn Mugait al-Rumi. Ellos aseguran que Alá había infundido el terror en nuestros corazones, pero lo cierto es que fue la actuación de tantos felones lo que quebró la resistencia cristiana. La de los vitizanos, que vendieron a sus hermanos, como hizo Oppas en Toletum. La de los cobardes que huyeron sin dar batalla. La de quienes entregaron fortalezas con engaño, como sucedió en Carmona, donde un grupo de fugitivos godos pidió refugio, como sucio ardid para abrir las puertas de noche con el fin de rendir la plaza al enemigo. Y, por supuesto, la de los judíos deicidas que colaboraron con el ocupante aquí, en Corduba, en Híspalis, que ellos denominan Isbiliya, Toletum y otras ciudades, haciéndose cargo de la represión al frente de exiguas guarniciones moras. Su ayuda fue la que permitió que el grueso de las fuerzas invasoras avanzara hacia el norte sin miedo a dejar desprotegidas las villas conquistadas. Pero algún día... algún día lo pagarán caro. Las crónicas dejarán constancia de lo sucedido, no olvidaremos, tomaremos la revancha...

Índaro y yo escuchábamos hablar al fraile sorbiendo cada una de sus palabras, pues poco o nada conocíamos, yo menos aún que él, de los sucesos que narraba. Hablaba con amargura, con un rencor tan rancio como el vino de mi copa, aguado con el bálsamo de la resignación forzosa.

—Los cristianos no tardamos en prestar obediencia y avenirnos a la paz y al pago de tributos. ¿Qué otra cosa podíamos hacer? ¿Cómo resistir a semejante avance? Nos dejaron vivir y rezar a nuestro Dios; cierto es. Las gentes del Libro —dicen ellos de nosotros y de los judíos— merecemos su protección siempre que paguemos por ella. Pero yo sé que mi alma no encontrará paz mientras este pueblo siga sometido a los infieles. Mis días se agotan, no viviré para ver a otro rey cristiano luchando por la verdadera fe, mas espero que vosotros sí lo hagáis. Aquí, en esta misma estancia, estuvo hace muchos años Pelayo, cuando se encontraba en Corduba como rehén de la sumisión de los astures. Yo era un novicio muy joven, pero recuerdo bien a vuestro fiero caudillo, rabioso como un oso enjaulado, decidido a regresar a sus montañas para retomar la lucha. Él lo consiguió, pudo huir de Corduba y llegar hasta la *Cova Sanctæ Mariæ* para emprender desde allí la reconquista de Hispania. Quiera Dios que también vosotros podáis lograrlo y convenzáis a vuestro monarca de que siga sus pasos.

—¿Qué nos aconsejáis? —se atrevió a preguntar Índaro, aprovechando la pausa—. ¿Cuál será el mejor momento y el camino más adecuado?

—No os queda mucho tiempo. Pronto regresarán los miembros de la guardia personal del emir, cuya ferocidad es de sobras conocida. Para entonces debéis estar lejos. Lo mejor es que os pongáis en marcha al caer el sol y aprovechéis la larga noche para alejaros de la ciudad. Huid de las vías más transitadas, evitad la luz del día y conservad puestos los hábitos, pues todavía merecen algún respeto que probablemente os proporcione amparo. Recordad que por estas tierras todos, cristianos e infieles, entienden la lengua de los árabes, lo que os delataría en caso de ser interceptados por una patrulla, teniendo que responder a alguna pregunta en su idioma. No lo permitáis. Ahora pasad a la despensa, recoged cuantas provisiones necesitéis para el viaje y marchad con Dios. Que Él os guíe y os guarde.

Pedro nos bendijo con un esbozo de signo de la cruz en el aire, invitándonos acto seguido a salir de la estancia. Agradecimos su hospitalidad, le prometimos poner lo mejor de nuestro empeño en cumplir su voluntad en cuanto llegáramos a Asturias e iniciamos los preparativos para nuestra aventura.

Cumpliendo instrucciones del abad, el hermano despensero nos proporcionó algo de harina, almendras, un par de hogazas de pan, aceite, jamón curado, tocino seco y otros víveres, que acomodamos lo mejor posible en un saco, junto a unos trozos de pedernal, una manta de lana gruesa y un pellejo de vino. Con ese magro equipaje habríamos de enfrentarnos a los rigores de la estación más fría, atravesar cordilleras, escapar de las fieras, burlar a los soldados y cruzar los yermos campos del valle del río Durius en solitario, sin más ayuda que la que pudiéramos proporcionarnos el uno al otro o la que encontráramos en los amigos que la reina Adosinda conservaba en Passicim y Toletum. La empresa no parecía fácil.

Ni siquiera me atreví a hablar a Índaro de Eliace, pues era evidente que nuestra propia precariedad nos impedía ayudarla. Le dije adiós sin palabras, abriendo una nueva llaga en la herida de las despedidas, y me preparé para el viaje. Antes de partir, mientras los monjes rezaban las vísperas, Índaro recuperó la espada y el cuchillo que había dejado en custodia al portero, obedeciendo la prohibición de introducir instrumentos de muerte en el sagrado recinto, mientras yo empleaba un trozo de cuero encontrado en el establo para fabricarme una honda rudimentaria. Con las armas ocultas bajo los sayos, la bolsa grande a espaldas de mi prometido y otro bulto con mis cosas colgando de mi hombro derecho, emprendimos la marcha a pie, cual maestro y novicio en ruta de un convento a otro, encomendándonos al santo patrón del monasterio.

Era ya noche cerrada y el viento traía consigo el hielo de la sierra cercana. Siguiendo las instrucciones del abad, evitamos los caminos y sembrados buscando la complicidad de los árboles. Afortunadamente la luna menguante proporcionaba algo de claridad, e Índaro, además, sabía orientarse siguiendo el curso de las estrellas, pues distinguía entre todas ellas la luz del astro que marca el norte. Bajo su guía caminamos a buen paso en medio de tinieblas, sin detenernos más que para beber o aliviar el cuerpo, cosa que me resultaba enormemente embarazosa en presencia de aquel hombre al que deseaba enamorar. De modo tal que, cada vez que las ganas apretaban en exceso, me alejaba en la oscuridad sin dar explicación alguna, lo que obligaba a Índaro a pararse y esperarme, pendiente de mí pero fingiendo ignorar lo que estaba haciendo. Él tenía menos dificultades para resolver sus problemas, pero lo hacía con discreción, demostrando haber recibido la educación propia de un caballero. La oscuridad, unida a los mil sonidos nocturnos del bosque, se alió con nosotros para salvar la magia de esas primeras horas de intimidad.

—Pase lo que pase —rompí el hielo—, quiero que sepas lo mucho que te agradezco el que hayas venido a buscarme. No encuentro las palabras adecuadas para expresarte lo que siento, pero procuraré demostrártelo. Jamás olvidaré este gesto.

—No tienes que agradecerme nada. Habría debido estar en Coaña, o en Passicim, para evitar que sufrieras la humillación de ser arrastrada hasta aquí. Juré cuidar de ti el día en que firmamos nuestro contrato matrimonial, pero te fallé. No volverá a ocurrir.

—¿Cómo está tu padre? Le recuerdo tan gentil, en aquellos tiempos felices de nuestros esponsales...

—Murió defendiendo Ovetao, de un lanzazo en el costado que lo derribó del caballo. Lo remataron en el suelo ante mis ojos, sin que pudiera impedirlo. Ni siquiera tuve la oportunidad de recuperar su cuerpo para darle cristiana sepultura. —Índaro calló por un instante, forzándose a controlar el torrente de emociones que jamás permitía desbordarse—. Mi madre pereció poco después, según me dijeron, incapaz de soportar la pena. Ahora nuestras tierras están ocupadas por hombres de armas del usurpador, mientras Alfonso languidece en Alaba probando su espada en lances amistosos con sus primos.

—Lo siento de corazón —dije sin atreverme a tocarle—. Era un hombre bueno y un gran guerrero. Seguro que ya estará en el cielo —tras una pausa de respeto por su duelo, continué interrogándole—. Y de mis padres ¿sabes algo? No veo el momento de llegar a Coaña para abrazarlos. ¿Celebraremos allí nuestra boda?

—Nada puedo responderte, excepto que por el momento no podremos ir allí. Es territorio sometido al estrecho control de Mauregato y correríamos grave peligro. Debemos regresar a Vasconia siguiendo una ruta similar a la que me trajo hasta aquí, aunque en esta ocasión pasaremos por Toletum y Passicim pues he de aprovechar para entrevistarme con Elipando, nuestro obispo metropolitano, llevarle un recado de Adosinda y transmitir después a esta su respuesta. Quiero, además, recabar una vez más su apoyo para la causa de Alfonso, que es la mía.

—Y también la mía desde hoy mismo. En la guerra como en la paz estaré a tu lado... esposo.

Esta última palabra salió de mi boca sin pensarla, como una consecuencia natural de los extraordinarios acontecimientos a que nos enfrentábamos. Índaro y yo no nos habíamos unido formalmente en matrimonio, pero sabíamos que su vida y la mía estaban sólidamente atadas por un mismo destino. En nuestro caso no habría convite ni ceremonia ritual; él no me entregaría las arras ante testigos, reconociendo con ese gesto mi valor como esposa y su compromiso de tratarme con la dignidad debida a mi rango, como yo no aceptaría su don prometiéndole obediencia, fidelidad y el pago escrupuloso del débito conyugal. Nadie ofrecería un banquete con ricas viandas para celebrar los esponsales, ni correrían la sidra o el vino, ni se tejerían coronas de flores. Los músicos no harían sonar sus flautas para nosotros ni las doncellas del poblado me acompañarían entre risas al lecho nupcial, ávidas por escuchar de mis labios a la mañana siguiente los detalles de esa primera noche. Solos, lejos de casa y con un camino por delante plagado de peligros, nuestra unión habría de consumarse de otra manera.

—En la paz como en la guerra sabré cuidar de ti y de los frutos de tu vientre —replicó él, deteniéndose para mirarme de frente—. La belleza de tu rostro claro, que me ha traído hasta aquí desde tan lejos, brillará por siempre ante mis ojos. Tendrás mi respeto así como el afecto de mi corazón. Todo lo mío será tuyo, aunque poco puedo donarte en este instante en el que nada poseo. Serás, hoy y siempre, mi esposa.

Así recuerdo mi boda, tan distinta de la que soñaba y sin embargo tan dichosa. El cielo limpio de la noche fue el invitado de honor. Las lechuzas dieron fe de nuestras promesas. Una música sonó en mi interior, más alegre que la de cualquier instrumento, mientras mi mano buscaba la suya en señal de aceptación. Únicamente quedaba un trámite por cumplir, que habríamos de aplazar para mejor momento.

El resto de la noche transcurrió prácticamente en silencio, como si estuviéramos meditando el alcance de esos votos pronunciados casi sin pensarlos. Un frío intenso nos obligaba a llevar buen paso para evitar congelarnos, de modo que al despuntar el sol habríamos recorrido algo más de seis millas, con el consiguiente cansancio. Era tiempo de buscar un refugio para reposar durante las horas de luz, y a ello nos disponíamos, trepando por una colina con la esperanza de hallar en ella alguna oquedad en la que ocultarnos.

A nuestros pies, un campo de almendros mezclaba el blanco de la escarcha con el de las primeras flores, ofreciendo un espectáculo que llegó a eclipsar en belleza incluso el recuerdo de mi valle en primavera. La libertad estaba más cerca, a tiro de flecha, al otro lado de esos montes. Y entonces los vimos. Cuatro hombres a caballo, con el uniforme de la guardia real, lanzados al galope hacia donde nos encontrábamos. Era evidente que también ellos nos habían visto y venían a identificarnos, sorprendidos de ver a dos frailes tan alejados de cualquier convento a esa hora intempestiva. La aventura terminaba así, antes de haber empezado.

VII

Esplendor visigodo

Me giré hacia Índaro con desconsuelo, pero lo que vi en su rostro me devolvió el valor. No debía de ser la primera vez que se hallaba en un trance semejante, por lo que, lejos de amilanarse, estaba calculando fríamente las posibilidades de defensa ante los enemigos. Estos, entre tanto, habían llegado a los pies del montículo en el que nos encontrábamos y daban grandes voces en su lengua, haciendo gestos claros de que bajáramos hasta el lugar en el que estaban detenidos, a partir del cual ya no podían avanzar con sus caballos.

—Finge recogimiento —me susurró—. Haz como que estás rezando, pero no les pierdas de vista. Si desmontan para acercarse a pie serán más vulnerables. ¿Estás preparada?

—Lo intentaré —respondí rebuscando mi honda en el bolsillo, a la vez que mis ojos localizaban guijarros adecuados para ser usados como proyectiles—. Yo apuntaré a los que queden atrás y espero, como poco, dejarles aturdidos.

—Con eso será más que suficiente. Espera a que los dos que vienen por delante estén al alcance de mi espada y luego dispara sin miedo a la frente. Verás cómo salimos de esta.

Todo sucedió en un instante. Cuando el que parecía comandar la patrulla llegó a una distancia de unos cinco pies, Índaro se abalanzó sobre él y le atravesó con su hierro el abdomen, justo debajo del peto acolchado que cubría su pecho, tirando con fuerza hacia un lado para desgarrarle las entrañas. Sin detenerse a comprobar el destrozo, fue a por el siguiente de la fila, que se había quedado paralizado por la sorpresa, y le rebanó el cuello de un solo tajo. Entre tanto, sorda a los alaridos del primer moribundo, yo había tumbado a un tercero con un golpe certero entre los ojos, lo que me animaba a repetir el tiro contra el último de los soldados, que intentaba huir colina abajo. Le acerté en la pierna izquierda, lo que le derribó en plena carrera. Mi hombre no tuvo más que rematarle en el suelo.

Resultó mucho más fácil de lo que parecía. Descubrí que matar a un ser humano no reviste la menor dificultad, siempre que el miedo o el odio que te inspire guíe tu mano con la suficiente fuerza. No sentí el menor remordimiento. Era la primera vez que hurtaba una vida, no la última, y me sorprendió la naturalidad con que lo hice. Hoy creo poder decir que, de haber tenido algún soldado más a mi alcance, lo habría abatido con sumo gusto, lo cual no me asustó entonces lo más mínimo. Ahora, cuando se acerca mi propia muerte, me llena de temor ante las cuentas que vaya a pedirme Dios. En aquel momento, sin embargo, fui consciente del orgullo de Índaro por el modo en que me miró, y esa aprobación muda me inundó de satisfacción, eliminando cualquier inquietud de mi espíritu. Ya no quedaba más tarea que ocultar los cadáveres lo mejor posible, cosa que hicimos arrastrándolos hasta el fondo de una covacha cercana y tapando la entrada con rocas, después de despojarlos de sus uniformes.

—Quítate el hábito y ajústate lo mejor posible esa aljuba y ese turbante —me dijo Índaro, mientras se limpiaba la sangre de la cara y las manos con la ropa de uno de los muertos, al tiempo que rebuscaba entre las prendas esparcidas por el suelo alguna capaz de adaptarse a su envergadura—. Así vestidos pasaremos desapercibidos y podremos cabalgar prácticamente hasta Toletum, a poco que la suerte nos acompañe. Este encontronazo ha resultado ser una bendición del Cielo, pero debemos apresurarnos. ¿Crees que podrás aguantar otra jornada de marcha?

—Aguantaré —respondí, ciñéndome el yelmo de uno de los difuntos para esconder mi melena rubia—. A caballo será más llevadero.

Terminamos de borrar las huellas de lo sucedido, guardamos sayos y túnicas junto al resto de nuestras pertenencias, cargamos con ellas una de las monturas que habían quedado abajo, buscando en vano algún pasto entre negros pedregales, y montamos los dos corceles que parecían más fuertes. Eran muy distintos de los asturcones a los que estaba acostumbrada: árabes, nerviosos, cortos de alzada, como los nuestros, pero de cadera esbelta. Veloces, nobles, hermosos. Un ligero toque de talón en el costado bastaba para lanzarlos al galope, después de lo cual resultaban imparables. Me fue tan fácil adaptarme a su cadencia que, pese al esfuerzo, gocé intensamente del viento y el sol a lomos de aquella bestia que corría hacia mi libertad.

Al atardecer, no obstante, todos estábamos exhaustos. Los caballos, cubiertos de espuma blanca, cabeceaban violentamente en señal de protesta, lo que nos mantenía despiertos a duras penas, luchando por no caer. Pero era necesario descansar. Habíamos alcanzado ya las alturas de la primera sierra que deberíamos atravesar en nuestro viaje y el frío era intenso. Fue precisamente al detenernos y desmontar, tambaleándonos de cansancio, cuando su mordisco se dejó sentir con la crudeza propia de la estación, forzándonos a buscar leña entre aquellos roquedales cubiertos de hielo con el fin de hacer lumbre cuanto antes. Sin más yesca que algún matorral húmedo, armamos como pudimos un fuego de campo en un nido de piedras y lo encendimos con el pedernal que llevábamos en la bolsa. Tardó en prender, pero finalmente la paciencia unida a la pericia logró arrancar una llama triste de aquel amasijo de raíces retorcidas. Suficiente para alumbrarnos mientras tragábamos en silencio unos trozos de pan con tocino y nos calentábamos el cuerpo con unos tragos de vino. Después, dimos de beber a los caballos nieve derretida en uno de los yelmos capturados a los enemigos muertos, les atamos sólidamente patas y bridas e hicimos para nosotros un colchón desplegando los hábitos en el suelo, al abrigo de un saliente rocoso. Nos cubrimos lo mejor posible en ese lecho improvisado, nos abrazamos castamente, rendidos por la fatiga, y sucumbimos al agotamiento de dos días seguidos sin sueño.

La segunda noche, sí, fue nuestra noche de bodas. Acampamos junto a un lago de montaña rodeado de pinos, cuya leña resinosa utilizamos para levantar una hoguera digna de tal nombre. Aprovechando el calor de sus llamas, que se elevaban a una altura superior a la mía, fui hasta la orilla, quitándome la ropa ajena que llevaba puesta, para lavarla frotándola contra la arena del fondo. Era como desterrar definitivamente el fantasma de su propietario, que tal vez anduviera vagando en busca de venganza. Luego me sumergí hasta la rodilla en las aguas gélidas, limpié a conciencia todas las manchas de sangre de mi cuerpo y regresé hasta donde estaba Índaro, temblando de frío en la oscuridad estrellada. Él me echó encima la manta con que se cubría, rodeó mis hombros con sus brazos de hierro y dejó que su aliento cálido encendiera mi cuello, antes de besarme suavemente en el mentón primero, después en los párpados y finalmente en los labios entreabiertos a su boca hambrienta.

Me amó con la misma pasión salvaje que había puesto en la aniquilación de los guardias que nos perseguían. Con la urgencia de un deseo antiguo que de repente se desborda. Yo lo ignoraba todo sobre lo que se esperaba de mí en ese momento irrepetible. Nadie me había explicado lo que debía hacer, por lo que nada hice, salvo aguantar sus embestidas con valor, intentando sobreponer el placer al dolor de mis entrañas. Él me amaba, estaba segura. No sobaba mis pechos con lujuria como había hecho Vitulo durante sus escarnios nocturnos, sino que los palpaba con delicadeza, como si le sorprendiera su textura, mientras susurraba palabras galantes en mis oídos. Me devoraba con los ojos, sorbiendo con avidez cada una de las gotas que quedaban sobre mi piel, dispuesta poro a poro a sus caricias. Despertó en lo más profundo de mí un apetito voraz de ese manjar desconocido, pero no llegó a saciarlo. Cuando más intensamente disfrutaba del amor carnal que acababa de descubrir, el goce se tornó suplicio al penetrar su cuerpo el mío. Rompió las barreras con violencia, no sé si por incuria o por falta de habilidad. A la luz rojiza del fuego su cuerpo rubio se fue arqueando sobre el mío cada vez más rápido, hasta que se derrumbó profiriendo un rugido. Me besó una vez más, interrogándome con los ojos, y yo le dije que le amaba, que había sido hermoso y que jamás olvidaría esa noche de esponsales. Se durmió enseguida, dejándome sumida en una confusión grande, a medio camino entre la dicha de haberme convertido en mujer en brazos del hombre que el destino me había reservado y la decepción ante un acto que imaginaba mágico y no había resultado tal.

Al día siguiente, al despertarme, Índaro estaba a mi lado llevando en la mano una cajita de madera oscura:

—Es tu regalo de la mañana, esposa —dijo acercándomelo con una sonrisa poco habitual en él—. La sortija perteneció a mi madre y antes que a ella, a la suya; es una antigua joya de familia cuyo origen se pierde en la leyenda de los primeros batihojas de nuestras minas. La he traído conmigo desde Asturias, seguro de que te encontraría, de que podríamos compartir hoy y siempre lo que la vida tenga a bien depararnos. El obsequio que tú me has hecho, entregándome tu virginidad, es mil veces más valioso que esta prenda que yo te doy, pero cumplo así la tradición de mis antepasados y los tuyos. Cuando recupere lo que es mío, todo será tuyo también. Serás la dueña de mi hogar y la madre de mis hijos. Con el corazón y con la espada, con el pensamiento y el espíritu, con la voluntad y la fortaleza de estos brazos que siempre te protegerán, hermosa flor que adorna ya la alcurnia de mi casa, te entrego mi amor y acepto el tuyo.

Abrí la cajita, toscamente labrada en un leño de tejo, y me asaltó el rojo encendido de un rubí tallado en forma ovalada, engastado en oro macizo. Su color era idéntico al de la sangre que aún manaba de la herida abierta por mi esposo, primera y pura. Saqué el anillo de su lecho de musgo, lo deslicé en el dedo índice de mi mano izquierda, donde ha permanecido a salvo hasta el día de hoy, y formulé mi propio voto improvisado:

—Con el corazón y con el alma, con el cuerpo y el espíritu, con el deseo de darte paz y ser tu alegría, con manos fuertes para trabajar, dispuestas a la caricia, con la piel y con el vientre que llevará a tus hijos, acepto tu amor y te entrego el mío, fiel e incondicional, hoy y siempre.

Habrían de pasar los días y los años para ir creando la magia que se escapara en ese primer encuentro. Nació, con el tiempo, al calor de la experiencia, y nos regaló pasiones de infinita ternura y ternuras infinitas por apasionadas. Creció y fue cambiando, como todo lo que está vivo. «Siempre» tal vez resultara una magnitud inabarcable para una joven a punto de cumplir los diecisiete años, pero le amé. Sabe Dios que amé a ese hombre con el que he compartido tanto lo dulce como lo amargo, hasta el último día.

Cabalgamos sin percance por colinas sembradas de olivos, valles fértiles en pleno descanso invernal y planicies desiertas, hasta que cuatro días después de nuestra partida nos dimos de bruces con una patrulla de tres jinetes que aparecieron de golpe en formación, detrás de un recodo de la senda que seguíamos, obligándonos a frenar bruscamente. Nuestros disfraces no burlaron sus preguntas y en cuanto nos descubrieron las caras vieron que éramos impostores, aunque dudo de que conocieran el valor de lo que habían capturado. Con las manos atadas a la silla y las riendas sujetas al caballo de al lado, volvimos grupas y emprendimos el regreso a Corduba, más apesadumbrados que temerosos ante lo inevitable. Índaro intentaba animarme con buenas palabras, pese a la prohibición de hablarnos que nos habían impuesto, y lo mismo hacía yo con él. Pero ambos sabíamos que nuestra suerte estaba echada.

Tal vez por esa audacia que brota en ocasiones, cuando nada se puede perder, aquella noche hice algo que jamás me habría atrevido a pensar siquiera en otras circunstancias. Tanto rubor me producía el plan que estaba urdiendo en mi cabeza que esperé a que se durmiera Índaro para ponerlo en práctica. Entonces, recordando las escenas más ardientes contempladas en el harén, llamé suavemente al soldado que montaba guardia, rogándole que se acercara para darme de beber. Siendo mujer y estando amarrada a un árbol no debía de resultarle en absoluto peligrosa, por lo que acudió con una vasija en la mano y esa mirada algo extraviada que había visto tiempo atrás en los ojos de Vitulo. Era evidente que yo le gustaba, lo cual me daba una oportunidad.

A la luz seductora de las brasas, mientras bebía a pequeños sorbos del recipiente que me tendía, clavaba mis ojos en ese hombre del mismo modo que había visto mirar a las concubinas encendidas de deseo. En cuanto apartó el cántaro, utilicé los labios húmedos para componer gestos obscenos, relamiéndome lentamente, golosa, o agitando la punta de la lengua de un lado a otro, como hacen las serpientes antes de atacar, sin dejar de provocar con mis ojos azules la lujuria de mi víctima. La veía crecer bajo su túnica, a medida que mi actuación acrecentaba su apetito. De pronto, sin poder contenerse más, se me echó encima con la intención clara de forzarme, lo cual era exactamente lo que yo esperaba. En ese lance me lo jugaba todo. Ocultando mi terror bajo una capa de aparente pasión, fingí gozar intensamente con lo que estaba haciendo, e incluso intenté besarle el cuello mientras él peleaba con su ropa y la mía. Le di a entender que me desatara al menos una mano con el fin de permitirme desnudarme, acariciarle, y disfrutar con él de ese encuentro inesperado. Para entonces, él debía de estar medio loco de excitación, pues cogió su cuchillo y cortó las ligaduras que me sujetaban al tronco. Yo entonces cumplí mi promesa. Venciendo una repugnancia infinita, empuñé su sexo, tal y como había visto agarrar sus olisbos a las mujeres más desvergonzadas del serrallo, e hice ademán de llevármelo a la boca. Aquello le llevó al éxtasis y terminó de desarmarle. Perdida toda prudencia, se abandonó al placer que le estaba proporcionando, hasta el punto de cerrar los ojos. Y no los volvió a abrir.

Con la fuerza que da la desesperación, cogí el puñal que él había dejado en el suelo y se lo clavé en el corazón. Murió sin emitir un gemido. Inmediatamente, desperté a Índaro asegurándome de que no hiciera ruido, le solté, y contemplé tranquila cómo se convertía en un ángel exterminador para eliminar uno tras otro a nuestros captores, degollándolos de un tajo. Nunca le di detalles sobre el modo en que había logrado liberarme, y tampoco él me los pidió. Vestidos nuevamente con los uniformes de los sarracenos muertos, cubrimos con unas ramas sus cadáveres, nos lanzamos a galope tendido rumbo al norte y llegamos sin más percances hasta Toletum, que avistamos desde un altozano situado a pocas millas, guardada por el río Tajo.

Encaramada tras él, rodeada de inmensos huertos, revestida aún de la magnificencia que le dieran sus moradores romanos y godos antes de la llegada de Tariq, la ciudad amurallada nos contemplaba desafiante desde las alturas defensivas sobre las que se elevaba con orgullo. Esta vez sí que podía disfrutarla en todo su esplendor, iluminada por la luz tenue del invierno, con su antiquísimo puente fortificado de seis ojos, recién reconstruido por los ocupantes, como avanzadilla de las maravillas que guardaba en su interior. Hubiera sido locura pretender que nuestro disfraz burlara a los guardias de semejante enclave, por lo que dimos suelta a los caballos, enterramos las ropas moras y vestimos nuevamente el hábito humilde de los monjes de San Justo, con la esperanza de que hiciese las veces de salvoconducto hasta el palacio episcopal de la ciudad, donde debíamos buscar al metropolitano Elipando, primado de la Iglesia de Hispania, para quien Índaro llevaba una carta de Adosinda.

Franqueamos la puerta sin dificultad, aprovechando la aglomeración de las últimas horas del atardecer previas a su cierre, para adentrarnos en un laberinto de vías principales, trazadas por los ingenieros de Roma, de las que partía una tupida red de callejuelas angostas, algunas de las cuales apenas admitían el paso de una persona. Hubimos de preguntar a más de un viandante, pues todas las casas se nos antojaban palaciegas por tamaño en esa antigua capital del reino cristiano donde, nos dijeron, nada menos que seis iglesias sobrevivían a la invasión musulmana, rindiendo culto al Dios verdadero bajo la advocación de distintos santos. Nos costó pues encontrar la residencia del influyente monje que debía prestarnos auxilio, pero finalmente dimos con ella a media altura de la ciudad, en una plaza soleada, junto a la basílica de Santa María.

Era un edificio de una planta, construido en bloques de granito, ladrillos y mortero, con tres alas desplegadas en torno a un gran patio central, rodeado de un muro de piedra en el que se abría un portón de doble hoja, con su correspondiente campanilla. Llamamos, aguardamos pacientemente, y una vez atendidos solicitamos ser conducidos a presencia de Elipando. Nuestro aspecto miserable hizo vacilar al hermano portero, quien se avino, no obstante, a nuestra petición, nada más mencionar Índaro el nombre de la reina viuda. Convencido con tan poderoso talismán, nos franqueó la entrada exterior, nos condujo a través del patio en el que varios siervos se afanaban en tareas diversas como cortar leña o desplumar gallinas y nos introdujo en el palacio en sí.

Ante nosotros se abrió entonces un espacio de lujo totalmente desconocido para Índaro, que a mí me recordaba vagamente el del harén del emir. Nos adentramos en sus profundidades perfumadas de cera, cruzando estancias a cuál más noble, hasta llegar a un inmenso salón, rodeado de columnas hábilmente dispuestas para sujetar los arcos sobre los que descansaba el artesonado de madera del techo, que se elevaba muy por encima de nuestras cabezas. Tanto este como las paredes estaban cubiertos de dibujos exquisitamente trazados, en los que convivían flores, vegetales, escenas de caza, figuras geométricas de color rojo carmesí, azul, blanco, amarillo y otras mil tonalidades. Los pilares aparecían labrados de arriba abajo por manos capaces de arrancar a la piedra racimos de uva jugosos, panes recién horneados o personas de carne y hueso. En el centro de la habitación, a intervalos de unos siete pasos, enormes braseros de bronce caldeaban el ambiente con el fuego ardiente del brezo.

—Informaré al Eminentísimo metropolitano de vuestra presencia, hermanos. Tened la bondad de aguardar aquí.

Y así lo hicimos.

Tras examinar con curiosidad las maravillas que nos rodeaban, comentando entre nosotros la diferencia entre aquella opulencia y la sobriedad de nuestra comunidad guerrera, acercamos dos escabeles a esa fuente de calor que nos llamaba a voces, para desentumecer los huesos helados de tanta intemperie. Enseguida empezaron a exhalar nuestros hábitos un vaporcillo fétido, mezcla de humedad, sudor y roña del camino, mas el placer era tanto que ni siquiera ese olor turbaba la felicidad del momento. Me habría quedado dormida así, rígida en un taburete, de no ser porque una voz de trueno me arrancó de mis ensoñaciones:

—Me dicen que traéis noticia de mi buena amiga Adosinda. ¿Puedo saber quiénes sois?

Ante nosotros se erguía un hombre de aspecto imponente, de elevada estatura, extremadamente delgado aunque recto en el porte, con una cabellera cana apenas hollada por un esbozo de tonsura, de nariz aguileña, frente despejada, ojos profundos y labios crueles. La arrogancia se asomaba a cada uno de sus gestos. Miraba desde las alturas de su condición privilegiada, demandando abiertamente sumisión y reverencia. Hablaba con la dureza propia de quien está acostumbrado a que se obedezcan sus órdenes. Era cortés, distante, granítico como los sillares de su palacio.

—Yo soy Índaro de Canicas —respondió él por los dos, rebuscando en sus bolsillos el documento lacrado con el sello de la reina recibido en la lejana Alaba de manos de su emisario, que guardaba desde entonces como oro en paño— y ella, Alana de Coaña, mi esposa. La nuestra es una historia compleja, llena de peligros que explican la necesidad de ocultarnos bajo estas ropas sagradas. Venimos de Corduba, huyendo de la persecución del emir, y nos dirigimos a Passicim, donde, como sabéis, reside la reina Adosinda, quien me ruega os entregue esta carta dirigida a Vuestra Eminencia. En ella os explica los vínculos que nos unen por mi condición de espatario de su sobrino Alfonso, para cuya causa solicito humildemente vuestro apoyo y bendición. No quisiéramos abusar de vuestra hospitalidad, pero nos vemos obligados a implorar ayuda para poder regresar a Asturias.

El monje, que vestía ropas parecidas a las nuestras, aunque de paño fino, tomó el pergamino lacrado, rompió el sello real y lo desplegó para leer su contenido, situándolo a una distancia de unos dos pies de su cara. Tenía dificultades para ver, lo cual no era de extrañar dada su edad avanzada, mas no tardó en recorrer de arriba abajo la misiva de nuestra protectora, escrita en la letra pulcra propia de una mujer ilustrada.

—Decidme, ¿qué tal está nuestra amada Adosinda? Hace más de cuatro años que la abracé por última vez, cuando asistí a la ceremonia de sus votos en el tranquilo monasterio de San Juan Evangelista, donde goza de la paz de Dios. Como me recuerda ella en sus líneas, allí estaban también como invitados al solemne acto vuestros compatriotas Beato y Heterio, dos lebaniegos ensoberbecidos quienes persisten aún hoy en la herejía y rechazan con orgullo someterse a mi doctrina. Tan perversa es la osadía de esos monjes rebeldes que la propia reina duda en su fe y solicita mi consejo para guiar su espíritu. ¡Es inaudito!

Elipando se había ido encolerizando a medida que hablaba y daba cauce a su rabia recorriendo la estancia a grandes zancadas, con las manos cruzadas a la espalda sujetando aún el pergamino causante de su enfado. Nosotros, de pie ante un brasero, asistíamos mudos al monólogo, sin comprender el motivo de su porfía. Tras un breve silencio, como si regresara de un lugar lejano, se dirigió nuevamente a Índaro en tono afectado:

—¿Es su salud tan buena como le deseo? El clima de Asturias es tan riguroso... No es mi voluntad inmiscuirme en las pugnas sucesorias del Reino de Asturias, pero en cuanto a vosotros, Adosinda me ruega que os brinde mi ayuda y no puedo desairarla. ¿Cuál es vuestro plan? ¿Permaneceréis aquí en calidad de huéspedes hasta que se abran los pasos del norte o vais a arriesgaros a continuar el viaje desafiando a las nieves?

—Nos urge partir sin tardanza —respondió Índaro—, pues somos portadores de noticias de la máxima gravedad que hemos de poner cuanto antes en conocimiento del príncipe Alfonso y de la propia reina.

—En Corduba —tercié yo pese a no ser interpelada— tuve ocasión de escuchar los planes de Hixam de labios de su madre, quien jura que el heredero se prepara para reanudar las hostilidades y no se detendrá hasta liquidar el reino cristiano. A sus ojos somos cerdos idólatras; son sus palabras. Seguidores de una falsa religión que merece ser aniquilada. En su corazón solo cabe la yihad; la guerra santa de la que está seguro de salir victorioso con la ayuda de su dios. No es como su padre, Abd al-Rahman, quien envejece a ojos vista. Pronto será el hijo quien tome las riendas del emirato, sin otro objetivo que eliminar cualquier resistencia cristiana de sus dominios. Dicen quienes mejor le conocen que es capaz de hacerlo, que nos odia tanto como nos desprecia.

—¿Qué sabes tú, mujer, de los asuntos de la política y menos aún de los de Dios?

—Sé lo que he visto con mis ojos y escuchado con mis oídos —respondí acusando el golpe—. El harén de palacio en la capital de Al-Ándalus es un buen observatorio para quien está atento, como ha sido mi caso.

—Lo que quiere decir mi esposa —apostilló Índaro a modo de disculpa— es que la paz, mantenida hasta ahora a cambio de onerosos tributos, toca a su fin, por mucho que Mauregato se empeñe en seguir pagándolos. Los ejércitos de Alá se preparan para una nueva ofensiva.

—Más muerte, nueva destrucción —se lamentó Elipando—, caravanas de prófugos vagando por los caminos, templos saqueados, reliquias profanadas. ¿Cuándo perdonarás, Señor, los pecados de tu pueblo? Otra guerra puede dar un golpe mortal a nuestra comunidad, debilitada y carcomida por el flagelo de la herejía. ¡Como si no tuviéramos suficiente con las locuras de Migecio y la insolencia de Beato! Señor, Dios Todopoderoso, ¿por qué abandonas a Tu Iglesia?

—¿Migecio, Beato? —pregunté sin comprender—. ¿Qué clase de hombres son esos que nombras, para suponer más peligro que las huestes sarracenas? ¿Dónde están sus tropas? ¿Con qué fuerzas cuentan?

Elipando me fulminó con su mirada negra:

—Únicamente tu ignorancia insondable puede hacerte hablar así. ¿Sabes el daño que es capaz de causar una manzana podrida en un cesto de fruta sana? ¿Acaso desconoces la amenaza que una idea corrompida, inspirada por Satanás, puede llegar a suponer para el rebaño de Dios, ahora que vaga disperso bajo la opresión musulmana? La peste de una palabra errónea puede matar almas con más saña que el hierro de los caldeos, ¡nunca lo olvides!, y propagar esa peste es exactamente lo que hacía Migecio, un loco hispalense cuyo delirio, no obstante, prendió con fuerza por tierras del sur. Fue un sembrador de sal con su boca cancerosa, saco de inmundicias fétidas. Un fatuo sin conocimiento que llamaba santos a los sacerdotes y pervertía el Misterio de la Trinidad afirmando que la primera persona era David, la segunda Jesucristo en cuanto hombre y la tercera el Apóstol Pablo. Tan grande fue su atrevimiento que redactó un opúsculo con esa ponzoña y lo difundió por toda Hispania. Claro que aquí halló la respuesta debida a su pútrida doctrina, digna del desprecio de la catolicidad entera y merecedora de anatema. Porque no puede curarse enfermedad semejante con fomentos de vino y aceite, sino con un cuchillo de doble filo capaz de amputar podredumbre tan antigua. ¡Escupir veneno sobre el misterio más sagrado de nuestra fe! Y no es el único. Tampoco Beato, esa crápula llena de vino, acepta en esta materia mi autoridad y la de los doctos obispos que, como Ascárico, la comparten con humildad, pues es la recta.

De nuevo Elipando se exaltaba con su disertación, olvidándose de nuestra presencia, como si llevara días, o lunas, o eras devanándose los sesos para hallar la réplica irrefutable a la doctrina de sus oponentes en tan enrevesado debate. Una disquisición sobre la naturaleza de Cristo, divina y humana a la vez, que entonces, huérfana de formación religiosa, me resultó del todo incomprensible y hoy, tras una vida que me ha llevado a conocer a los talentos más brillantes de mi tiempo, sigo sin entender, pese a ser consciente de la enorme herida que llegó a abrir en una Iglesia amenazada por la marea musulmana.

El Dios que yo he vislumbrado celebrando la victoria en los campos de batalla, el que he oído invocar a hombres moribundos o el que me ha dado y quitado tantas cosas a lo largo de los años no parecía tan complejo. Mi Dios ha sido en alguna ocasión Padre bondadoso, a menudo Padre severo y casi siempre Juez implacable, pero jamás ha tenido el rostro de un polemista retórico.

—¿Cómo ha de ser David el Padre Eterno —se escandalizaba Elipando—, cuando dice de sí mismo que es un pobre pecador concebido en pecado por su madre? ¿Cómo identificar al Espíritu Santo con San Pablo, trocado de perseguidor en apóstol tras oír la llamada de Dios en el camino de Damasco? La Trinidad corpórea de Migecio es un insulto a la raíz misma de nuestra fe. El dogma es claro e inequívoco cuando establece que las tres personas son espirituales, incorpóreas, indivisas, inconfusas, coesenciales, consustanciales, coeternas en una misma divinidad, poder y majestad, sin principio ni fin, de las cuales el profeta tres veces dijo: «Santo, Santo, Santo, Señor Dios Sabaoth, llenos están los Cielos de Tu gloria». Nuestro Señor Jesucristo participa de esos atributos iguales a los del Padre en su naturaleza divina, pero posee asimismo una naturaleza humana que le asemeja a nosotros. Y como tal, en cuanto hombre, es solamente hijo adoptivo de Dios. Dicho en términos accesibles a unas mentes cortas como las vuestras: la segunda Persona de la Trinidad, el Hijo de Dios, es Dios antes de todos los tiempos, engendrado por el Padre sin principio ni fin, coeterno con Él, de su misma esencia, no por adopción, sino por origen, y no por la gracia, sino por la naturaleza. Sin embargo, una vez hecho hombre, es Hijo de Dios no por origen, sino por adopción, y no por la naturaleza, sino por la gracia. Así lo afirma Félix, prelado de la Marca Hispánica, uno de los hombres más versados en teología de toda la Cristiandad, cuya docta enseñanza nadie en su sano juicio se atrevería a poner en duda.

Había pasado el tiempo, hasta el punto de que la campana tocaba ya a completas. Elipando, sin embargo, no parecía escucharla, como tampoco oía el estruendo de mi estómago, que pedía a gritos, desde hacía horas, un plato de sopa caliente. No habría habido tregua para nosotros esa noche, de no ser por la irrupción de un hermano que venía en busca de nuestro anfitrión para recordarle la llamada al último rezo del día. Eso le sacó de su ensimismamiento, aunque nos advirtió antes de marchar:

—Ordenaré que os sirvan algún alimento aquí mismo mientras estoy en la capilla, pero no os retiréis aún a descansar. Si, como decís, queréis marchar sin tardanza, es preciso que hablemos de varios asuntos y que dicte algunas cartas para que las llevéis a su destino. Los caminos no ofrecen en estos días la menor seguridad, pero creo comprender que vuestra decisión está tomada, ¿me equivoco?

—No, eminentísimo padre —respondió Índaro—. Como os hemos explicado, tenemos urgencia por llegar a casa.

—¿Os quedaréis en Passicim o pensáis ir más allá?

—Nuestras vidas correrían grave peligro en la capital de Mauregato. Estaremos allí el tiempo necesario para transmitir vuestra respuesta a la reina Adosinda, a quien debemos agradecer sus muchas mercedes, pero continuaremos viaje hasta Vasconia, donde, como tal vez sepáis, Alfonso, hijo de Fruela, aguarda acontecimientos junto a la familia de su madre.

—Tal vez paséis entonces por Libana, donde el deslenguado Beato, ¡un simple diácono!, y su compinche el obispo de Uxama, huido de su diócesis, se permiten discutir mi autoridad. ¿Me haréis el servicio de llevarles un mensaje hasta el oscuro monasterio desde el que conspiran contra el metropolitano de Toletum, máxima autoridad de la Iglesia en Hispania?

—Será un deber que cumpliremos con agrado —respondió Índaro—, siempre que el destino nos permita hacerlo.

—Esperad pues aquí —se despidió Elipando altivo, alzando levemente la mano derecha, con los dedos índice y corazón esbozando una bendición automática—, no tardaré en regresar.

Al cabo de unos instantes, un siervo educado para servir mesas nobles depositó frente a nosotros una bandeja de viandas cuya mera visión convirtió mi boca en un manantial. Allí había dos escudillas de caldo humeante, cuajado de trozos de carne, un capón dorado a la brasa, pan blanco recién salido del horno, patas de cordero rellenas de hojas de col, pastelillos de miel y almendra, hojaldres bañados en caramelo... Un banquete propio de reyes del que dimos buena cuenta, hasta casi reventar, mientras aguardábamos la vuelta de nuestro generoso anfitrión.

Él debió de saltarse la cena ese día, pues allí estaba de nuevo antes de que le echáramos de menos, acompañado por un fraile joven, de rostro despierto, que llevaba a cuestas una escribanía de madera oscura, en cuyo interior guardaba plumas de ganso afiladas, pergaminos de varios tamaños, tinta y polvos secantes recogidos en un saquito de cuero. Objetos desconocidos para mí en aquellos tiempos, que observé como se mira una reliquia, con una mezcla de temor y veneración, diciéndome a mí misma que algún día sería capaz de manejarlos con la misma soltura que el escribano de Elipando. Porque para entonces ya empezaba yo a intuir lo que la vida me ha demostrado con creces: que la espada por sí sola, sin la ayuda del conocimiento, es incapaz de derrotar al poderoso enemigo que Dios ha puesto ante nosotros.

—Quiero que escuchéis el contenido de la misiva que me dispongo a dictar —ordenó con sequedad el metropolitano— y que entregaréis a Adosinda, con el fin de que ella la haga llegar a su vez, junto a los documentos que os confiaré, al abad Fidel, cuya reputación ha llegado a mis oídos y que goza de cierta influencia en la corte cristiana, según me dicen. Es mi deseo que conozcáis el fondo de la doctrina que encierra, puesto que seréis los encargados de transmitírsela a los rebeldes de Líbana, quienes no merecen de mí ni la limosna de unas palabras. Allá ellos con su herejía y allá los prelados de Asturias si no atajan con premura este cáncer que les corroe. Yo no puedo hacer más.

Acto seguido, nos dio la espalda y comenzó a redactar su carta, como si supiera exactamente de antemano qué términos emplear, sin la menor vacilación incluso ante los más feroces:

Quien no confesare que Jesucristo es Hijo adoptivo en cuanto a la humanidad es hereje, y debe ser exterminado. Arrancad el mal de vuestra tierra. Ni Beato ni Heterio me consultan, sino que quieren enseñar porque son siervos del Anticristo. Envíote, carísimo Fidel, esta carta del obispo Ascárico para que conozcas cuán grande es en los siervos de Cristo la humildad, cuán grande es la soberbia de los discípulos del Anticristo. Mira cómo Ascárico, aconsejado por la verdadera modestia, no quiso enseñarme sino preguntarme. Pero esos, llevándome la contraria como si yo fuese un ignorante, no han querido preguntarme, sino instruirme. Y sabe Dios que, aunque hubiesen escrito con insolencia, rendiríame yo a su parecer si dijesen la verdad, recordando que está escrito: «Si el joven estuviera en posesión de la revelación, el anciano callará». Mas ¿cuándo se ha oído que los de Libana vinieran a enseñar a los toledanos? Bien sabe todo el pueblo que esta sede ha florecido en santidad de doctrina desde la predicación de la fe y que nunca ha emanado de aquí cisma alguno. ¿Y ahora tú solo, oveja roñosa...?

Elipando cerraba con fuerza los puños al describir a Beato de ese modo, vomitando su odio a gritos.

¿... pretendes sernos maestro? No he querido que este mal llegue a oídos de nuestros hermanos hasta que sea arrancado de raíz en la tierra donde brotó. Ignominia sería para mí que se supiese esta afrenta en la diócesis de Toletum, y que, después de haber juzgado nosotros y corregido, con el favor de Dios, la herejía de Migecio, haya quien nos tache y arguya de herejes. Pero si obras con tibieza y no enmiendas presto este daño, harelo saber a los demás obispos y su represión será para ti ignominiosa. Endereza tú la juventud de nuestro hermano Heterio, que está con la leche en los labios y no se deja guiar por buenos maestros, sino por impíos y cismáticos, como Félix y Beato, llamado así por antífrasis. Bonoso y Beato están condenados por el mismo hierro. Aquel creyó a Jesús hijo adoptivo de la Madre, no engendrado del Padre antes de todos los siglos y encarnado. Este le cree engendrado del Padre y no temporalmente adoptivo. ¿Con quién le compararé sino con Fausto el maniqueo? Fausto condenaba a los patriarcas y profetas; este condena a todos los doctores antiguos y modernos. Ruégote que, encendido en el celo de la fe, arranques de en medio de vosotros tal error para que desaparezca de los fines de Asturias la herejía beatiana, de igual suerte que la herejía migeciana fue erradicada de la tierra bética. Pero como he oído que apareció entre vosotros un precursor del Anticristo anunciando su venida, ruégote que le preguntes dónde, cuándo o de qué manera ha nacido el mentiroso espíritu de profecía que le hace hablar y nos trae solícitos y desasosegados. Tuyo en la paz del Señor, Elipando, metropolitano de Toletum.

Esa noche pudimos al fin compartir un lecho auténtico y retozar sobre un colchón de plumas, en una habitación caldeada por un brasero casi tan grande como los que habíamos visto en el salón, cebado con carbón vegetal para hacerlo durar más tiempo. Gozamos intensamente de su calor y el de nuestros cuerpos, hasta que el sol inundó nuestra estancia, e incluso mucho después. Oímos entre sueños cómo la campana llamaba a prima, ignoramos el toque de tercia, y poco antes de la sexta nos levantamos y aliviamos nuestras necesidades en la pequeña estancia cercana a la nuestra que hacía las veces de letrina. Renovados por el descanso iniciamos la jornada vestidos ya de nosotros mismos, lo que me produjo gran bienestar después de tanto disfraz.

Mientras Índaro se reunía nuevamente con Elipando para recibir sus últimas instrucciones, yo me aventuré por los recovecos del edificio, sin saber bien por qué. Poco a poco se había despertado en mí una curiosidad abierta a todo lo que pudiera descubrir. Una vez pasado el peligro, convencida de que pronto volvería a encontrarme con los míos y sin más añoranza que la de mi amiga Eliace, cuya imagen, sin embargo, iba desdibujándose poco a poco, deseaba aprovechar el viaje para empaparme de cuanto fuera capaz de asimilar, pues no era mucho lo que mi castro podría ofrecerme, más allá del orgullo de ser una mujer libre. Anduve, pues, vagando de aquí para allá, me crucé con varios clérigos que se dirigían a sus respectivas faenas, bajé junto a una de las siervas hasta una bodega que albergaba un aljibe a rebosar de agua en esa época, junto a una considerable reserva de vasijas de vino y aceite, comí el potaje que me dieron en la cocina, donde un hogar de grandes dimensiones daba lumbre a dos peroles colgados de una cadena, y acabé por dar con la estancia más hermosa de cuantas había visto, abierta a la luz del patio por grandes ventanales en forma de herradura. Junto a uno de ellos un monje en actitud docta leía de pie, apoyado sobre su atril, un manuscrito encuadernado en cuero oscuro.

—Pasa sin miedo —me invitó al cabo de un instante, al ver que me quedaba parada en la puerta—. ¿A quién debo el placer de tan inesperada visita?

—Mi nombre es Alana de Coaña, vengo huyendo de Corduba, en compañía de mi esposo, que vino a rescatarme hasta el mismo harén del emir, donde me hallaba cautiva tras ser entregada como tributo por el rey de Asturias. Él es un espatario del príncipe Alfonso, que está en Alaba con su madre, y hacia allá nos dirigimos. Estaremos aquí unos días, pues el metropolitano ha tenido la bondad de darnos hospitalidad y refugio.

—Me alegro por él y por mí, pues no es frecuente por estos pagos ver damas de tanta hermosura... Yo soy Félix de Norba, humilde seguidor de la regla de San Benito y amante de la belleza en estos tiempos de tedio, propios de gentes tristes.

Era el fraile más extraño que hubiera visto en mi vida. Mayor que Elipando en apariencia, aunque con algo de niño en los ojos, baja estatura, mirada vivaracha y sonrisa desvergonzada, galanteaba conmigo sin la menor malicia, como si fuera una diversión más de su inocente lista de placeres cotidianos. Parecía feliz, cosa harto infrecuente según me ha enseñado la vida. Compartía el tesoro de sus ocurrencias con una desconocida, sin miedo a lo que yo pudiera pensar o decir. Sin prevención ni altanería alguna. Apenas estuve con él el tiempo que tardó el sol en pasar de una ventana a otra, pero fue suficiente para que me contagiara su insaciable apetito de saber y su determinación a pensar con cabeza propia.

—Dime, Alana, ¿sabes leer?

—No, hermano. En mi castro nadie posee ese don, ni tampoco libros, por supuesto. Hasta que llegué a Corduba nunca había visto uno, aunque allí abundaban en el mercado que visité, donde los vendían junto a las telas, los perfumes o los zapatos.

—Ven aquí, no temas, voy a enseñarte algo.

Obedeciendo su llamada, me acerqué hasta situarme a su lado, frente a un códice de gran tamaño en el que el texto, indescifrable para mí, se adornaba con bellos dibujos de personas diminutas, animales nunca vistos, palacios en miniatura y otras representaciones increíblemente exactas de gentes y objetos pertenecientes al mundo real o al de los sueños. El monje tomó mi mano con suavidad, la llevó hasta el códice y fue señalando, uno a uno, los signos que —dijo— componían mi nombre: una «A» en forma de tienda de campaña, una «L» como la raíz y el tronco desnudo de un árbol, otra «A», una «N» similar a una torre, y de nuevo la que me explicó era la letra que abría el alfabeto:

—Acabo de darte la primera lección, pero tendrás que esforzarte mucho si quieres aprender lo necesario para poder entrar en este universo mágico de los escritos. En ellos están contenidos los secretos del universo. Sus páginas guardan nuestra memoria, junto al brillo de los espíritus que lograron elevarse, sin perecer, hasta acercarse al Altísimo. De aquellos que comieron el fruto del árbol prohibido para descubrir que no era Satán su hortelano, sino el mismo Dios, quien les inspiró para seguir creando, creciendo, cantando alabanzas de gloria en cada obra, en cada escrito. Por eso resultan tan peligrosos... ¿Comprendes, niña?

Yo no entendía exactamente el significado de sus palabras, aunque intuía lo que quería decirme. Por eso asentí con el deseo ferviente de seguir escuchando.

—Hoy se ocultan en habitaciones oscuras, tapiadas a cal y canto, cuya existencia conocen únicamente unos pocos escogidos. Huyen de la destrucción. Escapan a la hoguera de la barbarie a lomos de acémila, camino del norte, donde encuentran refugio en monasterios remotos, o bien esperan tiempos mejores en los polvorientos anaqueles de algún mercader árabe esclarecido. Se camuflan en forma de largos tratados de teología o filosofía, inaccesibles de tan eruditos como son. Aguardan, por los siglos de los siglos tal vez, a que los hombres descubran de nuevo el infinito placer de recorrerlos.

—Pero tú lo estás haciendo ahora mismo —rebatí su razonamiento—, estás leyendo, ¿no es así?

—Así es, en efecto. Estoy leyendo el Libro de los Macabeos, la Sagrada Biblia, en la que encuentro más solaz que en cualquier otro tratado de exaltación de nuestra fe católica. Pero desearía poder disfrutar también de los textos prohibidos que alumbraban la mente y encendían la risa. De las obras que en tiempos de Virgilio, y aún antes, se representaban en los teatros construidos para entretener al pueblo. De las comedias de Aristófanes, las sátiras de Juvenal, las odas de Horacio, las aventuras sin fin narradas por Homero en su *Ilíada* y su *Odisea*.

—¿Dónde están esos libros? ¿Quién los ha prohibido? ¿Por qué razón están proscritos? —inquirí con curiosidad.

—El mundo de luz que encendieron los antiguos griegos con su pensamiento, el que construyeron después los romanos con las calzadas y puentes por los que transitamos, desapareció tras el saqueo de Roma por Alarico. Con él se acabaron los poemas de amor de Safo y las perlas salidas de la pluma de Ovidio. Incluso *La ciudad de Dios* del santo Agustín se considera hoy una amenaza. Nuestros pastores estiman que la vida del espíritu solo pertenece a Dios, por lo que a Él y únicamente a Él puede dirigirse. La literatura no busca proporcionar distracción, sino profundizar en la elaboración de la doctrina por la que nos guiamos. La ciencia estudia los números, el cosmos, o la materia muerta que nos rodea, ignorando el alma humana. El Derecho se ha olvidado de las gentes sencillas. La alegría ha huido de cualquier pensamiento. El Dios que quieren imponernos no se parece en nada a Ese que mandó decir a Su Hijo: «Amaos los unos a los otros como yo os amo», pues quien ama desea la felicidad del ser amado. Son tiempos de oscuridad estos que nos ha tocado vivir, no porque falte la sabiduría, sino porque no sentimos, ni reímos, ni lloramos.

—Pero Alarico fue un buen rey, un guerrero bravo que engrandeció nuestro pueblo con sus conquistas —protesté, dolida por la crítica a uno de los héroes de la tradición familiar goda que alimentaba las historias de mi padre.

—Lo fue en muchos aspectos, pero en otros falló. O tal vez no. El mundo que destruyó ya estaba en ruinas por sus propios pecados antes de que él llegara, como lo estaba el nuestro cuando Tariq cruzó el estrecho con sus soldados. Las naciones, las culturas, nacen y mueren como los hombres, aunque tarden más tiempo. Mueren o empiezan a morir precisamente cuando se creen inmortales y olvidan los principios sobre los que se elevaron.

—Algo nos contó el abad del monasterio de San Justo, en Corduba, sobre las guerras entre cristianos que precedieron a la invasión...

—Hubo guerras, en efecto, discordias zanjadas con castigos despiadados, porque el anhelo de poder o riquezas destruye al ser humano como el ácido más corrosivo. Distintos clanes se enfrentaron con saña entre sí por el control de las tierras y las gentes. Nobles conspiraron contra reyes y reyes contra nobles, mediante purgas crueles en las que unos perdían sus cargos, fortunas, familias y vidas, mientras otros ganaban los bienes confiscados al derrotado, sus siervos, propiedades, títulos y privilegios, hasta que la rueda volvía a rodar en sentido contrario. El favor de los soberanos se disputaba a hierro y sangre, pero también a golpe de excomunión. Nuestra amada Iglesia no escapó a la corrupción generalizada. Las actas de los concilios celebrados en esta sede, celosamente conservadas entre los muros que nos albergan, dan cuenta del complejo juego de influencias, servicios y humillaciones recíprocas que durante décadas practicaron obispos y monarcas, sirviéndose unos de otros para su propio beneficio.

Por primera y única vez a lo largo de nuestro encuentro, Félix se entristeció y pareció perder el optimismo innato que emanaba de su rostro al desgranar el resto de su avergonzada confesión.

—A cambio de su respaldo espiritual, los monarcas otorgaron privilegios políticos a los obispos, eximieron al clero de las pesadas cargas que soportaba el pueblo, ya diezmado por la peste o las hambrunas, y le otorgaron facultades para juzgar las causas de los pobres, sometiéndose a una unción sagrada comprada a golpe de beneficios. Algunos, como Sisenando, llegaron incluso a humillarse ante la clerecía con el fin de obtener la absolución de sus terribles pecados. En pago por tales prebendas, nuestra Madre Iglesia aceptó someterse al arbitrio del rey a través del nombramiento y deposición de sus prelados y de otras intervenciones decisivas en su vida interna.

»Fueron años de ignominia que aún tardaremos mucho en expiar. Olvidada la resplandeciente santidad de Isidoro, el clero hispano fue infectado por prelados y clérigos de estirpe visigoda que participaban del insaciable apetito de poder de los laicos. Trajeron con ellos tiempos de negligencia corrupta, de violentos rencores, atropellos judiciales contra gentes indefensas, mutilación de siervos e incluso homicidios. Se llegó a exigir remuneración por la administración de los santos sacramentos, al tiempo que el oro compraba órdenes sacerdotales, prelaturas y monasterios. Dios renegó de nosotros o nosotros de Dios, nos alejamos de Él, perdimos su favor y sucumbimos ante las huestes de Alá, no por su fortaleza sino por nuestros pecados.

—Tal vez sea como dices, pero no podemos resignarnos. En mi castro de Coaña mi propio padre, pese a su edad, junto a muchos de los refugiados cristianos que cruzaron con él las montañas, estarían dispuestos a empuñar las armas para expulsar a los sarracenos de estas tierras. Desde su exilio de Vasconia, el señor de mi esposo, el príncipe Alfonso, aguarda una señal para retomar la lucha. No todo está perdido, no puede estarlo...

—Ojalá tengas razón, Jesucristo se apiade de nosotros y perdone nuestras mezquinas disputas. Allá en el norte, en tu nevado Septentrión, se encuentran ahora sus mejores pastores, los que abandonaron la comodidad para poder cantar sus alabanzas sin esconderse, aun a costa de afrontar terribles peligros. Esos obispos valerosos, esos guerreros indómitos, son la piedra angular de tu esperanza. En cuanto a mí, hace tiempo que elegí mi camino, que conduce exactamente aquí, a esta biblioteca en la que mora lo más excelso de la condición humana, encuadernado en tapas de cuero. Ve pues con Dios, valiente Alana, y cumple tu sueño, mas no eches en saco roto esta primera lección de un viejo clérigo de

Toletum. Si perseveras en la lectura, se abrirán para ti las puertas del conocimiento.

¡Cuántas veces a lo largo de mi vida he bendecido el nombre de Félix por hacerme tamaño regalo! ¡Cuántas horas de feliz sosiego he encontrado entre sus amigos de pergamino! Si hoy estoy aquí, aprovechando el sol de la mañana para dejar constancia en tinta de mis aventuras, es porque aquel monje sabio inculcó en mi alma virgen el deseo de aprender. De la mano de otro clérigo persegui-do me adentré en el misterio de las letras, cuajé mis pri-meras palabras sobre una piel de cordero e incorporé a mi bagaje itinerante un saber que luego he podido transmi-tir a mis hijas, para que ellas lo pasaran a las suyas y a sus nietas. En aquellos días, sin embargo, otras preocupacio-nes turbaban mi espíritu con mayor urgencia.

VIII

Entre bestias y salvajes

El invierno azotaba los campos con sus peores rigores. Lo sensato hubiera sido aceptar la hospitalidad de Elipando, instalarnos en su casa y esperar a que los hielos dejaran paso a las aguas, mas algo en nuestro interior nos empujaba a partir cuanto antes. Éramos jóvenes, audaces e ignorantes de los riesgos que habríamos de afrontar. Nos animaba, además, la ayuda proporcionada por el metropolitano, quien había demostrado una generosidad extraordinaria al poner a nuestra disposición dos caballos viejos aunque todavía útiles, una mula de carga, prendas de abrigo de lana y cuero para nuestros pies y manos, mantas, víveres (tocino, bellotas, aceite, ciruelas secas, nueces, carne en salazón, miel, cebollas, vino, algo de pan), e incluso un salvoconducto firmado de su puño y letra, que debería permitirnos salir de la ciudad sin novedad. Una vez traspasadas las murallas, estaríamos en las manos de Dios. Pero hasta allí nos condujo un joven clérigo del servicio de Elipando, quien nos sirvió de guía en el laberinto toledano.

Tras despedirnos de nuestro anfitrión, quien nos confió una saca de documentos dirigidos a la reina viuda, retomamos el camino de Asturias al amanecer de un gélido día de San Sebastián del año 788 de Nuestro Señor, fortalecidos tras una cura de descanso y agasajos.

Seguimos a nuestro acompañante calle abajo, en dirección al río, dejando a nuestra izquierda el barrio de la judería que tan infausto recuerdo dejara en mi retina. Índaro y yo íbamos en silencio, contemplando el espectáculo de la ciudad adormecida aún entre neblinas, mientras el clérigo exhibía su erudición ante nosotros:

—Esas edificaciones altas que tenemos delante son las ínsulas en las que habita buena parte de las quince mil almas que, según se estima por sus contribuciones, componen la población de Toletum. La urbe ya fue concebida como algo especial por sus fundadores romanos, y así lo atestiguan las edificaciones que sobreviven al paso del tiempo. Mirad, ahí abajo, a vuestra derecha, está el puente por el que sin duda habréis pasado al venir de Corduba y, junto a él, el acueducto que traía agua a la ciudad. ¿Los veis?

Veíamos, en efecto, esos gigantes de piedra testigos de un esplendor vivo, alzándose desafiantes sobre nuestra pequeñez humana.

—Todavía hoy hay barrios que se abastecen de las canalizaciones que siguen en pie. Otras han desaparecido, pero las alcantarillas se mantienen. Además, las piedras que han ido cayendo se han utilizado para levantar nuevos edificios, como los que nos aguardan al llegar a la vega baja, obra de los reyes visigodos que aquí tuvieron su corte.

Frente a nosotros no tardó en aparecer una ciudad, parcialmente amurallada, fuera de las fortificaciones de la otra, como una hermana gemela hecha de plazas enormes salpicadas de antiguas ruinas, mezcladas con villas y alquerías en perfecto estado. En ese foro sobresalía la gran basílica de San Pedro y San Pablo, sede de cinco concilios —nos informó nuestro guía, destacando que allí había sido ungido nada menos que Wamba, de cuyas hazañas Índaro y yo nada sabíamos— y cercana al Palacio Pretoriense, en pleno trance de desguace. Incluso a aquella hora temprana se veían cuadrillas de esclavos llevándose los bloques de granito uno a uno, con el fin de levantar obras incluso más grandiosas, para mayor gloria de otro dios y otro rey, como siempre a lo largo de los tiempos.

No lejos de allí, junto al vado que permitía salvar el Tajo a pie, un circo romano con capacidad para ocho mil espectadores, una creación humana de una escala inconcebible para mí, conservaba intacto su esqueleto vaciado poco a poco de carne pétrea, como consecuencia de esa imparable tarea de destrucción y construcción, tal vez para demostrar al mundo la resistencia indoblegable de ese espíritu lúdico y luminoso del que me había hablado Félix. Allí se bifurcaba la calzada bien conservada que habíamos seguido hasta entonces en dos ramales que partían uno hacia el occidente, en dirección a Emérita Augusta y la Vía de la Plata, y el otro hacia Legio y el puerto de la Mesa, nuestro paso obligado para llegar a Passicim. Antes de despedirse, nuestro acompañante nos hizo una última advertencia:

—Cuidaos de la canalla que asola los caminos. En estos años de confusión muchos son los esclavos que han abandonado a sus amos y sobreviven formando partidas que se nutren del pillaje. Algunos llegaron a matar a sus dueños mientras se dirigían con ellos hacia el norte, huyendo de los sarracenos, y ahora asaltan alquerías o roban a los caminantes, ajenos a la Ley de Dios y a la de los hombres. Otros, los más, son descendientes de los que sobrevivieron a la feroz rebelión de siervos que hubo de combatir vuestro rey Aurelio hace unos quince años. Cruzaron la cordillera, llegaron a los campos yermos de la ribera del Durius y allí han instalado sus reales, imponiendo su imperio de terror. Algunos viajeros que tienen la desgracia de encontrárselos y viven para contarlo dan cuenta de los salvajes ataques de estas gentes que nada temen. Sed prudentes, pues estaríais indefensos ante ellos.

—No temas —replicó Índaro—, que sabremos guardarnos.

—Que Dios os acompañe y guíe vuestros pasos.

Entre campos de trigo en barbecho, huertos de frutales desnudos y viñas secas cabalgamos a galope sostenido durante un buen rato, hasta que las monturas pidieron descanso. Bajamos entonces el ritmo hasta un paso ligero, que aprovechamos para conversar entre nubes de vapor lanzadas al aire helado por nuestro propio aliento:

—No era mucho lo que sabía de religión antes de salir de Coaña —abrí el fuego—, pero ahora mi confusión es mucho mayor. ¿Tú lograste comprender la lección que nos dio Elipando sobre la naturaleza del Hijo de Dios? ¿Sabes si es hijo natural, adoptivo, de carne y hueso, igual que nosotros, o tal vez de naturaleza mágica, como las xanas y los trasgos que habitan los bosques de Asturias?

—Tampoco he recibido yo mucha instrucción al respecto, pero por lo que tengo oído Jesús fue el hijo de un carpintero que andaba entre pescadores y decía que los pobres heredarían su reino. En todo caso, tú y yo somos demasiado ignorantes para entender esos misterios. Esa es tarea de la Iglesia y sus clérigos. La mía es combatir y la tuya, estar a mi lado, ser mi mujer y parir muchos hijos —zanjó Índaro la cuestión con una risotada cariñosa.

—Lo haré, puedes estar seguro, pero también voy a instruirme. No sé todavía cómo ni dónde, mas sé que algún día aprenderé a leer.

Hacía demasiado frío como para seguir hablando, porque las palabras se congelaban en los labios antes de hacerse comprensibles. Lo mejor era calarse la capucha hasta el fondo y embozarse en el manto sin dejar al aire la menor puerta de entrada, moviendo los dedos dentro de las manoplas para evitar que se congelaran y rezando por que la nieve se mantuviera alejada.

Al caer la noche, buscábamos refugio entre las ruinas de alguna granja o bajo las ramas de una encina, hacíamos acopio de leña para alimentar un fuego que nos durara hasta el alba y nos dormíamos ateridos, bajo capas y capas de ropa, despertando cada poco tiempo para cebar la hoguera. Con la salida del sol nos poníamos en pie, dábamos un bocado frugal y reanudábamos la marcha. Así un día tras otro, atravesando montes, cruzando valles desiertos, pasando por aldeas o ciudades antaño prósperas y hoy pobladas únicamente de fantasmas, con la determinación compartida de regresar a casa. Sufríamos las consecuencias de nuestra temeridad al desafiar con ese viaje las reglas de la cordura, sin saber que lo peor estaba por llegar.

Durante aquellas jornadas de tedioso caminar me enteré de que a Índaro le proporcionaba gran placer la caza, especialmente del oso o el jabalí, así como los lances de armas. Era, me dijo, más hábil aún con la espada que con el puñal, y le gustaba que su hierro fuera corto, pues el cuerpo a cuerpo resultaba, a sus ojos, la modalidad más noble y eficaz de enfrentarse al enemigo. Cualquier demostración de fuerza física le permitía lucirse, pues ya he mencionado lo fornido que era, con lo que de todas ellas gozaba por igual, ya fuese en la pelea a manos desnudas, los pulsos, o los alardes de levantamiento y arrastre de objetos pesados, que tanta afición despertaban en Vasconia, como yo misma tendría ocasión de comprobar.

Por lo que pude deducir de su conversación en esos primeros meses de convivencia, mi esposo no era un hombre complejo. Educado, galante incluso en contadas ocasiones, aunque de pocas palabras, se conformaba con casi nada para colmar sus anhelos y ponía todas sus miras en servir lealmente a su señor Alfonso, cuya voluntad hacía suya sin pedir explicaciones. Nunca estuvimos más cerca el uno del otro que en esos momentos, e incluso entonces nos mantuvimos alejados en lo esencial, probablemente porque el hombre y la mujer están hechos de sustancias muy distintas, que se rehúyen como el agua y el fuego. De cuando en cuando, si los astros así lo disponen, llega a producirse un encuentro fugaz, pero lo normal es que pasen toda una vida juntos sin traspasar la corteza de la piel. Tal es, pienso yo, la voluntad de Dios en lo que respecta a los hijos de Adán y Eva.

Tras incontables jornadas de marcha monótona, en una mañana despejada apareció ante nosotros, como un ansiado regalo, la cordillera asturiana. El sol iluminaba sus cumbres nevadas recortadas sobre el cielo azul, convirtiéndolas en las almenas de una muralla inexpugnable. Su aspecto resultaba aterrador visto desde la meseta, pero sabíamos que al otro lado encontraríamos nuestro hogar. Un último esfuerzo —pensábamos— nos conduciría a él.

Entonces aparecieron ellos.

Nos habían visto venir desde lejos, lo que les permitió organizarse con tiempo para la emboscada. Eran numerosos, unos veinticinco o treinta, armados de guadañas, azadones, horquillas de dientes afilados e incluso alguna espada robada, seguro, a un muerto. Su apariencia se asemejaba más a la de las bestias que a la de cualquier persona. Cubiertos de pieles, con barbas y cabellos que jamás habían visto el agua, se movían en manada, acechando a su presa, comunicándose mediante gestos.

No dudamos un instante en identificarlos como los esclavos huidos sobre los que nos había alertado nuestro guía toledano, aunque nos parecieron más peligrosos aún de lo que él nos había dicho. Aquellas criaturas feroces no podían tener alma, ni corazón, ni raciocinio. En caso de que alguna vez hubiesen poseído atributos humanos, hacía tiempo que los habían perdido.

Se dividieron en dos grupos al abrigo de la espesura y surgieron de pronto, a ambos extremos de la calzada, en una actitud que no dejaba margen a la duda: de atraparnos con vida, nuestra suerte sería peor que la peor de las pesadillas. No quedaba más salida que un enfrentamiento suicida o una fuga a la desesperada, que fue por lo que optamos.

—¡Suelta la mula y espolea tu caballo con todas tus fuerzas! —me gritó Índaro, que iba en cabeza, mientras desenvainaba su hierro para abrirnos paso entre los bandidos.

No se lo hice repetir. Sin detenerme a pensar, solté la cuerda del animal que cargaba nuestro equipaje, clavé los talones en los flancos de mi montura y lancé un grito salvaje para incitarla a la carrera, al tiempo que mi hombre separaba de un tajo certero una cabeza de su tronco. Ante aquella furia inesperada, los salteadores se hicieron a un lado, conformándose con el botín abandonado a lomos de la acémila. Nosotros dimos rienda suelta a los caballos hasta casi reventarlos y corrimos hacia las montañas como alma que lleva el diablo, temerosos de mirar atrás por miedo a que nos persiguieran. No lo hicieron ya que, afortunadamente, iban a pie.

Al atardecer, temblorosos aún por el susto, desmontamos, nos abrazamos celebrando estar vivos, y pasamos revista a la situación.

—Hemos perdido todas las provisiones junto a la ropa de abrigo —constató Índaro preocupado—, nos quedan aún muchas millas por recorrer, sin mencionar el hecho de que debemos atravesar el puerto en el peor momento, cuando ni las fieras salen de sus guaridas, entre hielos y ventiscas.

—Conservamos las ropas que llevamos puestas —repliqué, intentando conservar el ánimo, a pesar de que la pérdida del cofre en el que viajaba el aceite perfumado comprado para mi madre, junto al resto de mis pertenencias, había caído en mí como el peor de los agüeros, anunciando alguna catástrofe aún por venir—. Dos caballos que siguen en pie, pedernal y garabullas secas para encender la lumbre, además de fuerzas suficientes para seguir adelante. Ni siquiera hemos perdido los documentos que nos dio Elipando para Adosinda, ya que los llevo pegados al cuerpo, en una bolsa bajo la capa. Vamos a llegar, estoy segura, si nos mantenemos juntos y no perdemos la esperanza. Estamos ya tan cerca que casi puedo oler el aroma de la tierra...

Aquella noche ayunamos sin dificultad, pues teníamos reservas sobradas. Con el alba reemprendimos el viaje. El camino se hizo más duro al iniciar la ascensión hacia las cumbres nevadas, salpicadas aquí y allá de rocas negras como el carbón, obligándonos a desmontar y llevar del ronzal a unas monturas aterradas, criadas en tierras llanas, que se negaban a avanzar por esos senderos helados, abiertos al precipicio, donde un solo paso en falso significaba la muerte. No eran asturcones acostumbrados a vencer el vértigo. Llegado el momento de mayor peligro, se hizo necesario sacrificar al más asustadizo de los dos jacos, que relinchaba y se encabritaba sacudiendo las patas delanteras, amenazando con arrastrarnos a todos al abismo. Lo hizo Índaro de un corte en la yugular, que no dio tiempo al animal de proferir ni un quejido. Esa tarde y las siguientes comimos su carne, apenas calentada sobre las piedras de un fuego de campo, antes de arrebujarnos junto al vientre del superviviente, obligado a tumbarse a nuestro lado para darnos su calor. Cuando finalmente alcanzamos la cumbre y divisamos desde la altura el verde familiar de los valles asturianos, no pude contener las lágrimas. Lloré de alegría por un sueño cumplido, jurándome no olvidar nunca lo que dejaba atrás.

Vencida la montaña, llegar hasta Passicim fue coser y cantar. Lo hicimos a pie, por senderos casi vacíos en esa época del año, entre acebos cuajados de frutos rojos, robles y hayas de ramas desnudas, helechos enormes, nieve y barro, sorteando las escasas patrullas con las que nos cruzamos. Entramos en la ciudad junto a un grupo de campesinos, al ponerse el sol, momento inmejorable para pasar desapercibidos a una guardia ya cansada que solo pensaba en el rancho. Nos dirigimos inmediatamente hacia el convento de San Juan Evangelista, impacientes por ver a Adosinda, mas hubimos de renunciar a la visita ante la presencia de soldados frente a los muros del cenobio. La iglesia próxima a este tenía, en cambio, las puertas abiertas, pues se estaba celebrando en ella alguna clase de ceremonial.

Era un edificio en forma de cruz, construido en piedra sólida, alto como doce hombres, con ventanas en forma de herradura y el techo de madera basta, oscurecido por el humo hasta el punto de parecer negro. Antes de acceder al interior, del que emanaba un delicioso vapor de incienso, era menester pasar por un atrio rectangular de unos quince pies de anchura y apenas tres de fondo que albergaba, en su lado derecho, un gran sarcófago de piedra con los restos mortales de Silo. Su rostro barbudo, grabado en la tapa, resultaba inconfundible para la gran mayoría de las gentes que frecuentaban el lugar, incapaces, como nosotros, de leer la inscripción que colgaba sobre el portón, esculpida en una losa cuadrada. Años después supe que aquel laberinto de letras decía, de derecha a izquierda, izquierda a derecha, arriba abajo y abajo arriba, en una infinidad de combinaciones diversas, que el marido de Adosinda era quien había mandado construir la iglesia: «El príncipe Silo la hizo».

Una vez adentro, pese a la multitud congregada ante el sacerdote, podían distinguirse tres naves que acababan en otras tantas capillas. A la derecha, cerca de la puerta, había una gran pila bautismal de mármol blanco, y en el centro, un altar exento, aislado completamente, sobre el cual el oficiante había depositado un cáliz de oro pulido con incrustaciones de esmeraldas. Según nos contó la reina esa misma noche, la columna sobre la que descansaba la losa pétrea que hacía de ara estaba hueca; horadada pacientemente por manos devotas, con el fin de ocultar en ella un cofre con las reliquias de Santa Eulalia de Emérita, virgen y mártir, tesoro de infinito valor para aquella humilde basílica.

En silencio, decididos a confundirnos con el gentío, nos ocultamos en un rincón oscuro, para escuchar el bello cántico que un coro de canónigos elevaba al cielo:

¡Oh, verbo de Dios, salido de la boca
del padre, creador y principio verdadero,
y autor perenne de todas las cosas, luz y origen de la luz!
¡Oh, Cristo, nacido del vientre de la Virgen gloriosa,
Tú eres nuestro verdadero Emmanuel!

Rey y sacerdote ante el que resplandecen
las doce piedras sagradas: el alabastro,
el ágata, el berilo, el zafiro,
el carbunclo, y también la amatista,
la sardónica, el topacio, la esmeralda,
el jaspe, el ligurio y el crisólito.

Y en tanto así muéstrase esplendoroso el día durante sus
[doce horas
con tales margaritas preciosas, el
verdadero sol del universo resplandece, tras haber disipado
las sombras con aquellas gemas. Y fulguran
en los doce brazos de un candelabro
con las luces de sus doce apóstoles.

Y Pedro brilla en Roma, su hermano, en Acaia.
Tomás en la India, Mateo en Macedonia,
Santiago el Menor en Jerusalén, Zelotes en Egipto,
Bartolomé en Licaonia, Judas en Edesa,
Matías en Judta, Felipe en las Galias.

Y también los dos poderosos hijos del trueno
impulsados por ínclita madre
que alcanzan los más altos puestos:
Juan, que se extiende para regir diestramente Asia
y su hermano Santiago que lo hace por Hispania.

Llamados los dos juntos al claro maestro,
sitúanse uno a su diestra y a su izquierda el otro,
unidos en pactos de paz por el reino
celeste, y van con sus mitras
en busca de gloria.

El llamado Jacobo el Zebedeo,
elegido por Cristo para el triunfo del martirio,
cumplió con éxito en su apostolado
y alcanzó así la victoria
y las señales de la pasión.

Ciertamente atendido por el divino sufragio
actúa frente a las malignas iras del demonio,
vence a los necios, castiga a los seguidores

del Diablo y es oráculo
para los de creyente corazón.

Porque asistido por su completo voto
da salida adecuada a los dolientes que
ruegan consuelos. A la bandera de la
paz concede copiosa salvación,
y al que ha cumplido con su deber, la gloria.

¡Oh, verdadero y digno Santísimo Apóstol,
cabeza refulgente y áurea de Hispania,
protector y patrono vernáculo nuestro!
Líbranos de la peste, males y llagas,
y sé la salvación que viene del cielo.

Sé con nosotros piadoso, sé pastor amable
de esta grey puesta a tu custodia, del rey,
del clero y del pueblo; pon felicidad sobre los reinos
para que seamos revestidos con gloria,
y para siempre líbranos de los infiernos.

Por el poder de la Trinidad te rogamos
seas nuestro fiador y arregles esta máquina terrestre
con la eterna clemencia, y que tu inmensa
y perenne gloria y honor fluyan sobre nosotros abundante
y largamente por los siglos.

¡Oh, Rey de reyes, escucha al piadoso rey
Mauregato y préstale tu protección con amor!

Esa última estrofa nos dejó perplejos. ¿Cómo era posible que semejante cántico de gloria estuviese dedicado precisamente a Mauregato, que rehusaba enfrentarse al sarraceno invasor? Poco podía suponer su autor que tiempo después, con el correr de los años, aquel apóstol cuya bendición se imploraba para un monarca holgazán iba a convertirse en capitán de las tropas cristianas lanzadas a la reconquista...

Pero vuelvo a dejar que la mente me traicione con sus saltos al vacío, pues el tiempo del que hablo estaba aún por llegar. En ese instante de desconcierto, tras oír por vez primera el himno a Santiago, escuché la respuesta que buscaba de labios de Adosinda, cuando al amparo de la noche llegamos hasta su celda recurriendo a la súplica, la compasión de la hermana portera y la ayuda de unas monedas que todavía brillaban en el fondo de la bolsa.

—El rey falleció hace ahora tres semanas. Lo que habéis presenciado era una de las muchas misas que se celebran por su alma, en la que debió entonarse el himno que Beato compuso en su honor, invocando para Hispania el amparo del Apóstol Santiago, también llamado Jacobo el Zebedeo.

La reina viuda seguía exactamente igual que como la recordaba, ansiosa de mantenerse viva pese al encierro monacal que se le había impuesto en contra de su vocación y de su voluntad. Nos recibió jubilosa, bendijo con su abrazo nuestra unión, y escuchó con atención apasionada los pormenores de nuestra peripecia. Tras un relato interrumpido aquí y allá por sus certeras preguntas, ávida como estaba de recibir noticias del exterior, permitió que fuéramos nosotros quienes la asaetáramos a ella:

—Decís que Mauregato ha muerto, luego ha llegado el momento de Alfonso. Al fin tendrá la oportunidad que tanto ha esperado...

—Por desgracia, no es así. Aprovechando su ausencia, los nobles de palacio se han dado prisa en elegir a un necio con el fin de seguir haciendo, deshaciendo y conspirando a su antojo. Un débil de carácter blando, fácilmente manejable, al que han tenido que arrancar las vestiduras de diácono y que pretenden casar a toda prisa para que engendre un heredero. Bermudo se llama el elegido, ya entrado en años, y es hermano del príncipe Aurelio, a quien sucedió Silo. No creo que tenga las manos manchadas de sangre como aquel, que participó en el asesinato de mi hermano, pero es un perfecto inútil, tan piadoso como inepto. Un títere dispuesto a dejarse manejar por los mismos hombres que rodeaban a Mauregato, empezando por ese Vitulo de mal agüero que no ha dejado de medrar.

Un escalofrío recorrió mi cuerpo ante la mera mención de aquel nombre, mas no me atreví a preguntar por miedo a que nuestro gran secreto fuese de algún modo desvelado en mis palabras. Índaro, por el contrario, no dejó pasar la ocasión.

—¿Qué ha sido de ese traidor a quien marqué con mi cuchillo? No me digáis que ha conseguido elevarse hasta el Oficio palatino...

—No figura en el ceremonial de palacio, si eso es lo que preguntas, pero influye más que cualquier conde. Sus contactos con los señores de la guerra gallegos le hacen fuerte aquí en Passicim, donde todos temen una rebelión como las que hubieron de combatir mi augusto padre y mi esposo. Ellos son, en buena medida, quienes han forzado la elección de Bermudo, seguros de que no amenazará sus intereses ni instalará nuevos colonos o comunidades cristianas en sus tierras, como hicieron los príncipes de la estirpe de Pelayo. No quieren más monasterios similares al de Samos, donde Alfonso halló refugio e instrucción en la infancia, poblado por inmigrantes hispano-godos provenientes de Toletum y dispuestos a consolidar el poder real en su comarca.

—¿Y qué papel desempeña Vitulo en esas intrigas palaciegas?

—Es el perfecto bellaco. Un hombre sin principios ni honor, vendido al usurpador, a quien ha servido eficazmente. Un ser vil, enriquecido mediante el cargo de recaudador real que le otorgó Mauregato en pago por sus servicios, y dispuesto a arrastrarse ante Bermudo con tal de seguir acumulando fortuna y poder. Dicen que se ha casado con una doncella acomodada, hija de un noble hacendado en Brigantium, lo que ha sumado a su ya abultada bolsa una propiedad considerable con sus correspondientes siervos.

—¿Se ha trasladado allí? —inquirí con esperanza.

—No, en absoluto, no cometería el error de alejarse de la corte para que otro ocupase su lugar. Está aquí, controla una tupida red de espías y se encarga de las tareas sucias que otros no quieren desempeñar. No me sorprendería incluso que me tuviese vigilada, lo que, de ser cierto, os colocaría en un peligro mortal. Debéis partir cuanto antes hacia la seguridad de Alaba, reuniros con mi querido sobrino y transmitirle mi amor y devoción. Decidle que no todo está perdido, pues en medio de esta adversidad aún quedan gentes leales a la memoria de su abuelo y de su padre; gentes deseosas de empuñar las armas bajo el estandarte de la Cruz, que aguardan una señal del cielo.

—Nos pondremos en marcha en cuanto despunte el alba —sentenció Índaro lanzándome una mirada cómplice—, pero daremos un rodeo para pasar por Libana con el fin de cumplir la misión que nos encomendó Elipando, que derrochó generosidad al recibirnos en Toletum. El metropolitano nos rogó, asimismo, que os entregáramos estos documentos que mi esposa ha protegido con su vida —añadió mientras yo sacaba la bolsa que llevaba colgada bajo el sayón— y que contienen, al parecer, su respuesta a las dudas de conciencia que formulabais en vuestra carta, así como una misiva dirigida al abad Fidel.

La reina rompió el lacre, desplegó el pergamino y comenzó a leer a la luz de un candelabro de tres brazos, haciendo gestos de negación con la cabeza. Cuando terminó, visiblemente molesta, apostilló:

—Estas querellas entre hermanos en Cristo carecen de sentido alguno. Tengo el máximo respeto por la autoridad del primado toledano, pero estoy segura de que mi buen amigo Beato no se merece sus insultos. Veréis, cuando le conozcáis, cómo su carisma os alcanza, igual que sucedió conmigo, inundándoos de paz. Es un hombre singular. Un alma hermosa atrapada en un cuerpo deforme. Un guerrero del espíritu con la fuerza de un titán, iluminado por la luz de Dios. El propio papa Adriano ha respaldado su defensa a ultranza de la ortodoxia en la interpretación del misterio de la Santísima Trinidad, que discute Elipando, tal vez forzado por la necesidad de atraer almas musulmanas al redil de Cristo, o tal vez sencillamente para sobrevivir a la persecución.

Tras una breve pausa y un sorbo de vino, la reina continuó:

—Sabéis que ellos, los muslimes, rechazan la divinidad de los profetas e incluyen en esa categoría a Nuestro Señor Jesús, lo que probablemente empuje a la Iglesia de Toletum a poner el acento en su naturaleza humana. Pero eso no les autoriza a vilipendiar a un hombre santo como Beato, que lucha desde su monasterio lebaniego por mantener intacta la llama de la única fe verdadera. Llevadle mis saludos más afectuosos, junto a mi respaldo pleno en esta disputa que deploro y confío en ver zanjada cuanto antes. Yo haré llegar la carta de Elipando a Fidel, pues así me ruega él que lo haga, aunque no comparta su contenido ni mucho menos apruebe su tono incendiario.

»En cuanto a vosotros —prosiguió—, marchad cuanto antes. Ya os he dicho que me vigilan, con lo que vuestra estancia aquí nos pone en grave riesgo a todos. Aún conservo amigos en esta ciudad que os ayudarán a salir de ella, pero debéis daros prisa. Tomad —dijo sacando unas monedas antiguas de un cofre escondido bajo su cama—. Os serían de mayor utilidad un caballo o una buena pelliza, mas tales cosas no están a mi alcance. En la primera aldea que os crucéis podréis trocar la plata por víveres, siempre con la mayor cautela. Recordad que Vitulo tiene ojos y oídos en todas partes. Desconfiad de cualquiera, excepto de vosotros mismos, puesto que no hay duda del amor que os une; lo lleváis escrito en la cara.

Aquel amor iba a ser puesto a prueba sin tardanza, confirmando lo bien fundados que estaban los temores de Adosinda, ya que en el momento de traspasar la puerta del convento fuimos interceptados por una patrulla que nos estaba esperando. Era noche cerrada, sin luna, lo que apenas nos dejaba ver a los cuatro hombres enviados a detenernos después de que alguien se fuera de la lengua.

De pronto, sin mediar palabra, Índaro echó a correr en dirección al monte situado detrás del edificio, dejándome sola a merced de nuestros captores. Tres de ellos salieron a la carrera tras sus pasos, mientras el cuarto amarraba mis manos detrás de la espalda y, a empujones, me conducía hacia el palacio situado cerca de allí.

No podía creer que mi esposo me hubiera abandonado de aquel modo. No habría recorrido un mundo para rescatarme si a la primera de cambio huía como un cobarde, luego debía de existir otra explicación para su conducta, pero en aquel momento no la encontré. Me dejé llevar dócilmente hasta el calabozo en el que fui encerrada, pasé sin pegar ojo el resto de la noche, preguntándome qué habría sido del hombre que hubiera tenido que estar allí conmigo y no toqué el plato de comida que me dejaron en el suelo al llegar el día. Tras una espera que se me hizo eterna, ya al atardecer otro guardia vino a buscarme y me guio a través de distintas estancias hasta una sala amplia, revestida de tapices que ponían en valor el rango de su ocupante. Aunque estuviera de espaldas, lo reconocí al instante: era Vitulo, mi verdugo, vestido como un magnate de la corte, con un manto de brocado que le daba dos vueltas al cuerpo, igual que una larva a la que alguien hubiese cosido dos alas de mentira.

—Otra vez aquí la pequeña Alana —dijo en tono zalamero, acariciando mi mejilla con una de sus asquerosas manos—. ¿Tú no deberías estar en Corduba, colmando de placeres las últimas horas de Abd al-Rahman en este mundo?

Callé, en actitud digna, negándome a contarle lo que él ya sabía.

—No espero que comprendas la trascendencia de lo que has hecho, pero te aseguro que tú y tu caballero habéis causado graves problemas al reino. Tu fuga ha enfurecido al emir, que ha estado a punto de declararnos la guerra en el momento más inoportuno. Ha hecho falta mucha diplomacia y mucho oro para convencerle de la conveniencia de mantener la tregua vigente, que a todos resulta beneficiosa, aunque requiera pequeños sacrificios. Pero tú no estabas dispuesta a ello, ¿verdad? Tú tenías que ponernos en peligro a todos con tal de salirte con la tuya...

—¡Cobarde! —acerté a contestar.

—Veo que no has cambiado... aunque estés aún más hermosa de lo que te recordaba. Ese brillo en tus ojos revela además que ya no eres doncella —prosiguió viscoso, arrastrando las palabras como si fuesen culebras—, lo cual te convierte en algo más interesante aún... Tal vez tú y yo podamos pasar unos buenos ratos antes de que te demos tu merecido. Sí, decididamente creo que te haré feliz antes de matarte.

Como le había visto hacer tiempo atrás, Vitulo rio a carcajadas su propia gracia macabra. Luego, mientras me observaba por delante y por detrás, tocándome de vez en cuando para acentuar mi humillación, comenzó su interrogatorio.

—Y dime, dulce Alana, ¿sabes dónde se esconde tu amigo? No creo que te haya gustado mucho su gesto al dejarte aquí sola...

—No tengo la menor idea —respondí feliz al saber que Índaro seguía libre— y aunque lo supiera, no te lo diría.

—Eso crees tú ahora, pero tenemos métodos para hacerte hablar, no lo dudes; métodos tan eficaces que recordarás incluso lo que no sabes.

—Haz conmigo lo que quieras, pero no me sacarás nada porque nada sé.

—Será un placer, créeme, que llevaré a cabo personalmente. Primero nos divertiremos un rato y después te haré probar las delicias de nuestro verdugo. Tal vez incluso te deje escoger entre las tenazas candentes y el desgarrador de senos, un instrumento de lo más eficaz, que convertirá esas dos manzanitas en masas sanguinolentas mucho más despacio de lo que te gustaría...

En ese momento entró un hombre con el uniforme de la guardia real, portador de un mensaje para Vitulo. El rey —le comunicó— requería su presencia para tratar un asunto urgente.

Sumida como estaba yo en un humor más que sombrío, ni siquiera le dirigí una mirada. Sin embargo, cuando me sentí observada por él, alcé la vista y le reconocí, sin identificarle inmediatamente. Su rostro me resultaba familiar, pero no sabía el motivo, hasta que su amago de sonrisa me recordó la que había visto en el soldado al que traté de una picadura de serpiente durante los primeros días de mi viaje a Corduba. Era él; ese mismo joven algo tímido que en aquella ocasión no se había atrevido a hablarme. Esta vez, por el contrario, sí lo hizo, apenas hubo salido su señor de la habitación tras ordenarle que me llevara de vuelta a mi celda.

—Voy a ayudarte porque estoy en deuda contigo, aunque lo que me dispongo a hacer sea una locura. Desde ayer algunos personajes influyentes en la ciudad se han interesado por ti, a instancias de la vieja reina, pero nadie se atreve a ir más allá. Así son las cosas aquí desde hace un tiempo. Muchos murmuran contra el diácono, se lamentan de su incapacidad y consideran que el sucesor de Mauregato debería haber sido el hijo de Fruela, pero luego se quedan quietos. La cobardía abunda. No es que yo me considere valiente, pero tú salvaste mi vida y ahora puedo pagártelo. Tu esposo te espera en una antigua ermita que se encuentra a unas dos millas de aquí, en el interior del bosque, escondido por un monje asceta que fue confesor del príncipe Alfonso. Esta noche, cuando todos duerman, te acompañaré hasta allí. Luego deberéis arreglároslas solos, porque ni yo ni cualquier otra persona podrá hacer nada por vosotros. No hay motivo alguno para que alguien sospeche de mí, pues soy el único que queda en Passicim de la escolta que te llevó hasta Toletum, pero aun así es mucho lo que arriesgo. Prepárate para partir cuando la campana llame a laudes; vendré a buscarte.

Hasta que no le vi aparecer, exactamente a la hora que me había dicho, no terminé de creerme que cumpliría su promesa, mas lo hizo. Me llevó sana y salva hasta los brazos de Índaro, que había movido cielo y tierra para sacarme de mi encierro. Él sabía adónde acudir en caso de necesidad, pues antes de partir de Alaba su señor le había hablado de ese fraile a través del cual logró movilizar a todos los amigos de Adosinda. Una vez más, él y ella me habían rescatado de un destino atroz, en este caso con el auxilio de un soldado cuyo nombre nunca llegué a conocer.

Obedeciendo su consejo, partimos inmediatamente de la capital de Bermudo como dos fugitivos, ocultándonos entre las sombras, evitando los caminos más transitados, que seguían la antigua calzada de la costa en dirección a Gegio, y dando largos rodeos por el interior, entre bosques protectores, guiándonos por el sol para avanzar hacia el levante. Cerca del mar la temperatura era más clemente, aunque nos llovió tanto que llegamos a olvidar la sensación de estar secos.

Tal vez fuera entonces cuando mis huesos absorbieron la humedad que hoy rezuman de forma dolorosa día y noche, especialmente cuando cambia el tiempo, hasta el punto de impedirme escribir e incluso caminar. Quiera Dios que me den tregua hasta la conclusión de esta crónica, pues aún he de dar cuenta al lector de muchos e importantes sucesos acaecidos en aquellas fechas...

Compramos pan de escanda a algún campesino aislado, ya que no nos atrevíamos a entrar en los escasos poblados que divisamos, bebimos agua de los riachuelos, y cazamos conejos u otras bestias que nos supieron a gloria ahumadas, más que asadas, en lumbres de leña mojada, hasta llegar al punto en que había que virar al sur, en dirección a los montes sagrados de nuestra tierra, en cuyo corazón se esconde el monasterio de San Martín de Libana.

Esos picos feroces, que permitieron a Pelayo resistir el asalto de los sarracenos, sirvieron de refugio a sus descendientes ante cada embestida caldea y guardan aún hoy entre sus cumbres la esperanza de todo un pueblo.

Hacía falta valor para emprender la ascensión en pleno invierno, con los senderos cubiertos de nieve, mas no teníamos alternativa. Además, Índaro, criado en aquellos parajes, conocía cada palmo de terreno como su propia mano, por lo que era capaz de encontrar pasos allá donde otros solo veían rocas. A su lado aquello parecía fácil, hasta que el diablo se nos presentó una noche con ojos de brasa ardiente y colmillos como falcatas.

Creo que ambos estábamos dormidos, cerca del fuego moribundo, cuando la llamada del instinto me hizo despertar. A nuestro alrededor, tan cerca que podía oler su aliento fétido, una manada de lobos había encontrado su presa y se disponía a atacar en grupo. Venciendo el terror que me impulsaba a gritar, sacudí a mi esposo para arrancarlo al sueño, mientras cogía una de las ramas apiladas junto a la hoguera para defenderme con ella. Alertado por mi gesto, Índaro hizo lo propio, hundiendo el leño en los rescoldos con el fin de obtener una antorcha. Los lobos, cinco en total, se habían acercado aún más y gruñían con fiereza, exhibiendo dientes y pupilas a la luz fantasmal de la luna. Ellos lanzaron la primera ofensiva. Bajo la guía del que parecía capitanear la manada, saltaron hacia nosotros con increíble agilidad, babeando de hambre. Empuñando la espada en una mano y la tea encendida en la otra, Índaro se convirtió en mi escudo, protegiendo mi cuerpo con el suyo. Se revolvió con arrojo, mató a tres de las fieras y puso en fuga a las otras dos, pero no pudo evitar que uno de los machos, el de mayor tamaño, mordiera su brazo izquierdo hasta quebrarle los huesos, con un crujido desgarrador que no olvidaré mientras viva.

Cuando todo acabó, la herida manaba sangre a chorros con cada aliento de su pecho, derramando sobre la nieve blanca la vida del hombre que amaba. Afortunadamente, mi madre me había instruido sobre la forma de actuar en esos casos. Ella no era amiga de rituales como los que practicaban otras curanderas, empleando ovillos de lana o cintas de colores para envolver y medir a los enfermos mientras desgranaban su letanía, pero sabía exactamente qué hacer en trances que los demás consideraban desesperados.

Recordando sus enseñanzas, corté un pedazo de tela de mi túnica, hice con él un vendaje que apreté hasta lograr detener ese río desbordado de color oscuro y me dispuse a limpiar la herida lo mejor posible. Para entonces, Índaro se había derrumbado en mis brazos y temblaba como una hoja. Su piel, cubierta de sudor y sin embargo helada al tacto, no reaccionaba a mis friegas, por más que le acercara a la fogata que había reavivado con más leña. Parecía agonizar sin remedio, desangrado por la dentellada de ese animal hambriento. Entonces recordé lo que las mujeres de mi tierra hacían con sus hijos y con sus hombres cuando la muerte ardiente, esa que se presenta en forma de tiritonas que agotan las fuerzas, pretendía arrebatárselos: desnudé a mi esposo, me desnudé yo, y rodeé su cuerpo herido bajo las mantas con brazos y piernas cargados de deseo, para devolverle con mi calor la vida que se le escapaba.

IX

El genial tartamudo

Toda la noche abracé, besé, acaricié y froté con fuerza a ese hombre que peleaba en sueños con la muerte entre gemidos dolientes. Finalmente, poco después de salir el sol, se durmió algo más tranquilo, aunque pálido como la cera, dejándome sola ante la necesidad de encontrar una salida a nuestra situación.

Lo primero era sanar la herida que le desgarraba el brazo entre el codo y la muñeca, donde el mordisco del lobo había causado destrozos terribles. Su aspecto era mucho peor que la víspera. La carne de alrededor, inflamada y caliente, era señal de que algo malo estaba sucediendo, que era preciso atajar antes de que fuese tarde. Si no era capaz de eliminar pronto el líquido maloliente que manaba de allí, me vería obligada a cortar el brazo de mi esposo con su propia espada, a fin de salvar su vida. A punto de perder la cordura y con el miedo haciendo temblar mis manos, me armé de valor para actuar como alguna vez había visto hacer a Huma, cuya fama como sanadora iba mucho más allá de los muros de Coaña: aprovechando su desfallecimiento, así con todas mis fuerzas el miembro quebrado de Índaro y, con un movimiento seco, coloqué el hueso en su sitio. Eso le arrancó un alarido que debió de oírse a mucha distancia, lo cual celebré, pues era señal de que volvía a ser el de siempre.

—Ya ha pasado lo peor —le informé sonriente, mostrando una confianza que estaba lejos de sentir—. Anoche perdiste mucha sangre, pero tu naturaleza es robusta y se repone con rapidez. Ahora tengo que cauterizar esa llaga con fuego, pues de lo contrario podrías llegar a morir. ¿Estás preparado?

—Adelante —me animó—, quema sin miedo. No es la primera vez que me someto al hierro ardiente, aunque hasta ahora no sabía lo que duele eso que acabas de hacer. Lo soportaré, no temas, haz lo que sea menester.

Tal como había dicho, aguantó sin quejarse el filo del cuchillo al rojo vivo que empleé no una, sino dos veces sobre su brazo martirizado, con el fin de asegurarme bien, ya que no disponía de hilo o aguja con los que coser aquel enorme roto. Tampoco se quejó cuando utilicé nieve helada para limpiarlo, antes de vendarlo con tiras de lino arrancadas a mi camisa. Se limitó a mirar hacia otro lado, apretar los dientes y callar, como habría de hacer en incontables ocasiones, después de cada lanzada, corte o flechazo recibidos en el campo de batalla.

De haber estado en mi hogar de Coaña o haber tenido a mi alcance la provisión de hierbas que madre guardaba allí, habría preparado una cocción de asenjo, caléndula, valeriana y laurel para depurarle por dentro y mitigar su dolor, aplicando a continuación un emplasto de miel mezclada con corteza de sauce molida. Nada de eso pude hacer. Ni siquiera estuvo en mi mano ofrecer al herido un poco de vino con el que saciar su sed y aturdir sus sentidos. Me limité a retirarle el torniquete antes de que se le gangrenara el brazo y a servirle de apoyo para ponerse en pie, ayudándole luego a montar sobre el caballo que nos quedaba, mientras me encomendaba a todos los dioses del cielo. Pedía un milagro. Un milagro que se produjo.

Llevaríamos algo más de una milla recorrida entre riscos pelados, bajando hacia la espesura que se divisaba en el horizonte, cuando vimos avanzar hacia nosotros a un hombre que, por sus andares, parecía entrado en años. Lo acompañaba un muchacho más o menos de mi edad, los dos con aspecto y ropas de campesinos.

—¡Gracias a Dios que estáis sanos y salvos! —exclamó el de mayor edad al llegar a nuestra altura—. Escuchamos esta mañana un grito que parecía salir del mismo infierno y nos pusimos en camino enseguida, temiendo que algún viajero perdido estuviese en dificultades. Yo soy Bulgano y este es mi hijo Noreno. Nuestra casa está cerca de aquí, en el lindero del bosque, y será un placer para mi familia recibiros en ella.

—Estamos vivos —respondí yo aliviada—, pero mi esposo lleva una fea herida que necesita curas. Mi nombre es Alana y el suyo —dije señalando al hombre que dormitaba a lomos de la vieja montura—, Índaro. Los lobos nos atacaron durante la noche y casi no lo contamos. Habéis aparecido justo cuando ya desesperábamos de llegar a San Martín de Libana, que es adonde nos dirigimos.

—El monasterio queda todavía lejos, a varias jornadas de aquí. Mejor será que os detengáis a descansar en nuestra choza. No es que tenga grandes lujos, pero en ella se está caliente, un puchero hierve en el hogar y mi esposa conoce canciones hermosas que canta a todas horas. ¿Se puede pedir más?

El ánimo de aquel hombre hizo que recobrara el mío. Era menudo, rollizo, de pelo y barba abundantes, con unos ojos azules que iluminaban toda su cara. Sus pasos eran rápidos y saltarines, como los de un gorrión, lo que le daba un aspecto cómico muy agradable que se veía confirmado en cuanto se ponía a hablar. En contra de lo que había pensado en un primer momento, era evidente que no se trataba de un labrador, ni mucho menos de un siervo, por mucho que vistiera como uno de ellos. Para mí era un ángel del cielo enviado a rescatarnos, aunque él mismo se encargó de rebajar su rango en cuanto dio rienda suelta a la locuacidad que derrochaba.

—Os preguntaréis qué hace un buen cristiano en un lugar tan apartado... —comentó enseguida en tono risueño. Sin esperar mi respuesta, que habría sido negativa, prosiguió su presentación—. Me vine a vivir aquí cuando el rey Fruela ordenó que los sacerdotes casados se separasen de sus mujeres. Para entonces Nunila y yo ya teníamos a nuestra hija Paterna, la mayor de los siete retoños con que nos ha bendecido el Señor, y por nada de este mundo o del otro las habría abandonado a su suerte. ¿Qué hubiese sido de ellas privadas de mi protección? ¡No quiero ni pensarlo! Ante el riesgo de verlas alejadas de mí con violencia y terminar yo recluido en un cenobio, como les ocurrió a muchos otros, preferí abandonar mi parroquia en los alrededores de Ovetao para esconderme aquí, en estos montes remotos donde he encontrado cobijo al igual que tantas otras gentes a lo largo de los siglos.

Mientras nos dirigíamos a su cabaña, más alejada de lo que me había dicho, Bulgano me contó las razones por las que a su entender Fruela, el rey del que tanto oía hablar últimamente, había decidido poner fin a la costumbre común, aunque formalmente prohibida, de que los clérigos viviesen como cualquier hijo de Dios, con sus esposas e hijos.

—Necesitaban explicar la derrota de las tropas cristianas ante los sarracenos y encontraron el pretexto que buscaban. Nos culparon a nosotros, pobres curas de aldea, de corromper la Iglesia con nuestras fornicaciones y ofender al Padre hasta el punto de hacerle renegar de sus ovejas. ¡Como si no se hubieran corrompido más los obispos, los abades y todos los que medraban y medran a la sombra de los poderosos! ¡Como si el mismo rey, culpable de asesinar a su hermano Vimara por miedo a que le quitara el trono, no mereciera un castigo mil veces peor que el mío!

»Soy un pecador, lo confieso —dijo con falso aire contrito, carente del menor rencor—. Un hombre débil que se pierde por las carnes de su hembra cada noche —añadió con una gran carcajada, cuando ya se olía el humo de la lumbre perfumando el aire—. Siete hijos me ha parido y cinco de ellos viven, ¡gracias al Altísimo!, después de que yo mismo los bautizara con agua bendecida por mis manos. Ahora los vas a conocer. Entra, por favor, y siéntete como en tu propio hogar.

La cabaña, hecha íntegramente de troncos sellados con barro para no dejar grietas, no era grande, ya que disponía de una única estancia que hacía las veces de cocina y dormitorio común, aunque parecía sólida. Estaba situada junto a un riachuelo, en medio de un claro con espacio suficiente para un huerto de nabos y berzas, un corral para las gallinas pegado a la casa y otro algo más grande, también cubierto por el mismo techo, en el que balaban un par de cabras lecheras con su macho.

—Al cabrito nos lo comimos hace unos días —me informó nuestro anfitrión mientras ayudábamos a desmontar a Índaro, que había estado bajo la vigilancia de Noreno durante todo el camino—, para celebrar la fiesta de la Natividad del Señor. ¡Sabía a gloria! De vez en cuando, especialmente en verano, después de la cosecha, me doy una vuelta por las aldeas de los alrededores para celebrar misa por los difuntos recientes, expulsar a algún demonio o bendecir los corrales y los campos. También perdono los pecados e impongo penitencias por adulterio, hurto, coyunda con animales y visitas a santuarios paganos, que son las faltas más corrientes. ¡Tampoco es que haya muchas otras tentaciones! —precisó en su tono jocoso habitual—. Los campesinos saben que he recibido las órdenes sacerdotales, aunque no lleve tonsura, y me pagan con lo que pueden, desde un saco de sal a una oveja, dependiendo de cómo haya ido el año. Así vamos tirando mi familia y yo, sin motivos de queja. Cinco hijos sanos y una esposa dispuesta —concluyó señalando con ambas manos su tesoro— es mucho más de lo que cualquiera en estos tiempos se atrevería a soñar.

El estado de mi esposo, sin embargo, había empeorado visiblemente. Su frente ardía, aunque él no dejara de temblar, musitaba palabras incomprensibles, en un tono cada vez más bajo, y apenas se mantenía de pie. Con gran esfuerzo, lo llevamos hasta el jergón en el que dormían habitualmente los tres hijos menores de Bulgano —que habrían de hacerlo en el suelo mientras estuviéramos allí—, lo acostamos y retiramos las vendas para comprobar cómo se hallaba la herida. Tal y como me temía, había ido a peor, hedía y dejaba escapar un liquidillo purulento que anunciaba la muerte. La lavé a conciencia con agua clara, corté la carne quemada para dejar salir la sangre sucia y, con ella, el veneno que estaba matando a mi hombre, y la cosí con la ayuda de Nunila, viendo cómo Índaro aguantaba en silencio el indecible dolor que debía de estar sufriendo. Los demás habitantes de la casa observaban recelosos mis movimientos desde la distancia, aunque estarían acostumbrados a ver operaciones parecidas, empezando por los muchos partos de la mujer que me asistía, la cual había traído siete criaturas al mundo en ese mismo lugar, sin más partera que la propia naturaleza.

—¿Tienes algo de miel? —le pedí cuando terminé de dar la última puntada.

—De sobra —respondió resuelta, corriendo a buscar en una alacena situada cerca de la entrada un tarro de color oscuro—. La cogemos nosotros mismos cada año de las colmenas que abundan por aquí. Está fresca, te lo aseguro.

A la escasa luz que se colaba por la puerta abierta, ya que la choza no tenía ventanas, saqué del recipiente una generosa porción de líquido pegajoso color avellana, prácticamente transparente, esparciéndolo con cuidado sobre la llaga abierta. Si aquel antiguo remedio no era capaz de parar el mal, tendría que recurrir nuevamente al cuchillo, o a la espada...

—Ten fe en Nuestro Señor Jesucristo que os ha guiado hasta aquí —oí decir a Bulgano a mis espaldas—. Tu esposo es fuerte como un buey. Verás que pronto estará en pie, recuperado del todo, presto para la batalla. Porque, a juzgar por sus trazas, ha de ser un guerrero formidable, ¿no es así?

Era evidente que el sacerdote había vivido alejado durante años de todo contacto humano, más allá de unos cuantos labriegos tan ignorantes como sus bestias; que no estaba al tanto de la situación política. Deseoso de ponerse al día, me preguntó quién reinaba en Asturias, el nombre del obispo de Lucus y del Papa de Roma, cómo marchaba la guerra con el moro, y un sinfín de otras cuestiones que respondí en la medida de mis escasos conocimientos. Cuando le informé de que su ciudad, Ovetao, había sido destruida por tropas de Alá hasta los cimientos, pareció entristecerse, aunque no tanto como al explicarle que los últimos príncipes reinantes en Passicim rendían tributo al emir de los infieles.

—¡Villanos! ¿Cómo pueden dar la espalda a su pueblo y a su fe de esa manera rastrera? Aquí, en esta tierra que pisamos, fue donde Pelayo exterminó a los últimos caldeos supervivientes de la batalla de la Santa Cova, en la que Dios dio la victoria a los suyos desviando las flechas de los mahometanos. Aquí fue también donde se refugiaron los últimos cántabros resistentes al poder de Roma, acogidos al monte Vindorio. Muy cerca de aquí, en Canicas, tuvo su corte el gran Alfonso. ¿Qué les ha ocurrido a los hombres de esta era para renegar así de sus antepasados?

—No será por mucho tiempo —le tranquilicé, más asustada de lo que quería parecer—. De aquí a poco estaremos luchando de nuevo contra unas fuerzas más temibles de lo que puedes imaginar. Combatiendo por nuestras vidas, pues no quedará otro remedio.

La humilde morada de Bulgano, su familia, la paz de ese bosque alejado de cualquier discordia nos regalaron algunos de los días más felices de nuestra vida. Gracias a mis cuidados y los de Nunila, que le alimentaba con caldos engordados a base de huevos y grasa, Índaro no tardó en recobrar la salud y disfrutó como un chiquillo persiguiendo ciervos, corzos y jabalíes por los montes de los alrededores, en compañía de Noreno y sus hermanos, provisto de un arco rudimentario y unas flechas que él mismo se había fabricado. Entre tanto, yo encontré en el sacerdote un maestro paciente para la tarea que me había propuesto en Toletum, aprendiendo de su mano, en las páginas de un raído salterio, los rudimentos de la lectura que iría perfeccionando con el tiempo. Había más alegría en aquel hogar de la que jamás he visto en un palacio. Nada ansiaban poseer, puesto que nada habían poseído nunca, con la excepción del derecho a seguir juntos, causa y motivo de su vida clandestina.

Únicamente la hija mayor, que a la sazón contaría unos veintidós años, parecía deseosa de ampliar sus horizontes, pues sentía que, de no hacerlo con prontitud, perdería toda oportunidad de encontrar un marido. Cuando mi esposo y yo nos marchamos, despuntando ya la primavera, nos llevamos a la joven y a otra de las chicas hasta la aldea cercana al monasterio de San Martín, donde prometimos dejarlas en brazos de hombres libres, propietarios de sus tierras, dignos de desposarlas. Nuestro regalo de despedida, pobre compensación a todas las mercedes recibidas, fueron unas monedas de plata destinadas a pagar las dotes de las futuras esposas de sus hermanos varones.

No podía saberlo, pero para entonces una vida nueva se fraguaba ya en mi vientre. Tan atareada había estado ayudando a Índaro a superar su mal, que la falta de mi sangre menstrual a su cita me pasó desapercibida. Noté, sí, alguna molestia menor en el estómago, tuve náuseas y dolor en los pechos, mas no relacioné nada de ello con la posibilidad de estar preñada. ¿Cómo habría sabido hacerlo sin madre, ni hermana mayor, ni abuela que me orientara en lo que me estaba sucediendo? Cuando caí en la cuenta de que mi cuerpo se ensanchaba, debían de haber pasado tres o cuatro lunas, habíamos llegado al refugio de Beato, situado en lo más profundo de un valle frondoso, e Índaro movía ya el brazo herido casi con la misma destreza que antes.

El viaje desde la choza del cura hasta el antiguo monasterio de San Martín resultó agradable, después de tanta penalidad como habíamos sufrido. Lo hicimos los cuatro a pie, pues habíamos dejado atrás la vieja montura que nos cediera Elipando, con un tiempo seco y templado que facilitaba el tránsito por esos caminos solitarios, los cuales discurrían entre desfiladeros enterrados en cañones de paredes verticales y precipicios abiertos al vacío. Las dos hijas del sacerdote habían heredado de su madre la afición por las tonadas populares, con lo que amenizaban la ruta entonando hermosos dúos que todavía recuerdo y canto de vez en cuando con alguna de mis novicias... aunque mi voz suene ahora como la del cuervo que adornó el escudo de mi llorado Índaro.

Pero ¿qué digo? Ya me estoy desviando del curso de este relato, vuelvo a dar saltos en el tiempo y desvelo cosas que no sucedieron hasta mucho más tarde...

Llegamos al corazón de la Libana una tarde soleada de cosecha en la que siervos, labriegos y monjes de los cenobios de San Salvador de Caldas, Santa María de Cosgaya, San Salvador de Beleña y el propio San Martín se afanaban en segar los campos. A nuestro alrededor, las cumbres aún nevadas del macizo asturiano semejaban torres de protección creadas por el mismo Dios para dar cobijo en la comarca a los hombres y las reliquias refugiados en sus valles de la destrucción sarracena.

Hasta allá había arribado el cuerpo de Santo Toribio de Astorga, junto a un trozo de la Vera Cruz que trajera él mismo de su viaje por Tierra Santa. Allá moraba temporalmente, gracias a la hospitalidad de los monjes, Heterio, obispo de Uxama, reacio a acatar la autoridad musulmana y convertirse en lo que Sa'id me había informado que llamaban mozárabes. Y allá oraba y estudiaba el presbítero Beato, varón docto y santo tanto de nombre como de vida, tal y como decían de él todos cuantos lo conocían. Vivía en la más absoluta pobreza, alternando la oscura celda monacal, en la que apenas dormía unas horas, con la cueva situada en la cercana ladera del monte Viorna, a la que solía retirarse para hacer penitencia, y por último la biblioteca. Una fabulosa biblioteca, sin parangón en el Reino de Asturias, nutrida con todos los códices salvados del saqueo que pudieron traer consigo los clérigos y nobles acogidos a la cornisa cantábrica en su huida de la invasión mahometana.

Algunos de esos frailes, conocedores de varias lenguas, trabajaban largas horas en aquel rincón de sabiduría, traduciendo los textos sagrados, los tratados de medicina o matemáticas y las recopilaciones filosóficas del griego al romance, del árabe al latín o de la versión culta de este a su forma más vulgar, que era la que empezaba a imponerse incluso entre las gentes más doctas. Especial atención merecía la obra de Isidoro de Sevilla, casi desconocido para mí en aquel entonces, por quien nuestro anfitrión sentía auténtica veneración.

De acuerdo con la tradición que nos dio a conocer el hermano portero, los primeros canteros de aquella gran casa de piedra fueron un oso y un buey. Sí, un oso feroz y un robusto buey, uncidos a la misma yunta por la mano del fundador, Toribio, obispo de Pallantia, quien obró el milagro de amansarlos con el fin de obtener su ayuda para una obra divina que los lugareños, entonces paganos, habían rechazado hacer. A partir de entonces, hombres y bestias se pusieron juntos a la tarea de elevar al Padre un monumento digno de él. Y entre aquellos muros sagrados, hogar de innumerables reliquias, andaba en febril actividad el hombre a quien veníamos a visitar.

—Hermano Beato —nos anunció un novicio a las puertas del *scriptorium*—, estas personas traen cartas de presentación de la reina Adosinda y de Elipando.

—Q... q... que ppasen —respondió el monje, haciendo gala de una tartamudez severa. Debía de ser un castigo terrible para su mente ágil, dotada de una enorme inteligencia, verse atrapada en esa boca convulsa, que le obligaba a enormes esfuerzos para articular cada palabra. Por eso hablaba poco y confiaba sus pensamientos al pergamino y a la tinta, en los que plasmaba sus discursos fraguados con frases de hierro.

Aquella tarde, como tantas otras, escribía junto a una ventana abierta a los últimos rayos de sol, tarea que interrumpió para escuchar los mensajes que le transmitió Índaro. El afectuoso respaldo de la reina arrancó una torpe sonrisa de su rostro barbudo, tan feo y desagradable como hermoso debía de ser su interior. Lo que le dijo de parte del metropolitano de Toletum, pese a estar más rebajado que el vino de una boda campesina, encendió la cólera que convivía en él con un talento prodigioso, arrancando huracanes de ira expresados penosamente:

—¡Tttestttículo del Annnticristo! ¿Ccóomo ha podido eeescccupir sssemejjjante innnmummundicia?

En los días sucesivos, mientras Índaro alternaba el ejercicio físico con los preparativos de nuestro viaje a Vasconia y yo aprovechaba el tiempo para perfeccionarme en la lectura, oí al joven Heterio, compañero inseparable de Beato, leerle a este con voz clara pasajes enteros del escrito de refutación que ambos redactaban en respuesta a las descalificaciones de Elipando.

> Tuvimos noticia de la carta de tu prudencia dirigida no a nosotros, sino al abad Fidel, y entonces vimos el impío libelo divulgado contra nosotros y nuestra fe por toda Asturias. Comenzó a fluctuar entre escollos nuestra barquilla y mutuamente nos dijimos: Duerme Jesús en la nave; por una y otra parte nos sacuden las olas; la tempestad nos amenaza, porque se ha levantado un inoportuno viento. Ninguna esperanza de salvación tenemos si Jesús no despierta. Con el corazón y con la voz hemos de clamar: Señor, sálvanos que perecemos. Entonces se levantó Jesús, que dormía en la nave de los que estaban con Pedro, y calmó el viento y la mar, trocándose la tempestad en reposo. No zozobrará nuestra barquilla, la de Pedro, sino la vuestra, la de Judas.

—Bbien, sssólido, eellocuente, prosigue:

¿Acaso no son lobos los que os dicen: «Creed en Jesucristo adoptivo; el que no crea sea exterminado»? ¡Ojalá que el obispo metropolitano y el príncipe de la tierra, uno con el hierro de la palabra, otro con la vara de la ley, arranquen de raíz la herejía y el cisma. Ya corre el rumor y la fama no solo en Asturias, sino en toda Hispania, y hasta en Francia se ha divulgado, que en la Iglesia asturiana han surgido dos bandos, y con ellos dos pueblos y dos Iglesias. Una parte lidia con la otra en defensa de la unidad de Cristo. Grande es la discordia no solo en la plebe, sino entre los obispos. Dicen unos que Jesucristo es «adoptivo» según la humanidad y no según la divinidad. Contestan otros que Jesucristo en ambas naturalezas es Hijo propio, no adoptivo, que el Hijo verdadero de Dios, el que debe ser adorado, es el mismo que fue crucificado bajo el poder de Poncio Pilato. Este partido somos nosotros. Es decir, Heterio y Beato, con todos los demás que creen esto.

Aunque yo seguía sin comprender el fondo de esta disputa enconada sobre cuestión tan compleja, procuraba prestar toda mi atención a las razones esgrimidas por el obispo de quien Elipando dijera que «tenía la leche en los labios», pues me parecía que, pese a su corta edad, se expresaba con corrección y mostraba mucho más respeto al hablar que los demás implicados en la porfía, aunque se limitara a leer las palabras escritas por otro:

Dios lo afirma, lo comprueba su hijo, la tierra temblando lo manifiesta, el infierno suelta su presa, los mares le obedecen, los elementos le sirven, las piedras se quebrantan, el sol oscurece su lumbre; solo el hereje, con ser racional, niega que el Hijo de la Virgen sea Hijo de Dios. Si disputar quieres y distinguir la persona de Cristo, caes pronto en lazos de perdición. No debemos llamar a aquel Dios y a este Hombre, sino que tenemos y adoramos un solo Dios con el Padre y el Espíritu Santo.

Luego, se enredaba en arengas tenebrosas, haciéndome perder de nuevo el hilo de su razonamiento:

No adoremos al hombre introduciendo una cuarta persona, sino a Cristo, Hijo de Dios y Dios verdadero. Horrible cosa es no llamar Dios al Verbo encarnado. Quien esto dice torna a dividir el Cristo que es uno, poniendo de una parte a Dios y de otra al Hombre. Evidentemente niega su unicidad, por la cual no se entiende un ser adorado conjuntamente con otro, sino el mismo Jesucristo, Hijo unigénito de Dios, venerado con su propia carne, en un solo acto de adoración.

Y finalmente acudía a su erudición para abrumar al metropolitano toledano, en una enumeración destinada, creo yo, a demostrarle lo equivocado que estaba al mostrar su desaprecio por «los de Libana»:

Con nosotros está David, el de la mano fuerte, que con una piedra hirió y postró al blasfemo Goliat. Con nosotros Moisés, el que sumergió las cuadrigas del faraón en el Mar Rojo e hizo pasar al pueblo a pie enjuto. Con nosotros Josué, el que venció a los amalecitas y encerró a los cinco reyes en una cueva. Con nosotros el padre Abraham, que con trescientos criados venció y arrancó los despojos a los cuatro reyes. Con nosotros el fortísimo Gedeón y sus trescientos armados, que hirieron a Madiam como a un solo hombre. Con nosotros Sansón, más fuerte que los leones, más duro que las piedras; el que solo y sin armas postró a mil armados. Con nosotros los doce patriarcas, los dieciséis profetas, los apóstoles y evangelistas, todos los mártires y doctores. Con nosotros Jesús, hijo de la Virgen, con toda su Iglesia, redimida a precio de sangre y dilatada por todo el orbe.

Mi memoria, atormentada por la avalancha de recuerdos que me asalta, no ha conservado todo este tiempo ese tesoro de sabiduría tal como acabo de transcribirlo. Mi pluma no alcanza la altura de la del presbítero de Líbana, pero tengo conmigo una copia de su *Apologético*, comprada hace algunos años a los monjes del monasterio, que guardo como oro en paño. Es un códice de gran tamaño, escrito con una caligrafía más amplia, limpia y ordenada que la que recuerdo haberle visto a él, en letras negras y rojas. Acompañan al texto unas miniaturas de colores exquisitamente trazadas sobre el pergamino, que representan a Jesucristo con sus doce apóstoles, a los santos Padres de la Iglesia, a los cuatro Evangelistas con sus sagrados atributos y a un sinfín de seres reales o imaginarios, como leones alados o águilas con cabeza humana.

Otras creaciones de Beato, por ejemplo ese *Tratado del Apocalipsis* que estaban transcribiendo e iluminando en el monasterio de San Martín durante nuestra estancia allí, pasaron por mis manos años atrás, pero se perdieron con las guerras y sus violencias. En él se describían los tormentos del infierno con tal precisión que bastaba enseñar sus ilustraciones a cualquiera para disuadirle de cometer la menor falta: demonios provistos de ganchos con los que arrastrar a los pecadores hasta sus calderas ardientes; criaturas monstruosas con las fauces abiertas para tragarse las almas de esos desdichados seres deformes, cegados, vestidos de harapos, vagando por el Purgatorio...

Nadie como él ha sabido dibujar con palabras lo que les espera a los que reniegan de Dios y abrazan a Satanás.

Leo y releo su obra con la frecuencia que me permiten mis ojos cansados, en busca de inspiración y estilo. Quisiera poseer una milésima parte de la fuerza que Beato y Heterio insuflaron a sus párrafos de fuego, mas no cuento más que con la mía propia, que ya decae, además, a medida que pasa el tiempo. No me queda mucho para acabar de contar esta historia, luego es menester que me apresure.

Escogí el día de nuestra marcha para comunicar a Índaro, cuya plena recuperación se reflejaba cada noche en el ardor con que acudía a mi lecho, lo que ya era una certeza para mí.

—Estoy esperando un hijo —dije mientras avanzábamos lentamente al paso, sin atreverme a mirarle a la cara por temor a la reacción que ese anuncio pudiera provocar en él. La noticia, sin embargo, le volvió loco de alegría.

—Por eso estabas más entrada en carnes y apetecible como nunca... ¡Será un varón, seguro!, un guerrero más para las tropas de Alfonso. Se formará en palacio, como hice yo, y llegará muy lejos, porque para cuando se haga un hombre el rey habrá recuperado el trono. ¿Cuándo nacerá?

—No tengo modo de saberlo con precisión, pero pienso que será cuando los días hayan acortado y los vientos desnuden los árboles. Ya puedo sentir cómo se mueve en mi interior, noto sus manos y sus pies golpear las paredes de su encierro, como si tuviera prisa por salir. Debe de ser una criatura curiosa, que anhela ver este mundo con sus propios ojos. Todavía no ha venido a él y fíjate ya cuánto camino lleva recorrido...

—Ahora has de cuidarte mucho —ordenó Índaro acercando su caballo y tomándome entre sus brazos, con un gesto medio tierno, medio brutal, que a punto estuvo de derribarme del mío—, para que nazca fuerte y sano. En cuanto lleguemos a tierras de Alaba no harás otra cosa que descansar, comer hasta hartarte y coser la ropa del pequeño. ¡Te lo mando como esposo!

Aunque esto último lo dijo sonriendo, tuve miedo de su tono, tanto como de lo que leí en sus ojos...

—Tal vez sea una niña —me atreví a rebatir.

—¡Tonterías! Mi primer hijo ha de ser varón para combatir a mi lado. Ya tendrás tiempo de parir hembras que te hagan compañía. Este —zanjó la discusión dándome una ligera palmada en el vientre— será mío y llevará el nombre de mi padre: Favila.

Algo ensombreció por un instante en mi interior la felicidad que sentía ante mi primer embarazo, aunque rápidamente recobré la ilusión. Lo importante era que estábamos juntos, libres y a punto de aumentar nuestra peculiar familia errante, ya que lo sucedido era exactamente lo que cabía esperar; lo que cualquier hombre manifestaría ante el anuncio de su primer hijo.

De haber estado conmigo, eso sería exactamente lo que me habría dicho mi madre. Ella habría encontrado las palabras, las caricias capaces de calmar esa ansiedad que se adueña de toda mujer primeriza ante la certeza de una maternidad llena de incógnitas, incertidumbres e inseguridad. Habría preparado con sus manos sabias una tisana bien cargada de hipérico, la hierba de San Juan, cuyas flores amarillas ahuyentan los malos espíritus y atraen la luz dorada de los rayos del sol.

De haber estado a mi lado... Seguramente ella sufría por mí tanto como yo por su ausencia, pues hay lazos más sólidos, más resistentes y mucho más duraderos que cualquier distancia, física o temporal.

Habíamos comprado dos monturas en Libana por cincuenta sueldos, una cantidad exorbitante con la que habríamos podido pagar una finca, invirtiendo en ello prácticamente todo lo que nos quedaba de la bolsa que nos obsequiara Adosinda en su despedida de Passicim. Eran dos asturcones jóvenes, aunque bien domados, capaces de sortear los barrancos, valles y cumbreras por los que habríamos de transitar para llegar hasta la aldea de Munia en Alaba, situada en la parte oriental de la cordillera que separa nuestro mar Cantábrico de la meseta.

La estación era más propicia que en viajes anteriores, pero en este caso no podíamos seguir las calzadas más transitadas, dada nuestra condición de fugitivos, por lo que hubimos de conformarnos con los senderos abiertos por los pastores para su trashumancia con los ganados. Eran tierras prácticamente desiertas, abruptas, salpicadas de selvas en las que era necesario usar la espada para abrirse paso entre zarzas de espinos, que alternaban con laderas pedregosas cortadas a pico sobre el abismo.

Muy de tarde en tarde nos cruzábamos con algún leñador de los que se ganan la vida fabricando carbón en sus enormes hornos vegetales levantados en medio del bosque o pasábamos junto a un villorrio similar a los que rodeaban mi castro: poblados perdidos en hondonadas remotas, ocultos entre peñascos, para escapar a la devastación de las huestes árabes que en verano aparecían como una plaga en busca de botín humano. Ellos llevaban siempre la peor parte, pues los pasos desde el sur resultaban en aquel lugar más propicios para las aceifas moras que los situados hacia el oeste, donde las cumbres se alzan ante el invasor como auténticos baluartes de roca.

Esas aldeas no iban más allá de cuatro edificaciones de piedra chatas, situadas estratégicamente para brindarse mutuamente protección, cuyos habitantes sobrevivían gracias a los pastos ganados con esfuerzo al monte, criando vacas, cultivando huertos de frutales y cazando. Las manos destinadas al trabajo nunca eran suficientes, pero al menos eran dueñas de sus campos, arrasados una y otra vez por la guerra, incendiados en cada aceifa y vueltos a sembrar con determinación inquebrantable, pues las gentes eran a la tierra lo mismo que los robles, las hayas o los tejos, que siempre acaban retoñando por mucho que uno intente desarraigarlos.

Los días de luz generosa nos permitían recorrer largas distancias, aun a costa de quebrantar mi espalda, ya muy castigada por la preñez, mientras las noches apenas ofrecían tiempo para el descanso. Índaro tenía prisa por llegar para poner al día a su príncipe de todas las novedades recogidas a lo largo de nuestro viaje y no vacilaba en poner a prueba mi resistencia, convencido de que soportaría cualquier esfuerzo sin rechistar. Cuando hallábamos hospitalidad en algún monasterio, ermita o granja, comíamos caliente y reposábamos en un jergón, pero la mayoría de las veces dormíamos bajo el cielo raso, con un ojo abierto por miedo a las fieras, tras haber cenado una liebre asada al fuego o unas avellanas secas. Aquello me parecía malo, hasta que una tarde de tormenta nos perdimos y supe lo que era el terror.

X

Huésped de los vascones

Había hecho un calor insólito en aquel norte montaño-so. Un bochorno salpicado de mosquitos hambrientos, suficiente para convertir nuestra jornada de marcha en un lento suplicio. Al acercarse la puesta de sol el cielo se oscureció antes de tiempo, lo que nos animó a acampar bajo las ramas de un gran castaño que nos proporciona-ría techo. Índaro se alejó en busca de leña para encender el fuego, mientras yo hacía lo propio en dirección a un arroyo por el que habíamos pasado poco antes, con el fin de llenar el pellejo de agua que llevábamos. De pron-to, el aire quieto se vio roto por un trueno ensordecedor, seguido casi inmediatamente de un rayo que debió caer muy cerca de nuestro campamento, desatando un in-cendio en el bosque reseco.

Las llamas prendieron con rapidez entre aquellos ma-tojos de yesca, treparon por los troncos de los árboles, al-canzaron las copas y se extendieron como una nube de fuego sobre nuestras cabezas, con un aullido similar al del viento en invierno, aunque mil veces más espantoso. Intenté desandar el camino recorrido y regresar al lugar en el que habíamos dejado los caballos, pero me resultó imposible. La masa de vegetación ardiente me empujaba precisamente en dirección contraria, al propagarse a toda prisa arrasando a su paso todo lo que se encontraba.

Hube de correr para salvar la vida; correr con todas las fuerzas que me quedaban, llamando a Índaro a gritos, sin la menor esperanza de ser oída en medio de aquel estruendo. Me arañé la piel con las ramas bajas, tropecé y me levanté, temiendo por la criatura que llevaba dentro, perdí completamente la noción del espacio y del tiempo, concentrada como estaba en escapar de aquel infierno, hasta que la lluvia empezó a caer, sin fuerza para llegar hasta el suelo en un principio y luego cada vez más copiosa, a goterones como puños cual catarata salvadora derramada sobre la tierra.

Al alejarse la tempestad un humo denso ennegrecía aún más con sus vapores de muerte la noche ya de por sí negra. Las aves nocturnas, los grillos, las criaturas que rompen habitualmente el silencio espeso de esas horas permanecían calladas, ausentes. Nadie respondía a mis voces angustiadas, mientras caminaba a ciegas entre brasas, buscando a mi esposo. Por mi cabeza pasaron toda clase de augurios siniestros. Me impuse la obligación de conservar la fe, confiar en el destino y creer que Índaro estaría buscándome y acabaría por dar conmigo, pero el tiempo pasaba, la luz vino para marcharse de nuevo, y yo empecé a perder la esperanza.

Sola en esa selva asolada, sin medios para subsistir, sentí el mordisco de la desesperación clavarse en mi estómago vacío. Tenía hambre, estaba empapada, desorientada y alejada de cualquier camino. No podía detenerme, pues parar habría sido resignarme a morir de inanición o servir de pasto a las fieras, pero las piernas se negaban a obedecer las órdenes de mi voluntad, obligándome a hacer altos frecuentes en ese deambular sin rumbo, con el fin de recobrar el aliento. Quería vivir. Debía vivir no solo por mí, sino por el hijo que crecía en mi vientre. Sostenida por ese deseo, avanzaba en círculos ciegos, reconociendo de cuando en cuando un lugar ya visto con anterioridad, para mayor desaliento de mi espíritu, muy próximo ya a sucumbir al miedo.

Así pasaron dos días con sus noches. En el tercer amanecer, cuando estaba a punto de rendirme, llegué sin saber cómo hasta un gran claro del bosque. En el centro de ese círculo, tan perfecto que parecía hecho por la mano del hombre, se alzaba una columna de piedra negra, un monolito ligeramente más ancho en la base que en la cima, iluminado en ese instante por los rayos del sol naciente que caían exactamente sobre él. El espectáculo era de tal belleza, emanaba un poder tal, que me hizo olvidar todo el horror del momento, trayendo a mi memoria la luz de unas palabras sepultadas en sus profundidades:

«Cuando estés perdida, necesitada de guía, busca los lugares donde las grandes piedras reciben la luz del sol y de la luna. Allá habitan los espíritus de mis antepasados, fundidos hoy con la fe en Cristo de tu padre, que ha levantado iglesias junto a esos mismos santuarios. Son polos mágicos, poderosos, que te traerán de nuevo a casa. Confía en mí y no desesperes. Aunque te parezca que la noche cae sobre ti sin que se anuncie la aurora, pronto llegará el día de tu regreso a estos valles que son tu heredad sagrada. Volverás, te lo prometo.»

Así había hablado Huma al abrazarme en su despedida. ¿Sabría ya ella entonces lo que iba a sucederme tanto tiempo después? ¿Habría sido capaz de ver, con el don de su magia antigua, el rincón casi irreal al que había llegado yo en mi huida solitaria? Fuera como fuese, aquella piedra colocada quién sabe en qué pasado remoto, en ese preciso paraje, y no en otro cualquiera, me devolvió la certeza de un futuro. Supe que mis días no acabarían allí, que vería con mis ojos nuevamente los acantilados y las cumbres de mi tierra asturiana. Avancé hasta el corazón del claro, me tumbé junto a esa roca cálida y quedé sumida en un profundo sueño, del que fui sacada por la voz de Índaro, que gritaba mi nombre a la vez que sacudía mi cuerpo como si estuviera amasándolo.

—¡Alana, Alana, contéstame, por el amor de Dios!

—Eres tú... Sabía que vendrías, me lo anunció mi madre hace mucho tiempo —dije sin terminar de salir del sopor, tan débil que apenas podía hablar. Luego volví a dormirme, invadida por una deliciosa sensación de paz, y así estuve hasta la mañana siguiente, junto al compañero que de nuevo había logrado encontrarme.

Él había salido mejor parado que yo del incendio, puesto que el fuego se había propagado en mi dirección, opuesta a la suya. Más cercano al campamento, pudo recuperar nuestros caballos y salvarlos de la quema, temiendo que las llamas me hubiesen devorado, aunque sin caer en la resignación. Me buscó, igual que yo a él, siguió el rastro que dejaban mis pasos cada vez más lentos, y finalmente llegó hasta mí en aquel lugar rodeado de misterio, donde un destino poderoso, fraguado por muchos dioses, había decidido reunirnos.

Cuando desperté, un aroma irresistible escapaba del fuego en el que Índaro asaba un animal pequeño, tal vez un conejo, capturado en una de las trampas que había colocado en el bosque. Su carne sació mi apetito, el agua de la lluvia caída calmó mi sed y el hombre que estaba junto a mí colmó el ansia de calor que sufrían mi cuerpo y mi alma. Primero me quitó la ropa para ponerla a secar y luego me amó como nunca lo había hecho, con paciencia, con ternura, sin renunciar a nada, haciendo gala de una dulzura desconocida. Se entretuvo acariciando mis senos crecidos por la preñez, lamiendo lentamente mis pezones; recorrió con su lengua mi vientre abultado, arrancándome suspiros de placer. Me besó con boca ávida en los pliegues más ocultos, mientras sus manos tanteaban mi piel queriendo encender mi deseo. Entró en mí despacio, tal vez temiendo hacerme daño, y despacio fue en busca de su goce, sin urgencias, como la marea que sube lentamente, ola a ola, y va humedeciendo la arena a su paso hasta inundar la playa.

No podíamos demorar mucho más nuestra llegada a tierras de Orduña, por más que hubiéramos deseado prolongar nuestra estancia en aquel paraíso mágico. Era preciso encontrar al príncipe exiliado, darle cuenta de los acontecimientos políticos que requerían su implicación en el gobierno del reino y hallar también un sitio tranquilo, seguro, donde traer al mundo al hijo que esperábamos. Reanudamos pues nuestro viaje a buen paso, forzando nuevamente las etapas.

Cabalgamos día y noche. Para cuando avistamos las alturas en las que anidaba el clan de Munia, en pleno corazón de Alaba, estaba tan agotada que apenas podía sostenerme sobre el caballo, por lo que Índaro hubo de atarme a la silla y llevarme del ronzal hasta la puerta misma del caserón en el que a la sazón vivía Alfonso, futuro rey de Asturias, que a los veinticuatro años cumplidos, pese a su designación como sucesor por Silo, languidecía junto a los parientes de su madre en aquella cumbrera alejada de los hombres y de Dios.

Nuestra llegada no pasó desapercibida a los habitantes de esa pequeña comunidad, colgada de la Peña de Orduña, en un enclave no muy lejano a la fuente del río Nervión. Por lo que pronto comprobamos, disponían de un sistema de señales similar al de nuestros castros, aunque basado en el sonido: si nosotros encendíamos hogueras en las cimas para alertar a los valles vecinos de cualquier presencia inquietante, sus vigías, apostados estratégicamente, soplaban unos cuernos gigantescos o sencillamente proferían gritos agudos, prolongados, aterradores, mucho más potentes que los de cualquier bestia conocida, con el fin de avisar a gran distancia del peligro que se acercaba.

Oímos aquellos alaridos desde la lejanía, con estupor por mi parte, hasta que Índaro me explicó su significado. Poco después, cuatro hombres de aspecto imponente, fuertemente armados, nos salieron al paso en el camino pedregoso que serpenteaba hacia nuestro punto de destino, urgiéndonos, a que nos detuviéramos en una lengua desconocida para mí, con el fin de identificarnos. Eran altos, de piel y cabello oscuro, barbas largas y gesto feroz. Llevaban ropas cosidas con pieles de animales, cabra y oveja, que apenas les cubrían lo imprescindible, y calzaban albarcas como las mías. De sus cintos colgaban espadas cortas y hondas de buen tamaño, capaces de lanzar lejos. Su actitud hostil no ofrecía la menor duda sobre lo que harían si no les convencía nuestra explicación.

Ni mi lamentable estado de postración, ni la preñez, que ya resultaba evidente, parecieron ablandarles en lo más mínimo, hasta que uno de ellos, el de menor edad, reconoció a Índaro, con quien había compartido escaramuzas jugando, unas lunas antes, durante la estancia de mi esposo en aquel lugar. Los demás no tardaron en hacer lo mismo, momento a partir del cual su comportamiento cambió radicalmente, se mostraron amistosos e incluso propusieron a mi esposo llevarme en brazos hasta el poblado, invitación que yo decliné con la mayor firmeza, empeñada en conservar la dignidad de mi linaje mientras tuviera un soplo de fuerza. Siguiendo sus pasos sorteamos un par de obstáculos colocados con astucia para impedir incursiones inesperadas, atravesamos una cueva que formaba un túnel natural excavado en la roca y finalmente alcanzamos el pequeño valle donde habría de pasar los siguientes años de mi vida.

Aquel era un lugar hermoso, en apariencia apacible, que sin embargo había conocido los horrores de la guerra, según fui sabiendo con el tiempo. En su lado más oriental se alzaba una construcción de piedra parecida a las más grandes del castro, aunque de forma rectangular, rodeada de cabañas más pobres, algunas levantadas con piedra y leños y otras solo de madera, provistas de una apertura en el techo para dejar salir el humo del hogar. En ellas convivían en invierno animales y personas, separados por tenues tabiques, con el fin de darse calor. Durante la estación calurosa, por el contrario, las vacas pastaban libremente en los prados de alrededor junto a sus terneros, las gallinas picoteaban en los corrales exteriores, en compañía de cabras y cerdos, y los hombres, mujeres y niños se afanaban en los huertos, sembrados con berzas, zanahorias, nabos y otras verduras u hortalizas, además de las consabidas manzanas y ciruelas.

No era un grupo muy numeroso: apenas dos decenas de familias, emparentadas entre sí y gobernadas por la de Munia, la madre del príncipe, quien salió a recibirnos junto a su hijo a las puertas de su fortaleza. Ella fue la primera en darnos la bienvenida en la lengua romance que era la mía, la de su difunto esposo, Fruela, y la de su hijo, Alfonso. Lo hizo recurriendo a una fórmula cortés aunque distante, muy alejada de la cordialidad que mostraría más tarde el soberano al abrazar a su amigo.

—Os recibo con brazos abiertos en mi casa, que vuestra es también, puesto que así lo quiere mi hijo. Sois mis huéspedes, nada habéis de temer de nosotros.

Tras los saludos de rigor, reducidos a la mínima expresión en atención al agotamiento que sufría, nos instalaron en la parte alta de la casa, que servía de almacén para el heno y despensa, donde dispusieron unos colchones de paja a modo de lecho. Era un gran honor el que nos hacían alojándonos en la mansión del ama, quien ocupaba junto a su hijo la estancia noble en la parte baja, dividida en distintos recintos por pesadas cortinas de lana. Los esclavos, no tan numerosos como en otros lugares y menos valiosos que el ganado, trabajaban en los campos durante el día y eran encerrados en una gran cabaña al caer la noche, exactamente igual que hacíamos nosotros en Coaña. Desde que había partido de allí, hacía ya casi un año, en ningún lugar me había sentido tan cercana a mi hogar como en aquel altillo perfumado de hierba fresca, rodeada de montañas, con un cuenco de leche recién ordeñada entre las manos que me ayudó a saciar la sed y conciliar un sueño sin pesadillas.

Munia había sido una mujer hermosa y aún lo era, a la manera digna, silenciosa y espiritual de Huma. Debían de tener una edad parecida; la que entremezcla hebras blancas en las cabelleras, en su caso del color de la ceniza, y ambas compartían ese porte característico de las mujeres que no han consentido en doblegarse. La vascona, sin embargo, era alta y corpulenta, de espaldas y caderas anchas, manos huesudas, pies grandes y rasgos marcados, como todas las de su raza. Los pómulos prominentes abrazaban una nariz larga, recta, que se asomaba a una mandíbula cuadrada. Los ojos de un azul acuoso miraban de frente, sosteniendo la mirada ajena. Su belleza era orgullosa, no coqueta. A medida que la fui conociendo me convencí de que también ella, en más de una ocasión, habría maldecido esa hermosura que la alejó de su hogar y de su juventud, arrastrándola hacia un destino seguramente más grandioso pero que no era el que ella habría escogido.

Se la habían llevado por la fuerza siendo poco más que una niña, exactamente igual que me había sucedido a mí, cuando el rey Fruela entró en aquellas tierras para sofocar una rebelión de su pueblo. Durante el tiempo que compartí con ella fui aprendiendo de sus labios algunos retazos de la historia de su gente, completados después con los recuerdos de viejos guerreros godos, vascones, cántabros y astures.

Y es que las noches de hielo en el norte se prestan a la conversación, avivan la memoria, sueltan las lenguas, reúnen en torno a un mismo fuego al nieto y al abuelo, para que este transmita a aquel lo vivido y lo escuchado, con el fin de que no se pierda; de rescatar de la muerte a los hombres y sus hazañas.

Así llegué a saber que toda la Vasconia occidental, desde las montañas hasta la desembocadura del río Nervión, formaba parte del Reino de Asturias desde los tiempos de Alfonso el Cántabro, cuando la amenaza de los guerreros de Alá obligó a sus habitantes a pedir la protección del príncipe cristiano. La primera oleada sarracena, encabezada por Tariq, había barrido con su furia la inútil resistencia de esos fieros montañeses, todavía paganos, que hubieron de someterse al invasor mahometano e incluso enviar a sus hijas como tributo a sus harenes. En el noreste, más allá de la cordillera pirenaica, sus hermanos presentaron su sumisión al rey de los francos, mientras ellos, en el poniente meridional, se aliaban con el único soberano capaz de articular una defensa eficaz frente al enemigo común; es decir, Alfonso, hijo del duque de Cantabria y yerno de Pelayo. Más tarde el repliegue temporal de los caldeos debido a sus luchas internas, la muerte del monarca asturiano con el que habían suscrito el pacto y el carácter áspero de su hijo Fruela, que le sucedió en el trono, se sumaron para propiciar una revuelta, rápidamente reprimida por el rey en persona.

Lo que ocurrió a partir de entonces me lo relató Munia, vencida ya del todo la desconfianza con que nos había recibido, a medida que la convivencia y las penas compartidas fueron tendiendo entre nosotras un puente de complicidad tan sólido como el de Corduba.

Durante algunas de las muchas veladas que pasamos juntas, hilando frente al hogar o amasando el pan del día siguiente, me narró con detalle cómo los soldados habían entrado en su poblado, abandonado por los hombres que luchaban inútilmente en el campo de batalla; cómo habían seleccionado a las muchachas que les resultaban más deseables, incluida ella misma, y cómo había sido conducida a la presencia del joven príncipe, temblando de terror, pues su reputación de guerrero brutal llegaba a todos los rincones.

—Llevaba las manos atadas con una soga —me contó Munia— porque había arañado la cara de uno de mis captores hasta casi sacarle un ojo. Era una fiera rabiosa, con solo catorce años, después de haber visto cómo mi padre y dos de mis hermanos eran pasados por las armas acusados de traicionar a su señor. De haber podido hacerlo, habría matado a dentelladas al causante de todo aquel mal. Al príncipe que me llevó con él a Canicas para convertirme en su esposa, con el fin de sellar la reconciliación entre nuestros pueblos y un nuevo pacto de sangre que estrechase aún más sus vínculos. Al hombre que pese a todo me amó, al que amé, y por el que llegué a llorar lágrimas sinceras cuando unos asesinos me lo arrebataron antes de tiempo con el propósito de usurpar su trono. Al padre de mi único hijo. Afortunadamente Alfonso no estaba allí en ese momento, porque de haber sido así también a él me lo habrían robado. Pero estaba entonces con su tía Adosinda, quien tuvo la prudencia de enviarlo al monasterio de Samos, bajo la custodia de los monjes, para que fuera educado por ellos en la fe cristiana y el saber humano con los que va a escribirse el futuro, alejado de las luchas por el poder que libraban gentes mezquinas en la capital del reino.

Yo ya conocía el resto de la historia, pues Índaro me había informado de sus pormenores desde que el príncipe, adolescente y él, todavía niño, se habían conocido en Passicim tras el regreso de Alfonso desde el remoto cenobio gallego. En cuanto a Munia, consiguió huir tras el magnicidio, regresó a su tierra y en ella vivía retirada en compañía del último de sus hermanos vivos, llamado Enekon, quien actuaba como una especie de padre y consejero de su sobrino.

En el momento de nuestra llegada toda la actividad de aquel pequeño universo giraba en torno al príncipe exiliado, a quien fui presentada al día siguiente, después de que un sueño reparador, un baño de pie con agua helada y una comida caliente me devolvieran al mundo de los vivos.

Era un ser que llamaba la atención en medio de gentes tan rudas. Alto, fornido, de cabello y ojos claros, como su madre, no había heredado de ella sus rasgos duros y mostraba un rostro ovalado, casi de mujer, bajo una barba tan escasa que apenas le cubría el labio superior y la barbilla. Su voz, extrañamente suave, carecía de acento alguno, como les sucede a quienes hablan varias lenguas desde la infancia. Era cortés, delicado, versado en letras y muy piadoso, hasta el punto de haberse llevado con él hasta esa comunidad pagana al padre Galindo, un monje diácono de un monasterio reclutado en su camino desde Passicim, a quien asignó la misión de oficiar cada día la sagrada misa, darle la comunión e imponerle las penitencias que fuesen menester para purgar sus pecados, de acuerdo con lo tasado por la Santa Madre Iglesia.

En tiempo de paz, su encanto y su castidad podrían haber inducido a engaño, haciendo creer a un observador superficial que era débil de carácter o afeminado. Ante el enemigo en guerra —pronto lo vería con mis propios ojos—, su ferocidad nada tenía que envidiar a la de cualquiera de sus antepasados. Nunca he llegado a saber si se sentía atraído por los hombres, como algunos murmuraban, o si le gustaban las mujeres. En cualquier caso, combatía sus instintos carnales con igual dureza que a sus adversarios, como tendría ocasión de comprobar algunos años más tarde. Cumplida ya la edad en la que un hombre, y más un príncipe, suelen tener descendencia, él se mantenía alejado de cualquier compañía femenina, despertando con su actitud toda clase de habladurías.

Quienes le conocían más íntimamente, como Índaro, que amaba a ese hombre con un amor infinito aunque sin deseo carnal alguno, justificaban esa decisión en un noviazgo de juventud truncado de forma violenta, a quien el futuro rey habría prometido guardar fidelidad incluso más allá de la muerte. Fuera ese juramento enamorado, fuera una inclinación natural hacia los de su mismo sexo, prohibida tanto por su Iglesia como por los monarcas visigodos, a quienes él tenía como ejemplo y que ordenaban en sus leyes castrar a los sodomitas, fuese la voluntad de dedicarse exclusivamente a la tarea de reconquistar su reino, lo cierto es que Alfonso huía de los placeres de la carne que otros se afanaban en perseguir, lo que liberaba su espíritu de una preocupación que a la mayoría de los varones acecha día y noche.

Él no parecía angustiarse más que por el modo y momento de recuperar lo suyo, organizar su ejército y lanzarlo a la batalla. Tenía corazón guerrero y alma de rey. Sus hombres, los pocos con que contaba en aquel exilio remoto, lo idolatraban y le habrían seguido al fin del mundo. Lo harían más de una vez, de hecho, con el correr de los años...

Pero no adelantemos acontecimientos. Cuando, a los pocos días de estar allí fui testigo de la ceremonia en la que Índaro pronunció su juramento como fideles, un nivel superior a la condición de espatario que había ostentado hasta entonces, supe que mi esposo nunca sería tan mío como de él, que jamás me profesaría la devoción que leí en sus ojos en aquel momento y que su lealtad hacia mí no alcanzaría ni remotamente la que le ataría a su soberano hasta el último aliento.

El acto solemne, que convertiría a Índaro en miembro del círculo restringido de elegidos del monarca, se celebró justo a la salida del sol, en presencia de todos los hombres y mujeres libres, junto a un roble centenario crecido cerca del manantial que abastecía de agua al poblado. Los esclavos quedaban proscritos, al igual que los niños de corta edad, pues lo que estaba por suceder era el acontecimiento más sagrado en la vida de cualquier guerrero. Consciente de esa gravedad, Índaro había pasado toda la noche en vela, rezando a Dios, encomendándose a los espíritus de sus antepasados, purificando su cuerpo y su alma mediante el ayuno y el baño ritual, con el fin de prepararse debidamente para los votos que estaba a punto de pronunciar.

Llegada la hora, mientras el círculo de fuego se elevaba por encima de los picos orientales, acortando las sombras de los asistentes congregados en respetuoso silencio, salió de la cabaña en la que había velado solitario, apenas cubierto con un paño de lino blanco, para encaminarse lentamente hasta el montículo en el que le aguardaba Alfonso, revestido de su coraza reluciente, con la espada al cinto y el escudo a los pies, flanqueado por su madre y por su tío.

A una distancia de unos diez pies, en un segundo plano, yo contemplaba la escena con el orgullo de una esposa entregada que ve cómo su hombre culmina un sueño. En el instante de arrodillarse mirando a los ojos del príncipe, estaba pálido, con el rostro demacrado, desbordado por la emoción. Pese a ello, su garganta no tembló al pronunciar las siguientes palabras:

—Juro honrarte y defenderte aun a costa de mi propia vida. Juro morir por ti en el campo de batalla, si con ello tú puedes vivir, y vivir con deshonor si no soy capaz de protegerte. Juro entregar mi alma al infierno de Satanás con tal de salvar la tuya. Juro ante Dios Todopoderoso no servir jamás a otro señor, si no es Nuestro Señor Jesucristo. Juro ser fuerte y valeroso para que mi brazo no vacile al ser tu espada y mi cuerpo sea por siempre tu escudo. Te entrego mi fidelidad, mi sangre y mi amistad, en esta vida y en la otra.

No menos emocionado que su fiel compañero, Alfonso le ayudó a levantarse, lo cubrió con una capa color púrpura, símbolo de la sangre que acababa de ofrecerle, y le entregó unas armas casi idénticas a las que él mismo portaba:

—Recuerda tu promesa y mantente alerta, confiado en Cristo y en el amor de tu príncipe. Eres desde este instante el primero entre mis fideles, el más querido de mis amigos, aquel en cuyas manos pongo mi vida. Recibirás de mí honores y riqueza, poder, tierras y siervos. Juntos haremos grandes conquistas. Mis victorias serán las tuyas. Tu lealtad será recompensada.

En ese preciso instante, uno de esos chillidos terroríficos que habían anunciado nuestra llegada rasgó el aire de la mañana, aunque en este caso fuera en señal de alegría. Le siguieron otros y otros más, en un jolgorio salvaje que se prolongó a lo largo de todo el día. Hubo cánticos entonados con hermosas polifonías, pues aquel pueblo, al igual que el de mi madre, gustaba de cantar en los acontecimientos festivos. Sonaron sus raros tambores, excavados en troncos de distintos árboles, que golpeaban con gruesas varas hasta arrancarles ritmos enloquecidos. Se organizaron peleas entre los más fornidos del lugar, incluido Índaro, que competía de igual a igual con ellos, y quienes miraban apostaron más y más a medida que se calentaban. Corrió la sidra y hasta el vino, un lujo en aquel norte sin cepas, reservado para las ocasiones especiales. Bailaron, con grandes alardes de fuerza y destreza, se emborracharon, comieron casi cruda la carne de los dos terneros asados en grandes espetones, vomitaron para seguir comiendo y volvieron a engullir, hasta bien entrada la noche. Oí llegar a Índaro completamente ebrio, ayudado por dos mozos del poblado para subir hasta el lecho, y le dejé durmiendo profundamente cuando salí con el sol ya alto, a comprobar los efectos del festejo, segura de que al despertar él estaría de un humor de perros.

En la explanada donde se había celebrado el banquete las mujeres limpiaban los últimos restos con la ayuda de algún cautivo reducido a servidumbre. Todo parecía tranquilo, pero llamó mi atención ver que el príncipe, quien no parecía acusar el cansancio, discutía acaloradamente con su tío Enekon. Temerosa de que mi esposo fuese la causa de ese enfrentamiento, me acerqué a escuchar, aunque no pude entender ni una palabra de lo que decían, pues hablaban en la lengua de los vascones, incomprensible para mí en aquel entonces y que solo llegaría a aprender tiempo después. El hecho cierto era que la disputa parecía enconada y como Munia también la había presenciado, le pregunté:

—¿Está molesto tu hermano con lo que Alfonso le dijo ayer a Índaro? ¿Son los celos la causa de su disgusto?

—Tranquilízate, muchacha, que tu hombre nada tiene que ver con esto. Están porfiando por lo mismo de siempre, lanzándose reproches mutuos sobre quién tiene la culpa de que los sarracenos arrasen nuestras tierras cuando les viene en gana, quemen nuestros cultivos y se lleven a nuestras mujeres.

—¿Y qué es lo que dicen? ¿A qué viene la pelea? ¿Es que acaso no sufrimos todos por igual esta plaga?

—Enekon sostiene que los monarcas de Asturias son cobardes, no se atreven a enfrentarse a los invasores y prefieren cebarse con sus súbditos vascones, a quienes reclaman sumisión y tributos. Alfonso replica que todos somos hijos de una misma tierra y debemos estar unidos para repeler los ataques de los caldeos. Por eso mantiene el contacto a través de emisarios con el palacio de Passicim, donde tiene todavía muchos leales, quienes le informan de las dificultades que está encontrando Bermudo para asegurar su trono.

»Él no ha perdido ni un solo día la esperanza de reinar, sabe que necesita todas las espadas que puedan combatir a su lado y quiere que su tío y los demás miembros del clan se conviertan al cristianismo, pues considera que su causa es la del único Dios verdadero. Además, reprocha a Enekon que las constantes rebeliones de nuestros antepasados debilitaran las fuerzas de los reyes cristianos de Toletum y abrieran las puertas de Hispania a los guerreros de Alá, ante quienes no supimos oponer resistencia. Le echa en cara también que una emboscada de vascones hiciera gran matanza entre las tropas del emperador de los francos hace unos años, cuando regresaban de combatir a los sarracenos en la Marca Hispánica, hasta el punto de aniquilar su retaguardia mermando con ello su capacidad de oponerse a los infieles. Ahora acaba de decirle: «Si el rey Rodrigo no hubiera tenido a su ejército inmovilizado aquí combatiendo una insurrección cuando Tariq desembarcó con sus tropas allá en el sur, en la roca de Calpe, tal vez habría podido detener a esas bestias que ahora nos atormentan y nos tienen subyugados».

»Alfonso —me explicó Munia con paciencia— lleva mi sangre pero también la de su padre; eso es lo que no puede comprender mi hermano. Mi hijo está llamado a un destino que Enekon rechaza. Sus horizontes terminan donde alcanza la vista desde nuestra aldea. Los de Alfonso empiezan justamente ahí. Él quiere unir, crecer, avanzar, recuperar la grandeza del reino que se perdió. No tiene más empeño que ese y morirá prematuramente si no es capaz de conseguirlo. Mi hijo no está hecho para esta vida de holganza sometida, como tampoco lo está tu esposo. Más vale que aprendas a sufrir, igual que hice yo, porque las penalidades que has soportado hasta ahora no son nada comparadas con las que te esperan.

Había tanta verdad encerrada en aquellas palabras que llegué a pensar que Munia tenía algo de hechicera, como Huma. Antes de lo que esperaba, el nacimiento de mi primer hijo se encargó de demostrarme que su augurio era tan terrible como certero. Hasta ese momento yo no conocía en realidad lo que significaba «pena».

Me puse de parto una tarde fría cerrada por la bruma, con un dolor súbito seguido de un chorro de líquido tibio cayéndome entre las piernas. Era como si de pronto hubiera perdido el control de mi cuerpo y una tormenta de sensaciones se hubiese desatado en él.

La partera hurgó sin remilgos en mis entrañas, como había hecho la qabila en el harén de Abd Al-Rahman, y declaró que habría que tener paciencia, pues ni la criatura estaba donde tenía que estar ni las paredes de mi vientre se habían abierto lo suficiente como para dejarla pasar. Esto último fue produciéndose a un ritmo desesperantemente lento a lo largo de las horas siguientes con espasmos cada vez más frecuentes, que me hacían sentir como si una espada mellada y sin filo estuviera serrando mi cuerpo a la altura del ombligo, muy despacio, de atrás hacia delante y de delante hacia atrás. Me levantaba, caminaba unos pasos, y de inmediato me derrumbaba nuevamente sobre el colchón, atenazada por el miedo; me retorcía entre padecimientos insoportables, para los que nadie me había preparado, y aguardaba el veredicto de la vieja mujer experta en esos trances, cuya expresión se hacía más sombría a cada exploración.

Algo marchaba mal, lo supe con certeza, aunque ni ella ni Munia, que me había adoptado, se atrevieran a decírmelo. Por el contrario, me animaban a empujar con toda mi alma e incluso me ayudaban a hacerlo, presionando la una mi barriga con el antebrazo hasta hacerme daño, al tiempo que la otra rebuscaba en vano en mis entrañas.

Abajo, Índaro preguntaba a gritos a las mujeres que subían y bajaban qué era lo que estaba ocurriendo y por qué tardaban tanto en traer a su hijo al mundo. Yo únicamente sentía dolor, me había convertido en dolor, suplicando que me abrieran en canal para sacar de una vez a la criatura y terminar con aquella agonía. No me importaba morir con tal de que ella viviera. Incluso lo deseaba ardientemente, pero Dios no lo quiso así.

Cuando finalmente logré que mis esfuerzos dieran fruto, el niño, un varón tal y como todos deseaban, estaba inerte, sin respiración, completamente inmóvil, de un color amoratado casi negruzco. Aunque lo cogieron por los pies y golpearon su diminuta espalda como se hacía siempre con los recién nacidos para que rompieran a llorar, mi bebé permaneció callado. Su carita arrugada y linda nunca me dio una sonrisa. Sus pequeñas manos se quedaron frías, apretando los puños en el mismo gesto que debieron de tener cuando pugnaban por abrirse paso a través de mis caderas. El cordón de color violeta, que salía de su barriguita y todavía le unía a mí, le daba dos vueltas alrededor del cuello. Lo había ahogado.

Ni Índaro volvió a sentir nunca la misma ilusión ni yo encontré alivio para la sensación de culpa que me invadió al pensar que había matado a mi propio hijo. Es una espina amarga que desde entonces ensombrece mi corazón.

Apenas recuerdo los días y semanas que siguieron, pues a punto estuve de morir yo también desangrada, tras la riada que siguió al alumbramiento. Me contaron que mi esposo se aturdía con la bebida desde que había dado tierra al niño, sin querer venir a verme. Munia trataba de consolarme, explicando que lo sucedido era lo habitual y que vería nacer y morir a otros muchos hijos, como todas las mujeres desde que el mundo es mundo, pues ese exactamente es nuestro destino aquí. Juraba que volvería a ser madre, ya que nada en mi interior había quedado irreparablemente dañado por el parto. Me preparaba caldos y tisanas, había escondido de mi vista toda la ropita que de momento nadie usaría, y recriminaba a mi hombre su actitud, urgiéndole a que regresara a mi lecho para intentarlo de nuevo.

No sé bien cuánto tiempo después consiguió convencerle. Índaro me buscó entre las mantas, apagó en mí su deseo con furia, como queriendo dejar su simiente en lo más profundo de mi vientre, y nunca más volvió a hablar de lo sucedido. Retomamos nuestras rutinas, él con Alfonso, perfeccionando el manejo de la espada y dando vueltas y más vueltas a los asuntos de la política, yo junto a Munia, aprendiendo su lengua y costumbres, escuchando sus relatos y trabajando en las labores que nunca dan descanso a una mujer: hilar, tejer, atender el ganado, preparar salazones, recolectar nueces, avellanas y castañas, cocinar, curtir pieles, coser ropas, amasar el pan... y tantas otras cosas.

De vez en cuando, recordando las enseñanzas de mi madre y segura de no ofender con ello a la de Alfonso, arrojaba un puñado de harina al fuego o entregaba un pedazo de pan al pozo, musitando una plegaria a esos otros dioses que siempre han convivido en un lugar abrigado de mi alma con el Dios de los cristianos al que rezo.

Dos años más tarde todo seguía igual. La pasión que ponía Índaro prácticamente cada noche en el lecho, ardiente aunque escasa de ternura, no lograba que yo engendrara. Ambos lo deseábamos tanto, lo buscábamos de un modo tan impetuoso, que nuestros encuentros eran motivo de chanzas en toda la aldea. A mí, sin embargo, me angustiaba la idea de haber quedado estéril, lo que me movía a intentar todos los caminos.

Alternaba las oraciones al Señor Jesús, cuya intercesión rogaba a través del padre Galindo, con la elaboración de múltiples pócimas y la ejecución de conjuros susceptibles de ayudarme a alcanzar mi propósito: cocciones de laurel y borraja, la hierba que solo con pisarla deja embarazada a una muchacha, según dicen las hechiceras; polvos de hiedra terrestre triturada y mezclada con la comida, que permiten invocar a los espíritus de la naturaleza para obtener su energía; hojas de haya roja, el árbol de la fecundidad, esparcidas por el suelo de nuestra estancia en las noches de plenilunio... Nada ni nadie lograba que mi cuerpo volviera a ser un campo fértil. Llegué a temer, en mi delirio desesperado, que alguien me hubiese echado un mal de ojo e intenté comprobarlo por el procedimiento aprendido de las ancianas de mi castro: arrojando un trozo de cuerno de ciervo a un cuenco lleno de agua de lluvia. De haber respondido el líquido con abundantes pompas, el maleficio se habría demostrado y no habría quedado más remedio que contrarrestar el perverso influjo introduciendo en el mismo recipiente unas raspaduras de oro, metal cuyo poder bienhechor me habría devuelto la salud una vez consumida el agua en pequeños sorbos a lo largo de una luna. Sin embargo, el asta se hundió hasta el fondo sin alterar en lo más mínimo la superficie, lo que descartaba por completo la posibilidad del aojamiento. Seguí pues con los cocimientos e invocaciones, empeñada en conseguir mi objetivo. Incluso emprendí una peregrinación hasta un santuario situado cerca de la costa, donde un ermitaño prodigaba sus bendiciones a cambio de limosnas, mas todo fue en vano. No había llegado todavía aquella hora, aunque se aproximaba la de nuestra partida de Alaba.

Habían pasado ya dos ciclos enteros de vida entre aquellos montes, nos disponíamos a recoger la tercera cosecha, cuando estalló la guerra.

Tal y como Holal me había advertido que haría, nada más sustituir a su padre al frente del emirato, Hixam emprendió una campaña de devastación contra el reino cristiano que Abd al-Rahman había despreciado pero que a ojos de su hijo constituía una amenaza peligrosa. El nuevo emir quería en cada musulmán un soldado y en toda Al-Ándalus un único ejército. La yihad contra el infiel era a sus ojos un mandato divino, una ley inexorable, un empeño que había de permitirle aniquilar a esa comunidad de montañeses que se resistían a aceptar la verdadera fe y podían incluso entorpecer su avance victorioso hacia el norte de la cordillera pirenaica. Yo lo sabía desde que había visto sus ojos en aquella recepción a la que asistí, muy en contra de mi voluntad, en sus lujosos salones de Corduba. Estaba persuadida de que no nos daría tregua y conocía de oídas la mortal eficacia de los generales que ya habían servido a las órdenes de su padre. Hombres duros, avezados en la lucha, como Abú-Utmán, enviado con un ejército de millares de guerreros a destruir Alaba.

El príncipe Alfonso, acompañado de Índaro y de todos los hombres válidos para el combate, salió apresuradamente hacia el sur, donde la hueste sarracena había entrado como una galerna, arrasando poblados, incendiando los pocos castillos que quedaban en pie, apilando despojos en sus siniestras pirámides de calaveras y amontonando cautivos. Frente a semejante enemigo, cuya superioridad numérica resultaba abrumadora, nada pudieron hacer, salvo sobrevivir a la derrota y retroceder, perseguidos a través de valles y montes, hasta los peñascos alejados del mundo en los que aguardábamos Munia y yo, rezando por verlos regresar con vida.

Entre tanto, en tierras de Gallecia, en el extremo opuesto del reino fieramente atacado, otra expedición devastadora salía igualmente victoriosa después de llegar hasta el mar, cortaba millares de cabezas y enviaba mensajeros a Hixam con la noticia del triunfo total de los estandartes de Alá sobre los que ellos llamaban «politeístas».

De regreso hacia Corduba, mientras avanzaban por la misma vía romana que yo había recorrido camino de mi prisión, una tropa asturiana comandada por el rey Bermudo se atrevió a salirles al paso a orillas del río Burbia, tras descender de sus alturas defensivas, en un último empeño desesperado de resarcirse de los daños sufridos. En mala hora. Aquel propósito de impedir la retirada al enemigo terminó en degollina de cristianos, vencidos, arrollados, decapitados la mayoría de ellos y cargados de cadenas otros para ser reducidos a esclavitud.

El desastre del río Burbia nos trajo sus ecos transcurridos varios días, a través de un jinete de la guardia personal de Bermudo que llegó a la aldea al límite de sus fuerzas. Venía de Passicim, a uña de caballo, portador de un mensaje que iba a cambiar no solo nuestras vidas, sino el curso de la Historia. Fue conducido inmediatamente a la presencia de Alfonso, ante quien repitió con un hilo de voz lo que su amo le había ordenado transmitir:

—Mi rey te envía sus respetos, príncipe, y te llama a palacio para que aceptes sentarte en el trono de Asturias. Él ha decidido regresar al monasterio en el que residía cuando fue llamado a suceder a Mauregato con el fin de suplicar el perdón de Dios, cuya cólera se ha abatido sobre el reino para castigar sus pecados al tomar esposa y empuñar las armas pese a haber recibido la orden del diaconado. Está sumido en una honda melancolía, se considera incapaz de afrontar el empuje de los ejércitos musulmanes y me ha mandado que te ruegue en su nombre, así como en el de nuestro pueblo amenazado, que aceptes tomar de sus manos la corona.

El hijo de Fruela, nieto de Alfonso el Cántabro y bisnieto de Pelayo no tuvo que pensar ni un instante su respuesta. Su sangre de guerrero bullía desde que era un niño por el anhelo de empuñar las riendas de ese destino al que estaba llamado. Sin tardanza, dispuso lo necesario para el viaje que habríamos de emprender, se despidió de su madre, reacia a abandonar nuevamente sus montañas, y fijó la fecha de nuestro adiós a Alaba: el primer día del mes de septiembre del año 791 de Nuestro Señor.

Poco después de iniciar la marcha, me acerqué hasta el soldado que había traído la noticia de la matanza en tierras de Gallecia para formularle una pregunta que me quemaba en la garganta:

—¿Se sabe algo de la región occidental del reino? ¿Tienes idea de lo sucedido en Coaña y sus alrededores?

—Muchos castros cercanos a la costa han sido atacados al oeste del río Esva, señora —respondió sin dudar—. Algunos han podido resistir y otros han sucumbido a la embestida, pero ignoro la suerte que ha corrido el de Coaña.

XI

El martirio de Coaña

Emprendí la marcha hacia nuestro nuevo hogar con el espíritu recorrido por nubarrones idénticos a los que surcaban el cielo de finales del verano. Tan pronto me sentía pletórica de ilusión ante ese futuro tantas veces imaginado, que por fin se abría ante nosotros, como me invadía la angustia por el destino incierto de mis seres queridos. Estaba convencida de que habrían sobrevivido a la matanza, aunque no dejaba de preguntarme si estarían a salvo entre los muros protectores de nuestro poblado o se habrían visto obligados a buscar refugio en otra parte. En ese caso, me decía, tal vez fuera imposible dar con ellos en medio de la confusión creada por una aceifa como la que acabábamos de sufrir. ¿Por dónde empezaría a buscar? ¿Con qué medios y qué ayuda, sabiendo que Índaro, una vez pagada su deuda de honor al rescatarme, estaría dedicado en cuerpo y alma a la causa de su señor, nuestro rey? Los interrogantes sin respuesta eran una tortura para mi espíritu, incapaz de hallar sosiego en aquel océano de dudas cuyo oleaje se intensificaba a medida que contemplaba los efectos devastadores del ataque.

Nuestra comitiva avanzaba a buen ritmo, a pesar de ser nutrida, pues todos teníamos prisa por llegar. En vanguardia cabalgaba Alfonso, flanqueado por Índaro y por su tío Enekon, a los que acompañaba una reducida tropa de guerreros en la que había vascones, godos, astures y cántabros. Detrás íbamos las mujeres, muchas de las cuales llevaban a sus hijos, unas a caballo, otras a pie, y la mayoría en carro, junto a los enseres más necesarios para el día a día, tales como ruecas de hilar, telares, algún cacharro de cocina y la ropa propia del ajuar doméstico, que habían podido llevarse consigo. Finalmente, cerrando filas, unos cuantos esclavos y siervos encargados del escaso ganado que acarreábamos con el único fin de alimentarnos durante el viaje.

En lo que a mí respecta, iba con las manos vacías, tal y como había llegado. Vacías de propiedades, pues nada había poseído en Vasconia, ni siquiera el hijo que con tanta ilusión esperaba, pero entrelazadas a las de una chiquilla llamada Ximena, que a la sazón tendría unos doce años de edad, de la que me había encaprichado después de que su alegre compañía fuera mi consuelo durante los meses que siguieron al parto de mi niño muerto. Ella, huérfana desde la cuna, también había encontrado en mí a la madre que no conoció, por lo que no dudó en venirse conmigo en cuanto se lo propuse, poco antes de partir.

Ximena era menuda, regordeta, de ojos intensamente azules y mejillas siempre sonrosadas, morena, muy habladora, amante de los dulces y juguetona. Le encantaba trazar laberintos en el polvo del suelo con una piedra caliza blanca y saltar de un sitio a otro siguiendo unas reglas que ella misma se ponía, al dictado variable de su imaginación. Inventaba historias de duendes y brujas que contaba entonándolas, como si fuesen canciones. Revolvía los baúles de la propia Munia cuando esta se hallaba ausente, corriendo el riesgo de ser castigada en caso de ser descubierta, para ponerse sus túnicas y cubrirse con sus velos, fingiendo ser una princesa. Su risa, como la de mi amiga Eliace, a quien no había olvidado, alumbraba el camino incluso en los momentos duros, cuando la fatiga o la desesperanza nos acechaban. No la perdió nunca, a lo largo de los años que siguieron, y aún hoy constituye uno de mis grandes gozos aquí, en el convento al que también me ha seguido, donde me entretiene con cuentos y chismes varios en cuanto levanto los ojos de este manuscrito.

El príncipe Alfonso había decidido instalar su capital en la ciudad que le vio nacer, fundada por su padre sobre las ruinas de una antigua villa romana, arriba de una colina que se alza en el centro de la tierra de los astures, protegida por los ríos Nalón y Nora, cerca del punto en el que se cruzan dos de las vías de comunicación que la atraviesan: la que desde el sur conduce de Legio a Gegio, atravesando el puerto de Pajares y pasando por Memoriana, y la que va de oeste a este, partiendo del *finis terræ* y siguiendo la costa por Amnemi, hasta llegar al antiguo puerto de mar fundado por los romanos.

No quería el nuevo rey regresar a Passicim, sede de la conspiración que le había arrebatado el trono años antes, por lo que despachó un heraldo hasta el palacio de Bermudo para pedir al soberano derrotado que acudiera hasta Ovetao, con el fin de celebrar allí cuanto antes la ceremonia de su coronación, un acontecimiento que no era posible retrasar un día más, pues sabido es que un reino sin rey es presa fácil para el enemigo.

El viejo diácono rechazó la invitación. Humillado como estaba en su orgullo regio, convencido de haber ofendido gravemente a Dios, prefirió retirarse a un cenobio apartado para purgar allí los pecados de soberbia y traición a sus votos que tan caros habían costado a sus súbditos. No se fue solo. Junto a él huyeron los instigadores del golpe urdido contra el heredero legítimo y los felones encumbrados por Mauregato en agradecimiento a su traición. Personajes como Vitulo, cuya villanía había marcado mi vida con el estigma de la violación, que se escondió en los dominios occidentales de su esposa, allá donde termina el mundo conocido y empieza el mar de la gran catarata, lejos del brazo vengador de Índaro pero demasiado cerca aún de mí.

Ovetao era en aquellos días poco más que un montón de escombros. La iglesia dedicada por Fruela al Salvador, así como la de San Julián y Santa Basilisa, habían sido destruidas hasta los cimientos por las sucesivas ofensivas sarracenas, al igual que el monasterio levantado por los hermanos de un monje llamado Máximo, quienes varias décadas atrás habían desbrozado y roturado los montes cercanos. Las reliquias conservadas en los mencionados templos, traídas con esfuerzo desde muy lejos para hacer posible su consagración, yacían profanadas quién sabe dónde, perdidas para siempre bajo la bota de Alá. La ciudad resultaba a todas luces inhóspita, mas, pese a su devastación, Alfonso amaba aquel enclave porque era obra de su padre. De ese padre salvaje de leyenda al que apenas conoció, quien lo había escogido entre todos los poblados de su reino para engendrar en él al fruto de sus amores con la cautiva vascona, su madre, a la que el príncipe profesaba auténtica veneración.

La nueva capital estaba situada, además, en las proximidades de Lucus Asturum, conocido centro de peregrinación al que acudían los habitantes de la primitiva Asturias para rendir culto al dios del Sol, representado en forma de roseta reproducida de mil modos similares en los hórreos y capillas que salpicaban la región. Decidido a recuperar ese poder sagrado, levantar de nuevo los muros de los templos profanados, traer a ellos reliquias más santas y edificar un palacio digno de un gran monarca cristiano, instaló su tienda entre las piedras calcinadas de la casa paterna y allí celebró con toda la pompa posible el acto solemne de su coronación, el 14 de septiembre del año 791, sin apenas tiempo para sacudirse el polvo del camino de retorno del exilio.

Ese día amaneció con un cielo completamente despejado, como para permitir que los rayos del astro al que adoraban nuestros antepasados alumbraran con toda su fuerza lo que estaba por suceder. Cerca de las ruinas de El Salvador, bajo las ramas de un roble centenario, símbolo de realeza, se había congregado un gran número de notables llegados desde todos los rincones del reino, ataviados con sus mejores galas. Había condes guerreros revestidos de sus armaduras de metal bruñido bajo la túnica bordada en plata; damas de alcurnia, en su mayoría godas, con vestidos de lino fino sujetos mediante fíbulas de oro y piedras preciosas; jinetes portadores del estandarte de Alfonso, una gran cruz dorada sobre fondo azul, alineados en dos filas para rendir honores al soberano, además de un sinfín de clérigos, a menudo prófugos de la Hispania conquistada: abades, ermitaños, obispos y monjes acudidos desde sus respectivas sedes, con el fin de suplicar a coro la bendición divina. Faltaba Adosinda, la mujer que dedicó toda su vida a hacer posible ese acontecimiento, quien se había apagado poco antes en su encierro de San Juan de Passicim, nunca supimos si de modo natural o envenenada por la mano asesina de los enemigos de su sobrino.

El rey Alfonso no se conformó con ser alzado sobre su escudo por sus fideles y hombres de armas, como les había sucedido a sus predecesores en el trono de Asturias. Él quería recuperar la tradición de Wamba y Rodrigo, restaurar el rito gótico que infundía al soberano una legitimidad superior, emanada del Padre Celeste a través de sus representantes en este mundo. Su destino era el de un gran soldado llamado a reconquistar la tierra de los cristianos, para lo cual necesitaba ser un vicario de Dios, recibir la unción sagrada de manos de un miembro del clero, tal y como hicieran en Toletum los monarcas godos cuyo proceder se empeñaba en emular. Era su orden civil y religioso el que pretendía restablecer en Ovetao, con un aparato cortesano calcado del que gobernara en la ciudad del Tajo hasta la invasión musulmana: un núcleo de leales incondicionales, prestos a apoyarle tanto en la batalla como en la política, y un ceremonial basado en la tradición visigótica. Pero, por encima de todo eso, el Rey Casto era un católico devoto, un hombre de fe profunda, educado por los monjes de Samos, imbuido de un cristianismo militante que le hacía colocarse bajo la tutela de la Iglesia y, al mismo tiempo, ser su paladín para la extensión de la única religión verdadera a sus ojos. De ahí que al recibir la corona que puso sobre su cabeza el obispo Cintila, titular de la sede de Canicas, sus primeras palabras fueran un compromiso de defensa de la fe y del rebaño de Jesucristo.

—Soy un humilde fámulo de Dios, el más pequeño de los siervos de Cristo, llamado a cumplir Su voluntad en este reino. Con Su ayuda y la vuestra, fieles guerreros a cuya lealtad fío este juramento, protegeré al pueblo cristiano del enemigo sarraceno, extenderé los confines de mi heredad, hurtada a mis antepasados por los caldeos seguidores de Alá, y levantaré catedrales en las que se cantará la gloria del Señor.

Jamás, a lo largo de su fecundo reinado, traicionó esa solemne promesa.

Mientras nuestro soberano ponía los cimientos de su corte e intentaba asegurar su trono, yo no veía la hora de llegarme hasta Coaña para averiguar la suerte corrida por mis padres. La falta de noticias sobre su paradero me pesaba cada día más, pero no podía pedir a Índaro que emprendiera ese viaje conmigo, pues toda su energía se concentraba en ese momento en servir a su príncipe, organizar su mermado ejército y preparar las defensas para la embestida que llegaría con el verano, tan inexorable como las avispas que nos atormentan en cuanto aprieta el calor.

Determinada a partir a pesar de todo, pedí su permiso para marchar sin él y así lo hice, con Ximena y una escolta de dos jinetes encargados de mi custodia, tan pronto como pude reunir los víveres necesarios para la expedición.

Por dondequiera que pasáramos, la guadaña sanguinaria de la guerra había dejado sus huellas: aldeas incendiadas, caseríos saqueados, campos arrasados antes de entregar sus cosechas, árboles arrancados a conciencia, desarraigados a fuerza de yunta con el propósito implacable de impedir que volvieran a dar frutos. Destrucción allá donde alcanzaba la vista y muerte; muerte pútrida, cuerpos insepultos de personas y animales en un mismo holocausto propio de la crueldad a la que nos enfrentábamos.

Los enemigos que nos atacaban no deseaban quedarse con nuestra tierra. De haber sido así, no la habrían sometido a semejante castigo. Ellos amaban los desiertos, los paisajes llanos donde la vista se pierde en el horizonte; odiaban las montañas, abominaban del frío y no podían vivir sin los productos que, como el aceite o las naranjas, se dan únicamente en lugares cálidos. Nuestras cumbres nevadas no formaban parte de su amada Al-Ándalus. Aquí venían solo en busca de botín, a llevarse mujeres y niños en largas cordadas de esclavos, a esquilmar nuestras despensas y someternos por el terror. No tenían mayor empeño en que abrazáramos sus creencias pues, como había podido comprobar en Corduba, nos consideraban seres agrestes, montaraces, comparables a los asnos salvajes. Así denominaban ellos a Pelayo, el primero de la saga de nuestros reyes, de quien se burlaban en sus fiestas diciendo que se alimentaba de miel, igual que los osos. Poco les importaba pues que nos convirtiéramos o no, siempre que no obstaculizáramos su avance por el este hacia el país de los francos, cuya conquista y ocupación sí obsesionaba a Hixam. Para lanzar esa ofensiva contra el rey Carlos debían asegurarse primero la retaguardia, y a ello se habían empleado con una ferocidad que encogía el alma de espanto; con la saña despiadada de quien se siente invencible.

Tras una semana de marcha ininterrumpida a través del mismo infierno, sin poder prestar la menor ayuda a las muchas gentes sin techo que deambulaban de aquí para allá en busca de un lugar seguro, arribamos a Coaña una tarde de bruma espesa, idéntica a la había llevado años antes hasta allí a los hombres de Vitulo. En los prados de alrededor no se veían los ganados que habitualmente pastaban su hierba en esa época del año, los labriegos que a esa hora solían volver a casa debían de haber huido y hasta los pájaros parecían haber emigrado para no ver la destrucción que la niebla cubría con su manto misericordioso. Los vigías no anunciaron nuestra llegada, el portón, siempre cerrado tras la puesta de sol, estaba abierto de par en par, y la algarabía de chiquillos que se concentraba siempre para recibir a cualquier visitante no estaba donde debería haber estado. Todo era silencio. Un silencio ominoso, denso, portador de los peores presagios.

Olvidándome por completo de mis acompañantes, desmonté temblando, corrí calle abajo, hacia el hogar que de niña me había parecido un fortín inexpugnable, y lo encontré vacío, con el mobiliario destrozado, al igual que las restantes casas del castro. En la parte baja del poblado, donde solían estar los corrales, un vacío negruzco de cenizas ocupaba el lugar que en su día fuera el de las bestias y los esclavos. Su olor penetrante había sido sustituido por el hedor a cadáver, una peste inconfundible que impregnaba el aire inmóvil. No se veía un ser vivo, ni tampoco muerto. Únicamente soledad y los ecos de un dolor lacerante.

Cayó una noche sin estrellas, que pasé ayuna de sueño, abrazada a Ximena, quien se acurrucaba contra mí temblando como un corderillo. Rogué al Dios de la compasión, al ser bondadoso del que me había hablado Félix en Toletum, que lo que me temía no hubiese sucedido. Busqué en mi interior mil modos de engañarme para alimentar unos instantes más la esperanza a la que me aferraba. Finalmente, el día trajo consigo una luz gris, mortecina, pero suficiente para desvelar el misterio terrible de lo sucedido en Coaña.

Tras las murallas de la cara norte, en la ladera que descendía suavemente en dirección al mar, una pila de restos humanos en avanzado estado de descomposición se elevaba al cielo como una plegaria no escuchada, testigo escarnecido del destino que aguarda a quienes se cruzan en el camino de los guerreros de Alá.

Quise creer que Ickila había caído en combate, con su espada de soldado en la mano, intentando en vano rememorar las hazañas de su juventud junto al príncipe de los cántabros. Traté de pensar que Huma había escapado a la humillación y se había hundido un cuchillo en el pecho antes de soportar los ultrajes de aquellas fieras salvajes. Recé sin convicción por la salvación de sus almas. Lloré lágrimas de impotencia ante los cuerpos irreconocibles de mis seres queridos, fundidos en esa gran masa de muerte a la que tuvimos que prender fuego, dada la imposibilidad de excavar una tumba capaz de acogerlos a todos. Por vez primera supe de verdad lo que era el odio y me aferré a esa emoción que nos endurece. Grabé aquella rabia en mi mente y mi corazón con la sangre de mis padres masacrados, pues juré sobre su pira funeraria que algún día, no lejano, vengaría su suplicio a conciencia.

Regresamos a Ovetao a toda prisa, mientras la vida empezaba a retomar su curso a nuestro alrededor. Quienes habían logrado esconderse en las cuevas y espesuras de los montes, donde desde antiguo los astures buscaban refugio durante las acometidas de invasores superiores en fuerza, volvían para reconstruir sus chozas. Los supervivientes enterraban a los difuntos en cementerios improvisados a las afueras de las aldeas arrasadas. Hombres y mujeres obedecían con ardor a ese instinto ancestral que, tras una catástrofe cualquiera, nos impulsa a buscarnos, amarnos y sobrevivirnos en nuestros hijos.

Así también Índaro y yo redoblamos nuestras pasiones nocturnas, impulsados por un deseo casi animal al que dábamos rienda suelta sin pudores ni mojigatería, sabiendo que cada noche podría ser la última, cada beso el beso del adiós y cada incursión de su cuerpo en el mío el preludio gozoso que precede a la tormenta. Nos mostrábamos ruidosos e insaciables, disfrutando con la satisfacción de cada fantasía prohibida. Nuestro amor era el de dos náufragos que ofrendan pese a todo su placer al dios de la vida, venciendo el cansancio de jornadas agotadoras que nunca daban abasto para cumplir la gigantesca tarea que nos había impuesto el Rey Casto.

Consciente de la precaria situación en que se hallaba Asturias, enfrentada al ataque inevitable que llegaría con el deshielo, era voluntad de Alfonso crear un ejército bien armado y entrenado, capaz de resistir la embestida. Los monarcas anteriores habían descuidado esa tarea, fiándolo todo al pago de tributos o al desinterés del emir por nuestro pequeño reino, y esa imprudencia había producido las consecuencias dramáticas que veíamos por doquier allá donde posáramos la vista. Si queríamos evitar un asalto definitivo, era preciso trabajar con rapidez y endurecer nuestras defensas, ya que el enemigo vendría; eso era algo que nadie dudaba.

Sin tiempo ni para levantar una casa digna, cosa que tendría que esperar mejor momento, dejamos a Ximena en una tienda, acompañada de una anciana sierva rescatada del palacio de Passicim, y nos lanzamos a los caminos con la misión de reclutar infantes destinados a engrosar las huestes cristianas, comprar monturas aptas para la caballería y poner en marcha hornos suficientes como para forjar los ingentes pertrechos que se necesitarían.

—¿Estás segura de que no prefieres quedarte en Ovetao con las otras mujeres? —me preguntó mi esposo el día de nuestra partida—. Allí también hay muchas cosas que hacer: organizar los suministros, disponer lo necesario para atender a los heridos en el campo de batalla... ¿No estás cansada de tanto ir y venir?

—Si no me dejas acompañarte —le contesté ofendida—, cabalgaré detrás de ti y acamparé yo sola, pero te seguiré. He jurado vengar a mis padres y por Dios que pienso hacerlo. Además, no hay nada que me retenga en esa ciudad de fantasmas que no es la mía. Mi lugar está aquí, a tu lado, tanto de día como de noche, ayer, hoy y siempre.

Asturias no era tierra de lujos, como los que había visto en Corduba o Toletum, pero tampoco respondía a la imagen que tenían de ella los mahometanos. Lo supe al recorrer junto a mi esposo las pesquerías de sus costas, donde la cosecha del mar era conservada en toneles de sal antes de ser enviada al interior a cambio de productos de la tierra, las minas de hierro y carbón de sus entrañas montañosas. Las brañas en las que pastaban las vacas en verano, las dehesas que en tiempo frío alimentaban a los ganados con verde abundante, y los valles cuajados de frutales. Los viejos molinos de agua de sus ríos y sus huertos fértiles de por sí, sin necesidad de abono alguno. Aquella era una naturaleza generosa, capaz de alimentar a gentes fuertes y robustas, dispuestas a defender lo suyo a cualquier precio. Un precio altísimo que pagaron, que pagamos todos, en el transcurso de los años que siguieron.

El rey había encomendado a Índaro la misión de armar un ejército prácticamente desde la nada, aunque con plenos poderes para hacer y deshacer en su nombre, según su libre criterio. Otros miembros del servicio real se encargaban de recaudar los diezmos imprescindibles para pagar esa obra ingente, pues nada más ceñirse la corona dispuso Alfonso que todos los hombres libres de su reino entregaran cada año una décima parte de sus haberes, ya fuera de lo que labrasen o del oro que guardaran, para el sostenimiento de los caudillos encargados de defender con las armas cada una de las comarcas amenazadas por los sarracenos. Estos condes, a su vez, mantendrían con ayuda del monarca a los clérigos y monjes instalados en sus territorios, pues sin su intercesión ante el Altísimo cualquier empresa bélica acabaría en fracaso. Cada cual contribuía así con su esfuerzo a la causa común de todos, unos con la espada, otros con sus oraciones, los más con sudor y trabajo, mientras el primer fideles del soberano, aquel en quien más confiaba, seleccionaba capitanes, alistaba tropa y ordenaba que por todo el país se levantaran forjas para la fabricación de espadas, picas, lanzas, venablos, yelmos, corazas, petos, cotas de malla, grebas, guanteletes, escarcelas, hombreras, guardabrazos, musleras, escarpes y codales para los caballeros; testeras, capizanas, gruperas y atalajes para los caballos, entre otros suministros de metal necesarios, sin olvidar las curtidurías destinadas a proveer pectorales de cuero, correas o calzado. Había que encontrar y formar también carpinteros rápidos en la fabricación de carros con sus correspondientes repuestos, al igual que expertos en la construcción de maquinaria bélica, como fundíbulos o catapultas. Era aquel un desafío de proporciones sobrehumanas, en un reino asolado por la última aceifa, escasamente poblado, y sometido ya prácticamente a los rigores del invierno, que se anunciaba con unas temperaturas particularmente frías.

A nuestro favor jugaba, no obstante, la determinación de esas gentes a resistir, su apego inquebrantable a la tierra de sus ancestros, la fe mayoritaria en el Dios trino —Padre, Hijo y Espíritu Santo—, dispuesto a recompensar con un puesto a Su diestra en el Cielo a quienes lucharan en Su Nombre, y una capacidad de sufrimiento sin par, demostrada una y otra vez en las circunstancias más duras.

En cada aldea por la que pasábamos, en cada granja que tanteábamos, los varones libres en edad de combatir, desde chiquillos de doce o trece años hasta ancianos de cuarenta, se mostraban dispuestos para la leva, animados por unas mujeres prontas a asumir en solitario el mantenimiento de los campos y el cuidado de los animales. Quienes tenían esclavos se los llevaban consigo, creando así un cuerpo nutrido de auxiliares dotados de brazos fuertes y voluntad sometida, muy útil en el momento del choque decisivo.

Contábamos además con un número elevado de hombres de armas experimentados de origen godo, llegados a Asturias en un flujo constante de refugiados procedentes de todos los rincones de la Hispania ocupada, movidos por su deseo de habitar entre cristianos. Eran los llamados a encuadrar a la soldadesca menos ducha en las artes de la batalla, pero dispuesta a vender cara su vida. En total, un conjunto de unas cinco mil almas guerreras, apenas un cuarto de las disponibles en el campo musulmán, pero con la ventaja de pelear en sus paisajes escarpados, entre abruptos desfiladeros, sobre precipicios sin fondo, bajo velos de niebla tupida, en un territorio cuya aspereza era nuestro principal aliado. Un laberinto que debíamos convertir en tormento para los soldados de Hixam y sepulcro de sus ambiciones.

Poco a poco, a lo largo de semanas y meses, fuimos sembrando entre la población un propósito y una esperanza. Delegando en los jefes locales más aptos la supervisión de los trabajos encomendados a los vecinos sujetos a su autoridad. Agrupando a los voluntarios en campamentos estratégicamente situados, bajo la dirección de guerreros veteranos encargados de adiestrarlos en el uso de la espada de combate corta, el arco, la honda, la lanza o el cuchillo. Organizando una muralla humana capaz de soportar el empuje de los sarracenos. Cuando este se produjo, en la inmediata primavera, se limitó a penetrar fugazmente en tierras de Alaba, pero pasó de largo por el corazón del solar asturiano pues su objetivo eran los dominios de Carlos el Grande.

Bajo el mando del general Abd al-Malik, del que tanto oiríamos hablar en lo sucesivo, una hueste de veinte mil combatientes de Alá atacó con éxito la ciudad de Gerunda, situada en la frontera de la Marca Hispánica, puso sitio a Narbona, abrió brecha en sus murallas con la ayuda de máquinas de guerra, incendió sus arrabales y asoló el país durante meses, después de derrotar al duque de Tolosa. Según se supo más tarde, la expedición tomó tan gran botín e hizo tantos prisioneros, vendidos como esclavos en Al-Ándalus, que con el quinto de las riquezas reservado al emir Hixam pudo reconstruir el puente romano sobre el río Guadalquivir, por el que yo había pasado, y terminar las obras de la gran mezquita que su padre había empezado a edificar en Corduba; la misma que yo había visto todavía con andamios, acompañada por Sa'id. Mientras tanto, en toda Asturias no era posible hallar un solo cautivo moro que no fuese ya un anciano traído en tiempos de Fruela.

El invierno siguiente nos regaló una preciosa niña, nacida sin problemas en una noche de plenilunio, a quien pusimos por nombre Froia en memoria de la madre de Índaro. Yo casi había renunciado para entonces a la alegría de ser madre, por lo que su venida al mundo, tan feliz como inesperada, me reconcilió con el Dios de mi esposo y mi padre, a quien hacía responsable de mi esterilidad.

A diferencia de lo sucedido con mi pequeño Favila, el alumbramiento de Froia fue tan sencillo como lo había sido su gestación: rápido y sin apenas sufrimiento. Nuestra casa, todavía poco más que una choza, se había llenado de mujeres ante el temor de que se repitiera la misma circunstancia que en el parto anterior. Habían acudido las mejores parteras de la ciudad, alertadas por algunas damas de la corte amigas mías, con el fin de solventar cualquier problema que pudiera producirse. Una de ellas incluso se decía capaz de practicar una operación consistente en abrirme el vientre para extraer de él a la criatura manualmente, en caso de que esta no lograra abrirse paso por el canal natural. Según aseguraba la mujer, este proceder, que se remontaba a tiempos de los antiguos romanos, era capaz casi siempre de salvar la vida del niño, y en alguna ocasión incluso alcanzaba un éxito completo al lograr que madre e hijo salieran con vida del trance. Le rogué que procediera sin vacilar con su cuchillo si veía que se hacía imprescindible, e insistí en que sacara adelante al bebé ignorando mi dolor o mis posibilidades de morir. Pero no fue necesario. En el tiempo que va de vísperas a completas, con mucho menos esfuerzo del que recordaba, pude estrechar entre mis brazos a la joya más hermosa que jamás hubieran contemplado mis ojos. Una niña sonrosada, con apenas una pelusilla clara por cabello, las facciones tan perfectas como diminutas, unas manos de dedos interminables, que ya anunciaban a la gran dama que llegaría a ser, y un cuerpecito rechoncho que invitaba a la caricia.

La misma partera que había atado el cordón de Froia con un cordel de lana roja, como manda la tradición, y me la había puesto sobre el pecho unos minutos para que pudiera verla, se la llevó enseguida con el fin de lavarla en la jofaina de agua tibia que habían traído a tal efecto. Entre tanto, otra mujer me animaba a dar un último empujón, quién sabe con qué propósito, una vez que mi niña ya estaba fuera, respirando tranquilamente, tras un llanto potente y breve que debió de oírse en toda la casa. Yo no perdía de vista a ese tesoro que pasaba de unas manos a otras para ser acicalada, fajada con vendas de lino que la mantendrían erguida y firme durante sus primeros meses de vida y finalmente llevada entre murmullos satisfechos a presencia de su padre, quien aguardaba impaciente al otro lado de las cortinas. No pude ver lo que sucedió en ese momento, pero me contaron que Índaro miró a su hija con fijeza, la abrazó suavemente y se la devolvió a la matrona, tal vez algo decepcionado por el hecho de que no fuera un varón.

Si así fue, pronto la gracia de la niña venció cualquier reticencia, llenando nuestro hogar de una luz desconocida. Bien es verdad que no tuve ocasión de disfrutarla tanto como hubiese querido, ya que, dadas mis frecuentes ausencias para acompañar a mi esposo, Froia pasaba la mayor parte del tiempo al cuidado de Ximena, que sería el aya de toda nuestra prole, y era criada a los pechos de un ama de leche de probada salud, contratada para alimentarla en mi lugar. Pese a todo, siempre que me era posible me acercaba a la cuna donde dormía mi pequeña y al observar sus manitas, o sus ojos intensamente azules como los míos, o sus primeras sonrisas, me sentía inundada por una felicidad completa. Al mismo tiempo, empecé a sentir un miedo irracional de que algo malo pudiera sucederle. Un temor que nunca antes había experimentado con respecto a mí misma.

Ovetao era entonces una ciudad que apenas empezaba a levantarse, pues Alfonso estaba ocupado en asegurar el reino antes de acometer otras obras. En ella no había palacio o castillo que el monarca pudiese compartir con sus fideles, por lo que todos vivíamos en alojamientos precarios, incómodos, sin protección efectiva alguna frente a un enemigo aterrador, ante cuyas acometidas veraniegas poco podríamos hacer, salvo asegurar la huida hacia las cumbres que acogieron en su día a Pelayo.

Para mi corazón castreño, aquel enclave sin murallas, abierto a los cuatro vientos, resultaba tan inseguro como carente de alicientes. Desde que había descubierto los estragos provocados en Coaña por la campaña sarracena del verano anterior, mi sueño era encontrar el modo de ponerlo nuevamente en pie y llevar hasta allí moradores dispuestos a retomar el cultivo de sus campos. No tenía la menor idea de cómo alcanzar ese propósito, pero sabía claramente en mi interior que no quería criar a Froia entre las frágiles paredes de una morada provisional, situada en medio de un páramo, sobre una colina indefensa, en una capital muy lejana todavía a lo que llegaría a ser, que más parecía una inmensa cantera. No, yo deseaba dar a mi niña un auténtico hogar, cálido y sólido, como el que había disfrutado en mi infancia. También Índaro esperaba poder ofrecer a nuestros hijos, los que Dios tuviera a bien enviarnos, una educación acorde con la posición que ostentaba en palacio, junto a otros muchachos de la nobleza incipiente reunida en torno al soberano. Por aquel tiempo, sin embargo, apenas tenía algún momento suelto para dedicarnos, ya que pasaba la mayor parte del día e incluso muchas noches en compañía del rey, atendiendo asuntos militares.

En una de las raras ocasiones en que se hallaba en casa, recién llegado de un viaje a los dominios heredados de su padre y recuperados merced al favor real, un desconocido, venido al parecer desde el occidente gallego, pidió ser recibido con premura, diciéndose portador de información de vital importancia. La pequeña Froia estaba en manos de Ximena, mi buena ama vascona, que tenía con los pequeños alma de criatura y dedicación de madre. Índaro y yo comentábamos las incidencias de su estancia en tierras de Primorias, pródigas siempre en reclutas para nuestras filas, cuando uno de los siervos anunció que un visitante preguntaba insistentemente por el amo. Pese a lo tardío de la hora, accedimos a escucharle.

—Hazle pasar, pero que te entregue antes la espada si es que va armado —ordenó mi esposo intrigado, sin perder la cautela que desde hacía muchos años le mantenía siempre al acecho, vigilando que nadie burlara su guardia y pudiera dañar los intereses del príncipe.

Un hombre ya entrado en arrugas, de pelo y barba sucios color gris, nariz aplastada, piel curtida por la intemperie y estatura baja, se presentó ante nosotros con una inclinación que denotaba su condición señorial. Vestía una túnica de lana oscura que le llegaba casi hasta los pies, abierta a los lados y ceñida con un cinturón de hebilla plateada; calzaba zapatos de cuero fino, y se expresaba como solo las personas educadas saben hacerlo. Hincó la rodilla ante Índaro, aguardó a que este le invitara a hablar con la mirada y solo después de obtener su permiso se dirigió a él con respeto.

—Mi nombre es Adulfo, vengo de occidente, donde mi familia es dueña de una pequeña presura cercana al mar, y he oído que tú eres el conde más cercano al rey Alfonso, el primero entre sus fideles. ¿Es así?

—Así es. ¡Habla, di lo que tengas que decir! —contestó Índaro con evidente impaciencia, dada la hora intempestiva.

—He venido a advertirte, porque quienes asesinaron a su padre y sostuvieron a Aurelio, Mauregato y Bermudo no han cejado en su empeño de hacerse con el trono. Hace apenas unos días un hombre llamado Vitulo, que ocupó un alto cargo en el palacio de Passicim, convocó una reunión de gentes de armas en su propiedad cercana al *finis terræ*, con el fin de recabar apoyos para la conjura que urde en la sombra.

¡Vitulo nuevamente! —me dije para mis adentros—. ¿Es que nunca acabaría esa pesadilla? ¿Acaso tendríamos que vivir eternamente bajo su amenaza? Miré a Índaro con una súplica en los ojos, vi cómo su gesto se torcía en una mueca llena de rabia, y escuché el resto de la conversación sin perder detalle, anhelando descubrir el final de la historia.

—Conozco a ese Vitulo, de hecho le marqué la cara con mi cuchillo hace tiempo —replicó mi esposo para sorpresa de nuestro huésped, quien no ocultó su extrañeza—. ¿Qué es exactamente lo que trama ahora y por qué razón has venido tú hasta aquí para advertirme? ¡Habla pronto y no se te ocurra mentirme, porque si intentas traicionar al rey te arrepentirás de haber nacido, puedes estar seguro!

—Si estoy aquí —dijo Adulfo con serenidad, en un tono que me pareció sincero— es porque no quiero tomar parte en la traición que se está fraguando a vuestras espaldas. Mientras aquí os preparáis para la guerra contra el sarraceno, hay gentes poderosas que nunca han aceptado a Alfonso y no comulgan con su política de enfrentamiento. Gentes como Vitulo y otros señores más fuertes incluso, dispuestos a someterse al emir de Corduba, acordar el pago de tributos y vivir en paz con los mahometanos.

—Pero aunque tal fuera nuestro deseo —tercié angustiada, incapaz de comprender esa actitud—, eso que dices no sería posible. La campaña que terminó con Bermudo en el río Burbia da prueba de lo que digo. ¿Es que no se dan cuenta esos necios? Hixam no quiere nuestra sumisión, sino liquidarnos. Él contempla la guerra como una obligación sagrada. Intentar pactar con él sería la forma más rápida de sucumbir a sus garras.

—Eso mismo pienso yo y por eso he venido tan rápidamente como he podido, asumiendo un riesgo mortal en caso de que los conjurados me descubran. Pero las cosas no se ven igual en todas partes. Vosotros aquí tenéis la protección de las montañas, que actúan como un muro defensivo ante sus ataques. Nosotros, los de poniente, llevamos siempre la peor parte, al igual que los de Alaba, y por eso hay magnates deseosos de alcanzar pactos, que además les aseguren el poder. Otros, como yo, confiamos más en la seguridad que pueda darnos el rey, preferimos engrosar sus huestes y unimos nuestro destino al suyo. Te ruego que se lo digas en mi nombre y el de algunos otros súbditos leales. Que se cuide de los traidores que abundan incluso aquí, entre sus más próximos, y que tenga en cuenta la lealtad que le ofrecemos quienes deseamos cabalgar a su lado en el campo de batalla y compartir el botín que conquistemos juntos.

—¡Nombres, dame los nombres de esos traidores!

—Te he dado el de Vitulo y conozco otros dos: los de los condes Damundo y Alamiro, que participaron en la reunión de la que te he hablado. Todos ellos tienen tropas a su servicio y controlan sus respectivos territorios, recaudando unos diezmos de los que, me temo, poco o nada llega al rey. En cuanto a sus cómplices aquí, en el entorno de Alfonso, no puedo decirte nada. Sé que existen y tienen contacto con los susodichos señores, pero ignoro sus nombres. Serás tú quien deba averiguarlo. Yo ya he hecho cuanto estaba en mi mano.

Durante los días que siguieron Índaro estuvo presa de una auténtica fiebre por descubrir la identidad de los conspiradores denunciados por Adulfo. Sus hombres arrestaron a todo aquel que pudiera resultar sospechoso, ya fuera por un comentario, por sus vinculaciones con anteriores monarcas o simplemente porque su comportamiento no resultara del todo fiable a ojos de mi esposo. Todo fue en vano. Prácticamente cualquiera podía encajar en el papel de traidor, ya que Alfonso había rehusado expresamente hacer purgas tras su regreso al trono, aceptando a su lado a todos los antiguos hombres de armas de Bermudo que quisieron seguirle a Ovetao. Esa era la política de reconciliación que había escogido seguir el rey y no quería oír hablar de detenciones, por más que su fideles le narrara con detalle la conversación mantenida con el señor de la guerra gallego. En esas condiciones, sin contar con el aval real, intentar desenredar la trama de la presunta conjura era como buscar una aguja en un pajar. Por mucho que recurriera a la tortura en los interrogatorios, que el verdugo aplicara el hierro candente a la cara, mutilara brazos y piernas por el lento procedimiento de arrancar la carne con la tenaza, trozo a trozo, o cegara a más de un escudero con el fin de obtener delaciones, no logró hallar pistas fiables que le condujeran hasta los enemigos escondidos en la sombra, y muy pronto se quedó sin tiempo para seguir investigando.

XII

La venganza de Lutos

En cuanto las nieves empezaron a retroceder en lo alto
de la cordillera, los ojeadores enviados al sur a dar cuenta de los movimientos de tropas enemigas regresaron
apresuradamente y coincidieron en sus informes con los
de algunos espías fiables infiltrados entre el enemigo.
Todos ellos traían la misma noticia: dos ejércitos formidables, de unos diez mil hombres cada uno, avanzaban
hacia Asturias por caminos diferentes; uno en dirección
a Alaba, al mando del general Abd al-Karim, que tiempo después supimos artífice victorioso de una nueva devastación en tierras vasconas, y otro hacia la capital, tras
el estandarte de su hermano, Abd al-Malik ibn Mugait,
vencedor del duque de Tolosa en Narbona. Un joven
militar muy querido por Hixam, de quien se decía en Corduba que era varón excepcional, culto, versado en religión, de sencillez y nobleza probadas; juicio totalmente
opuesto al que hacíamos de él las víctimas de sus campañas. Su nombre producía en mi corazón una desazón especial, un frío muy peculiar nacido de la certeza de haberlo escuchado en circunstancias dramáticas, aunque
era incapaz de recordar cuáles. Para mi desgracia, no iba
a tardar mucho en saberlo...

Había ascendido este con sus siete mil infantes y tres
mil jinetes por la calzada que enlaza Corduba con Astu-

rica, a través de Semure, siguiendo la Vía de la Plata, para desde allí desviarse a Legio, remontar el curso del río Luna, cruzar la región de Las Babias, donde cuentan que un oso mató al rey Favila cuando se entretenía cazando, y alcanzar el puerto de la Mesa, por donde romanos, godos y sarracenos penetraban desde la noche de los tiempos hasta lo más profundo de nuestros valles. Era una ruta segura para el invasor, con un trazado ancho y despejado, que serpenteaba entre cumbres por terreno siempre elevado, permitiendo una buena visibilidad que reducía el peligro de emboscadas. Cualquier intento de hacerle frente en ese punto con nuestros escasos recursos habría sido un suicidio, lo que no nos dejó otra opción que marcharnos de nuestras casas y buscar, como tantas otras veces, la protección de las cuevas, los bosques y las montañas.

A toda prisa se llevó a cabo la evacuación ordenada por el rey, con el tiempo justo para librar de la muerte o la esclavitud a mujeres, niños y ancianos que fueron conducidos a lugares situados en lo más profundo del país, empleados ya por los antiguos astures como escondrijo ante las incursiones romanas. A diferencia de desastres anteriores, la preparación y la determinación de salvar vidas cristianas evitó que en esta ocasión sucediera lo peor, aunque la mayoría de los animales hubieron de ser abandonados, al igual que las despensas, convirtiéndose en pasto del ejército caldeo, que incendiaba a su paso todo lo que no podía llevarse. Ellos sabían que, pronto o tarde, regresaríamos de nuestros refugios, y no querían que encontráramos más que ruinas y desolación donde antes habían estado nuestros hogares. Eran expertos en el arte de yermar, que tan eficazmente había puesto en práctica también el primero de los Alfonsos. Como una torrentera desbordada cayeron sobre Ovetao, saquearon lo poco que había dejado en la ciudad la anterior expedición e hicieron su cuerda de cautivos con quienes habían quedado atrás, tras lo cual le prendieron fuego.

Desde la distancia, nuestros vigías observaban todos esos movimientos e informaban de ellos al rey, quien, al amparo de las alturas sureñas en las que se hallaba oculto, preparaba junto a sus fieles una contraofensiva capaz de disuadir futuras incursiones. A su lado estaba Índaro, primero entre sus capitanes, que siempre cabalgó a su derecha, y cerca de Índaro, yo, cumpliendo la promesa que me hiciera siendo niña de acompañar a mi hombre en el campo de batalla. No era la única mujer. Otras esposas, madres o hijas formaban la fuerza auxiliar de aquella tropa determinada a no sucumbir. Nuestra misión era suministrar agua y comida a los combatientes en las escaramuzas con las que hostigaban a la retaguardia mora, curar sus llagas con ungüentos a base de miel, eucalipto, árnica y llantén, aliviar el dolor de sus heridas mediante pócimas de adormidera y valeriana, cuya receta se transmitía de generación en generación desde antiguo, y ayudar a los moribundos a superar el trance, dándoles calor con una sonrisa en los labios. Cuando era posible contar con los servicios de un sacerdote, diácono o presbítero, también llevaban su bendición, el perdón de sus pecados y la promesa de alcanzar la vida eterna en un lugar privilegiado, lo que ayudaba a esos desdichados a marcharse en paz, con la esperanza de una recompensa bien ganada.

Tenía mi esposo por aquel entonces un escudero muy joven llamado Assur. Un muchacho menudo, despierto y buen conocedor de la región fronteriza, deseoso de realizar alguna hazaña que le permitiera consagrarse como espatario. La ocasión se presentó en cuanto Abd al-Malik inició el camino de regreso hacia Al-Ándalus, una vez consumada su razzia estival. Aunque el general llevara sus propios exploradores, el terreno era tan escarpado, los valles tan parecidos unos a otros, que los sarracenos pagaban fuertes sumas en plata a los pastores locales para que les guiaran a través de los pasos más difíciles. Aprovechando esa circunstancia, Assur se acercó solo una mañana hasta el campo enemigo, vestido como un vaquero, y se ofreció a llevar al ejército victorioso hasta la seguridad de la Mesa, por un camino más corto, a cambio de una bolsa de monedas. Su aspecto inocente, incluso infantil, no despertó la menor sospecha en unos militares con la moral crecida tras el paseo triunfal en que habían convertido su campaña. Y así fue como el decimonoveno día del mes de junio del año 794, festividad de San Gervasio, un valiente muchacho asturiano atrajo a las huestes de Alá hasta una hondonada inundada de barro, conocida como Lutos, donde eran esperados por los nuestros para un ritual sanguinario.

Montando su caballo de batalla adiestrado por él mismo, vestido de negro de la cabeza a los pies, como acostumbraba hacer desde su regreso a Asturias, con el pecho cubierto por una coraza de hierro y la cabeza protegida bajo el yelmo en forma de boca de dragón, Índaro aguardaba en lo alto de la colina a que llegara el momento exacto. Tras él, a la sombra de los árboles que alfombraban la ladera, un enjambre de guerreros cristianos esperaba su señal para arrojar rocas y flechas, piedras y lanzas sobre la columna atrapada en el pantanoso terreno que dominaban desde su altura. La suerte estaba echada.

A un gesto suyo, la cólera de esas gentes montaraces se abatió sobre los moros entre aullidos salvajes, con la saña del rencor viejo. Sobre las cabezas de los guerreros, sorprendidos cuando ya andaban de retirada con la guardia baja, cayeron proyectiles lanzados por honderos bien entrenados, venablos, peñascos desprendidos mediante palancas accionadas por varios brazos que les aplastaban como si fueran hormigas.

Imposibilitados de maniobrar en aquel espacio angosto, atrapados hombres y monturas en el pegajoso fango que les llegaba a los tobillos, su abrumadora superioridad numérica se convirtió en desventaja, dejándolos a merced de un adversario feroz que no hizo prisioneros. Los jinetes se vieron incapaces de colocar a sus caballos en orden de combate, mientras los de a pie ni siquiera llegaron a blandir sus espadas, amontonados como estaban unos contra otros en la que sería su tumba. Fueron presa fácil para unos hombres que se les echaron encima antes de que se dieran cuenta de lo que estaba sucediendo, diezmando sus desconcertadas filas sin apenas sufrir bajas.

Vi con mis propios ojos a Índaro azuzar a su caballo para descender la empinada cuesta a galope tendido, a riesgo de despeñarse, pues estaba deseoso de cortar gargantas. Le seguí mientras sembraba la muerte a su alrededor, hasta chorrear sangre ajena. Asistí desde mi atalaya a la matanza perpetrada entre alaridos inhumanos por unos hombres colmados de la peor lujuria, de ese apetito bestial que solo la violencia sabe saciar. Contemplé sin la menor compasión cómo caían abatidos esos desgraciados que se las prometían tan felices, a medida que las lanzas o las hondas derribaban a los de a caballo para que las espadas los remataran en el suelo. Me regodeé con la siega implacable de infantes incapaces de organizar una defensa eficaz.

El Dios verdadero de la justicia, el Dios de la venganza que guiara a Samgar, hijo de Anat, contra los filisteos, estaba de nuestro lado. El propio Mugait sucumbió al hierro de Alfonso, que peleaba en primera línea sobre un semental imponente, cubierto de la cabeza a los pies con su armadura sarraceno junto al caudillo moro perecieron muchos millares de caldeos. Casi todos los que formaban la expedición que pocos días antes había profanado nuestras aldeas. Únicamente unos puñados de afortunados lograron huir a pie, perdiendo en la escapada todo el botín que habían acumulado, así como sus caballos, bagajes y pertrechos. Cuando todo terminó, el lodo, sembrado de cadáveres mahometanos, se había espesado y adquirido un tono rojizo oscuro. Los últimos agonizantes aún proferían gemidos lastimeros, sin la clemencia postrera de un golpe de gracia. Mi corazón rebosaba de orgullo ante la hazaña perpetrada por nuestros hombres, a cuya vanguardia se había colocado Índaro.

No tuve entonces, ni tampoco hoy, ni un ápice de remordimiento por experimentar esa euforia. Ahí comenzaba mi venganza y terminaba de morir mi inocencia. Ante mí pasaron fugazmente las imágenes de Coaña, así como las de la llegada a Corduba en calidad de esclava humillada, y lancé un grito de revancha que se elevó por encima del llanto de los derrotados.

Todavía quedaban tres tareas por hacer que nos incumbían a las mujeres. En primer lugar, cauterizar, coser, limpiar y vendar las heridas de nuestros hombres, ponderando al mismo tiempo su valor en la batalla. Para quienes habían salido mal parados del combate ese reconocimiento era tan importante como cualquier bálsamo que pudiéramos aplicar a sus llagas, ya que muchos de ellos morirían a causa de las calenturas o de otras secuelas. Ellos lo sabían y lo sabíamos también nosotras, por lo que todas nos esforzábamos en demostrarles la gratitud que sentíamos por su sacrificio, insistir en lo orgullosas que podrían sentirse sus familias de su comportamiento y regalarles toda clase de halagos destinados a mitigar su sufrimiento. Una vez atendidos los vivos, había que pensar en recoger los cuerpos de nuestros caídos, para llevarlos a enterrar cerca de casa, como era costumbre antigua. Y por último llegaba el momento de sacar buen partido de los muertos ajenos.

Apenas salió el sol del día siguiente al de nuestra victoria, con su luz resaltando el brillo a los despojos esparcidos por el campo de batalla, llegó el momento de recoger esa cosecha sangrienta, pródiga en espadas y cuchillos forjados en acero andalusí, monturas excelentes para el combate, aunque inseguras en nuestros caminos, y máquinas de guerra. Si algún notable sarraceno llevaba consigo una bolsa de monedas o alguna joya especialmente valiosa y visible, se la quitábamos igualmente, aunque ninguna se detuviera a registrar los cadáveres. Era más urgente recuperar lo que había sido robado de nuestros templos, huertos y casas, transportado en carros rebosantes de botín que viajaban conducidos por esclavos junto a las cuerdas de cautivos.

Tras despojar de sus ataduras a los prisioneros, que por aquella vez salvarían la libertad, interrogamos a los siervos venidos desde Al-Ándalus con el fin de saber cuál era la carreta de Abd al-Malik, que presumíamos portadora de las piezas más valiosas. Como esposa del primer fideles del rey me correspondía el privilegio de inspeccionarla antes que nadie, aunque una vez hecho el inventario de todo lo capturado sería repartido a razón de un quinto para el soberano, dos quintos para los nobles que hubieran luchado a su lado y otros dos para el resto de la tropa. Deseosa de contemplar de cerca la riqueza que nunca podría disfrutar ese general que ya era pasto de los gusanos, subí hasta su carro, descorrí la lona que servía de puerta y quedé estremecida por lo que vieron mis ojos: allí mismo, a mis pies, una mujer vestida según la tradición musulmana yacía inerte, con una flecha clavada en el vientre y otra en la garganta. Las saetas, arrojadas por nuestros arqueros en el arranque de la batalla, debían haber traspasado el techo de tela del carretón y habían caído en su interior cual lluvia mortal. La víctima, una mujer que en una primera ojeada me pareció de mi misma edad, se había arrastrado hasta la entrada en un vano intento de pedir ayuda, arrancándose en la agonía el velo que le cubría la cara. Cuando me incliné sobre ella para cerrarle los ojos, reconocí su rostro. Lo identifiqué al instante y sin sombra de duda: era Eliace.

Mi compañera de viaje en las horas amargas de nuestro traslado forzoso a Corduba, la amiga a quien nunca había dejado de extrañar, se había desangrado entre alfombras de seda y objetos de plata y oro, con dos flechas cristianas incrustadas en el cuerpo. Había regresado a Asturias, finalmente, mas no tal y como yo habría deseado. Abd al-Malik, el hombre a quien había sido entregada la noche de nuestra separación en los baños de la capital andalusí, la había arrastrado con él hasta este lodazal y con él se la llevaba al otro mundo. Me la robaba una vez más, ya para siempre, y lo hacía con la crueldad añadida de no asesinarla con sus propias manos, de cargar su muerte sobre nuestra conciencia. Lloré mi pena abrazada a su cadáver ya frío. Desahogué toda la rabia de mi corazón maldiciendo a gritos el nombre de Alá y el de su caudillo vencido, que se vengaba de mí desde la tumba con esta perversión refinada.

Cuando logré tranquilizarme un poco, me fijé en las manos de Eliace, en sus pies y en su rostro contraído por la agonía. Más allá de ese rictus postrero, la cara de mi amiga parecía bien cuidada, llevaba dibujos de henna en los ojos y mostraba una piel suave, mantenida seguramente con ungüentos de los que vendían a precios exorbitantes en el zoco de Corduba. En cuanto a sus manos, perfumadas todavía de aceites olorosos, daban la impresión de llevar mucho tiempo sin realizar tareas duras.

El Mugait —me dije a mí misma— debía de sentir una gran atracción sexual por su esclava rubia de piel y ojos claros. Tanta como para llevársela consigo en una campaña de larga duración, incapaz de prescindir de sus favores durante ese período. Tal vez esa fascinación hubiese endulzado la vida de mi antigua compañera en la capital del emirato. Acaso llegara incluso a amar y ser amada por el hombre al que pertenecía, llevando más allá del lecho la relación entre ambos. Recordé la alegría con la que ella había marchado hacia su nuevo hogar, dejando atrás a un padre «de manos largas y vergazo fácil» —como solía decir—, y me pregunté dónde querría descansar aguardando el momento de la resurrección de los muertos. Si con su general había llegado hasta aquí sin señales de violencia, concluí, con él debería seguir estando por toda la eternidad. Eché una última ojeada a mi alrededor, tomé para mí un espejo de plata bruñida, que debía de conservar en su alma la imagen hermosa de su dueña, y salí de aquel sepulcro decidida a trasladar a mi compañera muerta hasta el lugar en el que reposaban los restos destrozados de Abd al-Malik. Ninguna de las otras mujeres comprendió aquel movimiento absurdo, pero nadie se atrevió a preguntar.

Con la ayuda de dos guerreros dejé a mi amiga junto a su dueño y señor, rogando a Dios que fuera allí donde ella deseara estar, y marché en busca de Índaro, necesitada de compartir con él mi dolor. En ese preciso instante, sin causa ni explicación posible, tuve la certeza de estar nuevamente embarazada y supe que sería niña y se llamaría Eliace.

Por el camino, orienté el espejo que llevaba conmigo en dirección al sol y me contemplé en él, temerosa de lo que fuera a decirme. Hacía mucho que no me preocupaba por mi aspecto, hasta el punto de no poseer un objeto como el que tenía en ese momento en mis manos y que mostraba a una mujer madura, con algunas arrugas alrededor de los ojos, dos surcos apenas esbozados justo encima de la nariz, allí donde suelen reflejarse las preocupaciones cotidianas, y una boca que empezaba a marchitarse. Con la mano libre, tenté, alisé, intenté en vano corregir las huellas que el tiempo y la vida habían dejado en mi rostro. A los veinticuatro años —reconocí con una mezcla de resignación e impotencia— estaba empezando a envejecer y debía gozar del vino que aún quedaba en mi copa.

Logré dar con mi esposo justo donde suponía que estaría: junto a la tienda de Alfonso, en compañía de otros condes y un par de clérigos, todos ellos armados, departiendo con el soberano sobre los pormenores de la batalla. Desde una distancia prudencial aguardé a que terminara la conversación, sin perder detalle de lo que allí se decía.

—Dios Todopoderoso es quien nos ha brindado este gran triunfo sobre los enemigos de la fe —decía el rey—, para que podamos cumplir Su mandato y defender al pueblo cristiano de los embates sarracenos. Así como eligió a Pelayo para asentar los pilares de este Reino de Asturias, hoy nos pide a nosotros que seamos baluarte de sus fronteras y custodios de sus habitantes, encomendados a la fuerza de nuestras espadas.

—Que los ismaelitas iban a poseer la tierra de los godos —abundaba uno de los sacerdotes presentes, quien más parecía por sus trazas un guerrero de alcurnia— lo encontramos ya dicho en el libro Panticino del profeta Ezequiel: «Entrarás en la tierra de Gog con pie fácil, y abatirás a Gog con tu espada y pondrás el pie en su cerviz, y los harás tus siervos tributarios. Sin embargo, puesto que abandonaste al Señor tu Dios, también yo te abandonaré y te llevaré de un lado a otro, y te entregaré en manos de Gog. Como hiciste a Gog, así hará él contigo».

Ante la mirada desconcertada de todos los congregados, aquel hombre joven, revestido de armadura, portador de un crucifijo de plata colgado al cuello, y afeitado, señal inequívoca de su condición clerical, prosiguió su explicación, haciendo gala de una erudición que le identificaba como mozárabe procedente de uno de los grandes centros del saber de la Hispania cristiana ocupada:

—Gog es ciertamente el pueblo de los godos. Gog designa a Hispania bajo el dominio de los godos, quienes dieron la espalda a Dios y provocaron con sus pecados que Él a su vez los abandonara a su suerte. Fueron las contiendas civiles, la codicia desmedida, la fornicación y la corrupción de monarcas y hombres de Iglesia las que provocaron la derrota ante los mahometanos. Pero Cristo es nuestra esperanza de que, cumplidos en tiempo próximo doscientos setenta años desde que entraron en tierra hispana, los enemigos sean reducidos a la nada y la paz del Señor sea devuelta a la Santa Iglesia. Confiemos en la misericordia del único Dios verdadero, cumplamos sus santos preceptos y Él será nuestro guía para la reconquista de los territorios robados a los cristianos, que son nuestra heredad sagrada.

—Que así sea, si esa es Su voluntad —sentenció Alfonso, percatándose de mi presencia e invitándome con un gesto a acercarme—. Ahora, veamos qué botín nos ha dejado la victoria, pues son muchos los trabajos que tenemos por delante y escasos los recursos de que disponemos para abordarlos.

—Hemos recuperado todo lo que se llevaron de nuestra tierra —informé con el corazón oscurecido, tratando de simular una satisfacción que no sentía— y un gran cargamento de armas que traían consigo. También hay tiendas valiosas, objetos preciosos pertenecientes a sus caudillos, prendas de seda, algún tapiz y más de un centenar de esclavos, aunque la mayoría son cristianos capturados en anteriores aceifas que besan ya tus pies agradeciendo su libertad. Entre los sarracenos se han hecho pocos cautivos, pues Vuestra Majestad vio el modo en que se desarrolló la batalla...

—No importa. Les dimos su merecido y los que consigan llegar hasta Hixam le darán cuenta de la humillación sufrida por su ejército, aplastado por el brazo implacable de los elegidos de Dios. Tal vez esto le quite las ganas de volver a cruzar nuestras montañas y le convenza de la inutilidad de sus ofensivas. El Reino de Asturias resistirá, porque así lo quiere Nuestro Señor y porque sus gentes no volverán a rendirse jamás. Todos habéis luchado con bravura y es mi deseo recompensar esa entrega. ¿Cómo puedo premiar vuestro valor? —preguntó Alfonso, dirigiéndose al estrecho círculo de leales que le rodeaba.

Un conde solicitó quedarse con dos sarracenos que había capturado vivos, otros pidieron honores o favores varios, y cuando ya nadie parecía tener nada que reclamar, yo me atreví a hablar, sin mirar a Índaro por no leer un reproche en su mirada:

—Señor —dije bajando los ojos—, si puedo yo también haceros un ruego, sería para mí gran merced poder disponer de las tierras que rodean al castro de Coaña, que mi padre, de estirpe goda, gobernó al servicio de vuestro abuelo y mi madre heredó de sus antepasados en calidad de jefa de su clan astur. Ese castro, que me vio nacer y constituye mi única herencia, fue destruido durante la última incursión de los mahometanos y hoy permanece desierto, abandonado por sus gentes, yermos sus campos, en espera de ser repoblado.

—Tuyos son el castro y sus campos desde hoy, puesto que ese es tu deseo —concedió el monarca—. Que se redacten los documentos necesarios y los firmaré. Tanto tu esposo como tú me habéis servido siempre con devoción y no será esta la última concesión que os haga, tenedlo por seguro. Nos esperan todavía grandes conquistas.

Aquello puso fin a la reunión, que concluyó con una oración destinada a dar las gracias por el favor divino.

Cuando al fin pude quedarme a solas con Índaro, me sorprendió que se alegrara de mi gesto audaz con el rey e incluso que aprobara sin reservas mi proyecto de levantar de sus cenizas, todavía sin saber de qué modo, los viejos muros de Coaña. Una vez zanjada esa cuestión, le relaté el trágico fin de Eliace, que escuchó sin conmoverse, imbuido como estaba de la euforia que acompaña siempre a la victoria. Nada le dije en cambio de mi nueva preñez, pues era aún demasiado pronto...

—He estado pensando que voy a mandarme forjar un nuevo escudo, con la silueta de un cuervo grabada en el metal —comentó él cambiando de conversación, en un tono que llegó a asustarme—. Me gustan esos pájaros que desafían al viento y al frío con las alas desplegadas, embistiendo contra todo lo que se pone en su camino. Su plumaje es negro, al igual que mis vestiduras, y también yo, como ellos, vuelo sobre mi montura y me alimento de los caldeos muertos —rio—. Sí, está decidido: el cuervo será a partir de ahora el emblema de mi casa y por consiguiente también el tuyo. Confío en que apruebes mi elección.

Habría sido ocioso protestar, y tampoco tenía motivos para hacerlo. No en vano me había desposado con un guerrero, amante del embrujo que impregna los campos de batalla. Además, la imagen del cuervo me producía sensaciones placenteras, casi familiares, como si siempre hubiese sabido que ese animal llegaría a formar parte de mi existencia. Estaba en el recuerdo de una noche cuajada de extraños presagios entonces incomprensibles. De un sueño mágico, allá en el harén de Corduba, cuando cautiva e indefensa estuve tentada de quitarme la vida. ¡Cuánto y de qué feliz modo habían cambiado las cosas desde entonces!

Saboreando mi propia conquista y la dicha de ser propietaria del lugar que más amaba en este mundo, emprendí el camino de regreso a Ovetao, impaciente por abrazar a mi pequeña Froia y escuchar la voz de su ama, Ximena.

El verano transcurrió plácidamente, en tareas de reconstrucción de la capital arrasada, que hubo de prescindir de cualquier lujo, pues era preciso enviar ayuda a las partes del reino más castigadas por Abd al-Karim, allá en el oriente de Alaba. En un intento de defender su ciudad de futuras incursiones, Alfonso mandó levantar un castillo en su flanco sur, a orillas del río Nalón, que representaba el mejor foso natural ante el avance enemigo. Con las lluvias y las nieves la vida entró en un barbecho similar al de los campos, que me permitió vivir mi embarazo con sosiego, coser la canastilla de Eliace disfrutando de cada puntada, escuchar las primeras palabras de Froia, gozar de sus torpes pasos vacilantes y asimilar con naturalidad la lejanía de Índaro, quien apenas pisaba nuestra casa, ocupado en mantenerse ágil para el combate y cumplir las tareas que le encomendaba el rey. Además, mi vientre abultado resultaba un freno para su deseo, por lo que transcurrieron lunas enteras sin que se me acercara en el lecho. Me acostumbré, hasta el punto de perder yo misma el gusto de sentir su piel contra la mía, incluso después de dar a luz... un robusto varón que llegó con los ojos abiertos, profiriendo gritos en lugar de llanto, para marcar desde el principio su posición en este mundo.

Me había engañado el corazón. La que había estado llamando con el nombre de mi amiga muerta resultó ser un niño fuerte, rebosante de salud, heredero de todos los rasgos físicos de su padre y de mi determinación. Lo bautizamos como Fáfila, con el rey en persona en calidad de padrino, y desde ese mismo día supe que pertenecería a Índaro. Llevaba su sangre, seguiría sus pasos. Ese hijo de mis entrañas, tan bello que parecía un ángel, desplegaría sus alas negras antes de que me diera cuenta, para mayor gloria de Asturias y de la estirpe de Favila.

Tal vez renovara mi esposo los intentos de averiguar alguna cosa sobre la conspiración que denunciara Adulfo, pero no me lo dijo. Ignoro si decidió olvidar ese asunto o si sus pesquisas naufragaron, porque esa cuestión no volvió a ser mencionada hasta que fue demasiado tarde. En ese momento, la primavera del año 795 de Nuestro Señor, otros peligros acechaban de forma más perentoria.

Lejos de amilanarse con la derrota de su general Abd al-Malik, el emir de Al-Ándalus se enfureció hasta el punto de precipitar el envío de otra expedición, aún más poderosa, con el encargo de conquistar el país vengando a sangre y fuego a los caídos en Lutos. La muerte del Mugait en emboscada traicionera convertía al soldado en mártir a ojos de su dios y de su soberano, quien encomendó al hermano del difunto, Abd al-Karim, que se tomara la revancha con estragos de ferocidad suprema.

Cuando su ejército estaba próximo a Ocelum, que algunos llamaban Semure, tuvo Alfonso a través de sus espías la confirmación de lo que todos temíamos: una hueste como jamás se había visto, compuesta por cinco mil jinetes y veinte mil infantes, avanzaba inexorable hacia el Reino de Asturias con la firme voluntad de aplastar cualquier resistencia. Habían partido de Corduba semanas antes, seguidos por un rebaño de más de un millón de reses, que dieron carne a los guerreros durante la travesía de los campos yermados por Alfonso el Cántabro en un vano intento de proteger su tierra.

La hueste de Alá caminaba a paso lento aunque imparable en dirección a la cordillera, fortaleciendo además cuerpo y espíritu para el combate con otro tipo de alimento que sembró el terror en las filas cristianas en cuanto los rumores propagaron la información a los cuatro vientos: aquellas bestias comían carne humana. En vanguardia de la tropa marchaban diablos de color negro, casi desnudos y de cuerpo lampiño, que degollaban a sus prisioneros para devorarlos crudos.

XIII

Hijos de la determinación

Hizo falta un gran esfuerzo por parte de capitanes y clérigos para convencer a los soldados de que esas criaturas diabólicas de las que oían hablar eran seres idénticos a ellos, aunque de otro color. Hubo que explicarles que se trataba de una añagaza de los sarracenos, los cuales colocaban al frente de sus columnas a esos hombres de apariencia extraña, procedentes del continente africano, con el fin de provocar el pánico entre los cristianos. Yo misma hablé ante las tropas haciendo acopio de elocuencia, para narrar mi experiencia en Corduba y contar cómo había visto allí a mujeres del mismo aspecto, de piel oscura y cabello rizado, que comían lo mismo que nosotros, tenían idénticas emociones y sentían la misma repulsión que cualquiera ante la carne humana. El hecho de que esos guerreros fingiesen devorar brazos o piernas de enemigos descuartizados no era más que una treta destinada a desmoralizarlos. Sin duda serían brutales, al igual que todos los demás, pero nada había en ellos de satánico. Se les podía matar con espada, lanza o piedra, pues eran de naturaleza mortal.

Esa aclaración logró calmar los ánimos, aunque no mejoraba en nada la situación del reino, sometido a un ataque más devastador que el del año precedente. A principios del verano, consciente del peligro, el rey mandó emisarios a los cuatro vientos y recabó el apoyo de todas sus gentes de armas, incluidos varios contingentes de vascones, muchos de ellos aún paganos, a quienes sin embargo le unían fuertes lazos de sangre. Asimismo, pidió ayuda a los francos de Aquitania sometidos a la autoridad de Ludovico Pío, recién delegado por su padre, el emperador Carlos, para encargarse de la defensa de los Pirineos ante la amenaza del Islam. Este envió algún auxilio a su vecino cristiano del sur, con la esperanza de que detuviera en su territorio el avance de un ejército sarraceno que, de lo contrario, pronto o tarde cruzaría las montañas que le servían de muralla natural.

Entre tanto, se ordenó la evacuación de toda la población hacia la seguridad del litoral, lo que llenó nuevamente los caminos de prófugos resignados ya a esa vida de trashumancia en el filo de una espada mora. Mientras los niños de corta edad, las mujeres y los ancianos se dirigían al norte con las pocas pertenencias que podían acarrear, arrastrando los ganados que eran su mayor fortuna y maldiciendo el nombre de Hixam, Alfonso y su ejército marchaban en dirección contraria, buscando interceptar a los caldeos antes de que atravesaran los pasos y trajeran la devastación al reino. Junto a él, como siempre, estaba Índaro, quien me había encomendado la tarea de conducir a nuestros hijos, a Ximena y a los siervos domésticos a las tierras de su familia, situadas en las alturas nunca holladas de Canicas, donde estarían a salvo de cualquier derrota. Hasta allí llevé también los pocos objetos de valor que poseíamos y, antes de darme tiempo para vacilar, volví sobre mis pasos decidida a reunirme cuanto antes con mi esposo.

Estaban acampadas las tropas reales más allá de los puertos de la Mesa y Ventana, asomadas a Las Babias, dispuestas a combatir al invasor en campo abierto. Confiado tras la hazaña de Lutos, animado tal vez en exceso por algunos de los miembros de su consejo, el soberano había abandonado la prudencia que siempre le caracterizó y esperaba a Abd al-Karim en las llanuras que había recorrido triunfante su abuelo, pensando acaso en emular sus victorias.

Pero el destino había dispuesto las cosas de otro modo.

Tras unos días de angustiosa espera, que emplearon unos y otros en medirse desde la distancia, el caudillo mahometano envió a su lugarteniente, Faray ibn Kinana, al frente de una vanguardia de cuatro mil jinetes, cuya misión era abrir brecha en nuestras filas a cualquier coste. Los seguía él mismo, con el grueso de las fuerzas, y juntos nos infligieron un castigo terrible en la jornada del 18 de septiembre del año 795 de Nuestro Señor. Un viernes aciago imposible de olvidar.

Se nos echaron encima poco después del alba, aullando como lobos. Nos pillaron desprevenidos y con el sol en los ojos, lo que favoreció su avance arrollador y nuestro descalabro. En ese primer encontronazo Índaro recibió una flecha en la pierna, por encima de la rodilla, que no llegó a derribarle ni le hirió de gravedad, aunque le hizo perder sangre. Aun así, siguió luchando al igual que todos los demás, en un intento inútil de frenar la embestida.

Uno a uno, sus compañeros fueron cayendo para morir aplastados bajo los cascos de la caballería sarracena, imbatible en ese terreno, y pronto se hizo evidente la necesidad de tocar a retirada, por mucho que nos doliera la honra.

Desde su posición ligeramente elevada, muy cercana a la mía, Alfonso vio lo que sucedía y ordenó el repliegue, espoleando su caballo en dirección al paso de la Ventana, más abrupto que el de la Mesa y en consecuencia más favorable para los asturianos acostumbrados a esas angosturas. Esperaban el monarca y sus capitanes poder emboscar a los invasores en alguno de los desfiladeros por los que habrían de pasar en su persecución, por lo que no se detuvieron a contemplar cómo los jinetes de Ibn Kinana incendiaban aldeas, profanaban todo lo sagrado que encontraban a su paso y arrancaban de raíz cuanto hallaban de semillas cultivadas, seguidos a cierta distancia por una infantería intacta, deseosa de entrar en combate.

En cabeza de nuestra columna cabalgaba el rey, flanqueado por Índaro, a quien yo había vendado precipitadamente su herida. Junto a ellos dos, un grupo de fideles y clérigos. Detrás íbamos las esposas, rodeadas de una guardia de espatarios, y más allá el grueso de los hombres, a caballo y a pie, muy mermados ya por el primer asalto.

Tras una penosa marcha a través de cañones y senderos excavados en la roca, tan pronto encaramados a una cumbre como hundidos en la penumbra de un bosque de castaños, alcanzamos Monte Albo, a orillas del río Quirós, donde Alfonso había planeado organizar nuevamente la resistencia reagrupando sus defensas mientras los islamitas se entretenían con el pillaje del territorio conquistado. Los cálculos, una vez más, estaban equivocados. Antes de que pudiese ser cavada una trinchera, los vigías anunciaron la llegada de nuestros perseguidores, muy superiores en número y con moral de victoria. Alguien tenía que detenerlos, con el fin de dar tiempo al rey de ponerse a salvo, e Índaro fue el primero en dar un paso al frente.

—Déjame ponerme al mando de la caballería y cubrirte las espaldas. Mi vida no vale nada. La tuya es indispensable para la supervivencia de Asturias y de los cristianos que la habitan. Además, he jurado sacrificarme por ti y empeñado en ello mi honor. Te lo suplico, parte ya hacia Ovetao con los infantes que nos quedan y confíame esta misión. No te defraudaré.

Desde la esquina en la que observaba los hechos tratando de pasar desapercibida, escuché aquel alegato con tanto orgullo como miedo, a sabiendas de que mi esposo estaba ofreciendo entregar su vida. Quienes quedaran atrás protegiendo el río no harían sino retrasar el avance del enemigo, mas no lo detendrían. La matanza sería feroz. Me disponía ya a despedirme de él, pues era mi deber salvarme por las dos criaturas que me esperaban en Canicas, cuando Alfonso, tras un instante de reflexión, respondió a su ruego:

—No, Índaro, aún no ha llegado tu hora. Estás herido, y además te necesito conmigo en estos momentos. Será Dagaredo quien asuma la dirección de nuestros jinetes, y quiera Dios que salga victorioso del lance. En ello nos va a todos el futuro.

Sin más, tomamos el camino que serpenteaba hacia el norte, elevándose sobre una loma que dominaba la cuenca del río convertido en campo de batalla. En la margen derecha, tres mil caballeros asturianos comandados por el conde Dagaredo, a quien los mahometanos llamaron después Gadaxera, se preparaban orando para un combate a vida o muerte. Por la otra orilla continuaban los sarracenos su avance inexorable, arrasando campos y villas.

El choque, nos contaron luego los escasos supervivientes, resultó tan demoledor como cabía prever. Los nuestros defendieron el vado con su sangre, pero acabaron aniquilados por un adversario mucho más numeroso. Quienes no perecieron en combate fueron decapitados después a espada, tal como era costumbre, y con sus cabezas aún calientes se levantó una pirámide sobre la que treparon los más exaltados entre los mahometanos victoriosos, borrachos aún de furia, para aullar al cielo su gratitud y entonar cánticos de alabanza a su dios. Dagaredo fue capturado, cargado de cadenas y enviado a Corduba como regalo para el emir, junto a una carreta cargada de cráneos cristianos destinados a decorar las almenas del alcázar. Su sacrificio, empero, no fue en vano, ya que proporcionó al rey el tiempo que necesitaba para llegar hasta el castillo construido el invierno anterior junto al río Nalón, el foso natural que protegía Ovetao, donde tenía preparadas provisiones y pertrechos con la esperanza de frenar la marea sarracena antes de que esta volviera a desbordarse sobre su capital.

Allí llegamos exhaustos tres días después de la primera batalla, sin haber descansado más que a retazos, con el ánimo sombrío por la pérdida de tantos buenos soldados. Avanzábamos sobre nuestras monturas más deprisa que la infantería que venía detrás, pero en cuanto nos alcanzaron los hombres de la vanguardia fuimos advertidos de que Abd al-Karim seguía las huellas del rey como un sabueso persigue a su presa. Después de su nueva victoria a orillas del Quirós se había demorado en el saqueo de algún caserío, pero la pobreza con que se encontró debió de animarle a ir en busca del botín que más ansiaba; a saber, la cabeza del monarca cristiano, ya fuera sobre sus hombros y atada por el cuello a una cuerda de cautivos, ya fuera colocada en lo alto de una pica.

El caudillo mahometano deseaba ardientemente vengar el martirio de su hermano, Abd al-Malik, lo que le empujaba a ir en pos del verdugo de este incluso a riesgo de adentrarse en vericuetos propicios a sufrir una emboscada como la de Lutos. Si tuvo en algún momento ese temor, no lo demostró. Acaso porque los éxitos alcanzados habían elevado su ánimo hasta el umbral de la imprudencia, o porque algún traidor entre nosotros le mantenía informado de nuestra debilidad, siguió avanzando, imparable, hasta el punto de obligarnos a emprender una nueva huida.

Dejando atrás una fortaleza repleta de valiosos víveres, armas y munición, salimos precipitadamente hacia Ovetao, a sabiendas de que poco amparo podríamos encontrar en ese enclave carente de murallas. Afortunadamente, la inmensa mayoría de los habitantes, incluidos nuestros hijos, habían abandonado sus hogares para acogerse a la hospitalidad de las montañas, lo que privaría a los caldeos de la rapiña que más apreciaban, libraría a nuestras mujeres del suplicio de la violación que precedía a la esclavitud y preservaría muchas jóvenes vidas indispensables para el sostenimiento del reino.

Al día siguiente, Abd al-Karim envió tras nuestro rastro a su caballería, comandada por el implacable Faray ibn Kinana, en un último intento de dar caza al enemigo que se le escapaba. Pero cuando sus jinetes llegaron a las puertas de la ciudad, ya estábamos lejos. Las horas que habían perdido saqueando los depósitos almacenados junto al Nalón nos habían proporcionado el tiempo necesario para ponernos al abrigo de las cumbres norteñas.

Alfonso salvaba una vez más la cabeza y la libertad, garantizando así que Asturias seguiría existiendo, pero el desquite de Lutos resultó ser mucho peor de lo que habíamos temido. Millares de soldados perecieron o fueron capturados, junto a los pocos cristianos que no habían huido a los valles del litoral. Lo que quedaba de la ciudad de Fruela fue destruido por tercera vez, al igual que las reliquias que habían podido llevarse desde otros lugares para consagrar sus iglesias, y el tesoro real acabó en los carros del conquistador, quien emprendió el camino de regreso a Corduba cargado de botín y con una nutrida cuerda de cautivos.

El verano tocaba a su fin y pronto las lluvias convertirían los pasos de montaña en lodazales impracticables. Recordando el desastre de su hermano y satisfecho con

lo conseguido, Abd al-Karim dio por concluida su aceifa, convencido de que el rey cristiano no lograría repo-
nerse de su derrota. Cometía un error grave.

Desde las alturas donde nos ocultábamos les vimos
marchar, entre columnas de humo procedentes de la villa incendiada, jurando que aquella no sería nuestra última batalla. Habíamos sufrido un revés considerable,
pero conservábamos todo lo necesario para buscar la revancha: fe, guerreros, valor y una fiera determinación
que nos empujaba a seguir adelante.

El Reino de Asturias, sin embargo, necesitaba socorros.
Si había de soportar una nueva ofensiva como la que
acababa de sufrir, no podría hacerle frente en solitario,
por lo que se hacía indispensable fraguar alianzas con
otros territorios cristianos igualmente interesados en
frenar a los adoradores de Alá. Era menester acudir al
único soberano capaz de llevar a cabo tal empresa, al hombre más poderoso de la cristiandad: el emperador de los
francos, Carlos el Magno, quien había visto poco tiempo atrás cómo los hombres de Abd al-Malik arrollaban
su Marca Hispánica y devastaban la ciudad de Narbona.

Antes de que el hielo bloqueara los caminos, con el
recuerdo de la masacre aún fresco en la retina, una embajada partió desde Ovetao con destino a Tolosa, capital
de Aquitania, para transmitir a Ludovico Pío el ofreci-
miento de un pacto de amistad y mutuo apoyo frente al
enemigo común.

Llevaban los emisarios de Alfonso presentes de buena voluntad que ofrendar al hijo del gran Carlos, así
como el poco oro que había podido salvarse de la quema. Con él debían pagar por adelantado las armas aqui-
tanas cuya compra se trataría durante la visita que serían
enviadas después en galera hasta el puerto de Gegio o

alguno de los más occidentales. Habían sido escogidos además esos heraldos de entre los caballeros más cultos y mejor dispuestos, pues su misión era crucial para el futuro de nuestro pueblo amenazado. Para alivio de todos, recibieron el trato que esperaban, su petición fue atendida, se intercambiaron unos regalos por otros, y los enviados regresaron con los documentos de alianza debidamente rubricados. Asturias y Aquitania se enfrentarían juntas a la próxima razzia de Hixam; estaba decidido... aunque el destino se empeñó nuevamente en disponer las cosas de manera bien distinta.

En abril del año siguiente, 796 de Nuestro Señor, el emir de los cordobeses rindió el alma a su dios, librando a los cristianos para siempre de su azote. Murió prematuramente el hijo de Holal, nunca supimos por qué causa, dejando en manos de su vástago y heredero, Al-Hakam, la tarea de continuar la guerra santa contra nosotros. Pronto llegarían hasta Asturias las noticias de la brutalidad demostrada por el nuevo emir con sus súbditos mozárabes e incluso musulmanes, por boca de las propias víctimas. En un principio, lo que nos envió fue al general que ya conocíamos, el veterano Abd al-Karim, quien en el último momento prefirió evitar nuestros paisajes y se dirigió hacia el este, a tierras de la Cantabria meridional denominadas por los moros Al-Qila, que significa los castillos, a las cuales infligió el castigo habitual: destrucción, pillaje, matanza, violaciones y acopio de botín en especie y en esclavos.

En aquella ocasión no acompañé a mi esposo al campo de batalla. Estaba nuevamente embarazada, a punto de dar a luz, y mi estado no me permitía someterme a los rigores de una campaña militar. Hube de esperar pues en Ovetao, junto a mis hijos, a que se conocieran noticias del frente, al que Índaro se había desplazado al mando de un millar de jinetes. Cuando por fin llegaron los correos con informes para el rey, no hicieron sino incrementar mi preocupación, pues hablaban de escaramuzas favorables a los mahometanos, de retroceso de los nuestros hasta la orilla del mar, donde estaban refugiados los campesinos, y de numerosas bajas. Únicamente un mensaje, transmitido por el propio Assur con el máximo secreto, dejaba una ventana abierta a la esperanza, ya que daba cuenta de la preparación de una emboscada similar a la de Lutos en uno de los desfiladeros que habrían de atravesar los sarracenos en su camino de regreso. Alguien más debía de conocer esos planes y se los contó al caudillo moro, porque Abd al-Karim precipitó su marcha y cambió el itinerario que pensaba seguir, frustrando con ello el proyecto de los cristianos.

Y es que la traición anida con facilidad en el alma del cobarde. Alfonso nunca fue un rey vengativo ni se recreó en el uso de la violencia, lo que hacía que su nombre no inspirase terror entre sus súbditos, como había sucedido con el de su padre Fruela. Para los pusilánimes, los ambiciosos o los débiles de carácter era mucho más temible la media luna mahometana, que presentaba además el aliciente de recompensar con oro y plata a quienes acudían a los pies de sus caudillos para ponerse en venta. Asturias, por el contrario, apenas disponía de los recursos indispensables para subsistir, aunque rebosaba audacia. No tardaría en demostrarla nuestro soberano, emprendiendo una de las empresas más descabelladas que ha conocido la Historia...

Tiempo habrá de narrarla, si Dios me da vida para concluir esta crónica, que ahora he de dar cuenta del alumbramiento de Rodrigo, el tercero de mis hijos, venido al mundo en plena canícula del año 796 de nuestra Era, estando su padre lejos, combatiendo al moro.

A diferencia de sus hermanos, Rodrigo siempre fue una criatura frágil, enfermiza, con una carita menuda en la que sobresalían dos ojazos penetrantes de color verde oscuro, idénticos a los de Huma. El Señor me había devuelto a mi madre en la mirada de mi hijo y en su espiritualidad, que acabaría llevándole a desempeñar tareas de gran trascendencia. Para ello, sin embargo, era necesario que lograse superar con bien los peligros que acechan la vida en esos años primeros, en los que la muerte acampa junto a cada cuna con la esperanza fundada de llevarse un alma inocente.

Si Froia y Fáfila gozaron de buena salud desde su nacimiento, el pobre Rodrigo no me dio un día de sosiego. A pesar de amamantarle yo misma, dada su debilidad, el niño apenas engordaba, sufría frecuentes diarreas y empezó a toser de un modo alarmante en cuanto llegaron los primeros fríos. Yo sabía que debía prepararme para perderlo, conocía bien esa ley de la naturaleza que elimina a los menos aptos con el fin de que los que sobrevivan sean fuertes, intentaba hacerme a la idea de verlo marchar al Cielo con naturalidad, pero no lo conseguía. Índaro, sí. Él se convenció, en cuanto lo vio, con apenas un mes de vida, de que el niño no saldría adelante, y creó un muro protector de indiferencia en torno a él. Una barrera de hielo que no le alejó únicamente de su hijo, sino también de mí, pues mientras yo me esforzaba por llevar la contraria al designio divino recurriendo a toda la ciencia a mi alcance, mi esposo empezaba a buscar entretenimientos lejos de casa.

Tampoco eso debería haberme sorprendido, aunque me dolió. Era lo natural. Lo que cabía esperar de un hombre de su edad, más atractivo aún que en la primera juventud, con la piel bruñida como la coraza y un precioso cabello entrecano, cuyos apetitos permanecían intactos. No creo que dejara de amarme, pues siempre se mostró cortés, respetuoso e incluso admirador de mis talentos, pero abandonó mi lecho y, con él, tantas promesas formuladas al calor de una pasión agotada. Mi cuerpo, ajado por el tiempo y las preñeces, dejó de ser objeto de sus caricias, repartidas con prodigalidad entre las muchas cortesanas que pugnaban por el favor del primero entre los fideles del rey. Nuestra relación, antaño fogosa hasta el punto de suscitar envidias, se transformó en amistad distante. Sus ausencias se multiplicaron sin necesidad de explicación alguna, pues ambos sabíamos aunque calláramos, a medida que fue creciendo el número de sus concubinas. El débito conyugal, que pese a todo no dejó de cumplir, me permitió dar a luz unos años más tarde a mi anhelada Eliace, concebida nada menos que en el palacio del rey de los francos, pero el ardor de los primeros años había desaparecido para siempre tras el nacimiento de nuestro tercer hijo. Yo guardé en lo más profundo de un arcón el espejo de mi difunta amiga, pues la imagen que me devolvía era idéntica a la que se reflejaba en los ojos de mi esposo, e intenté enterrar con él los deseos de mi cuerpo de mujer, sin conseguirlo del todo. Otro hombre habría de venir de lejos a despertar lo que Índaro pretendía dejar dormir, mas ese hombre estaba aún distante, perdido en la bruma del tiempo.

Rodrigo consiguió salir adelante. Me había propuesto evitar que volviera a suceder lo ocurrido con el pequeño Favila —a quien no he dejado de recordar ni un día de mi vida—, por lo que luché contra la muerte con todas las armas imaginables: recé y encargué misas; hice ofrendas a la Diosa Madre en noches de luna llena, por supuesto en secreto, tras asegurarme de que nadie me viera; acudí a magos paganos que sobrevivían a la persecución de la Iglesia en cuevas conocidas ya por los antiguos astures, situadas en polos de gran poder astral; colgué del cuello de mi niño un saquito con un fragmento de la túnica de Santa Genoveva, comprada a un precio exorbitante a un mercader venido del norte; me encomendé a todas las potencias celestiales y utilicé generosamente el anís, la hierba de San Juan y la ortiga blanca secada y machacada, que Huma me había enseñado a preparar para combatir el flujo de vientre que padecía el pequeño de forma constante. La clave era dejar que las hierbas hirviesen durante horas antes de dar a beber esa agua al enfermo, y no alimentarle con otra cosa que esa cocción y la leche materna. Así lo hice durante meses, con determinación férrea, hasta ver cómo mi hijo lograba ponerse en pie, pronunciaba sus primeras palabras con más habilidad de la mostrada por sus hermanos mayores e incluso empezaba a jugar con ellos, abandonando poco a poco la postración que había caracterizado su existencia hasta entonces.

A veces pienso que fue un milagro ver crecer a ese niño junto a los demás, cuando su lugar habría debido estar en el Cielo, con las innumerables criaturas libradas de los padecimientos de este mundo antes de echar a andar. Un regalo del Señor a cambio de tanta vicisitud. Una prueba de su poder y bondad, a la que correspondí con una renuncia dolorosa cuando Él puso a prueba mi fe al tentar mi virtud. Nunca he sido desagradecida y le debía mucho, puesto que grande ha sido su generosidad al permitirme marchar de aquí antes que mis pequeños...

Mis hijos eran muy diferentes entre sí. Froia fue desde su llegada al mundo una niña alegre, rebosante de salud, bella de cuerpo y de corazón, abierta a todo lo que pudiéramos mostrarle. Ximena la aleccionó desde pequeña sobre cómo amasar el pan, los secretos de la repostería, o la forma de saltar de un sitio a otro por los laberintos que le dibujaba en el suelo. De mí aprendió a leer, hilar, confeccionar cosméticos y remedios curativos, tejer, cantar y bailar cogidas de la mano, trazando círculos imaginarios, mostrándose elegante sin llegar a ser coqueta. También le enseñé a rezar. Únicamente le hablé del Dios Padre de Jesucristo, en cuya fe habría de vivir, pues me daba cuenta de que los espíritus en quienes confiaban mis antepasados astures estaban condenados a desaparecer, al igual que su lengua y sus tradiciones.

Mis hijos no tuvieron así más Dios que el de los cristianos, por quien Rodrigo sintió auténtica fascinación desde pequeño. Cuando al calor de la lumbre, en las tardes invernales, les entretenía a los tres contándoles mis aventuras y las de su padre, así como los avatares del reino, Froia se interesaba por los pormenores del harén de Abd al-Rahman, Fáfila me hacía repetir con todo lujo de detalles lo sucedido en cada batalla, insistiendo en comprender la estrategia empleada por unos y otros, mientras Rodrigo, desde muy chico, profundizaba en la Historia, quería más explicaciones referidas a las causas últimas de los sucesos, e incluso me interrogaba sobre las disputas existentes en el seno de la Iglesia. Su precoz inteligencia, compensación a un cuerpo que nunca dejó de padecer, llegaba en ocasiones a asustarme, mas él parecía feliz con su forma de ser. Se empeñó en aprender a leer, cosa que disgustó no poco a su padre, quien abrigaba la esperanza de convertirlo en guerrero, y mostró una vocación temprana por el servicio del Señor, que me lo arrebató de las manos siendo un niño, para trasladarlo al monasterio de Samos donde, por intercesión del rey, empezaría a formarse para la carrera eclesiástica a la que estaba llamado. Entre tanto, Fáfila seguía los pasos de Índaro, a quien se parecía tanto como una gota a otra, y con siete años recién cumplidos fue enviado al palacio real con el fin de aprender el manejo de las armas y el protocolo de la corte, endureciendo cuerpo y alma para las penalidades de la vida militar. Yo me quedé con mi primogénita, Froia, a quien ya empezábamos a buscar marido y que aprendió todo lo que hay que saber sobre el cuidado de un niño con su hermana pequeña, Eliace, nacida siete años después que ella.

Gocé mucho del contacto con aquellas criaturas cuando eran pequeñas, aun a costa de arrostrar severas críticas por parte de las gentes de nuestro entorno en Ovetao, donde con los años fue creándose una corte a imagen y semejanza de la que había existido en la capital visigoda tiempo atrás, cuyas damas eran mis interlocutoras en las raras ocasiones en las que buscaba su conversación. Siempre rehusé plegarme a las consignas que recomendaban dureza en la educación. No era ese el modo en el que me habían tratado a mí mis padres, y tampoco aceptaba que fuera el mejor de los posibles. Pero la costumbre que imperaba en el trato con los niños, y más aún con las niñas, era, ante todo, no tomarles demasiado afecto, ante el riesgo más que probable de verlos morir; no acariciarles ni mimarles, con el fin de evitar que se convirtieran en seres blandos; castigar con dureza cualquier indisciplina y recurrir a los azotes siempre que fuera necesario.

El castigo físico tanto a niños como a esposas díscolas era práctica común, ajena a la tradición de mi madre y por tanto procedente, deduje yo, de la del pueblo de mi padre, Ickila. Los varones de alta cuna habían de crecer fuertes, implacables, capaces de suprimir o al menos ocultar cualquier sentimiento y, por supuesto, preparados para mandar y hacerse obedecer. Las hembras de estirpe noble, por el contrario, debían mostrarse dóciles, callar, agachar la mirada y avergonzarse de todo. La risa, tal y como me había dicho Félix en Toletum, estaba mal vista, máxime en los salones en los que hubiera doncellas. Ese era el ideal de los cristianos procedentes del sur. Tal era su cultura, muy diferente de la del pueblo astur, donde la mujer siempre tuvo su lugar al lado del hombre que hubiera escogido. Ese mundo de Huma, lo veo hoy con claridad, estaba ya entonces a punto de extinguirse y apenas ha dejado una sombra tras de sí.

Pero ¿qué digo? La nostalgia me hace dar saltos en el tiempo, perdiendo nuevamente el hilo del relato. Tal vez Fáfila, Froia, Rodrigo o Eliace muestren algún interés por estas líneas que escribo con más corazón que sensatez, mas es preciso que retome la narración de los importantes hechos acaecidos en Asturias en aquellos años decisivos. Me había quedado en el anuncio de una hazaña sin parangón en los anales de la historia del reino, y ha llegado el momento de desvelar lo que pasó.

Fue una locura. Una temeridad que ninguno de los sucesores de Pelayo, ni siquiera Alfonso el Mayor, se había atrevido a intentar. Animado por el respaldo encontrado en Ludovico Pío, deseoso de vengar la afrenta sufrida aquel mes de septiembre de 795, cuando se vio obligado a huir una y otra vez para salvar la vida ante Abd al-Karim, el rey se lanzó al contraataque dispuesto a asestar a los sarracenos un golpe tan humillante como para hacerles olvidar todas sus victorias.

Habían pasado tres años desde la muerte de Hixam y los espías infiltrados en Corduba informaban de las terribles disputas que se libraban allí por su sucesión. El hermanastro mayor a quien yo había conocido en el Alcázar, Suleiman, hijo de Raqiya, seguía vivo y con pretensiones, al igual que el pequeño, Abdalá, con quien pronto iba a encontrarme en el lugar más insospechado.

Juntos emprendieron el camino de la sedición y lograron sumar a su causa a ciudades importantes, como Toletum o Balansiya, levantadas en armas contra el elegido por el emir fallecido, Al-Hakam, segundo de sus cuatro herederos vivos.

La Historia tiende a repetirse sin que aprendamos de sus lecciones.

Hixam también descartó a su primogénito, tal y como había hecho Abd al-Rahman, condenándolo a morir tras un largo cautiverio en la mazmorra en la que lo había encerrado su propio hermano. Este, de carácter obstinado, hubo de emplearse a fondo para consolidar su heredad, amenazada durante todo su reinado por revueltas de diversa índole que combatió sin mostrar piedad. Guerrero consumado y aficionado a la lucha, se había preparado a conciencia para ello, rodeándose de un ejército personal y creando cuerpos de caballería permanentes, dispuestos a marchar al combate en cualquier momento. Pero de poco le sirvieron sus jinetes cuando fue la población sometida la que se rebeló, primero en Corduba y sucesivamente en Emérita y Toletum. Contra esos hombres, niños, mujeres y ancianos eran poco eficaces las lanzas y las flechas, aunque se emplearon. La represión —pronto nos llegaron sus ecos— fue sangrienta tanto contra los hispanos sublevados como contra los tíos alzados en armas, lo que mantuvo ocupado a Al-Hakam lejos de nuestras montañas. Y ese fue el momento que aprovechó Alfonso para llevar a cabo su plan.

A principios del verano, cuando disfrutábamos del calor del sol sin la amenaza de la guerra, se presentó un día Índaro en casa, con prisas, anunciando su inminente partida.

—Mañana al alba salimos hacia el sur de Gallecia, a tierra de moros, en busca de botín. Al-Hakam está combatiendo en el extremo opuesto de Al-Ándalus, por lo que será un paseo. Ha llegado por fin la hora de la revancha.

—Pero ¿por qué arriesgarse ahora que gozamos de unos años de paz? —protesté sin reconocerme a mí misma, pues poco a poco había anidado en mí esa prudencia temerosa que invade a toda mujer cuando incorpora a su vida una prole necesitada de protección.

—Porque lo quiere el rey —fue su escueta respuesta—. No temas, regresaremos con oro y cautivos. Esta vez la victoria será nuestra.

Y así fue, tal como relataron los protagonistas de la cabalgada y quedó reflejado en todas las crónicas. Al frente de dos mil jinetes, Alfonso cruzó el puerto de la Mesa que tantas veces había defendido, atravesó los valles de Las Babias, avanzó cual vendaval por la calzada que enlaza Asturica con Bracaram y se abalanzó sobre Olisipo antes de que su guarnición pudiera ser reforzada. Los sarracenos que guardaban la ciudad intentaron desesperadamente defenderla, pero se vieron reducidos por un enemigo superior. Algunos caudillos fueron hechos prisioneros siguiendo órdenes del rey, quien les tenía asignado un destino especial en sus planes, pero los restantes supervivientes de la batalla fueron pasados a cuchillo sin contemplaciones, mientras los moradores musulmanes de la ciudad eran reducidos a esclavitud para ser posteriormente vendidos en los florecientes mercados de carne humana que proliferaban por todas partes. Los cristianos saquearon los tesoros de la urbe situada a orillas de la mar océana, mucho más rica que cualquier enclave asturiano, vengando con ferocidad en sus habitantes las aceifas sufridas por sus mujeres e hijos en los montes de su tierra.

Un quinto del botín iría a nutrir las arcas del monarca, dos quintos se repartirían entre sus capitanes y el resto iría a parar a la tropa, ávida de recompensa después de tanta lucha. Cuando, tras su regreso triunfal, Índaro me relató los pormenores de lo sucedido, sentí que yo también me resarcía de muchos sinsabores a través de su espada. Cuánto hubiera dado en aquellos días por devolver a Raqiya, Holal, Abd al-Rahman o Hixam una ración aumentada del desprecio recibido de sus labios. Tenía todavía clavada la espina de Vitulo, de quien nada sabíamos desde la visita de Adulfo, pero al fin comenzaba a saborear el dulce sabor de la venganza.

Índaro volvió de Olisipo con sedas, perfumes, plata y una cautiva mora hija de algún notable de la ciudad, llamada Átika, que se convirtió en su concubina durante varios años. Menuda, con un rostro ovalado de piel dorada que al principio le costaba mucho exhibir en público, debía de tener la misma edad que yo cuando fui enviada a Corduba y se mostraba igualmente hosca. Se veía que había sido educada para la vida retirada que aguarda a toda buena mujer musulmana, lo que debía de convertir cada visita nocturna de mi esposo en un ultraje, al menos durante los primeros tiempos. Luego se acostumbró e incluso intentó congraciarse conmigo, asumiendo que ambas compartiéramos las noches del amo, tal y como sucedía en los harenes de Al-Ándalus. No lo consiguió. Mientras él visitó el lecho de Átika, yo le cerré mis puertas. Los hijos de su esclava musulmana se criaron fuera de nuestra casa, con decoro aunque sin derecho alguno, lejos de los herederos legítimos que Dios quiso darnos. Ella tuvo durante algún tiempo el cuerpo y la pasión de mi hombre, pero yo conservé siempre su respeto. Y fue a mí a quien escogió para acompañarle en la misión que le encomendó Alfonso poco después de su gesta, nada menos que como embajador en la corte del rey de los francos.

Antes de que marcháramos, quiso el rey organizar una partida de caza en las proximidades de Las Babias, donde abunda el oso pardo y los ciervos se cobran con facilidad. Se trataba de gozar en compañía de sus fideles de esa actividad que todos disfrutaban más que cualquier otro entretenimiento, ultimando al mismo tiempo los detalles de la misión que dos de ellos habrían de cumplir en la remota ciudad de Aquisgrán. Una embajada de importancia capital para todos nosotros, ya que debía poner fin a la soledad en que se hallaba el Reino de Asturias y establecer sólidos lazos con el resto del orbe cristiano, del que necesitábamos ayuda militar, enseñanzas y respaldo ante el Papa de Roma para combatir las herejías que proliferaban en Hispania bajo la influencia perniciosa del Islam.

Como había sucedido en otras ocasiones, yo fui excluida de la expedición, a la que sí fue invitada Átika, por quien mi esposo sentía en aquel momento una atracción irresistible. Ella prepararía su comida, calentaría su lecho de campo en las noches y bailaría para sus amigos, despertando la envidia de todos los presentes. Él agotaría su caballo persiguiendo corzos, afilaría sus garras de depredador fundiéndose en un único ser con su halcón favorito, entrenado para avistar presas a gran distancia, y, con suerte, lograría flechar a un oso macho y seguir su rastro monte arriba, hasta rematarle con su cuchillo tras enfrentarse con él cara a cara. Tales eran los planes de mi esposo, quien había aprendido a mantenerse alejado de los lobos que otros perseguían con ahínco, cuando emprendió aquella excursión de placer tan extraordinaria en un tiempo marcado por la amenaza. No podía imaginar que durante ese breve paréntesis de tranquilidad iba a descubrir una faceta de su rey desconocida e incomprensible para él. Un secreto de la personalidad de Alfonso que muy pocos llegarían a conocer.

XIV

En la corte de Carlos el Magno

Era muy tarde o muy temprano; esa hora oscura que precede al alba y marca el punto de máxima desesperación para los insomnes. Índaro oyó un ruido que despertó su instinto guerrero, algo así como un grito ahogado, y salió como empujado por un resorte hacia la tienda del rey, de la que procedía el gemido. Sin preguntar ni pedir permiso, irrumpió en ella daga en mano, dispuesto a lanzarse sobre cualquiera que hubiese atacado a su amo, pero allí no había nadie más que Alfonso, desnudo de cintura para arriba, golpeándose la espalda con una soga afilada de nudos. Aquello lo dejó sin palabras. Se disponía a salir tan deprisa como había entrado, fingiendo haber sufrido una pesadilla, cuando su viejo amigo le detuvo, rogándole que le escuchara.

—Hubiese preferido ahorrarte esta escena, pero ya que la has contemplado quiero que oigas de mis labios una explicación. Después te irás de aquí, olvidarás lo ocurrido y nunca más volveremos a mencionarlo.

—Perdóname, príncipe —replicó mi esposo—, y no digas nada. Yo no deseo saber...

—Mi carne es tan débil como la de cualquiera —prosiguió el rey, tal vez aliviado por poder confesarse con alguien que no fuese un clérigo— y arde en deseos que me están vedados. Los apetitos de mi cuerpo me resultan tan odiosos como inevitables, motivo por el cual los combato de la manera que has presenciado. El látigo mortifica la piel y calma el anhelo impuro, devolviendo la paz a mi espíritu. Hice voto de castidad hace mucho tiempo, porque solo así podré expiar la culpa que me impide presentarme ante el Señor con la esperanza de hallar Su gracia. Detestable es mi lujuria, graves mis faltas, y más nefandas aún las de mi padre, culpable del pecado de Caín, abominable a los ojos de Dios. Él mató a su propio hermano, Índaro, y yo he de reparar el mal que hizo a fin de abrirle las puertas del Cielo. No quiero condenarme ni condenarle a las llamas eternas del infierno.

Lo que Índaro vio y escuchó una madrugada en la tienda del príncipe le pareció tan despreciable que tardó meses en contármelo y lo hizo únicamente en busca de desahogo, ya que no lograba quitarse de la cabeza esa imagen desconcertante. A mí, por el contrario, me proporcionó el alivio de entender lo que hasta entonces se me escapaba. En el sufrimiento de ese hombre torturado reconocí el mío, y pude ver al ser humano que soportaba el peso de una corona con tantas joyas como espinas. Tenía corazón, tenía piel y también conciencia, por mucho que los demás viéramos en él únicamente una espada. Sangraba por las heridas del alma más de lo que creíamos, pero nunca dejó que ese dolor empañara su reinado. Lo encauzó solo, pues la soledad fue su única compañera a lo largo de la vida, sin permitir que acabara en amargura, crueldad o resentimiento. Aquel episodio, a mis ojos, lejos de enturbiar su figura, agigantó la consideración que siempre me mereció ese monarca singular, que jamás se dio por vencido por duras que fueran las circunstancias.

Salimos de Ovetao bien entrado el otoño, con un largo camino por delante hasta la ciudad de Aquisgrán. Éramos un grupo numeroso: Índaro y Froila, fideles del rey, como representantes de su poder terrenal; Basiliscus, un monje de probada reputación por sus conocimientos de teología, encargado de negociar los asuntos de la Iglesia; otro clérigo conocedor de varias lenguas, en calidad de traductor, y yo misma, como esposa de Índaro y persona de su confianza, capaz de leer e interpretar los documentos que recogieran los acuerdos alcanzados durante la visita. Con nosotros viajaba una escolta de veinte hombres armados, una docena de siervos encargados de la intendencia del viaje y siete cautivos moros que serían entregados como obsequio a nuestro anfitrión. Una delegación numerosa y bien equipada, pues era ardua la travesía que nos esperaba hasta alcanzar las llanuras gélidas en las que Carlos había instalado su capital.

Cruzamos el puerto de la Mesa y seguimos hacia el sur el cauce del río Luna por la calzada que llega a Legio. Allí nos desviamos a levante, hasta alcanzar Pompaelo, para tomar nuevamente rumbo al norte y cruzar los Pirineos por el mismo paso de Roncesvalles en el que la retaguardia del rey franco, capitaneada por el prefecto de la Marca Bretona, Roldán, había sido exterminada años antes por los vascones aliados con los sarracenos. A partir de ese momento se nos unió una guardia de honor enviada por Ludovico Pío para escoltarnos hasta el palacio de su padre, al que llegamos de noche, cubiertos de la nieve del camino y extenuados, más de tres lunas después de nuestra partida.

La ciudad de Carlos el Magno, pues más que un palacio era una auténtica urbe, hacía honor a la grandeza de su constructor. Situada sobre las ruinas de un antiguo enclave romano, crecido en torno a una piscina natural de cálidas aguas, recibía al visitante con el esplendor de un arco de piedra gigantesco, símbolo de los triunfos del rey empeñado en resucitar de sus cenizas el Imperio destruido por los bárbaros. Enormes antorchas incrustadas en las paredes iluminaban esa puerta deslumbrante, a través de la cual se accedía a una galería cubierta, de madera, que recorría el enclave de norte a sur y conducía a las distintas estancias del conjunto monumental, ante cuya contemplación nos habíamos quedado mudos.

Únicamente los cinco miembros de la embajada recorríamos boquiabiertos, a caballo, ese pasillo de proporciones increíbles, ornado de tapices y mosaicos, pues los siervos y soldados que nos acompañaban se habían quedado atrás, alojados en las dependencias dispuestas para tal fin a las afueras de la capital. A nosotros nos guiaron los sirvientes de palacio hasta nuestras habitaciones, a cuál más lujosa, donde los braseros disimulaban los rigores del invierno norteño y varios colchones de lana superpuestos invitaban al descanso en un lecho abrigado por pesadas cortinas. Al día siguiente, nos informó el mayordomo real, el emperador recibiría con sumo gusto a los emisarios de su querido príncipe Alfonso.

Pese a la fatiga del viaje y a la comodidad de nuestro alojamiento, poco sueño pude conciliar aquella noche, excitada como estaba ante la jornada que se anunciaba. Íbamos a conocer nada menos que al gran monarca franco. Al guerrero que había logrado unir a un conjunto de pueblos dispersos y detener el avance arrollador de los sarracenos por tierras cristianas. Al defensor de la fe verdadera. Al protector de la cultura, de quien se decía que había ordenado fundar escuelas en todas las parroquias de su reino, con el fin de que todos los niños aprendiesen a leer, a la vez que en su palacio y su catedral, dedicada a la Virgen María, se creaban grandes centros de estudio y enseñanza del conjunto de ciencias y saberes:

gramática, retórica, dialéctica, aritmética, geometría, música, astronomía... Sin lugar a dudas, al hombre más poderoso de nuestro tiempo. Cuando por fin le vi caminar muy cerca de mí, en el salón en forma de hexágono, rodeado de columnas y recubierto de pinturas, en cuyo centro se asentaba su trono forrado de cojines de brocado, no defraudó mis expectativas.

Su figura habría llamado la atención en cualquier parte, incluso a una persona que desconociera su identidad. Era alto, tanto como para que hasta mi esposo hubiera de mirarle desde abajo, dada la diferencia de estatura entre ambos. Su abundante cabellera blanca, del mismo color que la barba, enmarcaba un rostro agradable, de facciones suaves, en el que destacaban dos ojos intensamente azules de mirada burlona. Tendría más de cincuenta años, pero se mantenía fuerte gracias a la caza, la equitación y los ejercicios de natación que practicaba a diario en las termas de su mansión. Vestía una túnica de tela gruesa, ribeteada de seda, bajo la cual se adivinaban las mangas largas de una camisa de lino. Llevaba las piernas enfundadas en unas calzas de lana, sujetas por cintas de cuero, y se cubría con un manto azul bordado con hilos de plata que terminaba de realzar su aspecto regio. De su cinturón, confeccionado con cuero basto, colgaba una daga envainada en plata con empuñadura de oro, idéntico en pureza al de la corona que ceñía su cabeza.

Su vida entera la había dedicado a luchar, primero contra los rebeldes de Aquitania, después contra sus vecinos eslavos, bretones, sajones paganos o longobardos, y finalmente contra los guerreros mahometanos y sus ocasionales aliados vascones. Todo en él era magnífico, hasta el punto de tornar natural el gesto de arrodillarnos a su paso, tal y como vimos hacer a los demás presentes en la sala en cuanto el emperador cruzó el umbral y se dirigió a grandes zancadas hacia el solio de piedra blanca desde el cual presidiría la reunión.

Antes de tomar asiento, tras escuchar lo que uno de sus caballeros le susurraba al oído, nuestro anfitrión se detuvo fugazmente junto a una de las ventanas para observar la suntuosa tienda de campaña que le llevábamos como regalo y que había sido montada durante la noche por los siervos de nuestra comitiva. Era una pieza de gran valor, capturada a Abd al-Karim durante la última campaña cántabra, en la que este se había visto obligado a marchar precipitadamente de su campamento para escapar a la emboscada que le tenían preparada los hombres de Índaro. Ocupaba una superficie considerable del patio sobre el que la habían levantado y arrancó una sonrisa complacida a su destinatario, quien agradeció el obsequio a través de su intérprete. Mediante el mismo procedimiento, por boca de sendos frailes capaces de traducir las palabras de mi esposo y las del soberano franco, se celebró un parlamento que había de resultar vital para la supervivencia de Asturias.

—Mi rey, don Alfonso —abrió el turno Índaro, con la rodilla aún hincada en tierra y la mirada baja—, os envía sus saludos, gran Señor, y me ruega que os transmita su gratitud por la ayuda recibida de vuestro hijo, el duque de Aquitania. Permitidme entregaros en su nombre algunos humildes presentes traídos desde nuestra tierra.

En ese momento, a un gesto suyo, comenzó un desfile de pajes portadores de objetos varios, destinados a honrar la hospitalidad de Carlos y, al mismo tiempo, subrayar el poderío del monarca asturiano que los enviaba. Casi todos procedían del saqueo de Olisipo y reflejaban la riqueza de sus propietarios originales. Había copas de oro cubiertas de piedras preciosas; joyas que el emperador podría regalar a alguna de las muchas concubinas que mantenía —se decía— sin renunciar a su esposa, Liutgarda, actual ocupante de su lecho tras unas cuantas viudeces; libros requisados en diversos monasterios del reino, cuyo contenido pareció complacer vivamente al emperador, y, finalmente, el plato fuerte: siete cautivos moros, todos ellos de alcurnia, encadenados por el cuello y ofrecidos como prenda simbólica de amistad y alianza ante el enemigo común. Siete caudillos sarracenos, con sus siete lorigas y sus siete caballos pura sangre, enjaezados de plata, arrastrados desde su ciudad soleada a orillas del océano hasta este nevado septentrión, donde cumplirían como esclavos las tareas más duras y humillantes mientras les quedara vida.

—Decid a mi hermano Alfonso —se pronunció al fin Carlos con voz de trueno— que sus presentes denotan la calidad de quien los envía y la fortaleza de su brazo. Transmitidle que su lucha es mi lucha y mi espada, la suya. Juntos quebraremos el espinazo de Corduba y ampliaremos los horizontes de la verdadera fe hasta donde alcanza la vista. De la unión de nuestros reinos surgirán grandes hazañas que la Historia recordará, pues Dios nos ha elegido para guiar con seguridad a su rebaño. En mí tendrá siempre a un aliado fiel y yo veré en él a un amigo. —En ese momento hizo una pausa para recorrer con la mirada la nutrida concurrencia que poblaba la sala, y exclamó bien fuerte, con el fin de ser oído por todos—: ¡Que se sepa dentro y fuera de este palacio que Alfonso, rey de Asturias, es el hombre del rey franco!

Hoy debo constatar con tristeza que aquellos propósitos de hermandad no sobrevivieron al propio Carlos, cuya muerte, acaecida en el año del Señor de 814, puso prácticamente fin a las relaciones existentes entre sus dominios y los de Asturias. La discordia, que se aferra al cuello del poder como las garrapatas al perro, hizo mella entre sus herederos, quienes acabaron dilapidando el enorme patrimonio de su padre en luchas fratricidas por unos palmos más de tierra. Desaparecido el Magno, su influencia no tardó en difuminarse en Pompaelo y pronto se borró por completo tras una nueva masacre de soldados francos a manos de vascones navarros en el paso de Roncesvalles.

Para entonces, gracias a Dios, nuestro reino ya se había salvado de las peores embestidas moras y tenía fuerzas suficientes para soportar en solitario lo que estaba por venir: más aceifas, guerras, violaciones, rapiña... calamidades que parecían tan lejanas como la luna en aquella recepción de magnates reunidos en los salones más grandiosos de la cristiandad.

La sala del trono estaba repleta de gentes variopintas, integrantes de la nutrida corte del rey Magno, pero una en particular entre todas llamó mi atención en aquel momento. Se trataba de un hombre enjuto, de piel oscura y vestiduras a la usanza mahometana, que observaba la escena con una rabia mal disimulada, sin poder hacer otra cosa que asistir silencioso a la humillación de sus correligionarios. Era Abdalá, el hermano menor de Hixam, quien se había refugiado en Aquisgrán de la ira de su sobrino, Al-Hakam, a cuya autoridad osó rebelarse junto al primogénito de los hijos de Abd al-Rahman, ese viejo conocido mío llamado Suleiman. Fracasada la intentona de alzar contra la capital algunas ciudades de la frontera nororiental de Al-Ándalus, Abdalá había huido al norte para implorar la protección de Carlos, quien le aceptó a su vera como se acepta a un perro apaleado, hasta que Al-Hakam tuvo a bien perdonarle y otorgarle una pensión de mil dinares a cambio, eso sí, de recibir en el alcázar al hijo del sublevado en calidad de rehén. El otro tío rebelde no tendría la misma suerte. Apresado en Emérita por los hombres del emir, este desoyó sus súplicas de clemencia y ordenó que lo decapitaran y enviasen su cabeza a Corduba, donde fue expuesta sobre una pica a las puertas de la medina para escarmiento de propios y extraños.

Todo esto, claro está, no sucedería hasta mucho tiempo después, pero lo recojo en este punto del relato ya que mi memoria flaquea y es muy probable que olvide a esos personajes que pasaron fugazmente por mi vida con mucha más pena que gloria.

Aquella noche hubo fiesta en las estancias privadas del ala oriental del palacio del emperador, situadas en el extremo opuesto al de la escuela palatina, donde un comedor había sido dispuesto para el banquete con largas mesas de madera oscura. El soberano había descansado buena parte de la tarde en su dormitorio, como solía hacer siempre cuando no combatía, y tenía el ánimo presto para la juerga y la comilona, a la que jamás hacía ascos con el apetito voraz del que presumía. Las cocinas llevaban días guisando el ágape preparado en nuestro honor, en el que no faltaron las sopas dulces y los hojaldres salados; la carne de ciervo, jabalí o corzo condimentada a la menta y servida junto a confituras de fresa y manzana, en enormes fuentes decoradas con las cabezas de los animales, que parecían vivos; las patas de cerdo rellenas de setas y bañadas en salsa; las aves asadas en su jugo y recubiertas después de plumas, como si aún pudieran volar, dispuestas formando dibujos sobre lechos de huevos duros; las tartas de miel y cebolla escarchada.

Tal como manda la caridad, algunas de esas viandas fueron destinadas a saciar el apetito de los pobres con gregados en los alrededores al reclamo de la manduca, pese a lo cual todos los invitados comimos hasta hartarnos, regando cada plato con vinos sin aguar, ambrosía e hidromiel, mientras los músicos arrancaban melodías alegres de sus instrumentos.

Los más audaces ensayaron entonces algún baile, mientras yo lo observaba todo, ansiosa por recordar cada detalle. El rey parecía gozar de lo lindo con la situación, riendo a carcajadas las ocurrencias de sus nobles o los chistes de alguno de sus hijos, en total una veintena, de los que no se separaba ni a sol ni a sombra. Cuando nos retiramos, casi rayando el alba, Índaro me buscó en la cama como en nuestras mejores noches...

No estábamos ebrios, aunque habíamos bebido, lo que probablemente aguzara nuestros sentidos. Fuera esa libertad que da el licor, o fuese que en la pasión llegó a confundirme con alguna de sus amantes, lo cierto es que me sorprendió con goces que nunca antes había ensayado conmigo. Abrió todas mis puertas, derribó las murallas que aún se resistían a ciertas caricias y me hizo gritar de placer sin temor a ser oída. Al despertar, él volvió a su cortés frialdad y yo a mi indiferencia fingida, sabiendo que nunca nos atreveríamos a mencionar, ni mucho menos a repetir, lo sucedido aquella noche entre edredones regios.

Los días que siguieron hirvieron de actividad. Eran muchas las tareas que se nos habían encomendado, lo que apenas nos dejaba tiempo para disfrutar de los encantos que la ciudad ofrecía a sus visitantes. Aun así, pudimos constatar que la reputación de sus termas era bien merecida, ganamos peso con las delicias que daban fama a los cocineros del rey y asistimos a algunas misas celebradas en la capilla perteneciente al complejo palaciego, cuyos tres pisos sostenidos por columnas se veían rematadas por una espectacular cúpula de mosaico que representaba la obra del Creador. Junto a ella, en un atrio porticado donde cabían siete mil personas —nos explicaron orgullosos nuestros traductores, que hacían igualmente las veces de guías a través del recinto—, el emperador impartía Justicia en nombre de Dios, sobre un trono elevado ante el cual nadie, ni siquiera el Papa de Roma, osaba levantar la cabeza.

Y es que Carlos el Magno aún no había sido ungido por León III pero desempeñaba un papel capital en los asuntos de la Iglesia, los cuales formaban parte sustancial de la misión que se nos había encomendado. Así, mientras Froila e Índaro acordaban los pormenores de la alianza militar que brindaría a Asturias la protección del gran monarca cristiano, tejiendo unas sólidas relaciones diplomáticas entre Ovetao y Aquisgrán, Basiliscus, enemigo enconado de Elipando, debía desplegar toda su elocuencia para desacreditar el adopcionismo del metropolitano de Toletum ante Alcuino de York, consejero espiritual del emperador y hombre de probada sabiduría.

Su objetivo era lograr que este repudiara la que él llamaba «virulenta doctrina que desparramó Elipando», con el fin de que el soberano de los francos proscribiera a su vez definitivamente la herejía y obligara a abjurar de ella a su prelado en la Marca Hispánica, Félix de Urgel, quien en un principio la había respaldado. No solo consiguió lo que se proponía, sino que logró que en el concilio celebrado al año siguiente en Roma, con cincuenta y siete obispos de todo el orbe, se aprobara una condenación inexorable sobre la herética visión del misterio de la Trinidad, desterrada para siempre del territorio de la cristiandad. Poco tiempo después de nuestra embajada, Beato recibió en Libana una carta de Alcuino, felicitándole por su encendida defensa de la ortodoxia católica y anunciándole la visita a Hispania de Jonás, clérigo de gran prestigio próximo al emperador, enviado por este para combatir sobre el terreno los últimos resquicios de la «nefanda enseñanza de Elipando». Junto a él, cruzaron los Pirineos otros monjes cargados de sabiduría y dispuestos a transmitirla, mercaderes portadores de objetos para vender y sueldos de plata para comprar, capitanes en busca de gloria y maestros en el arte de levantar iglesias y construir palacios. Maestros como Tioda, que tanta huella dejaría en Ovetao y en mi vida.

Regresamos con la misión cumplida a nuestra ciudad, rústica y miserable en comparación con la de Carlos, cuando ya el calor dejaba paso a las lluvias. El fango de las calles, su suciedad, la ausencia de edificios dignos de una capital hacían evidente la necesidad de emprender obras de edificación que ensalzaran con sus piedras la memoria de nuestro soberano, cuyos logros en el campo de batalla trascendían los límites de Asturias y alcanzaban fama en la mayor corte del mundo cristiano. Pero el tiempo de esa siembra no había llegado aún. Antes habríamos de afrontar otros peligros que se urdían en la sombra a nuestras espaldas, pues la conspiración ha sido siempre a Hispania lo que la espada a la vaina: una compañera que jamás se aleja. Entre nosotros, bajo las brumas de la cercana Gallecia, se fraguaba en las calderas de un traidor llamado Vitulo. En los dominios del emir de Corduba proliferaba por doquier, pese a la virulencia con la que Al-Hakam se empeñaba en combatirla.

Una mañana, mientras jugaba con mis hijos tratando de recuperar el tiempo perdido lejos de ellos, me anunciaron la visita de alguien a quien al principio no identifiqué. Una refugiada procedente del sur —me dijo una de nuestras sirvientas—, que decía llamarse Estefanía, solicitaba ser recibida.

—Hazla pasar —ordené—, y di a Ximena que venga para llevarse a los niños.

Enseguida entró una mujer algo mayor que yo, con el rostro surcado de arrugas y el sufrimiento asomado a la mirada. Algo en ella me resultaba familiar, mas no supe quién era mi huésped hasta que ella misma se encargó de recordármelo.

—¿Tan pronto has olvidado a la peluquera que te peinaba en el harén? —preguntó con voz cansada, en un tono que reflejaba tristeza e ironía a partes iguales—. Ya te dije en aquella ocasión, mientras te entregaba un mensaje de tu prometido, que tal vez llegara el momento en que necesitara tu ayuda, y ese momento ha llegado. Mi familia se ha visto obligada a huir de Corduba y hemos pasado mil penalidades hasta cruzar vuestros montes. No conocemos a nadie, nada poseemos, te lo suplico, Alana, apiádate de nosotros...

Me levanté para abrazar a Estefanía antes de que acabara su frase. Cuando la estreché contra mi pecho, ella se derrumbó y comenzó a llorar, incapaz de continuar con su relato. Pero mi calor, una copa de vino tibio y la promesa de darle tierras en las que asentarse, terminaron por calmar su angustia, permitiéndole contarme su terrible peripecia.

—Desde que te marchaste las cosas no hicieron más que empeorar. Tu fuga enfureció al emir, quien mandó registrar todas las casas del barrio cristiano una y otra vez, hasta convencerse de que ya no estabas en Corduba.

Quise ensayar una disculpa, pero ella necesitaba hablar.

—Lo realmente malo, sin embargo, no llegó hasta mucho más tarde, cuando el hijo de Abd al-Rahman, Hixam, falleció antes de tiempo y dejó el gobierno en manos de ese hijo de Satanás llamado Al-Hakam, que se alimenta de la sangre de su pueblo y ha sembrado nuestra ciudad de cruces y de lamentos.

—No llegué a conocerle cuando estuve allí —intenté encauzar aquel torrente de rabia—. ¿Cómo es ese hombre del que huyes y a qué se debe el hecho de que su propia familia le combata?

—Es un demonio, un malvado que desprecia las leyes de su propio dios, abusa del vino, se enfrenta sin temor a los faquíes que intentan reconducir su conducta pervertida, advirtiéndole que habrá de pagarla en la otra vida, y emplea la violencia contra todo aquel que osa desafiar su autoridad. Le gusta la guerra; disfruta con ella tanto como con las incontables mujeres que componen su serrallo, a las que recita versos de amor con la misma voz con la que ordena ejecuciones en masa. Hasta su aspecto es sombrío: alto, delgado, de tez morena y nariz corta, jamás se le ha visto sonreír en público.

—Tal vez sea víctima de las habladurías de esos faquíes que intentan imponerle sus rígidos preceptos —repliqué, informada por nuestros espías de las pugnas que mantenía el emir con esa casta privilegiada de clérigos fanáticos, mucho más odiosos a mis ojos que un monarca cuya actitud hacia Asturias no había sido especialmente belicosa—. Seguramente no sea tan perverso como le pintan...

—Es aún peor, créeme. En dos cuarteles que ha mandado construir sobre la orilla del río Guadalquivir, frente a su alcázar, hay siempre dos mil jinetes con sus caballos dispuestos a cargar contra cualquiera que exprese su descontento, ahogar en sangre ciudades enteras sublevadas a su tiranía o cortar cabezas de caudillos rebeldes alzados en armas en cualquier lugar de Al-Ándalus. Su guardia personal se compone de otros tantos eunucos que le obedecen ciegamente. Tiene el terror por sistema y terror es lo que inspira, amén de odio. Él mismo presume, en uno de sus poemas, de «unir las divisiones del país con su espada, como quien une con la aguja los bordados».

—¿Y a qué se deben esas divisiones? ¿Por qué ha sufrido tantas revueltas?

—No soy mujer de cultura, Alana, no me pidas que te lo explique. Tan solo puedo asegurarte que el aire en Corduba se había hecho irrespirable, al igual que en otras ciudades que antaño conocieron la gloria y rehúsan someterse a una opresión creciente. Imagino que la gente se ha cansado de la tiranía de los árabes que nos tienen sojuzgados, de sus impuestos cada vez más altos, de sus desprecios...

»Mientras Al-Hakam perfuma sus cabellos, escucha a su qayna favorita o recluta ejércitos para sus guerras de conquista, el pueblo se ve forzado a trabajar cada vez más, sin ver un ejemplo en quien debería serlo. No hace mucho tiempo, en uno de los arrabales de la capital, una muchedumbre enfurecida se enfrentó a él, llamándole borracho a la cara, lo que le obligó a abrirse paso espada en mano, protegido por sus eunucos, y provocó después una represión feroz de torturas y crucifixiones. En otra ocasión, sus propios hermanos de sangre urdieron una conjura para derrocarle y poner en su lugar a un primo suyo llamado Ibn Sharmas, quien en el último momento se asustó y denunció a sus partidarios. Setenta y dos nobles musulmanes, setenta y dos caudillos de la más alta cuna, fueron sentenciados a sufrir el suplicio de Nuestro Señor.

»¿Te haces una idea de lo que han de padecer los cristianos forzados a vivir entre ellos? Este emir ha hecho bueno al que tú conociste. Ha convertido la hermosa orilla de nuestro Guadalquivir en una arboleda de cruces desde la que se elevan al cielo los gritos de los condenados.

—Ahora ya estás a salvo, Estefanía. En cuanto te hayas repuesto de la fatiga del viaje te desplazarás junto a tu familia hasta tierras de Coaña, de mi propiedad, en las que podréis comenzar una nueva vida cultivando los campos que te cederé. Estoy en deuda contigo y es lo menos que puedo hacer. Ahora descansa. Nuestro rey, Alfonso no permitirá que los soldados de Al-Hakam lleguen hasta aquí. Su brazo es fuerte y cuenta además con la ayuda del emperador de los francos. Juntos sabrán defender la causa del verdadero Dios. Por cierto, ¿qué fue del abad de San Justo y de sus hermanos? Recuerdo su hospitalidad con tanta gratitud...

—Murió poco después de vuestra marcha, en la paz de Dios. Rindió el alma sin sufrimiento, rodeado de sus monjes, que continúan manteniendo viva la llama de nuestra fe a pesar de todos los peligros que arrastran, soportando, eso sí, cargas cada vez más pesadas. Y no son los únicos. Supongo que os enteraríais incluso aquí de lo sucedido en Toletum con motivo del nombramiento como gobernador de ese renegado a quien los sarracenos llaman Amrú.

En efecto, los ecos de la jornada vivida en el alcázar de la que fuera capital de los visigodos habían llegado hasta Ovetao, donde contribuyeron a reforzar la convicción de que era indispensable tejer alianzas sólidas con la finalidad de garantizar la supervivencia del reino frente a un enemigo despiadado, capaz de perpetrar semejante matanza como medio para acabar con las ansias de libertad de la poderosa ciudad del Tajo.

Porque matanza fue, sin distinción de credos, lo que llevó a cabo el lacayo de Al-Hakam en su palacio, aprovechando un banquete organizado para celebrar su nombramiento. Según lo relataron los testigos, Ambroz, que así se llamaba el traidor antes de renunciar a su fe para abrazar la de los vencedores, invitó a todos los notables de la ciudad a una fiesta grandiosa en el alcázar, junto al cual había ordenado previamente excavar un enorme foso. Según iban llegando sus huéspedes, uno a uno los hizo decapitar, hasta llenar su siniestro agujero con más de quinientas cabezas de cristianos, judíos y mahometanos; árabes, hispano-romanos y visigodos, culpables de amenazar con su riqueza e influencia las ansias de poder del tirano de Corduba. Entre los degollados —supimos con pena— estaba el metropolitano Elipando, quien pereció de aquel modo cruel sin contemplar la derrota definitiva de su doctrina adopcionista.

—... En toda Al-Ándalus se dice —añadió Estefanía, al confirmarle yo que estaba al tanto del sangriento episodio— que el pequeño Abd al-Rahman, el hijo de Al-Hakam llamado a heredar el emirato, presenció aquella masacre con solo catorce años y padece desde entonces un tic nervioso que deforma su rostro, por lo demás hermoso.

Durante años gozamos de paz relativa en Asturias gracias a las batallas que hubo de librar el emir contra su propia gente. En alguna ocasión intentó atacar nuestros flancos, enviando sus tropas a Alaba o al sur de los montes cántabros, mas únicamente cosechó derrotas. Temía la amistad de Alfonso con el rey de los francos y luchó por desbaratarla, unas veces mediante pactos temporales con Carlos, otras a través de ofensivas armadas, sin conseguir sus propósitos. Su mayor preocupación siempre fue la saña con que se le enfrentaron sus súbditos, a quienes trató con una dureza sin límites.

Hacia el final de su reinado la ira de la población de Corduba se desbordó en el arrabal de Shaqunda, cuyos habitantes se amotinaron, cruzaron el puente que les separaba del alcázar y a punto estuvieron de tomarlo al asalto. Los mercenarios del emir, reforzados por tropas acudidas desde los acuartelamientos de los alrededores, les hicieron frente, tiñendo las aguas del río con la sangre de los sublevados. Entre tanto, Al-Hakam observaba la lucha desde las ventanas de sus aposentos sitiados, temiendo por su vida y alimentando un rencor que pronto se traduciría en venganza. Tras una batalla desigual, de ciudadanos desarmados frente a jinetes provistos de lanzas, la mayoría de los rebeldes fueron masacrados sin piedad allí mismo. En los días sucesivos, idéntica suerte sufrieron los cabecillas que sobrevivieron al enfrentamiento, y todas las casas sin excepción fueron dadas en pasto a las llamas, hasta el extremo de arrasar incluso los cimientos del barrio del que procedían. Varios miles de cordobeses hubieron de exiliarse para escapar al castigo, buscando asilo al otro lado del Estrecho, en tierras de Egipto y Mauritania, o acogiéndose los cristianos a la hospitalidad de Asturias. El vencedor de tan peculiar combate dejó constancia de lo ocurrido en un testamento, redactado poco antes de morir, que llegó hasta nosotros con el flujo constante de prófugos de Al-Ándalus. Decía así:

Pregunta si en mis fronteras hay algún lugar abierto al enemigo y correré a cerrarlo, desnudando la espada y cubierto con la coraza.
No fui de los que huyeron cobardemente.
No fui de los que se apartaron cobardemente de la muerte.
Defendí mis derechos; humillación y afrenta sufre quien no los defiende.
Mira ahora el país que he dejado libre de disensiones, llano como un lecho.

La conspiración no era, sin embargo, patrimonio exclusivo del bando musulmán. En el interior de los valles de Asturias, en el corazón mismo de nuestro pequeño reino, unos cuantos felones, empeñados en comprar la paz a cualquier precio, tejían también su tela de araña. Adulfo nos había advertido de ello sin que Alfonso quisiera dar crédito a sus palabras. Índaro los había buscado en vano. Ellos urdían, planeaban, buscaban secretamente apoyo entre nuestros enemigos y se preparaban para golpear. No habían descansado desde que fueran desalojados del poder por la ineptitud de un soberano incapaz de defender a su pueblo. Jamás cejaron en su empeño de recuperar el trono, aun a costa de someterlo al imperio del Islam. Odiaban a su rey y contra él se volvieron en cuanto vieron la oportunidad.

Alfonso llevaba once años reinando con justicia y valor probados, cuando hubo de enfrentarse por segunda vez a la humillación de verse despojado de su corona. Sucedió al poco tiempo de la visita inesperada de Estefanía, cuando mi esposo y yo nos encontrábamos lejos de Ovetao, en nuestros dominios de Coaña, adonde habíamos acompañado a nuestra amiga decididos a asignarle una buena parcela de tierra que cultivar, con su correspondiente ganado, asegurándonos de que se instalara con toda la comodidad posible. Recibió así de nuestras manos cuatro vacas lecheras con su toro, una cabra, un gallo y varias gallinas, cuyo valor superaba con creces el de la finca y la casa que también le obsequiamos. Era la recompensa al impagable favor que de ella recibiéramos en Corduba: una propiedad que pudiera legar en herencia a sus hijos, exenta de cualquier tributo y beneficiaria de todos los derechos comunes a los habitantes de aquellos valles, tales como la explotación de sus pastos, la utilización de sus montes para cazar, pescar u obtener leña y el disfrute de la protección que yo, como señora suya, estaba obligada a proporcionarles.

Todavía no se había terminado de reconstruir el castro arrasado por las tropas de Hixam, pero ya empezaban a repoblarse sus alrededores, que hoy albergan el tranquilo monasterio entre cuyos muros discurren mis días. En aquel entonces nos alojábamos en la casa que había sido de mis padres, retechada tras el incendio, y hasta allí llegó un mensajero una fría mañana de invierno, con noticias estremecedoras.

Venía al límite de sus fuerzas, tras cabalgar durante días, enviado por el rey en persona, quien había despachado a varios correos momentos antes de ser capturado. Las palabras que el soberano le había ordenado transmitir a Índaro eran estas: «Quienes asesinaron a mi padre y forzaron la voluntad de Silo, hurtándome el poder que este me legó, han vuelto a desafiarme. Sus hombres han llegado a Ovetao y nos superan en fuerza. Acude cuanto antes en mi auxilio, aunque tal vez para entonces sea demasiado tarde».

Índaro interrogó al soldado, apenas capaz de hablar, sin obtener gran cosa. Él había roto el cerco de la capital aprovechando la noche, mas no podía asegurar que los otros emisarios despachados a distintos puntos del reino también lo hubieran conseguido. Las tropas de los conjurados, mucho más abundantes que la pequeña guarnición estacionada en la ciudad en tiempo de paz, se preparaban para asaltar la residencia real, aún precaria y carente de defensas. Ignoraba si tras su marcha el monarca había sido pasado por las armas o seguía vivo.

Nunca había visto a mi esposo así de abatido y a la vez furioso. Tan pronto se mesaba los cabellos, golpeándose la cabeza contra la pared y maldiciéndose a sí mismo por haber abandonado a su señor cuando más le necesitaba, como intentaba convencerse de que todavía estaba a tiempo de impedir el magnicidio. Reclutaría allí mismo a todos los hombres capaces de combatir —me decía mientras me urgía a que partiéramos inmediatamente—, confiaría a su mano derecha, Assur, la tarea de volar a sus posesiones de Canicas para movilizar a todas sus gentes de armas, y buscaría entre los condes leales a

Alfonso a otros espatarios dispuestos a dar su vida por el rey. Vengaría la afrenta infligida a su soberano. Se tomaría la revancha sin mostrar piedad...

Renuncié a discutir en aquel momento, pues cuando la cólera se apoderaba de Índaro se convertía en un perfecto extraño. No quise contradecir sus designios, pero abandoné mi castro con un pesar idéntico al que me había acompañado tantos años atrás, al marchar hacia Corduba.

Jamás en la historia de Asturias, hasta donde yo conocía, había logrado un príncipe sobreponerse a una conjura así. Lo más probable era que Alfonso a esas alturas estuviese muerto, siguiendo los pasos de Fruela. Únicamente la voluntad de rescatar a nuestros hijos me impulsaba a arriesgar la vida regresando a Ovetao, ya que lo que nos aguardaba allí, estaba segura, era una suerte idéntica a la del monarca. Aun así, era preciso intentarlo por Fáfila, por Froia, por Rodrigo y por la pequeña Eliace, que serían utilizados como moneda de cambio por el nuevo gobernante, sin la menor contemplación, en cuanto se supiese quiénes eran su madre y su padre. ¿Qué mejor prenda de sumisión al emir de Corduba que nuestras cabezas enviadas en un cofre lleno de sal? ¿Cuánto tardaría Vitulo en encontrar a mis pequeños y convertirlos en rehenes de su villanía?

Vitulo, maldito Vitulo, su rostro, una vez más, poblaba mis pesadillas mientras cabalgaba hacia Ovetao, rodeada de bruma espesa, bajo presagios sombríos.

XV

Suplicio y muerte de un traidor

Hay paisajes que a lo largo de la existencia vamos aso-
ciando a determinadas emociones. Colores, sonidos,
aromas que despiertan en nosotros sensaciones placenteras o, por el contrario, un rechazo inexplicable, nacido
en algún rincón de la memoria. En mi caso, los acantilados siempre han dado la mano a la angustia. Esos abis-
mos asomados a un océano furioso, que dibujan los perfiles de Asturias, evocan temores tan insondables como
las profundidades que recortan, pero no dejan de llamarme con el estruendo de sus olas. Cada vez que he contemplado el mar desde esas alturas, venciendo el vértigo
a fuerza de voluntad, he sentido la tentación de dejarme
ir, volar como las gaviotas que surcan las corrientes de
aire, buscar la esencia de la libertad en ese gesto último,
tantas veces imaginado, y acogerme a la paz de las aguas.
Incluso hoy, cuando ya hace tiempo que solo veo espumas si busco en el recuerdo, la imagen de esa costa tra-
zada a hachazos por la mano del Creador me inquieta, tal
vez porque me recuerda que la vida no es otra cosa que
eso: enfrentarse al miedo, mirarlo a la cara y vencerlo.

También entonces, en aquellos meses finales del
año 801 de Nuestro Señor, recorrí la vía que serpentea
de oeste a este junto a los acantilados con el corazón
encogido de inquietud. Nos habíamos visto obligados a

dar un largo rodeo siguiendo la antigua calzada que conduce a Gegio, para desde allí descender a la capital, por temor a que los caminos del interior estuviesen controlados por quienes habían usurpado el poder. Avanzábamos a toda prisa, con el pequeño ejército que habíamos podido juntar en tres días, dispuesto Índaro a cualquier fatiga con tal de reponer a Alfonso en su trono o, en caso de que fuera demasiado tarde, castigar a sus asesinos y convocar una asamblea de electores encargada de nombrar al nuevo soberano. Ignorábamos la suerte sufrida por los otros condes del entorno real, hasta que cerca ya de la vieja ciudad a la que nos dirigíamos nos salió al paso una patrulla armada con la que, en un principio, estuvimos a punto de entablar combate. Tras un breve parlamento, no obstante, quedó aclarado que todos estábamos en el mismo bando y fuimos escoltados hasta la residencia-fortaleza de Teuda, amo y señor de aquellas tierras, fideles del rey, al igual que mi esposo, y hermano de sangre en muchas batallas.

Los dominios de este hombre, uno de los más poderosos de Asturias, se extendían, de occidente a oriente, desde la desembocadura del río Nalón hasta la del Sella y comprendían toda la franja costera alejada de los frentes y cuajada de villas prósperas gracias al comercio y a la paz. Poblaciones que cultivaban la tierra disponible en su entorno y desafiaban igualmente a la mar para arrancarle sus riquezas, lanzándose en frágiles lanchas contra las olas en busca de peces y mariscos. Aldeas cuyos hombres arriesgaban la vida en cada marea adentrándose en el océano sin más fuerza que la de sus brazos aferrados a los remos, con el fin de que las mujeres vendieran después los frutos de esa peculiar cosecha recorriendo enormes distancias a pie con cestos repletos de pescado sobre la cabeza, para regresar cargadas de verduras, queso, lana y otros productos del campo. Villas ajenas a la guerra, protegidas de las aceifas musulmanas pero acostumbradas a ver desaparecer a sus hijos engullidos por las aguas.

El pequeño fortín de Teuda, defendido por más de medio millar de hombres entre infantes y jinetes, se alzaba en la antigua ciudad portuaria, fundada siglos atrás por los invasores romanos y adoptada también como capital por los mahometanos durante los poco más de cinco años durante los cuales mantuvieron la ocupación de nuestro suelo. Allí había fijado su residencia Munuza, gobernador de Asturias en nombre del emirato, y hasta allí había llevado contra su voluntad a la hermana de Pelayo, con el fin de desposarla y legitimar así su posición. Un matrimonio que el hijo del duque Fáfila jamás aprobó y que terminó por provocar el levantamiento de astures y godos contra los caldeos en el monte Auseva, fruto del cual gozamos aún hoy de la seguridad de un hogar cristiano en tierras de Hispania.

En el momento de nuestra llegada a Gegio, esa seguridad se hallaba en entredicho al menos para nosotros, ya que, sin conocer a fondo las intenciones de los sublevados, sí estábamos seguros de que entre ellos se hallaba un personaje llamado Vitulo al que nos ligaba un odio mutuo profundo y rancio; un ser de naturaleza vil, partidario de entenderse con los moros a costa de cualquier humillación y deseoso de acabar con las dos personas que desde hacía años se interponían en su camino.

—Ya le advertí al rey hace mucho de la conspiración que se urdía a sus espaldas —se dolió Índaro ante Teuda en cuanto fuimos conducidos a su presencia—, pero no quiso escucharme. Decía que los tiempos de los enfrentamientos fratricidas se habían terminado y que la reconciliación demandaba generosidad, perdón y olvido. ¡Mira lo que ha conseguido! Ahora seguramente esté muerto a manos de aquellos a quienes se empeñó en mantener a su lado contra toda prudencia.

—Todavía no lo está, que yo sepa —replicó el conde, un personaje de origen godo, algo mayor que mi esposo, quien había formulado el mismo juramento de fidelidad inquebrantable a su señor y profesaba por él una veneración idéntica—. Alfonso se encuentra en el monasterio de Ablaña, fuertemente custodiado, sometido a una gran presión para que acepte pronunciar unos votos sacerdotales que le privarían definitivamente de su corona. Los que le han derrocado sabían bien lo que hacían, pero no contaban con la valiente oposición del obispo Cintila, quien se ha negado a avalar con su silencio este golpe y amenaza con excomulgar al pelele que han sentado en Ovetao, así como a todos sus cómplices, si osan a asesinar al rey legítimo.

—Aún hay esperanza, entonces —se entusiasmó Índaro, mientras yo me torturaba pensando en lo que habría sido de nuestros hijos y de los muchos amigos atrapados en la capital bajo el hierro de los felones—. ¿A qué esperamos para correr a rescatarle? Con tus fuerzas y las mías bastaría para intentarlo, pero es seguro que no estamos solos, que algún otro noble leal ha de quedar en Asturias.

—Así es, en efecto, y eso es exactamente lo que me propongo hacer —contestó Teuda sin perder la calma, pues jugaba con la ventaja que dan la edad y la experiencia a la hora de afrontar un problema de tanto calado—. No sabemos todavía quiénes son los instigadores de esta conjura y qué es lo que pretenden, aunque sospecho que han estado en tratos con Corduba y cuentan con el respaldo de Al-Hakam para firmar alguna clase de tratado de paz a cambio de tributos.

—Si así es, tal y como yo también sospecho —interrumpió mi esposo—, llevan tiempo preparando su plan, pues hace años que un tal Adulfo, señor de una pequeña posesión en Gallecia, vino a avisarme de la conspiración que se estaba tejiendo. Según me dijo, los instigadores eran los mismos que acabaron con Fruela e impusieron a Bermudo en el sillón que Silo había destinado a Alfonso. Condes con tierras situadas en el occidente, que rechazan acatar la autoridad real, pretenden ejercer un dominio total sobre sus bienes y se niegan a luchar junto al rey. Rebeldes que prefieren someterse a los sarracenos conservando sus privilegios intactos antes de limitar estos en aras de fortalecer al reino.

—Sea como sea —zanjó Teuda, que contaba con una eficaz red de informadores bien retribuidos—, Alfonso corre un peligro inmediato. Por el momento sus captores intentan forzarle a aceptar la tonsura que le inhabilitaría para ejercer la autoridad política, de acuerdo con la ley de nuestros ancestros visigodos que siempre le ha servido de modelo, pero no creo que esa situación pueda mantenerse mucho más tiempo. Si no logran doblegarle, lo quitarán de en medio y ya buscarán la forma de hacer elegir un nuevo obispo que justifique el magnicidio. No sería la primera vez... De ahí que debamos intervenir lo antes posible. Algunos hombres de mi confianza han llegado hasta Vasconia y están ya de regreso con ayuda procedente de allí. Si tú puedes movilizar a tus gentes de Primorias, formaremos un único ejército con dos puntas de lanza y marcharemos a un tiempo todos juntos contra Ablaña y contra Ovetao. Conseguiremos librar a nuestro señor o pereceremos en el intento.

Así se hizo. Antes de que fuese recogida la siguiente cosecha, una tropa de dos mil guerreros se concentró cerca de Gegio, el puerto estratégico que daba entrada a los suministros enviados por el emperador de los francos, y desde allí tomó el camino del sur, con todo el ruido imaginable. Los espías despachados en vanguardia se encargaron de hacer saber a los rebeldes que si el rey sufría daños no habría clemencia para ellos ni sus familias. Se esparció a los cuatro vientos el rumor de que el ejército libertador marchaba dispuesto a inundar el país en sangre, con la intención de desmoralizar a los usurpadores. Cuando llegamos a la altura de Ovetao, Teuda se desvió hacia el este, en dirección al cenobio que servía de prisión a Alfonso, mientras Índaro arengaba a sus hombres para tomar al asalto la capital ocupada a traición:

—¡Guerreros de Asturias! ¡Soldados que jamás retrocedisteis ante el enemigo! Vuestro rey ha sido vendido a los adoradores de Alá por unos traidores que quieren someternos al yugo de su falso dios. El soberano que nos ha conducido siempre a la victoria se pudre en una mazmorra mientras esos felones abren las puertas del reino a los sarracenos que vendrán a violar a vuestras mujeres, llevarse a vuestros hijos como esclavos y arrasar vuestros campos antes de cortaros el cuello. Si queréis impedirlo, este es el momento de luchar. Luchad por vuestras familias, luchad por Cristo y por Alfonso, luchad por el botín que nos espera al otro lado de las montañas en cuanto volvamos a la guerra. ¡Luchad conmigo para salvar el último refugio de los cristianos en Hispania!

Como tantas veces les había visto hacer, aquellos hombres se fundieron en un único aullido ensordecedor, mezclado con el entrechocar de sus armas esgrimidas al cielo en respuesta al llamamiento de su capitán, quien golpeaba ante ellos con la espada su inconfundible escudo del cuervo negro. Le habrían seguido al mismo infierno y, desde luego, no habrían vacilado en pasar a cuchillo a todos los habitantes de Ovetao si él se lo hubiese pedido. Mas no hizo falta llegar hasta ese extremo. La mera amenaza de un enfrentamiento que seguramente habría perdido bastó para poner en fuga al ocupante ilegítimo del trono, cuyo nombre omito deliberadamente pues no merece ni siquiera un lugar en esta crónica. Gracias a su cobardía recuperamos sin combatir el feo edificio de piedra gris que hacía las veces de palacio. Entonces yo corrí a nuestra casa en compañía de Assur y un par de espatarios de Índaro, para comprobar aliviada que ninguno de los nuestros había sido molestado. Inmediatamente después partimos en persecución del huido.

Esta vez estábamos decididos a darle caza. Dijera lo que dijese el rey en el supuesto de que siguiera con vida; sucediera lo que tuviese que suceder en Ablaña, adonde se dirigía Teuda al frente de su tropa, Vitulo sería nuestro y pagaría de una vez por todas.

Sin esperar a recibir instrucciones ni preocuparnos de aprovisionarnos para el viaje, Índaro y yo tomamos el camino de Gallecia, donde el gusano tenía su madriguera, seguidos por un centenar de jinetes. Cabalgamos día y noche tras sus huellas, obsesionados por darle alcance, comprobando con desesperación cómo se nos escurría de las manos cada vez que estábamos a punto de cogerle.

Ni siquiera conocíamos la suerte corrida por Alfonso, aunque mi esposo había despachado mensajeros para que nos trajeran noticias. No pensábamos más que en capturar al responsable de tanta villanía. Yo guardaba por supuesto a buen recaudo la razón del odio imborrable que aquel ser me inspiraba, el cual, lejos de mitigarse con el paso de los años, había ido destilándose en mi cofre secreto hasta convertirse en puro veneno.

Finalmente, un amanecer helado, cerca ya de la costa, divisamos desde la distancia el humo de las hogueras de su campamento. Un par de espías enviados a inspeccionarlo regresaron sin novedad, con la información necesaria para preparar el ataque. No eran muchos y parecían igual de cansados que nosotros, a juzgar por la escasa vigilancia que habían establecido. Se sentían muy seguros al estar tan cerca de casa, lo cual nos proporcionaba una ventaja considerable.

Sin darles tiempo para reaccionar, caímos sobre ellos a esa hora que separa el sueño de la vigilia, cuando las mentes están lentas y los músculos, entumecidos, tardan en responder a la voluntad. Yo permanecí a una distancia prudente, como solía hacer, pero no tan alejada como para perderme el espectáculo de la matanza que se desarrollaba ante mis ojos. Deseaba asistir a la captura de Vitulo. Anhelaba ver su mirada aterrada ante el cuchillo de Índaro y oírle suplicar por su vida. Pero no tuve ese gozo. Tras un combate corto, ya que los supervivientes al primer asalto no tardaron en rendirse, el campamento fue inspeccionado de arriba abajo sin que apareciera rastro alguno del caudillo que habría debido demandarlo. Sometido a tormento, uno de los capitanes confesó que Vitulo había escapado durante la noche, con una pequeña guardia, camino de su fortaleza en el *finis terræ*. Una vez más se colaba entre nuestros dedos cuando ya parecíamos tenerle.

No había llegado aún la hora de descansar. Sin perder un instante, dejamos a Assur al cargo del grueso de nuestra tropa, así como de los prisioneros, y retomamos la persecución por los caminos desiertos en invierno. Buscábamos un grupo reducido de guerreros a caballo, lo que debería habernos llevado a ignorar al carbonero que se cruzó en nuestra senda; un personaje insignificante, cubierto de harapos y de hollín, que iba en dirección contraria, acurrucado bajo su capucha. Algo en su modo de caminar, sin embargo, llamó mi atención. Tal vez un porte arrogante impropio de su condición servil. Acaso una prisa excesiva incluso con ese frío. Probablemente fuese mi instinto unido al designio de Dios, decidido a castigar todas sus culpas en este mundo.

El caso es que rogué a Índaro que detuviera e interpelara a ese hombre. Él protestó, pero se avino a mi petición y ordenó a sus hombres que le trajeran a nuestra presencia. Cuando lo tuve ante mí no miré su rostro, ni sus ojos, ni su boca; solo me fijé en sus manos, enormes, desproporcionadas, cubiertas de manchas lechosas visibles incluso bajo la capa de ceniza que se había echado encima para tratar de ocultarse. Eran las manos que me habían ultrajado siendo niña, robándome la inocencia. Las manos con las que fui entregada en tributo a los mahometanos. Las manos de un traidor que siempre empuñó la espada contra sus propios hermanos.

Atado a la silla de un caballo, vestido aún con ese disfraz infamante, Vitulo fue conducido en silencio hasta su propia casa, donde le esperaban una mujer sometida y cuatro hijos de corta edad. Una vez allí, mi esposo en persona se encargó de interrogarle, sin obtener en un principio más respuesta que unos cuantos insultos soeces dirigidos a mi persona. Seguramente intentara provocarle con el propósito de recibir una muerte rápida, cosa que no consiguió.

Índaro quería saber qué intereses estaban detrás de la conspiración, arrancarle la identidad de todos los conjurados y confirmar si estaban en tratos con Corduba o, peor aún, habían entrado al servicio del emir. Acompañaba cada pregunta de un golpe dirigido a la cara, que sonaba en mi interior como música celestial. Pronto perdió la paciencia y ordenó a uno de sus hombres que aplicara su cuchillo a la cabeza del prisionero y practicara un corte profundo siguiendo la línea de su cabello rojizo, que se tornó carmesí con la sangre que manaba de la herida. Vitulo resistió en un principio, pero comenzó a chillar como un cochino en el matadero cuando su verdugo agarró un mechón de la frente y tiró hacia atrás, arrancando de cuajo el cuero cabelludo, que quedó colgando a sus espaldas como una capucha de carne sanguinolenta. Eso soltó su lengua. Confiado en obtener el golpe de gracia a cambio de su confesión, desgranó los nombres de todos sus cómplices, reconoció haber ofrecido a Al-Hakam un acuerdo de paz a cambio del apoyo del emirato al usurpador, se justificó diciendo que este le había ofrecido elevarle a la condición de magnate de palacio, multiplicando sus dominios y prebendas, e incluso pidió perdón por sus actos pasados. Afortunadamente no precisó a qué se refería, pues esa declaración habría supuesto mi ruina. Transido de dolor, suplicó a Índaro que respetara la vida de su familia, inocente de cualquier crimen que él hubiese cometido. Fue en vano.

Una vez obtenida la información que deseaba, mi esposo personalmente levantó al supliciado de la silla a la que estaba amarrado, le obligó a ponerse de rodillas, colocó sus brazos sobre ese mismo asiento y, de un tajo certero, le cortó las dos manos con su espada. Inmediatamente hizo que un guardia cauterizara la herida con un hierro al rojo vivo, para evitar que la víctima, casi sin sentido en ese momento, se desangrara. No estaba colmada aún su sed de venganza, ni tampoco la mía —debo admitirlo hoy avergonzada— pues lo que estaba a punto de suceder debería haberme horrorizado y únicamente me produjo asco. Tras reanimarlo arrojándole encima un cubo de agua helada, Índaro obligó a Vitulo a contemplar cómo sus hijos varones, uno a uno, eran decapitados con el fin de impedir futuras venganzas. No le desveló el destino de su esposa, que sería encerrada en un cenobio junto a su única hija. Para terminar, desenfundó su daga y le arrancó despacio primero el ojo derecho y después el izquierdo, cuando ya el hombre que me había mancillado no era capaz de padecer, pues la muerte acudía en su auxilio.

No llegamos a saber si efectivamente, pereció en aquel trance o llegó a despertar de su agonía, pues lo dejamos tirado en el suelo, junto a los cadáveres de sus herederos. Ansiosos por conocer el desenlace de los acontecimientos que se habían desarrollado en Ablaña, partimos al galope de regreso a casa, tras ordenar Índaro a sus lugartenientes que encontraran, apresaran y dieran muerte a los traidores denunciados por Vitulo.

Nunca he sentido lástima por ese ser despreciable, aunque sí he llegado a compadecerme de mí misma y de mi esposo por la brutalidad que exhibimos ante él. Se merecía su suerte, de eso no tengo dudas, pero nos envileció al empujarnos a conducirnos siguiendo su ejemplo. He rezado a Dios pidiendo perdón por la satisfacción con la que asistí a su suplicio. He hecho penitencia para aliviar mi conciencia de la muerte de los niños sin culpa que pasamos por las armas. En este monasterio donde espero el fin de mis días intento redimir con buenas obras tanto mi alma como la de Índaro, con la esperanza de que alcancen la salvación. Me arrepiento, sí, pero me asusta pensar que volvería a hacerlo.

Teuda logró rescatar sano y salvo a Alfonso, quien recuperó su corona desmintiendo esa vieja maldición asturvisigoda que condenaba a desaparecer definitivamente a todos los monarcas destronados. En cuanto llegamos a Ovetao acudimos raudos a inclinarnos ante él, quien nos ayudó a incorporarnos con palabras de agradecimiento cargadas de emoción. Había pasado días de tribulación durante su cautiverio, temiendo que toda su obra se perdiese, y sentía un hondo reconocimiento por los fideles a quienes debía la vida y la libertad. Una vez oídas las explicaciones de Índaro sobre la naturaleza del complot derrotado, la implicación de Al-Hakam y la liquidación de los traidores, cuyos pormenores ahorró al monarca, este quiso demostrarle su gratitud con una recompensa digna de la hazaña premiada.

—Pídeme lo que quieras y lo tendrás —ofreció el rey después de un largo abrazo, dirigiéndome una mirada sonriente—. Siempre supe que podía confiar en ti y en tu valiente esposa, a la que tanto debemos. Decidme, ¿cómo puedo pagaros esa lealtad?

—No tenéis que pagar nada, señor —replicó al punto Índaro, sabiendo que yo secundaría su respuesta—. Solo cumplimos nuestro deber para con vos y con el reino, que sin vuestra guía estaría perdido. El hecho de veros ceñir la corona nuevamente, dispuesto para conducirnos a la batalla, es recompensa más que suficiente.

—Siendo así —repuso el príncipe—, os proporcionaré los medios para que levantéis un monasterio en las tierras que cedí hace algún tiempo a Alana. El Señor fortísimo, Dios de Israel, ha querido en Su piedad librarme de mi cautiverio y devolverme al hogar, lo que debo responder ofreciéndole altares dignos de Su Santo Nombre. Los elevaré aquí, en Ovetao que voy a convertir en un cántico de piedra a la gloria del Salvador, pero es mi deseo que sus alabanzas sean entonadas también en todos los rincones del reino. ¿Querréis edificar un templo para Él en vuestra heredad? ¿Me haréis esa nueva merced?

—Así lo haremos, pues tal es vuestra voluntad —respondí yo—, aunque antes os pido permiso para casar a la mayor de nuestras hijas, Froia, que ya ha cumplido dieciséis años.

Me hubiera gustado dar a mi pequeña la boda que no tuve yo, pero tampoco en esta ocasión fue posible. El reino salía de una grave convulsión interna, todavía bajo la amenaza de Corduba, lo que impedía la celebración de grandes fastos. No había un lugar apropiado para ello en la ciudad, que apenas empezaba a levantarse, ni tampoco la tranquilidad necesaria. Mi esposo se había convertido en uno de los magnates de la corte, lo que otorgaba a Froia un rango muy superior al mío cuando fui entregada como tributo, pero Asturias era una nación pequeña, guerrera, que desconocía el lujo. Se desposó pues sin ostentación con el hombre al que había sido asignada prácticamente desde la cuna, que sentía por ella gran devoción y era correspondido, a su vez, con un profundo afecto por su parte. Un hombre cercano a su padre, soldado como él y miembro de su círculo más estrecho de leales, cuyos méritos en el campo de batalla le habían valido un rápido ascenso en el ejército así como partes sustanciosas del botín conquistado en Olisipo y otras campañas: Assur, el joven que hiciera posible la victoria de Lutos, quien había escalado desde entonces gracias a su arrojo hasta convertirse en lugarteniente de Índaro.

Fue un desposorio sencillo, celebrado en nuestra propia casa, al que asistió el soberano en calidad de fedatario excepcional y que bendijo un clérigo del entorno palaciego curtido en cien refriegas frente a los caldeos. El novio entregó las arras a su esposa ante los testigos, tal como manda la costumbre, depositando en manos de Froia un puñado de monedas de oro de distintas procedencias: árabes, francas e incluso visigodas, que pasarían a ser propiedad de nuestra hija incrementando así el patrimonio en tierras y bienes que constituía su dote y administraría a partir de entonces con plena capacidad. Ella recibió en el mismo acto el ajuar que pudimos reunirle a toda prisa, consistente en un lecho de madera de roble, dos colchones de lana acompañados de sus almohadas de plumas, otros tantos cobertores, colchas y toallas, con las iniciales de ambos consortes bordadas en pulcras letras de hilo; tres candelabros de bronce, fuentes, soperas, cuencos para la cocina, doce cucharas y un cucharón de plata, vasos, calderos, dos libros que añadí a última hora como regalo personal y, finalmente, un arcón muy parecido al que me había acompañado a mí en mi primer viaje, dentro del cual estaban el manto de lana, las túnicas nuevas y la ropa interior recién cosida que la esposa se llevaría a su nueva morada. Allí se convertiría pronto en madre, atendería los asuntos domésticos y sería dichosa, esperaba yo, con una vida plácida, alejada de vicisitudes y guerras, que era la que anhelaba desde chica, al igual que la mayoría de sus compañeras de juegos. Esas criaturas estaban saturadas de sangre desde antes de tener uso de razón; ahítas de violencia; ansiosas por dar a sus hijos la tranquilidad que les había faltado a ellas.

Una vez pronunciados los votos y cumplido el ritual, hubo música, baile y lluvia de flores sobre el lecho nupcial. Corrió la sidra, se brindó con vino traído por mercaderes mozárabes desde las cepas de Bardulia, e incluso los siervos comieron hasta hartarse los restos del banquete servido a más de treinta personas sobresalientes de la corte. Yo era feliz al ver a mi preciosa niña convertida en mujer y desposada a un hombre que la quería, aunque hube de luchar con todas mis fuerzas contra la nostalgia de mi pasado, de lo que pudo haber sido y no fue, de lo que ya no esperaba que fuera pero añoraba...

Tenía un encargo real que cumplir y no lo demoré más tiempo. Apenas recuperada del festejo, dejé a los esposos en su nueva residencia, tan provisional y pobre como todas las de Ovetao, me despedí de Eliace y de Índaro, quien no me echaría de menos, y marché hacia Coaña, decidida a cumplir mi viejo sueño de construir alguna cosa que perdurara tras mi muerte.

De las arcas reales salió la dotación necesaria para la fundación de Santa María de Coaña, la iglesia en cuyo atrio reposa hoy mi esposo, así como de la comunidad de hermanos y hermanas dedicados a su servicio. Con la generosidad que le caracterizaba, el rey hizo a esta casa una donación de mil sueldos de plata, con los que sufragar la construcción del edificio, a los que sumó una colección de textos litúrgicos de gran valor, en la que destacaba un salterio ilustrado con escenas de la Biblia y un ejemplar de las *Etimologías* de Isidoro. También ofrendó el soberano un cofre de reliquias procedente de la basílica de la Santa Cruz de Canicas, indispensable para poder consagrar nuestra capilla, un cáliz de oro macizo que nos evitaría la humillación de oficiar en vaso de madera o barro, como sucedía en otros lugares, y diversos ornamentos, cruces, bandejas, candelabros, aguamaniles, paños y vestiduras de altar con los que garantizar un culto digno al Señor. Por último, recibimos de sus manos cinco esclavos sarracenos que asumirían las tareas más pesadas, así como otros tantos varones de condición servil, con sus mujeres y sus hijos, que podrían elegir si adoptar o no los hábitos para suscribir el pacto monástico por el que habrían de regirse todos los habitantes del cenobio. Un acuerdo que, según su voluntad, habría de seguir la tradición de sus antepasados visigodos, pendiente de concretarse una vez que halláramos a un abad y una abadesa capaces de tomar en sus manos la dirección del sagrado recinto, amén de reunir a un número suficiente de personas dispuestas a entregar su vida a la oración y el trabajo.

En esa búsqueda puse yo todo mi empeño.

Ya he revelado a lo largo de este relato que mi fe, adquirida laboriosamente a base de empeño y oraciones, nunca ha resultado capaz de mover montañas. No obstante, vi inmediatamente en la fundación de este monasterio la oportunidad de restituir a Coaña toda la grandeza perdida tras la invasión musulmana. El castro no volvería a ser el mismo núcleo de poder que había gobernado mi madre, pero desde aquí podríamos asegurar el aprovechamiento de los campos, roturar nuevas tierras, atraer gentes de todas partes para engrosar el número de brazos con los que labrarlas y contribuir, en definitiva, a fortalecer la heredad. Entre nuestros muros se pondría en marcha una escuela, idéntica a las creadas por el príncipe de los francos en todas las parroquias de su imperio, donde todos los niños aprenderían a rezar el Credo y el Padrenuestro, sin perjuicio de que los más inteligentes profundizaran en la instrucción de la lectura y escritura con el fin de dedicarlos al servicio de Dios. En los valles fértiles del entorno —pensaba mientras me dirigía hacia allí— criaríamos caballos de guerra con los que hacer frente a los corceles árabes de nuestros enemigos. Caballos fuertes, de buena sangre, bien alimentados, preparados para soportar sus armaduras y las de sus jinetes. Una yeguada de la mejor calidad que convertiría a los guerreros de Índaro en jinetes imbatibles. Él tardaría en enterarse de ese empeño, pues sufragué con mis propios recursos la compra de las primeras veinte yeguas y dos garañones que habrían de poner en marcha la ganadería, pero cuando le hice partícipe del proyecto lo abrazó con entusiasmo.

Nuestra relación, para entonces, se había convertido en una amistad basada en la confianza y la afinidad de objetivos, en la que poco o nada quedaba del placer carnal que antaño nos uniera. Mi esposo se había quedado en Ovetao, junto al rey de quien juró no volver a separarse mientras viviera y cerca de la cautiva mora que conocía la forma de encender su pasión. Sus noches se repartían entre Átika y alguna de las otras mujeres que frecuentaba, después de que durante el día acompañara a su señor en la supervisión de las obras que había puesto en marcha con el propósito de convertir la ciudad en una capital merecedora de ese nombre. El mayor de nuestros hijos, Fáfila, se había instalado ya en la corte de Alfonso, junto al resto de los escuderos reales, vástagos de familias nobles; Rodrigo llevaba tiempo en Samos, donde progresaba en sus estudios con gran aprovechamiento, según me contaba en sus cartas, y Ximena se ocupaba de Eliace. Nada me impedía a mí dedicar mi mejor empeño a colocar los cimientos del monasterio que había venido a levantar.

En contra de mis temores iniciales, no faltaron voluntarios con los que constituir el núcleo fundacional de la comunidad. Había en la región numerosos refugiados procedentes de Al-Ándalus cuyas familias habían ido dispersándose por el largo camino del exilio; supervivientes de las aceifas pasadas que habían visto morir a sus mujeres o a sus esposos y erraban en busca de un lugar en el que empezar de nuevo; clérigos y monjes mozárabes huidos de la opresión mahometana. Todas esas gentes variopintas compartían el deseo común de encontrar paz, seguridad y compañía. Cuando se corrió la voz de que un nuevo cenobio se preparaba para abrir sus puertas, acudieron hasta mí decenas de candidatos, libres y siervos, jóvenes y viejos, ansiosos por tomar los hábitos. Seleccioné a aquellos que me parecieron más aptos en función de su fe, su preparación y su disposición a la entrega; nombré abadesa a una mujer ya mayor, viuda de alta cuna y de educación esmerada, llamada Paterna, y poco después la invité a compartir la responsabilidad de la dirección del cenobio con un fraile de origen toledano que respondía al nombre de Sisnando, cuya capacidad ponderaba con entusiasmo en su carta de recomendación el abad de Samos.

Los propios hombres que iban a habitarlo construyeron con sus manos los muros del claustro y de su iglesia. El edificio estaba rodeado de dos tapias: una interior, que envolvía la clausura en cuyo seno se desarrollaba la vida de los monjes y monjas, y otra exterior, situada alrededor del huerto, los establos y las restantes dependencias del recinto, levantada con la finalidad de protegerlo del mundanal ruido. En un principio el conjunto fue concebido para albergar a un máximo de cincuenta personas, separadas por la noche en dormitorios distintos en función de su sexo, que coincidirían sin embargo en la capilla, el refectorio o la sala capitular. Hombres y mujeres se encontrarían también en la huerta, la cocina, la biblioteca, que me preocupé de nutrir con todos los códices que pude comprar a lo largo de los años, y las distintas actividades laborales que habrían de combinar con la oración por el sufragio de nuestras almas.

Aunque yo no pensara demasiado en ello en aquella época, Índaro estaba convencido de que esos rezos lograrían la intercesión de los santos para ablandar el juicio de Dios a nuestros pecados y contaba con que al ser enterrado dentro de un recinto sagrado su alma obtendría un lugar mejor en el Cielo. Probablemente colocara en uno de los platillos de la balanza de San Miguel el adulterio al que se daba sin recato y pensara que el Señor habría de pedirle un contrapeso contundente cuando llegara su hora. En cuanto a mí, no me inquietaba esa falta en lo más mínimo, puesto que todavía no había engañado a mi esposo ni con el pensamiento, pero anhelaba encontrarme con él en la otra vida, para lo cual —creía— sería bueno ser sepultada a su lado, bajo esas losas que los canteros colocaban día a día en el suelo de nuestra capilla de Santa María.

La regla que eligieron darse los miembros de la comunidad, una vez expresada voluntariamente su sumisión al abad y a la abadesa siempre que estos cumpliesen fielmente con sus obligaciones, fue la de Fructuoso de Bracaram, más conocida que otras en la región por la proximidad de su autor. Sus ordenanzas, recogidas en el documento fundacional que yo misma redacté de mi puño y letra, establecían las normas bajo las cuales esos hombres y mujeres deseaban regir sus existencias, sometidas a la autoridad de sus superiores.

Ese documento, que conservo en el cofre de los bienes más preciados, contiene la firma de todos los hermanos y hermanas que lo suscribieron en origen, muchos de los cuales apenas eran capaces entonces de trazar sus nombres con letra torpe. Sus instrucciones nos han guiado rectamente durante años, convirtiendo Santa María de Coaña en un espejo en el que se miran con envidia otros cenobios. En nuestra casa la concupiscencia apenas ha mostrado su rostro y cuando lo ha hecho ha sido severamente reprimida. Los juegos de dados o naipes nunca han hecho acto de presencia y todos los hermanos y hermanas saben de memoria el salterio y son asimismo capaces de entonar los himnos y cánticos de la misa sin errar. Así pretendimos siempre que fuera. Hoy puedo decir con orgullo que lo conseguimos, aunque últimamente soplen malos vientos para esta comunidad dúplice.

Los clérigos que llegan del país de los francos, cuya influencia sobre Alfonso crece, no aprueban que en nuestros monasterios los dos sexos convivan en condiciones de igualdad, pues consideran que esa convivencia está en el origen de todos los males que aquejan a la Iglesia. Nos culpan a todas de los casos aislados en los que se ha descubierto trato carnal pecaminoso entre quienes habían pronunciado votos de castidad. A sus ojos las mujeres somos seres débiles, inferiores en capacidad intelectual y pecadoras por naturaleza, de mentes inestables y cuerpos que invitan a los hombres a pecar. Por eso insisten en separarnos de nuestros hermanos, enviarnos a cenobios alejados de los suyos, enclaustrarnos tras sus muros sin permitirnos ver la luz del sol y prohibirnos ejercer cualquier autoridad sobre ellos. Estiman, y así empieza a hacerlo también el rey —me dicen mientras escribo estas líneas—, que las hijas de Eva hemos de cultivar la virtud de la humildad, que es la propia de nuestro sexo. Pretenden prohibirnos acercarnos al altar, tocar, aun siendo monjas, los ornamentos sagrados, e incluso instruir a nuestros compañeros en la lectura o la escritura, habilidades peligrosas que —dicen ellos— no deberían estar a nuestro alcance.

Percibo en estas horas finales de mi vida un movimiento perverso que intenta sojuzgarnos relegándonos a las sombras. Espero equivocarme. Rezo al Señor para que no permita que Su Iglesia sea pionera en ese empeño de condenarnos al ostracismo del hogar, pues en el mundo que he conocido las mujeres —mujeres como mi madre, Huma, o como la propia Holal— siempre han sido el bálsamo inteligente que se derrama sobre el hombre para aplacar su brutalidad. Lo espero también pensando en Froia y en Eliace, sobre cuyo destino hace tiempo que carezco de noticias. En todo caso confío en que Dios me llame a su lado antes de que se consuma lo que ya se urde, porque no me veo con fuerzas para aceptar esa derrota después de tanta batalla.

Pero me vuelvo a perder. Desvarío. Me disponía a contar lo que me encontré tras mi regreso a Ovetao, una vez levantados los pilares del monasterio que me mandó construir el rey, y me he entretenido con pensamientos absurdos sobre algo que no ha de ocurrir. ¿Cómo puedo ser tan necia como para abrigar semejantes temores? Mejor será que retome el hilo del relato, pues estaba a punto de llegar al momento en que conocí a Tioda, cuya mirada me devolvió las ganas de sonreír.

XVI

Amor de alabastro

Cuando aquel hombre irrumpió en mi vida sin haber sido invitado yo había cumplido ya treinta años, una edad que permite ver de cerca a la muerte, y tenía sepultada bajo mantos de responsabilidad tupida cualquier apetencia sensual. El espejo de mi amiga muerta yacía desde antiguo escondido en algún baúl, mas no lo necesitaba para saber que mi cintura ya no era tal, la piel de mi cuerpo comenzaba a descolgarse como si hubiese cedido o el hueso hubiese menguado y el óvalo de mi rostro perdía su firmeza hasta el punto de hacerlo irreconocible. Mis manos con su tacto fino bastaban para confirmar la destrucción que provoca el paso del tiempo, cuya tarea se reflejaba asimismo en el modo en que los hombres se dirigían a mí. Ya no hallaba yo deseo en esos ojos. La contemplación maravillada de antaño dejaba paso al respeto, la sumisión o la consideración debida a mi rango. Mi melena, más clara que nunca por efecto de las muchas hebras blancas que la recorrían, no invitaba a la caricia, sino a la inclinación rendida del interlocutor en señal de reverencia. Índaro me amaba sin pasión alguna. Y entonces apareció él, una cascada de agua clara entre bloques de piedra gris.

Nos conocimos en la corte cuando el rey quiso que su maestro constructor, quien estaba diseñando y dirigiendo la edificación de la gran capital que quería levantar en su ciudad natal, diese su opinión sobre el monasterio de Santa María de Coaña, que empezaba a surgir de sus cimientos. Al principio no me fijé demasiado en él. Era un hombre atractivo: alto, vestido con elegancia, de cabello gris ensortijado, barba recortada con esmero, ojos color esmeralda y labios carnosos, pero era un hombre al fin y al cabo. Uno más entre tantos, aunque su refinada educación destacara como una antorcha en la oscuridad en una corte de guerreros.

Tioda venía del país de los francos, donde había trabajado en varias obras encargadas por el propio Carlos, el cual le había recomendado mediante carta de presentación llena de elogios a nuestro señor Alfonso, como masón de talento, buen gusto, seriedad y conocimientos sobrados. Me invitó a acompañarlo por las calles de lo que sería el complejo palaciego, entonces una inmensa cantera repleta de siervos afanándose entre ladrillos y argamasa, con el fin de explicarme sus proyectos. Le habían dado informes laudatorios referidos a mi elevada educación —me dijo, no sé si intentando halagarme o genuinamente admirado—, así como a los viajes que me habían llevado hasta Toletum y Corduba. Ansiaba conocer mi opinión sobre lo que planeaba hacer él en Ovetao, o eso fue lo que me dijo.

Accedí a su propuesta, repleta de curiosidad, tras pedir el permiso de mi esposo, quien lo otorgó sin pensar ni por un instante en que de aquella relación pudiera surgir otra cosa que alguna idea para nuestro cenobio. Nunca puso en duda mi virtud, acaso por un exceso de confianza o, a lo peor, por no verme ya en situación de seducir a nadie. Índaro no llegó a sospechar nada, pero desde ese primer paseo nació entre Tioda y yo algo por completo ajeno al vínculo que ha de existir entre una dama de palacio casada y un maestro constructor. Un lazo sólido, delicado y suave, trenzado con hilos de seda.

Decidido a crear un entorno digno de su grandeza, una vez asentado definitivamente su poder en el trono y aseguradas las fronteras del reino frente a los sarracenos, Alfonso había dado carta blanca a Tioda para que trabajara en la construcción de Ovetao, dotándola apresuradamente de palacios y de iglesias. Él proyectaba, dibujaba planos, cursaba órdenes a los capataces, discutía con los capitanes de la guardia el mejor emplazamiento de las torres o el trazado más eficaz de las murallas interiores y exteriores, escuchaba a los clérigos con el fin de dar respuesta en los templos a las necesidades de la Iglesia, consultaba con los funcionarios reales e informaba al monarca en persona de la evolución de las obras, a las que se habían destinado recursos prácticamente ilimitados.

Alfonso quería una ciudad capaz de honrar su memoria y la de su padre adorado; una capital que pudiera competir en esplendor con la misma Toletum, cuya herencia reclamaba tanto en lo político como en lo espiritual; un centro de culto al Dios de los cristianos que nada tuviera que envidiar a la propia Aquisgrán. No en vano había recibido por su intercesión el mayor de los regalos a que un rey pudiera aspirar, el más preciado de los dones, justa compensación a su castidad de alma y cuerpo: un arca repleta de reliquias salvadas milagrosamente de la profanación mahometana, que aguardaba en lugar seguro, solo por él conocido, un recinto consagrado específicamente para albergarlas.

Cómo había llegado el arca a manos de Alfonso era algo que nadie, excepto el soberano, sabía con certeza y que yo nunca llegué a descubrir. Algunos decían que la había traído hasta Hispania siglos atrás Toribio, obispo de Asturica, tras viajar a Jerusalén y recibir el cofre sagrado de manos del Patriarca con el encargo de salvarla de la inminente invasión de infieles que pronto conquistarían la Ciudad Santa. Tras muchos años de duro peregrinar, entre afanes desagradables y necesidades lamentosas, había regresado a su tierra el prelado, con el valioso objeto bien guardado en las bodegas de la nave que le trajo hasta Sabugo, al occidente de Gegio. Después, ya anciano, el depositario de ese tesoro lo habría escondido en una cueva del Monsacro, donde logró salvarse su contenido de los feroces saqueos llevados a cabo por los primeros godos paganos y por los caldeos que les siguieron. Así lo aseguraban algunos devotos de Toribio, a quien consideraban santo, atribuyéndole el milagro de haber caminado por su iglesia portando ascuas en las manos, sin sufrir el menor daño, para demostrar su inocencia ante la calumnia de un envidioso. Otros, por el contrario, afirmaban que el arca llevada primero a África, huyendo de la ocupación musulmana de Jerusalén, y desde allí trasladada a la antigua colonia de Nova Cartago, entonces bajo el amparo de Bizancio. Con el correr de los años, fieles cristianos habían transportado las reliquias a Híspalis, Toletum y finalmente Asturias, corriendo grandes peligros con tal de rescatarla de la profanación que habrían sufrido a manos de los conquistadores moros.

Lo cierto es que lograron salvarse y llegaron hasta nosotros esas maravillas llamadas a convertir Ovetao en centro de peregrinación para católicos de todo el orbe, dado el poder formidable de los objetos contenidos en el arca: una astilla de la Vera Cruz en la que Nuestro Señor Jesucristo padeció tormento y muerte en el Monte Calvario; un retal del auténtico manto de la Virgen María que esta entregara milagrosamente a San Ildefonso; restos amorosamente conservados de Juan el Bautista y de los doce apóstoles; fragmentos de huesos o cabello de otros muchos santos varones y mujeres, como Leocadia, elevados a los altares de la Iglesia... Un capital de incalculable valor para el que Tioda levantó una cámara especial junto al palacio de Alfonso que servía al mismo tiempo de capilla al monarca, con paredes policromadas en tonos verdes y púrpuras bajo una bóveda decorada al estilo de lo que había contemplado yo en la residencia de Elipando en Toletum. Un hogar hermoso, de diez pies de ancho por veinticinco de largo, con columnas rescatadas del tiempo de los romanos y dos ventanales abiertos para dar luz a los muchos relicarios en él contenidos. Un recinto dedicado por similitud y vocación de continuidad a la mártir Leocadia, en cuya basílica se habían celebrado los concilios del reino visigodo, que pronto vino a enriquecerse con una cruz forjada en oro purísimo y piedras preciosas, símbolo de las victorias del soberano cristiano sobre sus enemigos internos y de las derrotas infligidas por su espada al Islam. Una cruz tan bella, tan perfecta en su ejecución, tan depurada por la mano de los orfebres que la moldearon, que parecía labrada por los mismísimos ángeles.

Mientras me explicaba los porqués de su obra, Tioda me iba mostrando el lugar exacto en el que pronto se alzarían las cuatro torres destinadas a defender la iglesia del Salvador, contigua al palacio, y me paseaba a través de los comedores, baños, pabellones destinados a establecer los tribunales reales, bodegas, despensas y salones que tendría la residencia de Alfonso, una vez que concluyeran los ingentes trabajos en curso. De las paredes —me contaba entusiasmado— colgarían pinturas y tapices como nunca se habían visto en Asturias y en las estancias el mobiliario reflejaría el esplendor de nuestro gran monarca. Haría falta, eso sí, establecer tributos especiales para sufragar el mantenimiento de esos edificios, ya que no iban a resultar baratos. Tres basílicas: las del Salvador, San Tirso y la consagrada a los santos Basilisa y Julián, con su correspondiente dotación; acueductos capaces de suministrar agua a todo el complejo, una fuente monumental aneja al baptisterio y los muros necesarios para protegerlo todo de los asaltos sarracenos costarían muchos miles de sueldos. Oro procedente en parte del botín acumulado a lo largo de las guerras, pero extraído en buena medida también de las contribuciones del pueblo. Un gasto desmedido que, no obstante, merecería la pena. Eso aseguraba él, mi querido Tioda, decidido a dejar su huella imborrable en la Historia.

A su lado, conversando sobre cuestiones elevadas o anécdotas baladíes, yo podía sentir renacer la ilusión en mi alma. En sus ojos pude ver reflejada, después de muchos años, a la Alana que descubrió fascinada la mezquita de Corduba, con la que también Abd al-Rahman quería ocupar su lugar en la memoria de los pueblos, o a la que encontró el amor en brazos de un hombre casi desconocido. Así me miraba Tioda: como si viese en mí a la muchacha que fui cuando todo eran sueños al alcance de la vida. Él era viudo, náufrago de un matrimonio sin deseo ni entendimiento, que le había arrojado a la playa en plena madurez, sometiéndolo al acoso feroz de todas las damas de la corte en busca de un buen partido para sus hijas. Me pidió consejo al respecto, al principio de nuestra amistad, pues nada nos habíamos dicho aún que pudiera comprometer la pureza de la relación. Yo sabía que él me amaba y él conocía mi amor, pero huíamos de esa atracción prohibida. Él, por respeto a mi condición de mujer casada. Yo, por los votos y la deuda de gratitud que me ligaban a Índaro, cuyo nombre no podía mancillar con una conducta impropia. De modo tal que entre nosotros todo eran sugerencias, sobreentendidos, ejercicios de ingenio en los que cualquier palabra se revestía de un significado completamente distinto del aparente...

—No hay alabastro en toda Asturias comparable al que contemplan mis ojos —decía él en el atrio de San Tirso, ignorando sus columnas para mirarme fijamente.

—Lástima que tardara tanto en venir un artesano deseoso de tallarlo... —replicaba yo con sincera tristeza.

O en otra ocasión:

—La piedra más dura se torna maleable y suave bajo el cincel manejado con delicadeza.

—He leído que hay montañas, como esa a la que llaman Etna, que arden de fuego en su interior bajo una capa de roca áspera.

Todo eran juegos inocentes nacidos de una misma llama. Pasión canalizada a través del intelecto, no solo para ocultarla de los demás, sino de nuestra propia conciencia.

Pese a ello, Tioda no se llegó a desposar. Rechazó muchos y muy golosos ofrecimientos, conformándose con los placeres de su trabajo y la certeza de un amor profundo, vedado a la carne. Me entregó su corazón con la misma generosidad que demostraba al ofrecer su talento a la ciudad, que poco a poco empezó a exhibir la magnificencia de sus nuevos edificios.

Uno de los primeros en abrir sus puertas fue la iglesia del Salvador, situada allá donde Fruela había levantado un templo profanado una y otra vez por las hordas mahometanas. Justo en ese lugar quiso Alfonso levantar una basílica que cantara por los siglos la gloria de Dios, dotándola, como hiciera con Santa María de Coaña, de todo lo necesario para garantizar su servicio. Él mismo dictó las palabras exactas a su notario en el documento que consignaba su donación al templo, que el soberano aprovechó para reiterar públicamente su fe y agradecimiento a Nuestro Señor. Decía más o menos así, según creo recordar:

Yo, Alfonso, rey, denominado el Casto con indignidad notoria, a Ti, Salvador mío, y a Tu Iglesia, que deseo dotar según mis medios, Os ofrezco heredades y familias, corroborando a las veces todas mis donaciones anteriores. Yo sé, Señor, que Tu mano habrá de protegernos ampliamente, a mí, a los que me sigan y a la plebe que Tú nos confiaste, haciéndonos victoriosos contra los adversarios de la Fe. Y yo sé, Señor, que luego, cuantos obedecemos tus mandatos y cuantos laboramos por tu casa, felices en esta vida, aún lo seremos más en la futura, a la vera de Tus ángeles. Confirmo, pues, cuanto Os dio mi padre en su testamento propio, y ofrezco yo además para Tu gloria a esta, Tu Iglesia de Ovetao, el atrio que la rodea y toda la ciudad que he construido y que he cercado de muro mediante Tu protección. En ella van incluidos los acueductos, las casas y los edificios todos que yo construí también, y para adorno de la iglesia misma doy a las veces ornamentos de oro, doy ornamentos de plata, doy ornamentos de bronce, y doy los tomos del sagrado libro, y los frontales, los lienzos y las vestiduras todas que son imprescindibles al altar.

Además de lo consignado, el monarca otorgó a su catedral tierras extensas con sus prados, pastos, ganados, montes, siervos y fuentes. A las demás iglesias no las trató peor, disponiendo que todas ellas contaran con las reliquias y objetos indispensables para el desarrollo del culto, y a nosotros, sus leales seguidores, nos mandó edificar residencias tan sólidas como la suya, en los alrededores de palacio.

Por vez primera desde que partiera de mi castro, hacía ya más de veinte años, pude al fin disfrutar de un hogar merecedor de ese nombre, con un dormitorio para mí sola situado en una de las alas de la casa; dependencias para los siervos alejadas de las nuestras y una sala de techo elevado caldeada por braseros, a semejanza de la que habíamos visto en la residencia de Elipando en Toletum, aunque sin las pinturas de sus paredes, donde recibir a las visitas sin tener que avergonzarme. Al fin Ovetao empezaba a parecer la capital de un auténtico reino.

Alfonso estaba decidido a recuperar la esencia de la corte visigótica de Hispania y para ello no se conformaba con construir edificios similares a los que sus antepasados habían habitado en Toletum o restaurar y proteger las vías que llevaban hasta su ciudad. Él se proclamaba sucesor de los reyes toledanos y reclamaba su herencia, asegurando que Ovetao habría de reanudar la tradición interrumpida por la invasión mahometana. Se empeñó en resucitar el espíritu que Witiza o Egica imprimieron a sus gobiernos, simplificando, eso sí, el complejo ceremonial de sus palacios. Sustituyó los mayordomos, camareros y gentilhombres de aquellos por simples próceres, algunos de los cuales llegaban a ser miembros de su consejo, entre los que destacaba su círculo de fideles. Un reducido número de funcionarios asumió la tarea de llevar las riendas del complejo palaciego, mientras el rey se afanaba en restablecer las instituciones civiles y eclesiásticas de los visigodos, incluidas las delegaciones territoriales encomendadas a condes y obispos de su confianza, especialmente en los puestos avanzados de la frontera; el arte, la cultura de aquella tierra de la que Isidoro escribiera que «de todas las tierras, cuantas hay desde Occidente hasta la India, tú eres la más hermosa, ¡oh, sacra Hispania!», y, como sustrato de todo ello, el pensamiento del santo hispalense que sirvió de inspiración a los monarcas de aquella etapa.

Más; lo que se proponía el rey requería mucho más que piedra y argamasa. Su principal material de construcción sería la obra del sabio nacido casi tres siglos atrás, que Alfonso conocía bien por haberse empapado de ella durante su estancia juvenil en Samos. Yo también había tenido para entonces la fortuna de leer sus escritos, copiados en Corduba, Toletum o San Martín de Libana, y comprendía por ello cada iniciativa que tomaba nuestro señor a la hora de repartir las responsabilidades de la gobernación e impartir justicia siguiendo el mismo código que rigiera en Toletum. De acuerdo con el pensamiento del santo obispo de Híspalis, que los caldeos llaman Isbiliya, los decretos dados bajo la mirada justiciera de Dios habían de asegurar la fuerza de los reyes y la estabilidad de la gente goda. Su propio tiempo, al igual que el nuestro, se había visto sacudido por terribles luchas por el poder, bandidaje, salvajismo, rapiñas de todas clases y amenazas poderosas, que exigían levantar un reino sólido sobre la base de unas leyes capaces de convertirse en baluarte contra esos peligros. De ahí que emprendiera la ingente tarea de redactar el compendio de normas por las que se regían los godos hispanos, el Fuero Juzgo, adoptada íntegramente por Alfonso sin alterar un solo párrafo.

Isidoriana era la ley que le obligaba, como soberano merecedor del favor de Dios y de sus súbditos, a manifestar con hechos y no con palabras sus buenas costumbres y cualidades. Isidorianos igualmente los preceptos que mandaban hacer y aplicar las normas en provecho del pueblo y con el consentimiento de los hombres honrados, aunque humildes, a fin de que el rey apareciera gobernando el reino con el apoyo de los ciudadanos y no por su potestad personal. De idéntica fuente manaba el principio de que la autoridad que se apoya en el castigo corre el peligro de rodar por el suelo, ya que no la fuerza sino el conocimiento es lo que separa al hombre de la mala conducta y solo con un orden de paz y de derecho el pueblo no podrá ser vencido, pues cosa probada es que la justicia que defiende al súbdito quebranta al enemigo. Por lo mismo, la vara real no admitiría que se aplicara la muerte ni la confiscación sino en casos singulares y tras un proceso cuidadoso, advirtiendo que la pena persigue la corrección del culpable, lo que obliga al príncipe a perdonar cuando advierta enmienda.

Era evidente que Índaro no había seguido esas directrices al castigar a Vitulo y los restantes miembros de la conjura que llevó a Alfonso hasta una celda de Ablaña, pero cabía alegar en su descargo que las circunstancias resultaban ciertamente excepcionales, amén de que el traidor ajusticiado por su mano jamás había mostrado arrepentimiento alguno.

Obrara de forma recta o bien se desviara en aquel trance, lo cierto es que nuestro rey tuvo a bien confiarle por aquellas fechas la misión de acudir en su nombre a impartir justicia en las tierras que le había cedido por haber pertenecido a su padre. No era la primera vez que se lo ordenaba. Tal y como sucede hoy, ni el soberano podía entonces desplazarse hasta el último rincón del reino a dilucidar pleitos ni la mayoría de sus súbditos tenían capacidad para acudir a él en Ovetao. De ahí que los condes con dominios encomendados a su administración se vieran obligados a administrar lo que únicamente al rey correspondía por la gracia divina, aun a riesgo de errar en el juicio y rubricar decisiones torcidas.

Yo no quería abandonar mi recién estrenada mansión. Me repugnaba la idea de dejar nuevamente a mi niña en manos de su aya vascona, por fuerte que fuesen los lazos que las unían, y, por encima de todo, detestaba tener que alejarme de Tioda, cuya mera existencia constituía para mí una fuente de alegría. No deseaba acompañar a Índaro, pero le seguí, porque él me lo pidió, ya que no había aprendido a leer ni escribir, y porque así me lo mandó el sentido del deber, que ni un solo día me ha abandonado desde que guardo memoria del pasado. De no haberlo hecho, tal vez habría caído en la tentación de otros brazos, otro calor y otra boca, que me llamaban a gritos. Por eso marché con mi esposo hasta su heredad de Canicas, cuando el nuevo siglo caminaba ya hacia su segunda década, dispuesta a brindarle mi ayuda, consejo y saber, a pesar de no ser yo su escriba.

El tribunal se instaló en la misma explanada situada frente a la iglesia, con gran afluencia de público desde primera hora. Ante su juez y señor comparecieron varios aldeanos con disputas sobre linderos de tierras, resueltas generalmente como lo hacía el rey Salomón; es decir, sin dar razón completa a ninguno de los litigantes. Una pareja de campesinos, ya mayores, vio confiscada su granja, única propiedad de la que disponían, como consecuencia de un robo perpetrado tiempo atrás por uno de sus hijos. Este había sustraído un cordero a un pastor de la localidad, quien lo llevó ante la autoridad y obtuvo una condena que obligaba al ladrón a compensarle en especie el importe del animal. Sus padres aceptaron actuar de fiadores del muchacho, mientras este reunía los bienes necesarios para hacer frente a su deuda, pero él optó por darse a la fuga, dejando a sus progenitores esa pesada herencia. Me dolió confirmar a Índaro que, según la ley, el reclamante tenía derecho a quedarse con la casa y los enseres de los demandados, pues una vez transcurrido el plazo establecido para el pago de la compensación establecida el deudor no se había presentado. Aquellas gentes se verían arrojadas al arroyo en el ocaso de sus vidas, sin que nadie pudiera auxiliarlas, a menos que otros parientes aceptaran acogerles en sus hogares y compartir con ellos el pan y la sal. Así lo ordenaba la Justicia real.

Vimos más tarde otros casos de hurtos pequeños, resueltos con azotes o multas, y ya a última hora se presentó un hombre con su hija, apenas mayor que Eliace, quien caminaba encorvada, cubierta por un velo, atenazada por la vergüenza.

—Vengo a pedir justicia ante vos —dijo con palabras que denotaban una cierta educación—, pues mi honra ha sido mancillada en la persona de mi hija. Era manceba en cabellos y ha sido despojada de su más valioso don, forzada por un villano que ha quebrantado su natura con la mano y con el miembro. ¿Quién me reparará ahora el daño, señor?

Índaro se dirigió a la muchacha, que intentaba hacerse invisible a la multitud congregada en la plaza, y le preguntó sin rodeos:

—¿Es verdad lo que dice tu padre?

Ella se limitó a asentir tímidamente con la cabeza. Índaro insistió.

—¡Responde! ¿Es cierta la acusación que formula tu padre? Y en tal caso, ¿quién es el hombre que te forzó?

Ella señaló a un joven situado junto a los acusados de robar, atrapado como ellos en un cepo de madera, y con un hilo de voz respondió:

—Él ha sido, señor.

—¡Mentira! —gritó entonces el señalado, forzado a hacer grandes esfuerzos para hablar con la cabeza metida en ese incómodo collar.

—Liberadle del cepo —ordenó mi esposo—, dejemos que hable y se defienda. ¿Qué puedes decir en tu descargo?

Intentando masajearse el cuello con las manos entumecidas, el muchacho, no mucho mayor que la ofendida, avanzó resuelto hasta donde estaba su juez, sentado sobre una plataforma elevada, y afirmó en tono lastimero:

—Ella consintió a mis caricias y gozó con ellas. No solo no se resistió, sino que me pidió que siguiera. Todo el mundo sabe que va por ahí provocando a los hombres con sus andares coquetos, sus cantos y sus sonrisas.

—¡Malnacido! —le increpó el padre—. Has injuriado mi casa, manchado mi buen nombre, perdido a mi única hija y aún te atreves a calumniarla. No le escuchéis, señor. Ella era un ángel que ya no podrá casarse y habrá de tomar los hábitos para esconder su deshonra. ¿Dejaréis al bellaco sin castigo?

Tras escuchar los testimonios de varios parientes y vecinos, ninguno de los cuales corroboró la acusación de ligereza que había sido vertida sobre la violada, Índaro mandó que fuera examinada por la partera de la localidad, la cual apreció la veracidad de lo denunciado y la consiguiente pérdida de la virginidad. En vista de tales pruebas, decidió dar crédito a la demandante y dictó su sentencia:

—Que le sea cortada la mano con la que ha pecado y que luego lo ahorquen. Si dispone de algún bien, que sea entregado a la familia de la muchacha en concepto de reparación. De lo contrario, yo mismo sufragaré la dote para que sea aceptada en un convento.

No tardamos mucho en regresar a Ovetao, donde los cambios se producían a gran velocidad. La capital crecía a ojos vista, mientras Alfonso se afanaba en culminar su proyecto político y religioso consistente en convertir Asturias en el embrión de la nueva Hispania reconquistada. A tal fin, una vez consagrada su basílica del Salvador, convirtió dicha diócesis en sede episcopal regia llamada a sustituir a Toletum, nombró obispo de dicha sede a Adaulfo y convocó un concilio a imagen y semejanza de los celebrados en la citada ciudad, al que asistió como observador mi hijo Rodrigo, quien ya había pronunciado sus primeros votos, como miembro de una delegación enviada desde Samos.

Con gran pompa llegaron a la ciudad los prelados de Iria, Lucus, Valpuesta y algunos prófugos de sedes ocupadas por los musulmanes, reacios a plegarse a su disciplina. Asimismo, en calidad de invitado de excepción participó en el encuentro Teodulfo de Orleáns, legado del emperador Carlos el Magno, tratando de llevar a su tierra la cabeza de la Iglesia asturiana, con el fin de someterla a la autoridad de su soberano, cosa que no consiguió.

Los dignatarios reunidos bajo la protección del Rey Casto nombraron algunos cargos, organizaron en la medida de lo posible la vida espiritual de un país devastado por la guerra, se juramentaron para volver cuanto antes a la vida las diócesis y parroquias vaciadas antaño por el primer Alfonso e hicieron votos para perseverar en el empeño de hacer frente a la adversidad. Así lo proclamaron solemnemente tras la conclusión del cónclave, al comprometerse a resistir a los contrarios unidos siempre todos con lazos de caridad ya que, aseguraron, si en Asturias no hubiera habido contienda por la elección de los príncipes y hubiera pervivido siempre la santa caridad; si no la hubieran olvidado los siervos de Dios para caer en las disensiones, la espada del furor no habría nunca amagado a la ciudad de Fruela.

Esa espada estaba a punto de golpear de nuevo.

Durante los años transcurridos desde el último enfrentamiento en campo abierto con los sarracenos, las revueltas sufridas por el emir de Corduba habían permitido a nuestro rey enviar con éxito algunas expediciones al sur, hasta el alto valle del río Tajo, en busca de cautivos y botín. Su alianza con el poderoso monarca franco estaba resultando muy provechosa para todos nosotros, por lo que cuando su hijo Ludovico recabó la ayuda asturiana para consolidar el gobierno de su conde Velasco, un gascón a quien había impuesto por las armas en Pompaelo —hasta entonces próxima a los mahometanos—, ninguno de los consejeros reales encontró motivos para oponerse. Al fin y al cabo, las tierras bajo su dominio eran vecinas de la Vasconia de Munia, integrada en el reino desde los tiempos de Alfonso el Cántabro, lo que facilitaría la lucha común contra las tropas de Alá.

Este pacto, que le privaba del control sobre un territorio sometido hasta entonces a su influencia, inquietó sobremanera a Al-Hakam, según informaron al punto los espías infiltrados en su entorno. En cuanto sus tribulaciones internas le dieron una tregua, armó un ejército de más de diez mil hombres, comandado por el viejo general Abd al-Karim, que envió contra nosotros en el año 816 de la Era de Nuestro Señor.

Hacía tiempo que no sufríamos una embestida semejante, pero sabíamos cómo defendernos. Una hueste muy numerosa y variopinta, compuesta por asturianos cristianos, vascones paganos, pamploneses y aquitanos, salió al paso de los atacantes a orillas del río Orón, que los moros llamaban Arün, al atardecer del día vigesimoquinto del mes de mayo. Allí estaba el rey con su armadura plateada, imponente sobre su caballo de batalla, y junto a él Índaro, con su túnica negra, revestido de acero y alzando al cielo su escudo para arengar a sus guerreros. Allí estaba yo también, una vez más, decidida a cumplir mi promesa hasta el final.

Toda la noche hombres de uno y otro bando corearon consignas destinadas a atemorizar al adversario. Nadie durmió en ninguno de los dos campamentos, sabedores todos de que el alba traería un choque en el que muchos perderían la vida. Apenas salió el sol, el caudillo caldeo ordenó a sus soldados cruzar el río por el vado que protegían los cristianos, los cuales aguantaron el embate sin retroceder e impidieron que Abd al-Karim alcanzara su propósito. Envalentonados por el éxito, los seguidores del estandarte de Alfonso se lanzaron a su vez a la conquista del campo musulmán, que supo resistir y contraatacar, empujando a los nuestros hasta un desfiladero angosto en el que quedaron atrapados sin espacio para maniobrar, lo que desencadenó una gran matanza.

Desde mi observatorio privilegiado asistí horrorizada a la carnicería que se desarrollaba a mis pies, viendo cómo las picas sarracenos ensartaban sin dificultad a los infantes asturianos acorralados. Divisé claramente a mi esposo, todavía a caballo, recibir un lanzazo en el costado que a punto estuvo de derribarle, lo que habría supuesto su muerte segura. Para fortuna suya y mía, a su lado estaba Assur, valiente compañero en la batalla, quien le libró de sus contrincantes ayudándolo a llegar hasta mí con el fin de recibir los cuidados necesarios. No era una herida grave y pudo volver a la refriega en cuanto se la hube vendado, a tiempo para contribuir a consolidar la defensa del paso atacado. Habíamos perdido muchos hombres en el combate, pero los supervivientes habían logrado repeler a los agresores arrojando piedras sobre ellos desde las alturas a las que se habían encaramado, lo que llevó a un desenlace sin vencedores ni vencidos.

A lo largo de los días siguientes permanecimos al acecho en nuestra orilla del río, levantando empalizadas, cavando fosos y viendo cómo ellos hacían lo mismo. Nos acechábamos, algunos caballeros se desafiaban en campo abierto y protagonizaban alguna escaramuza, pero nadie se atrevía a dar el primer paso. Al fin, el cielo acudió en nuestra ayuda con una lluvia abundante que ahuyentó a los seguidores de Mahoma.

Una mañana los vimos levantar sus tiendas, recoger sus cosas y volver grupas hacia Al-Ándalus, dirigiéndonos insultos desde la lejanía para aliviar su impotencia. Marchaban sin haber alcanzado sus propósitos de conquista, con grandes bajas en sus filas, aunque dejaban las nuestras seriamente mermadas. Junto a miles de bravos soldados muertos sin dar la espalda al enemigo, en la lucha habían caído guerreros de la talla de García López, casado con la hija de aquel rey Bermudo que renunciara al trono; Sancho, uno de los mejores caballeros de Pompaelo, y Zaldún, el más célebre combatiente de los vascones paganos. Nos habían hecho daño, pero seguíamos vivos.

De regreso a Ovetao, Índaro decidió comenzar a negociar la boda de nuestra hija Eliace con un conde pamplonés llamado Tellu, a quien había conocido en la contienda, con el fin de tejer lazos de amistad y mutua ayuda entre nuestras respectivas familias. No pude objetar nada a la idea, pues el partido parecía bueno, aunque me doliera ver marchar a mi pequeña a tierras lejanas. Habría que componer su ajuar, redactar el contrato matrimonial, acordar los términos de la dote y finalmente conducir a la novia hasta la casa de su prometido, lo que nos mantendría ocupados durante varios meses. Yo sería la encargada de instruir a la niña en todo lo relacionado con su papel de esposa, incluida la forma de comportarse en el lecho conyugal de manera que complaciese a su marido sin parecer desvergonzada, mientras su padre trataba con el del novio la dote del desposorio, que se celebraría en Pompaelo.

Con el verano pusimos en marcha los preparativos para la boda, pero pronto hubimos de interrumpirlos porque una nueva amenaza vino a sumarse a las habituales. Como tantas otras veces, llegó en forma de mensajero portador de las peores noticias, porque los acontecimientos felices tardan una eternidad en ser conocidos mientras las desgracias galopan a lomos de corceles que vuelan.

Según me contó mi esposo, justo antes de partir hacia su último viaje, un jinete se presentó a las puertas de palacio con el rostro desencajado, agotado por el esfuerzo, reflejando en la mirada el horror que había visto. Sin apenas aliento para explicarse, dijo venir cabalgando desde Gegio para pedir auxilio. La ciudad había sido atacada por unas gentes jamás vistas antes, venidas del mar. Gigantes rubios —advirtió antes de expiar— cuya ferocidad superaba con creces todo lo conocido.

XVII

Diablos vikingos

Normandos. Su nombre bastaba para inspirar terror a cualquiera que hubiese tenido el infortunio de toparse con esa raza de demonios salidos del infierno para devastar la tierra. El año anterior habían aparecido con sus embarcaciones en la desembocadura del río Loira, al occidente del país de los francos, y remontando su curso y el del Garona habían saqueado las ciudades de Nantes y Tolosa, además de varios monasterios, aldeas y caseríos encontrados a su paso. No solo eran excelentes marinos tanto en la mar como en la navegación fluvial, sino que su voracidad los convertía en bestias rapaces que se adentraban por los caminos en busca de botín.

Aparecían de improviso, generalmente al amanecer, lanzaban sus flechas incendiarias sobre las techumbres de casas o iglesias y se apostaban en el exterior del poblado con el fin de impedir la fuga de sus moradores. Solían cebarse en las comunidades de monjes, porque buscaban con especial avidez el oro y la plata de sus cálices, candelabros y demás objetos de culto, aunque no hacían ascos a cualquier lugar en el que pudieran encontrar metales o piedras preciosas, telas de lujo y jóvenes susceptibles de ser vendidos como esclavos. Apresaban a obispos, nobles y magnates de las villas que atacaban, por cuyas vidas exigían rescates exorbitantes;

demandaban a los lugareños el pago de un tributo inmediato, amenazando con sembrar la destrucción, y, en caso de toparse con una negativa, tomaban la ciudad al asalto. Una vez dentro —contaban quienes lo habían visto o escuchado de labios de algún testigo—, concentraban a la población en la plaza, seleccionaban a los más aptos para la esclavitud y colgaban a los demás de los árboles como frutos podridos, destinados a sembrar el pánico en los pueblos vecinos. Antes violaban a las mujeres y se divertían practicando algunos de los juegos que les daban fama, como por ejemplo —¡Dios se lo cobre haciendo arder sus almas eternamente!— lanzar criaturas de pecho al aire y ensartarlas con sus espadas mientras caían. No respetaban a nadie, ni ancianos, ni enfermos, ni mucho menos niños, y cada una de sus incursiones acababa en holocausto tan rápido como las embarcaciones que les transportaban de un sitio a otro a gran velocidad, sin que las tropas reales pudieran darles caza.

Tal era su capacidad para infundir terror que en muy poco tiempo habían vaciado las costas de poblaciones, pues las aldeas del litoral eran presas fáciles para sus correrías. Únicamente algunos enclaves ocultos en recodos invisibles desde la mar, colgados de acantilados prácticamente inaccesibles, proporcionaban un hogar seguro a las gentes que viven de lo que el océano oculta en sus entrañas. Fuera de esos pocos escondrijos, el riesgo inherente a instalarse cerca del agua equivalía a un suicidio.

Esto era lo que sabíamos de los depredadores venidos del norte helado antes de que llegaran a nuestras tierras, por los relatos que circulaban de boca en boca a través de los caminos. Esos diablos gigantescos, tocados con yelmos en forma de cornamenta, revestidos de cuero e imbatibles en el manejo del hacha, que lanzaban a gran distancia con una precisión increíble, desconocían la clemencia. Ante ellos únicamente cabía huir o prepararse para morir, pues la piedad no entraba en sus registros y en la lucha cuerpo a cuerpo resultaban adversarios temibles. El pánico que inspiraba su crueldad alcanzaba cotas tan elevadas que incluso los soldados francos, vencedores en tantas batallas, habían retrocedido ante su avance por tierras galas, sin atreverse a plantarles cara. Índaro, sin embargo, no tenía intención de hacer tal cosa. Al igual que otros condes movilizados por el rey dada la gravedad de las noticias, reunió a sus gentes de armas y marchó sin tardanza hacia la ciudad atacada, decidido a expulsar de allí a los invasores vikingos.

Lo que sucedió a continuación me lo contó Assur tiempo después, ya que mi esposo no regresó de esa misión. Cayó luchando fieramente junto al faro de Brigantium, muy cerca del lugar en el que años atrás había dado tormento a Vitulo con sus propias manos, tras una persecución de varios días por la costa en pos de esos asesinos sembradores de pavor. Fue muerto a traición, después de que una cuchillada asestada por la espalda, justo en el hueco que deja la cota de malla bajo el brazo, le hiciera girarse instintivamente y perder de vista un momento al guerrero con el que se batía. Este aprovechó su oportunidad y de un tajo le separó la cabeza del tronco, segando la vida del hombre más valiente que jamás pisara este mundo.

Eso decían de él quienes habían combatido a su lado, recordando los últimos instantes compartidos frente a un enemigo escurridizo y sin honor, que tras aparecer por sorpresa en Gegio, hacer gran matanza entre sus habitantes, profanar iglesias e incendiar la ciudad había retornado a sus naves para escapar de allí en dirección a occidente, sin ofrecer la cara ante soldados verdaderos.

Estos hubieron de cabalgar por el interior para darles alcance a la altura de una antigua localidad llamada Clunia, cerca de la cual se alza un faro visible desde muy lejos, que debió de actuar como reclamo de los piratas, hacerles pensar que junto a él se encontraría una ciudad rica y excitar su codicia hasta el punto de atraer a una flota de casi un centenar de naves. En esa ocasión, no obstante, cuando los normandos pusieron pie en tierra con la intención de perpetrar sus habituales rapiñas, no se toparon con unos aldeanos indefensos ni unos frailes atemorizados, sino con las tropas enviadas por el rey de Asturias. Y fueron obligados a marcharse.

En la batalla del faro de Brigantium cayó Índaro, lejos de mí, sin que pudiera tocar por última vez su mano ni contemplar su rostro amado. Cayó con la espada en la mano y la honra intacta, junto a otros muchos bravos caballeros asturianos cuya sangre sirvió para librar a esta tierra de ese azote feroz que padecieron otros pueblos del entorno, pero no el nuestro. Cayó como había vivido y combatido, al frente de sus guerreros, mirando sin miedo a la muerte, junto al más fiel de sus espatarios, Assur, quien recogió su cuerpo del barro para darle sepultura cristiana.

¿A quién habría dedicado su último pensamiento en caso de haber sabido que le llegaba la hora? ¿Cuál habría sido el nombre que musitaran sus labios? ¿Llamaría a su madre, Froia, como tantas veces he visto hacer a moribundos en el campo de batalla? ¿Invocaría a Dios Nuestro Señor pidiendo Su misericordia? ¿Recordaría tal vez a sus hijos? ¿Apelaría a la imagen de Átika para endulzar el trance o sería a mí a quien llevaría consigo a su nueva morada en el Cielo?

Me consuela pensar que fui yo la que le condujo en ese tránsito hacia la vida auténtica que nos aguarda al final de este valle de lágrimas. Con frecuencia me llego hasta la tumba donde reposan sus restos, muy cerca de aquí, en el atrio de la capilla de nuestro monasterio de Santa María, bajo una lápida de piedra blanca labrada con su efigie de caballero armado, y me siento sobre mi propia losa, aún sin tallar, para conversar un rato con él. Sé que allá donde esté escuchará la voz de la que fue su compañera a lo largo de tantos viajes. Le cuento cosas banales sobre el día a día del cenobio y sus pequeñas disputas, le pongo al corriente de la yeguada, los precios del ganado y el patrimonio que vamos acumulando, cuyo montante no para de crecer; pido su consejo para tal o cual decisión, pues ahora soy la abadesa, lo que entraña graves responsabilidades, y le hablo de nuestros vástagos Froia, Fáfila, Rodrigo y Eliace, cuyos caminos discurren rectos por trazados de los que estaría orgulloso.

También me gusta tranquilizar su espíritu haciéndole partícipe de las limosnas que yo entrego y las oraciones que nuestros hermanos y hermanas elevan al Cielo por el sufragio de su alma, con el propósito de obtener la intercesión de los santos para la reparación de sus pecados. Ya tengo dispuesto en mi testamento una donación lo suficientemente generosa como para que esas plegarias se mantengan después de mi muerte, al igual que los socorros a los necesitados, pues confío en alcanzar de ese modo una vida de luz junto a mi amado. Estoy más cerca de él que cuando vivía, acaso porque lo recuerdo tal como lo soñé y no tal cual era realmente. ¿O es al revés? ¿Sabe alguien realmente cómo es la persona con la que comparte su vida, cuando apenas si llegamos a conocernos a nosotros mismos? En todo caso, espero no tardar mucho en ir a su encuentro en ese jardín donde todo es paz y los ángeles entonan cánticos de gloria, ya que poco me queda por hacer en este mundo, excepto terminar esta crónica que ya va llegando a su fin.

Una vez derrotados y devueltos al mar esos lobos, Assur recogió el cuerpo martirizado de su señor, lo puso en una caja junto a su cabeza, roció aquel despojo con abundante sal, para evitar que se descompusiera por el camino, y emprendió el regreso a casa custodiando su valiosa reliquia. Mientras él y sus compañeros marchaban hacia el sureste, en dirección a Ovetao, los normandos costeaban la península rumbo al sur, hasta Olisipo, sobre la que cayeron cual plaga infernal durante trece días con sus noches, hasta verse finalmente rechazados por los defensores de la ciudad después de hacer gran masacre entre sus aterrorizados habitantes.

Lejos de darse por vencidos, aquellas fieras, a quienes los mahometanos llamaban *mayûs*, que significa «paganos», siguieron con su recorrido depredador atraídos por los tesoros de Al-Ándalus y se adueñaron de una antigua ciudad sita en la isla de Gadeira, cuyos moradores fueron pasados por las armas o embarcados camino de los mercados de esclavos. Desde allí, el grueso de la flota remontó el Guadalquivir hasta alcanzar Isbiliya, que fue presa fácil de esa tropa borracha de sangre. Como había sucedido en todas las plazas visitadas con anterioridad, quienes no huyeron a tiempo fueron apresados o muertos, muchos de ellos quemados vivos en el interior de la mezquita en la que se habían refugiado y que ardió hasta los cimientos. Siete días duró el tormento para aquellos desgraciados, concentrados en una isla del río mientras sus verdugos recorrían a caballo la comarca en busca de más botín y cautivos. En la capital, entre tanto, un escalofrío de terror empezaba a recorrer las espaldas de pobres y de ricos, temerosos del destino sufrido por sus vecinos.

No permitió el emir que su ciudad fuera víctima de semejante ultraje. Cuando la amenaza soplaba ya en la nuca de los cordobeses, un cuerpo de caballería ligera marchó hacia el sur, seguido de cerca por un ejército comandado por el eunuco Nasar, quien se enfrentó a los invasores en campo abierto y les infligió una derrota en la que perecieron millar y medio de guerreros. Otros muchos fueron capturados y reducidos a servidumbre, al tiempo que algunos más conseguían escapar río abajo u obtener salvoconductos a cambio de liberar a los musulmanes cautivos.

No han regresado a tierras de Hispania esos seres feroces de jerga incomprensible. No se han vuelto a ver por nuestras costas sus galeras anchas, de escaso calado y proa afilada, provistas de grandes velas mitad rojas, mitad amarillas. Sé que poco después de su fracaso aquí probaron fortuna en el país del rey Magno y, remontando el río Sena, saquearon Rotomagus, avanzaron sobre la vieja ciudad de París, que tomaron a sangre y fuego sin resistencia, atacaron algunos importantes monasterios de sus alrededores, mientras el emperador estaba lejos, y a la vista del ejército franco dieron suplicio y muerte a ciento once cristianos, con el efecto deseado de amedrentar a sus adversarios hasta el punto de paralizarlos. Pese a ser superiores en número, los francos aterrorizados se negaron a luchar, lo que obligó a su rey a entregar una montaña de plata con el fin de apaciguar la furia de sus atacantes y comprar su retirada.

Para entonces Índaro descansaba en el templo, en suelo sagrado, tras el banquete funerario celebrado en su honor siguiendo la tradición que merece un soldado de su estirpe. Lo dispuse todo yo misma, venciendo el dolor que me embargaba, sin delegar en persona alguna ese penoso deber. Reuní en torno a mi mesa a todos los magnates del palacio con sus esposas, a los capitanes que lucharon a sus órdenes, así como a otros condes de rango similar al suyo; a mis cuatro hijos, a los clérigos más influyentes de la corte y a cuantos merecían asistir al último adiós dispensado a un gran personaje. Se sirvieron viandas exquisitas, regadas con los mejores caldos, los pobres de la ciudad recibieron caridades acordes con la circunstancia, hubo chocar de copas en recuerdo del difunto, rememorando cada una de sus hazañas, y cuando ya el licor hubo engrasado las gargantas, muchos de aquellos hombres se pusieron a cantar. Vascones, astures, godos e hijos de unos y otros entonaron las mismas canciones, que hablaban de antiguas gestas de armas tanto como de amores. La alegría estuvo a la altura de lo que se esperaba, pues en el centro de la gran mesa descansaban el yelmo, la coraza y el escudo de un prócer bendecido con una buena muerte. De un fideles del rey caído en el campo de batalla, sin ofrecer la espalda al enemigo.

El conde Teuda, llegado desde Gegio a rendir homenaje a su amigo, lo expresó a la perfección con palabras tomadas en préstamo de los pescadores que se juegan la vida en nuestro litoral:

—Remó bien, pero llegó a la orilla.

Índaro llegó el primero, y allí, en esa orilla de aguas mansas, me estará esperando cuando también mi barca llegue a puerto.

Durante los tres meses siguientes no salí de casa más que para ir a la iglesia. Guardé un luto riguroso, aunque breve, pues debía retomar con cierta urgencia los preparativos de la boda de Eliace, interrumpidos por el ataque normando. Su futuro esposo, Tellu, reclamaba a la novia insistentemente, y esta a su vez sentía la impaciencia emocionada que toda muchacha experimenta ante su casamiento. Era pues menester acelerar la confección del ajuar doméstico, mandar coser los vestidos, organizar la expedición a Pompaelo y decidir quién acompañaría a mi hija en su nueva vida, pues su aya Ximena no parecía tener muchas ganas.

—Alana, te lo ruego, no me obligues a marchar otra vez lejos de mi hogar, que ha estado a tu lado desde que juntas partimos de la casa de Munia. Mi puesto está aquí, contigo, compartiendo tu destino. Ya soy muy vieja para adaptarme a nuevas costumbres y la chiquilla preferirá llevar consigo a doncellas de su edad, capaces de acomodarse a lo que el Cielo les depare.

¡Cómo habían cambiado las cosas en los años que iban desde mi propio desposorio, celebrado sin más testigos que las aves nocturnas de una noche andalusí cerrada sobre dos fugitivos, hasta las nupcias de mi pequeña! Tampoco ella tendría un padre que la condujera del brazo hasta depositarla en los de su esposo, pero sí gozaría de todos los placeres que preceden a ese momento mágico en la vida de una mujer: la elección de telas para las túnicas o sábanas, las sesiones de bordado a la luz de un ventanal, escuchando de mis labios algunos consejos de alcoba, las charlas con las amigas en las que se intercambian secretos a media voz, entre sonrisas de complicidad... Eliace disfrutó de los prolegómenos de su boda tanto como padecí yo ante la inminencia de su partida, sabiendo que se alejaría de mi lado antes de cumplir los diecisiete años, exactamente igual que me había sucedido a mí con respecto a mi madre. Un bucle más de la Historia, que nos maneja a su antojo, como si se divirtiera jugando con nuestras pobres existencias.

El viaje desde Ovetao hasta Pompaelo, en el verano del año 817 de Nuestra Era, resultó más agradable que cualquier otro de los realizados en el pasado. El buen tiempo nos acompañó durante las dos semanas que tardamos en recorrer la distancia entre ambas ciudades, lo que facilitó la tarea de los carreteros y alivió la carga de nuestros caballos. La comitiva, que encabezábamos Eliace y yo, estaba compuesta por una guardia de quince hombres seleccionados entre los mejores espatarios de mi difunto esposo, tres damas de compañía que se quedarían con mi hija en su nuevo hogar y un grupo de siervos cuyo número no recuerdo, suficientes, en todo caso, para asegurar el transporte de nuestro voluminoso equipaje así como de las provisiones para el camino. Sin encuentros desagradables ni incidentes dignos de mención, una tarde soleada de septiembre llegamos a nuestro destino, donde fuimos agasajadas con más entusiasmo incluso del que habíamos esperado.

La ciudad que acogía a mi hija se hallaba en plena disputa, dividida entre los partidarios de Íñigo Arista, aliado de la familia de los Banu Qasi, antiguos condes godos renegados pero enfrentados a Corduba, y quienes por el contrario preferían mantenerse en la órbita del emperador Carlos, que pocos años antes había conquistado la ciudad sometiéndola al control de un gobernador franco. El hombre con quien Eliace iba a desposarse no parecía alineado con claridad en ninguno de los dos bandos, aunque se declaraba cristiano y no veía con buenos ojos la alianza entre seguidores de Cristo y adoradores de Alá. Un pacto contra natura que poco tiempo después alejaría a Navarra de Asturias, otorgándole la condición de reino independiente.

Sea como fuere, ninguno de esos complejos asuntos turbaba nuestros espíritus en los días previos al casamiento, mientras disfrutábamos de la hospitalidad de los padres de Tellu, reponíamos fuerzas con los alardes gastronómicos que nos obsequiaron o repasábamos los términos del documento por ellos redactado para la ceremonia. En él, el marido solicitaba de la novia su libre consentimiento al matrimonio, le ofrecía los anillos representativos de las arras de su nueva unión y, tras declararle su afecto, le hacía donación de la dote que se sumaría a la herencia que recibiría de mí y de su padre: «Por el amor que te tengo, y para que tu belleza sea ornada, y por los hijos que tendremos, te hago donación de la décima parte de cuanto poseo».

Nunca he sabido si Eliace es o no feliz en su vida conyugal, aunque sí que me ha dado ya tres nietos robustos a los que hay que sumar dos que marcharon prematuramente al Cielo. Las cartas que recibo de ella son escasas y formales, por lo que me resulta imposible deducir los sentimientos que esconden. Desde que la dejé, ya desposada, en casa de su marido, no he vuelto a tener la dicha de abrazarla. Han pasado después tantos años, tantas cosas, tantas guerras, tantas traiciones, que la preocupación por su suerte me ha perseguido como un viento de galerna.

Supe que asistió a la entronización de Íñigo, elevado a la condición de monarca sobre el escudo, a hombros de sus guerreros, y que su esposo participó en varias escaramuzas libradas en los montes Pirineos contra los francos. Deduzco que debió de elegir finalmente el bando vencedor, el de los potentados renegados godos, amos del valle del Iberus, lo que demuestra que es previsor además de apuesto, cosa que había descubierto nada más verle. Rezo al Señor para que sea capaz de amar a mi hija como hay que amar a una mujer, en cuerpo y alma, mostrándole respeto y confianza, sin ponerle la mano encima como tantos hombres hacen. Me anima recordar el canto que entonaron en su honor los asistentes al banquete ofrecido tras la boda, tan hermoso que conservo aún hoy el pergamino en el que estaba escrito. Una oda que alaba la sabiduría de mi hija y su dominio de la palabra, además de su belleza y su prudencia. Un himno que leo y releo cada vez que me asaltan las dudas:

Brindemos con alegría por la gran Eliace, hija de Índaro. Entónense en su honor, entre aplausos, dulces loas como sones de flauta.

Digna de su óptima sangre noble, orgullo del linaje de su padre y de la alta gloria de su ascendencia materna.

Elogiemos con voces de himnos y suaves canciones sus ejemplares costumbres y su facilidad y erudición en las ciencias sagradas y profanas.

En su rostro brillan a un tiempo el decoro y la modestia, y da gracia a cuanto dispone con admirable orden.

Dichoso el esposo que posee la castidad de Eliace, grata a Dios y amada sin mácula.

Alégrense las personas que forman su casa, y entonen cánticos con dulces voces y ritmos por su señora.

Para que alcance felicidad largo tiempo y se vea con hijos y nietos, alegrías y buenas amistades, lo que rogamos reiteradamente a Dios.

Y en loor de doña Eliace tañan los músicos las cuatro cuerdas de sus cítaras con bellas melodías.

Que los habitantes de Pampilona canten a Eliace con un orfeón de insistentes voces en tanto que suenan las vibrantes liras y flautas.

[...]

Poco después de regresar de Pompaelo, cuando los cuernos de guerra soplaban con fuerza en nuestras fronteras, volví a encontrarme con Tioda.

Yo no le había olvidado a él y él me buscaba entre las damas de la corte cada día, desesperándose al no dar conmigo. Quería —me dijo después— cubrir de caricias mi corazón, roto por la muerte de Índaro y la marcha de Eliace, hasta borrar todas sus cicatrices. Sorber con sus labios mis lágrimas. Lamer todas mis heridas. Deseaba confesar su amor a los cuatro vientos, ya que los obstáculos que se interponían ante nosotros habían dejado de existir. Viudos los dos, nada nos impedía vivir públicamente la pasión que hasta entonces debíamos refrenar, por lo que Tioda me propuso matrimonio.

Lo hizo una tarde en mi casa, arrodillándose a mis pies y tomando mis manos entre las suyas, con la delicadez propia del artesano que sabe manejar materiales frágiles. Le respondí, procurando mostrarme dulce, que no sería su esposa. Aceptar su propuesta habría significado marchar con él a su patria, abandonar la mía, dar la espalda a los compromisos contraídos en el monasterio, ligar mi suerte a la de un extranjero contratado para embellecer nuestra capital, aunque ajeno al reino. Desposarme con Tioda habría hermoseado sin duda estos últimos años, pero me faltó valor para romper con mi vida. Casarme con el hombre en cuya compañía hallé consuelo y comprensión apasionados habría requerido más audacia de la que Dios me ha dado. Tioda era una locura. Hispania, libre y cristiana, un empeño al alcance de nuestro tesón.

XVIII

Asturias, embrión de la nueva Hispania

La paz es tan efímera en Asturias como el tiempo seco. Adviene, surge de pronto entre nubes cargadas de guerra, pero dura menos de lo que quisiéramos. Y así, a poco de dar tierra a mi esposo y despedirme de mi pequeña, hube de ver con angustia cómo mi primogénito, un hombre ya casado con la hija de un magnate de palacio y digno de acaudillar a las gentes de armas de su padre, marchaba al combate para repeler una nueva ofensiva sarracena.

En mayo del año 822 del Señor había rendido el alma en Corduba Al-Hakam, cuya crueldad no olvidaremos, para dejar paso a otro Abd al-Rahman, igual de apuesto —decían— que aquel a quien yo conocí: alto, moreno, de nariz afilada, ojos de águila y barba luenga, poeta, como su padre, del que también heredó una afición desmedida por los placeres de la carne y una determinación feroz a aniquilar el Reino de Asturias. A tal fin, elevó a la condición de canciller al viejo general Abd al-Karim, veterano de muchas campañas, ordenándole armar una expedición destinada a lanzarse contra nosotros el verano siguiente. Así lo hizo este, con la brutalidad habitual, y sobre las llanuras de Alaba cayeron las huestes mahometanas segando cabezas, incendiando granjas, arrasando castillos, desarraigando árboles frutales, liberando prisioneros ismaelitas y componiendo largas cuerdas de cautivos cristianos. Mientras tanto, Alfonso y los suyos observaban desde las alturas de las cumbres próximas, esperando una ocasión propicia para emboscar a ese adversario muy superior en número, si se atrevía a adentrarse en los desfiladeros del norte para caer sobre Bizkai.

La experiencia, ya larga, había enseñado a nuestro monarca la necesidad de refrenar la pasión y contener la sangre, retrocediendo siempre que fuera necesario, huyendo sin vergüenza ante los estandartes de Alá, asistiendo desde la distancia a las atrocidades perpetradas por los sarracenos, sin caer en la tentación de intervenir y perecer en el intento vano de salvar la honra. Lo que debía preservar a toda cosa era la vida; la suya y la del reino que de él dependía, para lo cual no podía darse el lujo de luchar de frente y en campo abierto, pues jamás había disfrutado de una situación equilibrada en tropas. El enemigo siempre contaba con un contingente de hombres que duplicaba el nuestro y disponía de mejor armamento. Nosotros teníamos a nuestro favor una geografía conocida y cómplice, salpicada de escarpaduras; un clima bendito a nuestros ojos, con su lluvia y sus brumas espesas capaces de enloquecer a los guerreros del desierto y, por encima de todo ello, un anhelo de supervivencia indoblegable. Un empeño primigenio, arraigado en el suelo como los robles y los tejos, que nos empujaba a preservar esa tierra, herencia de nuestros abuelos astures, hoy último reducto de los hispanos cristianos.

De ahí que fuera menester combinar el coraje y la astucia en las dosis adecuadas con la finalidad de atraer a los ocupantes a trampas dispuestas para cerrarse sobre ellos. En esa ocasión, empero, cometió ese error Abd al-Karim. No se arriesgó a aventurarse por los cañones que guardaban los asturianos, lo que privó a Fáfila de saborear el placer de la victoria. Pero tampoco sufrimos una derrota irreparable. Únicamente una aceifa más, una entre tantas, de la que no tardaríamos en recuperarnos. Los campesinos saldrían de sus cuevas en las montañas y volverían a labrar las tierras; las torres defensivas serían levantadas de nuevo; otros manzanos sustituirían a los arrancados y, a la primera ocasión, se organizaría una partida similar a la que había saqueado Olisipo, que nos permitiría resarcirnos de todos los expolios sufridos con una buena incursión.

Poco tiempo después supimos de la muerte del adversario más duro al que hubimos de enfrentarnos jamás y la celebramos con alivio. No sería fácil que los ejércitos de Al-Ándalus encontraran un caudillo tan buen conocedor de nuestro territorio como lo había sido Abd al-Karim, lo que nos brindaba una oportunidad de aguantar a pie firme las embestidas terribles con que todos los emires que llegaban al alcázar de Corduba parecían desear inaugurar sus reinados.

Este Abd al-Rahman, segundo de su dinastía, no se diferenciaba de sus predecesores. Empeñado en destruir el último enclave cristiano que resistía en la península, en el verano del año 825 envió contra nosotros no dos, sino tres ejércitos, cuyo avance arrollador sembró una gran inquietud en el rey y sus capitanes. Siguiendo la estrategia inaugurada por Hixam, una de las columnas moras se abalanzó sobre Castella, nombre con el que comenzaba a denominarse la antigua Bardulia, mientras las otras dos se dirigían a Gallecia. Pretendían así los caldeos dividir el ejército de Alfonso, debilitar su capacidad y cerrar una tenaza sobre el reino, hasta dejarlo reducido al primitivo territorio de Primorias, sin entidad suficiente para molestar a Corduba. No contaban, empero, con la experiencia adquirida por el soberano cristiano después de tantas batallas, con la fortaleza que le daba su asentamiento, sólido e indiscutido ya, en el trono de Ovetao, y por supuesto con la obstinación de su pueblo, empeñado en resistir a cualquier coste los intentos de conquista de los mahometanos. Disponían para ello de un aliado celestial empeñado en velar por el rebaño de Dios, que pronto haría su aparición. Un capitán enviado por el Altísimo a conducirlos a la victoria, aunque los guerreros alineados para repeler ese enésimo ataque de los guerreros de la media luna ignorasen aún su existencia.

Las tropas de Abd al-Rahman cayeron sobre Vasconia, penetraron hasta los confines del país, vencieron a sus habitantes así como a las tropas acudidas desde Ovetao para reforzar la defensa y llevaron a cabo una razzia tan despiadada como las precedentes.

Entre tanto, Alfonso y Fáfila, que combatía al lado del rey como siempre había hecho Índaro, marcharon a contener la ofensiva contra Gallecia tras hacer gran acopio de armas y reclutar a todos los hombres del reino, libres y siervos, en edad de combatir. En la llanada de Lucus se enfrentaron a los ismaelitas, comandados por los hermanos Malik y Al-Abbas, de la noble familia Quraisi, que fueron derrotados y perecieron bajo las lanzas cristianas. Fáfila regresó a Ovetao cabalgando a la diestra de su señor, compartió con él los fastos de celebración de la victoria y se dispuso a recibir su parte del botín, tan cuantioso como el ejército vencido. Antes, sin embargo, habría de vestirse nuevamente la armadura y marchar al frente en pleno invierno, cosa inaudita, pues el emir de los cordobeses decidió vengar a sus muertos con un ataque por sorpresa. Uno más como cualquier otro, dirigido contra la asolada Castella. Cautivos, destrozos, pillaje y dolor, pero nada susceptible de constituir una verdadera amenaza.

Estaba a punto de ver partir a mi primogénito para siempre, camino de aquellas tierras que mi padre había despoblado en sus campañas junto al Cántabro y que ahora Alfonso decidía repoblar. A poco de su regreso a la ciudad, vino a mi casa una mañana para despedirse. Tenía el mismo porte que Índaro, altivo, feroz, capaz de hacer retroceder a cualquiera con solo dirigirle una mirada, e idéntica tendencia a huir de las emociones como de la peste. Sin excesivo sentimiento, me anunció su marcha con el orgullo asomándosele a las palabras:

—Madre, vengo a deciros adiós pues el rey me concede posesiones en Castella y títulos para su puebla. Llevo el mandato de levantar una fortaleza al sur de Pancorbo, fortificar las villas destruidas y fundar otras nuevas, de las que percibiré los tributos de rigor; gobernar en su nombre a las gentes de esos enclaves que rezan a Cristo, a fin de acrecentar su poder, construir iglesias, roturar campos y extender los territorios foramontanos bajo su dominio hasta sea posible.

—Si ese es tu deseo —contesté más apenada que él—, que Nuestro Señor te guíe y ampare. Sabes que allá adonde vas corres más peligro que en cualquier otra parte...

—Honor que me hace el soberano, madre —replicó él, ufano—. Otros prefieren devolver a la vida antiguas ciudades como Legio, protegidas tras gruesas murallas de piedra, pero esta es la recompensa que yo he pedido y obtenido de la generosidad de mi príncipe: tener el privilegio de instalarme en la frontera misma, defender el país en el puesto de mayor riesgo, ofrecer mi espada al rey, a Dios y a todos los cristianos que quieran huir de la Hispania ocupada por adoradores de Alá para vivir entre hermanos. ¿No es esto, acaso, lo que padre habría deseado de mí?

Sin molestarme en intentar explicarle que también su madre había concebido sueños y esperanzas referidas a su persona en el mismo instante de concebirle a él, me limité a preguntar:

—¿Y qué será de tu esposa y tus hijos?

—De momento permanecerán aquí, en Ovetao, mas no tardarán en reunirse conmigo una vez que hayan sido edificados los muros de nuestro castillo. En este primer viaje me acompañarán algunos de mis mejores hombres, a quienes concederé hogar y hacienda dignos de su valor, así como varias familias de campesinos de nuestros dominios de Primorias que desean arriesgarse a cambio de ampliar el tamaño de sus presuras. Aquellos montes ya alimentan a más gente de la que sus ganados pueden saciar, mientras las llanuras del sur esperan ansiosas manos dispuestas a arrancarles sus riquezas, de las que una quinta parte engrosará las arcas del rey. De ahí que haya decidido llevarme también un grupo de esclavos, a quienes he prometido la manumisión y un lugar en el que instalarse a cambio de lealtad y disposición al combate siempre que sea menester.

»Les ofrezco la libertad, la propiedad de sus campos y la capacidad de conquistar con la espada un futuro para sus hijos —prosiguió, como si pudiera contemplar con sus ojos todo lo que estaba contándome—. ¿Cabe mayor desafío? No veo la hora de partir, madre. Es tal la excitación que me posee ante la empresa que nos aguarda, que ningún peligro podría ensombrecer este momento. Yo iré en vanguardia de esta aventura apasionante, pero serán muchos los que vengan detrás. Estoy seguro. Nobles y plebeyos; monjes, campesinos y gentes de armas; constructores, pastores, poetas, soldados... es tanta la tierra por repoblar, tales los tesoros que nos aguardan, que no han de faltarnos voluntarios ni habrá autoridad capaz de encauzar ese río una vez que se desborde. Llegaremos a ver cómo basta con hacer sonar el cuerno y enarbolar el estandarte real para dar carta de naturaleza a la toma de posesión de una de esas parcelas hoy baldías. Conoceremos el día en que se haga pregonar el reparto de huertos fértiles entre cualquiera que se atreva a habitarlos. Para que todo ello sea posible, no obstante, antes debo yo cumplir con el deber que me llama.

—No es tarea fácil la que tienes ante ti, hijo —dije con el corazón rebosante de preocupación, aunque tan henchida de orgullo como habría estado Índaro—, pero te traerá gloria y fortuna. Bendita sea la hora en que te concebimos para engrandecer con tus acciones el honor de nuestra casa. Ojalá te ilumine Jesucristo a fin de que seas tan buen amo de tus siervos como siervo de tu señor; tan implacable en la guerra como misericordioso en la paz; tan justo como clemente a la hora de impartir justicia. Nuestro soberano, Alfonso, te ha hecho gran merced encomendándote esta misión y estoy segura de que no le defraudarás. Ve con Dios, pues así lo ha dispuesto Él en Su sabiduría, y ten por seguro que no han de faltarte mis plegarias ni mi amor, que siempre estará contigo.

Sonaba así la hora de Fáfila y poco después la de Rodrigo, que para entonces se había convertido en un miembro destacado de la curia iriense, muy próximo al obispo Teodomiro. Como había apuntado desde la infancia, aquel muchacho débil, de salud quebradiza, había desarrollado una inteligencia de tal viveza que deslumbraba con sus observaciones las mentes más lúcidas de la Iglesia asturiana. De modo que, tras su aprendizaje en Samos y la formulación de sus votos sacerdotales, pasó a ejercer labores como secretario y consejero del titular de una de las prelaturas más antiguas e importantes del reino, la de Iria, que en los tiempos de los que escribo vivió un acontecimiento extraordinario en el que intervino la mismísima Providencia.

Ocurrió que Pelayo, anacoreta en tierras de Gallecia, tuvo revelación de que el Apóstol Santiago descansaba cerca de él, en las ruinas de una necrópolis cristiana que se perdía en la noche de los tiempos. Luces que vio resplandecer en el cielo en forma de campo de estrellas, músicas que escuchó sin que nadie tañera un instrumento, le indicaron el camino a seguir, hasta que dio con el lugar señalado por los citados prodigios, en un paraje rodeado de bosque tupido. Avisado el obispo Teodomiro, se desplazó hasta aquella selva y, tras mandar excavar el suelo donde le indicó Pelayo, halló el sepulcro con las reliquias del compañero de Cristo.

Cuando el relato de esos hechos llegó a Ovetao, donde todavía me encontraba residiendo en la casa que compartiera con Índaro, no pude evitar recordar el himno que él y yo escucháramos en Passicim, tantos años atrás, mientras escapábamos de nuestros perseguidores y buscábamos refugio en la basílica de San Juan.

«Oh, Apóstol dignísimo y santísimo —decía aquel cántico compuesto por Beato—, cabeza refulgente y dorada de Hispania, defensor poderoso y patrono nuestro... Asiste piadoso a la grey que te ha sido encomendada; sé dulce pastor para el rey, para el clero y para el pueblo; aleja la peste, cura la enfermedad, las llagas y el pecado, a fin de que, por ti ayudados, nos libremos del infierno y lleguemos al goce de la gloria en el Reino de los Cielos...»

¿Intuiría el monje de Líbana, en virtud de alguna inspiración divina, que los restos de Santiago se encontraban tan cerca de nosotros? ¿Invocaría la protección del hijo de Zebedeo sabedor de que su manto benefactor ya se extendía sobre nuestra patria? El sabio a quien tuve el privilegio de conocer en el monasterio de Santo Toribio ya nos había informado, en su *Comentario al Apocalipsis de San Juan*, de la predicación de Santiago en Hispania, pero el descubrimiento de la tumba de ese gran pescador de almas suponía un don de infinito valor que Dios hacía a Asturias.

Pronto empezó a extenderse el relato que hablaba del martirio del Apóstol como consecuencia de su empeño en difundir el mensaje prohibido del Evangelio, de su condena a muerte firmada por Herodes Agripa y de su ejecución, en Tierra Santa, en el año 44 de Nuestro Señor. De creer lo que se decía, después de sufrir tormento fue decapitado, aunque su cabeza no cayó a tierra sino que quedó entre sus brazos, de los que nadie pudo arrancarla. Luego vinieron sus discípulos, Teodoro y Anastasio, recogieron amorosamente sus reliquias y las trasladaron en una nave desde Jerusalén hasta Iria Flavia, donde desembarcaron camino de la última morada del maestro. La caja con los sagrados restos —aseguraba la historia— fue cargada en un carro tirado por bueyes, que no se detuvieron hasta llegar al lugar del enterramiento. Allí habría sido cavado un sepulcro y elevado un pequeño altar, que pronto desapareció bajo el empuje de los bárbaros hasta que la Providencia tuvo a bien desvelar su paradero a un ermitaño.

Otras voces hablaban de reliquias traídas de Emérita por cristianos huidos tras la ocupación sarracena de la ciudad, que ya habría venerado al Zebedeo junto a otros santos antes de la invasión mahometana. Ni los más sabios prelados de palacio parecían capaces de desvelar aquel misterio. Pero viniera desde Palestina o desde la más cercana Emérita, lo cierto es que nada más llegó a saberse de nuestro patrón, hasta la mágica aparición de su tumba, precedida de las señales que he descrito, atribuidas por todos nosotros al deseo del propio santo de ser venerado en la Hispania cristiana. ¿Qué otro motivo habría podido traerle hasta nuestros montes lluviosos, tan lejanos y distintos de su tierra natal?

Los ecos del hallazgo se extendieron como el fuego en un campo seco. Enterado Alfonso del milagro, peregrinó al lugar para testificar con lágrimas y preces su devoción al Apóstol, e hizo las donaciones necesarias para que se levantara inmediatamente una iglesia sobre el sepulcro, con el fin de dignificar el culto al santo. Un templo modesto, de cantería y barro, pues pocos recursos habían dejado las magnas obras de Ovetao, al que dotó, no obstante con tres millas de terreno en derredor para proveer rentas dedicadas a su sostenimiento. Al frente de esa basílica, humilde por su arquitectura pero custodia del más valioso de los tesoros, fue colocado Rodrigo, revestido de la dignidad episcopal y encargado de ordenar el flujo de peregrinos que pronto comenzaron a llegar, deseosos de adorar a Santiago. Muchos de ellos unían a sus devociones donativos por el sufragio de sus almas o las de sus familiares, con la convicción de que el santo patrón escucharía sus ruegos y redimiría sus pecados. Donativos en ocasiones excepcionales, que era preciso administrar con prudencia pues no podía decirse que la nuestra fuese una Iglesia rica. Gracias al sepulcro y a su capacidad para atraer gentes de dentro y fuera de Hispania, la sede de Iria Flavia medró en recursos tanto como en influencia, convirtiendo a mi benjamín en un personaje respetado y consultado por el propio rey. ¿Puede pedir más una madre para exultar de gozo?

El reino se hallaba expuesto entonces a tremendos peligros que amenazaban su propia supervivencia. Las embestidas sarracenas se repetían cada año, con especial virulencia en Gallecia, cuyos habitantes sufrían aceifas devastadoras y veían morir o caer en esclavitud a sus seres queridos. ¿Cómo no íbamos a celebrar con júbilo el hallazgo en nuestra propia casa de unas reliquias tan sa-

gradas? ¿Cómo no apelar al santo y rogar su intercesión, tanto como la de María, en el campo de batalla,
cuando el miedo se enrosca a las gargantas y el enemigo
se presenta con el rostro de la muerte? Le cantamos, sí,
redoblamos las alabanzas que se le dispensaban en el
himno de Beato y aún le dedicamos otras muchas, pues
a partir de ese momento todos sentimos su fuerza formar a nuestro lado en la guerra y en la paz; ante el sarraceno y ante la peste; en la tribulación de la enfermedad y
también en las raras ocasiones en que el Cielo nos rega-
laba un acontecimiento alegre. Los monjes que copia-
ron los manuscritos del fraile sabio los iluminaron con
figuras diminutas que representaban al Señor y a Su
Apóstol cabalgando al frente de sus huestes para infun-
dirles ánimos. El nombre de Santiago resonó a partir de
entonces en boca de nuestros soldados, como si su mera
evocación fuera un talismán mágico. Y él nos dio muchas victorias, sumando su gracia a la de Dios.

Habíamos conocido unos años de paz, durante los cuales Abd al-Rahman hubo de concentrar todos sus esfuerzos en sofocar las rebeliones que surgieron en el emirato,
a semejanza de lo acontecido en las décadas anteriores.
Toletum, Emérita y varias ciudades del valle del río Iberus se sublevaron a la autoridad de Corduba, lo que obligó al soberano a enviar sus tropas para aplastarlas.

Entre tanto, los cristianos de su capital encontraron
el modo de librarse de sus sufrimientos, si bien el camino escogido no fue ni llano ni fácil. Hartos de estar sojuzgados, carentes de cualquier posibilidad de ofrecer
resistencia a sus amos musulmanes, optaron por el martirio colectivo y buscaron deliberadamente la cruz y la
horca. Desafiaron las leyes que limitaban su libertad de
culto, provocaron a sus gobernantes y perecieron a mi-

llares a manos de los verdugos ismaelitas, incapaces de comprender la actitud de esas gentes cuyo proceder parecía encontrar placer en una muerte violenta precedida de atroces tormentos.

No tardó, empero, el soberano de Al-Ándalus en restablecer su autoridad y reemprender las embestidas, hasta el punto de amargar los últimos años de Alfonso, y los míos, con dos aceifas anuales dirigidas contra los dos extremos del reino: Gallecia al occidente y Alaba o Castella en el extremo oriental, donde se encontraban mis dos hijos varones.

Desde entonces no he tenido un instante de sosiego y cada día elevo mis oraciones al Señor, la primera de maitines y la última de completas, para suplicarle que extienda su brazo protector sobre mis hombres. Espero sus cartas como agua de mayo. Me sorprendo a mí misma repitiendo fórmulas paganas aprendidas de mi madre en su lengua vernácula y me confieso de esa falta, aunque en el fondo de mi corazón confío en que Huma también contribuya desde su cielo a guardar la vida de sus nietos. Cuando alcanzar a mis oídos noticias de acontecimientos como los acaecidos en Vasconia durante una de las últimas campañas, comandada por otro Al-Hakam, hijo del actual emir, siento castañetear los pocos dientes que me quedan y vuelvo a maldecir el nombre de Alá.

Hasta sus llanuras llegaron, como cada verano, los jinetes sarracenos, ávidos de botín y destrucción. Pero en esta ocasión no hicieron prisioneros. Reunieron a la población de los valles atacados —hombres, mujeres y niños—, los pusieron de rodillas y, uno a uno, fueron decapitándolos, al tiempo que con sus cabezas hacían dos montones. Dos colinas tan altas que, cuando acabaron, dos hombres podían pasear a caballo a uno y otro lado sin verse la cara. Habían levantado un desfiladero de despojos humanos, sin dejar un ser vivo para darles sepultura. Lo mismo que hicieran en Coaña con mis padres y en tantos otros lugares...

Esa matanza tampoco quedó sin venganza. El rey envió a varios de sus condes, entre ellos Fáfila, cuya esposa no cabalgaba junto a él, a tomarse la revancha asaltando algunas villas musulmanas de su frontera norte, pero ni el botín ni los cautivos sirvieron de consuelo.

Estábamos acostumbrados a padecer, sabíamos bien lo que es construir y reconstruir sobre las cenizas de una casa arrasada, mas el hecho de vivir con ellas desde la cuna no nos libraba de enfurecernos ante tamañas afrentas. Acaso aquella, especialmente dolorosa por su crueldad, acelerara la muerte del soberano casto, quien se entregó al eterno descanso un 20 de marzo de 842 de Nuestra Era, muy cercano ya a cumplir ochenta años de vida dedicada al servicio de Dios.

Él mismo dejó escrito en su testamento lo que había perseguido a lo largo de su existencia solitaria, cuajada de batallas, sin el consuelo de una mujer que restañara sus heridas.

> Fuente de vida, luz creadora de claridad. Alfa y Omega; comienzo y fin; raíz y prosapia de David; matutina estrella esplendorosa: Jesucristo que con el Padre y el Espíritu Santo, Bendito Dios, está sobre todo lo creado en todos los siglos.
>
> Yo, Alfonso, en todo y por todo criado familiar de Tu casa y siervo Tuyo, a Ti me dirijo y de Ti hablo, Verbo del Padre; a Ti recurro y Te suplico que vengas a mí; y Te rindo mis ofrendas con mis lágrimas, suspiros y lamentos. Concédeme la alegría de los redimidos haciendo para mí nueva la gloria de los ángeles.
>
> Porque Tú, Rey de Reyes, que lo diriges todo, igual lo divino que lo humano, y que amas de siempre la justicia, distribuyes en el tiempo los Reyes, Leyes y Juicios

de los pueblos y territorios, para que la justicia administren debidamente.

Por Cuyo don, el Tuyo, lució claramente la victoria de los godos en Hispania y otras naciones. Pero después Te ofendieron con su prepotencia arrogante y así, el 711 de la Era, el rey Rodrigo y su reino perdieron la gloria, y con razón sufrieron la espada de los árabes. De cuya peste Tu diestra libró a Tu servidor Pelayo, el cual, elevado a príncipe, derrotó a los enemigos y así elevado y victorioso fue defensor de la nación de los cristianos y asturianos. Y del cual, el hijo de su hija, el brillante Fruela, recibió la gloria y la corona del reino de Asturias.

Por él, Fruela, en este lugar nombrado Ovetao fue fundada una iglesia dedicada a Tu Santo Nombre, San Salvador, que contiene doce altares consagrados a los apóstoles e igualmente una iglesia a Julián y Basilisa. Cristo: Te rogamos piadosamente que des acogida a sus votos y Te dignes admitirlos.

Y todo cuanto el mismo Fruela para esto dio y suscribió por testamento, lo confirmamos nosotros, por perenne juramento, para rendirte honor y en nuestro beneficio espiritual y pidiendo indulgencia para sus pecados.

Y añadimos, Señor, alabanza tras alabanza y Te las ofrecemos como devociones y al mismo tiempo Te damos también nuestros presentes pidiendo que con Tu diestra todopoderosa nos des Tu protección, igualmente que al pueblo que nos encomendaste, y que con Tu victoriosa mano nos hagas triunfar de los adversarios de nuestra Fe. Y que con el don de Tu clemencia alcancen perdón de sus pecados cuantos Te siguieron con obediencia y laboraron por la restauración de Tu casa destruida en Ovetao.

De forma que no haya aquí ni hambre ni peste, ni enfermedad ni violencia, y las gentes se sientan felices y alegres y puedan ser más felices en el siglo futuro con Tu protección y la posesión de los ángeles del celeste Reino.

Tras esta invocación reseñaba el monarca una larga relación de dones, *recibidos de la mano del Señor y a Él devueltos*, con la esperanza de alcanzar Su misericordia. No consignaba, empero, el rey en dicha lista el más valioso de los tesoros ofrendados a Dios, tanto como a su pueblo: la conservación del solar cristiano de Hispania, que fue su mayor legado.

Llevó una vida llena de gloria, casta, púdica, sobria e inmaculada. Durante más de medio siglo cabalgó al frente de sus soldados, desafió mil peligros, renunció a cualquier placer carnal, se entregó a la oración, tejió alianzas audaces y cerró las puertas al miedo, con el alma puesta en un único afán: remediar la traición de sus antepasados godos y deshacer lo que Muza y Tarik Tariq habían iniciado en la Roca de Calpe cien años atrás. Llevaba sobre el pecho la armadura, y en la armadura, la cruz.

En el templo del Salvador, donde descansan al fin sus huesos, puede leerse una lápida que dice:

> Cualquiera que vea este templo, digno, en honor de Dios, debe saber que antes existió aquí otro muy semejante que fue edificado por el Príncipe Fruela, el cual lo ofrendó a Nuestro Señor y Salvador, consagrando en él doce altares a los doce apóstoles. Rezad todos piadosamente una oración dirigida al Señor para que Este os conceda el premio eterno. El templo que anteriormente hubo en este lugar quedó destruido por los gentiles, profanado y contaminado con inmundicia, mas fue a fundamento reconstruido y renovado, mejorándolo, por Alfonso, siervo de Dios. Concédele, Cristo, premio por esta obra, y que, a través de ella, se Te dé constante alabanza sin fin.

Así sea.

Poco me queda ya por narrar, pues a la muerte del rey yo era ya una anciana asilada en mi convento de Santa María, donde las horas transcurren plácidas al ritmo que marcan las oraciones. Aquí he construido yo mi Jardín del Paraíso, guardado del mundo exterior por muros de piedra inexpugnables, que mantienen a raya la guerra, la codicia, la envidia... las miserias humanas que nos alejan de Dios. Me alimento de verduras y no bebo más que agua fresca, ya que el ayuno favorece la meditación que nutre mi espíritu como el más exquisito manjar. Ximena, que comparte mi retiro, aún me regala alguna risa con ese humor de niña chica, e incluso ensayamos de cuando en cuando, casi en secreto, alguna vieja canción.

En la paz de la biblioteca, donde algunos hermanos copian los manuscritos que llegan hasta nuestras manos mientras otros los iluminan y los menos duchos en caligrafía preparan los pergaminos raspándolos hasta alisarlos, me gusta escuchar las palabras del Libro Sagrado. Mis ojos han perdido la luz, velados por un manto de bruma que los cubre desde hace tiempo. De ahí que las letras con las que escribo vayan creciendo en tamaño, hasta ocupar una fortuna en pieles de cabrito nonato. Mi mente, en cambio, conserva el vigor de los veinte años y escucha jubilosa el Cantar de los Cantares:

Eres jardín cercado, hermana mía, esposa; eres jardín cercado, fuente sellada. Tu plantel es un vergel de granados, de frutales los más exquisitos, de cipreses y de nardos.

¡Qué bella eres, amada mía, qué bella eres! Paloma son tus ojos a través de tu velo. Tu melena, como un rebaño de cabras que ondulan por el monte Galaad. Tus dientes, un rebaño de ovejas esquiladas que salen de bañarse. Todas tienen mellizas y no hay entre ellas estériles. Tus labios, una cinta de escarlata, tu hablar, encantador. Tus mejillas, como corte de granada a través de tu velo. Tu cuello, la torre de David erigida para trofeos; mil escudos prenden de ellas, todos parecen de valientes. Tus dos pechos, como dos crías mellizas de gacela, que pasean entre lirios del campo.

Mi amado es fúlgido y rubio. Su cabeza es oro, oro puro; su melena, racimos de palmeras, negras como el cuervo... Su vientre, pulido marfil recubierto de zafiros. Sus piernas, columnas de alabastro asentadas en bases de oro puro...

Mi amado...

A veces la tranquilidad se ve interrumpida por algún asunto que requiere de mi autoridad de abadesa, responsabilidad que quisiera delegar en alguien más joven, sin encontrar, por el momento, a nadie cuyas cualidades la capaciten para llevar esa carga. Algunas son excesivamente severas, hasta el punto de mandar azotar a las novicias por cualquier travesura, mientras otras se muestran incapaces de hacerse respetar. Hace apenas unos días, sin ir más lejos, hube de enjuiciar la conducta de dos hermanos, hombre y mujer, huidos del cenobio en plena noche, como ladrones de gallinas, para vivir en pecado lejos de este sagrado recinto. Nos los trajeron de vuelta poco después unos soldados para que les fuera aplicada la Ley con todo su rigor y fui yo quien dictaminó la pena. Me dolió, bien lo sabe el Señor, pues tanto ella como él se habían ganado mi corazón con sus sonrisas y alegrías. Me dolió, mas no tuve opción y les condené a servidumbre de por vida sin que me temblara la voz. Ahora son propiedad del convento y no podrían ser manumitidos sin el consentimiento de todos los miembros de la comunidad, lo cual no sucederá pues todos conocen la necesidad de cumplir la regla escrupulosamente o ver derrumbarse este remanso de paz en medio de las turbulencias del mundo exterior.

Ahí fuera —me dicen— los asturianos han vuelto a chocar entre sí por el mismo motivo de siempre: el poder. ¡Cuánta sangre se ha derramado en tu nombre, maldito reclamo del demonio! Alfonso murió sin hijos, lo que ha desatado una contienda fratricida en torno a su sucesión. Cristianos contra cristianos. Hispanos contra hispanos. Gallecia enfrentada a Vasconia. Asturias desgarrada en sus entrañas, cuando el enemigo acecha al otro lado de la cordillera para hacerse con sus despojos. ¡Cuánta ceguera!

A mí todo ello me resulta ya lejano. Ni siquiera he querido oír los nombres de los contendientes, pues sea quien sea el vencedor habrá de unir bajo su estandarte a todo el ejército hoy dividido para volver al combate contra el sarraceno. Ser un rey para todos. Hacer cumplir sus leyes, levantar iglesias, construir puentes, proteger a los más débiles, llenar las bibliotecas. Derrotar esa tendencia a la autodestrucción que parece anidar en el alma de esta nación. Dar a su pueblo un motivo para seguir unido. Así lo exige la Historia y así nos lo demanda Dios, que ha de pedirnos a todos cuentas de nuestros actos.

Yo ya no mido los míos con criterios terrenales, sino que elevo mis ojos al Cielo y dejo volar la mente hacia el pasado. Veo claramente a Huma, con su túnica bordada de flores, preparar filtros de amor y remedios contra la fiebre. Me siento en las rodillas de Ickila para escuchar sus relatos de aventuras por el valle del Durius. Sonrío con las ocurrencias de Eliace, la amiga con la que viajé a Corduba. Busco en vano el pecho de Índaro para cobijarme en él. Ante mí desfilan Elipando y Beato en plena disputa doctrinal; Abd al-Rahman, el de las blancas vestiduras, con su mirada de fuego, o Carlos el Magno, emperador de los francos, cuya voz debe de resonar por la bóveda celestial. Fantasmas de una vida plena que reclaman mi presencia, pues mi sitio ya no está aquí, sino con ellos.

Dramatis personæ

En Asturias

ADOSINDA: nieta de Pelayo, hija de Alfonso, hermana de Fruela; se casó con Silo, gracias a lo cual este accedió al trono asturiano. Al morir Silo en 783 sin descendencia proclamó a su sobrino Alfonso como Alfonso II, pero cuando MAUREGATO expulsó a este del trono, la posición de Adosinda en la corte se hizo bastante delicada, con lo que ingresó en el monasterio de San Juan de Pravia el 26 de noviembre de 783. A partir de ahí no se tienen más noticias de ella.

ALFONSO I, el Cántabro o el Católico (693-757): hijo del duque de Cantabria y yerno de Pelayo, rey de Asturias desde 739.

ALFONSO II DE ASTURIAS (760?-842): apodado el Casto, fue rey de Asturias entre los años 791 y 842. Hijo de Fruela y Munia. A la muerte de Silo fue elegido sucesor, pero su tío Mauregato consiguió deponerlo. Cuando Bermudo I renunció al trono debido a su derrota en la batalla de Burbia, Alfonso regresó a Asturias y fue proclamado rey el 14 de septiembre de 791. Fijó su corte en Oviedo, en donde construyó varias iglesias y un palacio. Gracias a las victorias sobre los musulmanes afianzó su presencia en Galicia, León y Castilla, repoblándolos. La tradición dice que bajo su reinado se produjo el descubrimiento de la tumba del Apóstol Santiago por un ermitaño en Compostela en el año 814.

AURELIO (740?-774): primo de Fruela y sobrino de Alfonso I. Rey de Asturias de 768 a 774.

BEATO DE LIÉBANA: monje célebre por sus *Comentarios al Apocalipsis* y sus disputas teológicas con Elipando de Toledo, de las que salió victorioso gracias a la influencia que Alcuino de York (maestro de Carlomagno) tenía sobre el papa León III, quien condenó a Elipando y sus teorías consideradas heréticas.

BERMUDO I DE ASTURIAS, el Diácono: hermano del rey Aurelio, fue rey de Asturias del 789 al 791. Durante su reinado sufrió las aceifas musulmanas en Álava y Galicia. Tras una dura derrota abdicó del trono, regresando a su antiguo estado clerical.

CARLOS EL MAGNO: Carlomagno (742-814), rey de los francos y emperador de Occidente. Sometió a aquitanos, lombardos, bávaros y sajones, y dirigió contra los árabes de España una expedición en la que su retaguardia fue derrotada en Roncesvalles (778). En 800 fue coronado emperador de Occidente por el papa León III.

ÉGICA (*ca.* 610-702): rey visigodo hispánico.

ELIPANDO (717-808): arzobispo de Toledo durante el reinado de Mauregato, fue partidario de la llamada Teoría adopcionista, según la cual Cristo, en cuanto hombre, era solamente hijo adoptivo del Padre. De esta manera se intentaba hacer más comprensible el misterio de la Trinidad a judíos y musulmanes.

FRUCTUOSO (San Fructuoso de Braga, fiesta el 8 de abril) (¿?-665): fue obispo de Dumio y después metropolitano de Braga.

FRUELA (722-768): hijo de Alfonso I, rey de Asturias desde 757. Durante su reinado debió enfrentar tanto a los árabes ya afianzados en Al-Ándalus como a cuestiones internas, debido a la heterogeneidad de las regiones que controlaba. Galicia y Vasconia se rebelaron contra el poder central en demanda de mayor autonomía. Debido a ello, murió asesinado en Cangas de Onís.

HETERIO: obispo de Osma, participó junto a Beato de Liébana en la lucha contra la herejía adopcionista defendida por Elipando de Toledo.

ÍÑIGO ARISTA o Enejo Aritza (*ca.* 781-852): rey de Pamplona entre los años 810-820 y 852. Muerto su padre, su madre se casó en segundas nupcias con el Banu Qasi Musa ibn Fortin, uno de los señores del valle del Ebro, con cuyo apoyo llegó al trono. Así es como el reino de Pamplona (más tarde de Navarra) nació de la alianza firme entre los musulmanes y los cristianos. Se le considera patriarca de la dinastía Íñiga, que sería la primera estirpe real de Pamplona.

LUDOVICO PÍO (778-840): nombre de Luis I de Francia, hijo de Carlomagno y emperador francés desde 814.

MAUREGATO: rey de Asturias entre los años 783-789. Se le supone hijo bastardo del rey Alfonso I y una árabe. Al morir el rey Silo, Mauregato organizó una fuerte oposición a la sucesión del trono por parte de Alfonso y consiguió que el nuevo rey se retirase a tierras alavesas. Las fuentes históricas apenas dicen nada con respecto a este reinado.

MIGECIO: obispo de origen sevillano, manifestaba que las personas de la Trinidad no eran formas divinas, sino que representaban personas efectivas históricas distintas de Dios, tales como David, Jesucristo y san Pablo. Sus escritos fueron refutados por Elipando, arzobispo de Toledo.

MUNIA: cautiva vascona, esposa del rey Fruela I de Asturias y madre de Alfonso II.

SILO (? - 783): rey de Asturias desde 774 a 783. Casó con Adosinda, hija del rey Alfonso I. Al acceder al trono, trasladó la capital del reino de Cangas de Onís a Pravia.

TEODOMINO: obispo de la diócesis de Iria Flavia, actual Padrón. En 813, por aviso de un ermitaño llamado Pelagio o

Pelayo, descubrió el sepulcro de Santiago, hecho que puso de inmediato en conocimiento del rey Alfonso II.

TIODA (Theoda): maestro constructor a quien Alfonso el Casto encargó la construcción de edificios religiosos y regios para embellecer Oviedo.

WAMBA (*ca.* 630-688): rey visigodo de España, sufrió en sus primeros años de reinado una revuelta nobiliaria que motivó una ley por la que se obligaba a nobles y eclesiásticos —bajo pena de destierro y confiscación de bienes— a formar tropas en caso de invasión o rebelión. Disgustado por la medida de Wamba, el metropolitano de Toledo, Julián, intervino en la conjura que acabó con el poder del rey. Wamba fue narcotizado, torturado y vestido con el hábito religioso, lo que le obligaba a renunciar a la corona. Cuando recuperó la conciencia, se retiró a un monasterio, donde murió en el año 688.

WITIZA: asociado al trono en 698 por su padre y antecesor, Égica, a la muerte de este en 702 reinó como único monarca hasta su muerte en 710. Decretó una amplia amnistía a los castigados por su padre y designó como heredero a su hijo Agila, lo que ocasionó ulteriores conflictos con los partidarios de Don Rodrigo.

En Al-Ándalus

ABDALÁ: hermano de Suleiman.

ABD AL-KARIM: general árabe; realizó varias incursiones en territorios españoles que no estaban bajo dominio árabe. Fue derrotado en 803 y 816.

ABD AL-MALIK IBN MUGAIT: Valí que participó en la destrucción de Oviedo en el año 794.

ABD AL-RAHMAN BEN MUAWIYA (731-788): Abderramán I el Justo. Primer emir independiente de Córdoba, desde 756. Nieto del califa Hisham de Damasco, sus más de treinta años de reinado sufrieron continuas rebeliones: una de ellas contó con el apoyo de Carlomagno, quien dirigió una expedición contra Zaragoza; la ciudad, aunque tomada por los rebeldes, no se entregó al rey de los francos, y en la precipitada retirada, este perdió su retaguardia bajo el ataque de montañeses vascos en el desfiladero de Roncesvalles (gesta celebrada en la *Chanson de Roland*); las divisiones entre los rebeldes permitieron que Abderramán realizara una espectacular demostración de fuerza, con una campaña militar que recorrió Navarra, Aragón y Cataluña.

ABULMAJXÍ: poeta condenado a la ceguera por haber escrito unos versos que un fanático del príncipe Hizam I consideró ofensivos para este, por lo cual le sacó los ojos.

AL-HAKAM I (770-822): hijo de Hixam, fue emir independiente de Al-Ándalus de 796 hasta su muerte. Carlomagno firmó con él un tratado de paz por el que se comprometía a no extender sus fronteras más allá del río Llobregat. Le sucedió su hijo Abderramán II.

AMBROZ (Amrú): muladí gobernador de Toledo en el 797. En la celebración de su nombramiento, tuvo lugar «la jornada del foso».

FARAY IB KINANA: lugarteniente de Abd al-Karim, venció y persiguió a las tropas de Alfonso II en 795.

HIXAM o Hisham I (757-796): la sucesión entre los musulmanes no recaía sobre el primogénito, sino sobre el más cualificado. Así, Hixam fue elegido por su padre Abd al-Rahman I para sucederle en el emirato de Córdoba, en detrimento de su hermano mayor, SULEIMAN. Este se consideró agraviado por lo que se rebeló contra el nuevo emir, saliendo derrotado en su intento por ocupar el poder. Le sucedió su hijo Al-Hakam I.

HOLAL: cautiva cristiana esposa de Abderramán I, madre de Hixam.

MUNAZA: gobernador moro del norte de Al-Ándalus (incluyendo la región de Asturias), fue derrotado y muerto por Pelayo en 722, al comienzo de la Reconquista.

MUZA (640-718): caudillo árabe que envió a Tariq a apoderarse de España en 711. En 712, viajó a proclamar, en Toledo, al califa de Damasco soberano de las tierras conquistadas.

RAGIYA: primera esposa de Abderramán I y madre de Suleiman.

SULEIMAN BEN AL-ARABÍ: valí de Barcelona desde antes de 777 hasta 780. Su estirpe gobernó Barcelona unos quince años. En 777 envió una embajada a Carlomagno, ofreciéndole su sumisión junto a la de Husain de Zaragoza. Pero el valí Husain rehusó someterse a Carlomagno, quien acusó a Suleiman de haberlo engañado. Hecho prisionero de los francos, Suleiman fue rescatado por su hijo en Roncesvalles, pero en 780 fue asesinado por su aliado Husain de Zaragoza.

TARIQ BEN ZIYAD: lugarteniente de Muza ben Nusayr, venció al rey Rodrigo en 711 posibilitando la conquista árabe del sur de España. Dio su nombre a Gibraltar (*Gebel-Tariq*, «montaña de Tariq»).

YUSUF-AL-FIHRI (711-756): último emir pre-omeya de Al-Ándalus.

Toponimia

Al-Qila (en árabe, «castillos»): *antigua Vardulia, al norte de Burgos*
Amaia: *Amaya*
Astigi: *Écija*
Asturica Augusta: *Astorga*
Balansiya: *Valencia*
Bizkai: *Vizcaya*
Braca, Bracaram, Bracara Augusta: *Braga*
Brigantium: *Brigancio, Brigantia, Territorio de Faro, Far, Faro,*
    Faro Brecantium, Faro Precantiu, Castillo de Faro, Castro
    de Faro, Crunia, Curunia, Crunna, La Crunna, Crugna,
    Collogne, Chrugne, Chrugna, La Coruña y A Coruña...
    Múltiples nombres que a lo largo de los siglos han denomi-
    nado al mítico faro de la Torre de Hércules
Canicas: *Cangas*
Castella: *Castilla*
Corduba: *Córdoba*
Cova Sanctæ Mariæ: *Cueva de la Virgen, Covadonga*
Durius: *Duero*
Emérita Augusta: *Mérida*
Gadeira, isla de: *Isla de Cádiz*
Gallecia: *Galicia*
Gegio: *Gijón*
Híspalis, Isbiliya: *Sevilla*
Iria (Flavia): *Padrón, en La Coruña (Galicia)*

Legio: *León*
Lucus Asturum: *Lugo de Llanera*
Memoriana: *villa de Memoriana (Vega del Ciego, Lena)*
Ocelum: *Zamora*
Olisipo: *Lisboa*
Ovetao: *Oviedo*
Passicim: *Pravia*
Peña de Urdunia: *Orduña*
Pompaelo: *Pamplona*
Salmántica: *Salamanca*
Secobia: *Segovia*
Semure: *Zamora*
Supporta: *Sopuerta*
Toletum: *Toledo*
Uxama: *Osma*

Nota de la autora

La leyenda del Tributo de las Cien Doncellas, que sirve de base para el arranque de esta novela, no ha podido ser demostrada históricamente, aunque ha dejado una honda huella en las tradiciones populares de numerosas localidades del tercio norte español.

He optado por emplear la nomenclatura geográfica romana, porque sería probablemente la que utilizaría la narradora en su crónica. No obstante, en el caso de algunas localidades pequeñas, como Pravia, no es posible acreditar sin margen para la duda la correspondencia con Passicim, que varios autores defienden y yo he escogido sin ánimo de polémica.

Las delegaciones asturianas que viajaron a la corte del rey franco, Carlomagno, en la época a la que se refiere el relato, fueron tres, aunque se hayan concentrado en una para agilizar la narración. Con ello no se alteran en absoluto el propósito, desarrollo y desenlace que los cronistas de aquel tiempo nos han contado de las mismas.

Los piratas normandos llegaron a las costas asturianas en 844, unos treinta años más tarde de lo que recoge la novela. No he resistido la tentación de adelantar los acontecimientos con el fin de incluirlos en la historia, respetando escrupulosamente lo que la Historia (esta vez con mayúscula) nos dice de lo que sucedió en Gijón, La Coruña o Sevilla.

La canción de boda atribuida a Eliace fue escrita en realidad para la princesa asturiana Leodeguinda, que se desposó a mediados del siglo IX con un príncipe navarro.

Por lo demás, la novela se ciñe en su marco histórico, social, geográfico y cultural a lo que sobre ese tiempo nos han transmitido las crónicas medievales (La Albeldense y la Silense), citadas por historiadores de la talla de Claudio Sánchez Albornoz, así como a lo que se concluye en otros estudios mucho más recientes, como el titulado *Orígenes hispano-godos del reino de Asturias*, del doctor de la Universidad de Deusto Armando Besga, editado en el año 2000, o la *Historia de las mujeres en España y América Latina*, dirigido por Isabel Morant y aparecido en 2005. Los errores solo son imputables a mi persona.

Agradecimientos

Gracias a José Luis Balbín por la idea, el entusiasmo y los paseos histórico-gastronómicos por su «patria querida».

A Ymelda Navajo por confiar en mí.

A Paloma Martínez Casielles, sin cuya documentación no habría podido adentrarme con brújula fiable en la época de Alfonso el Casto.

A Iggy... por tantas cosas.

Gracias a Asturias por acogerme entre sus mullidas brumas y devolverme el hogar que otros me robaron.

Índice

«Para viajar lejos no hay mejor nave que un libro.»

EMILY DICKINSON

Gracias por tu lectura de este libro.

En **penguinlibros.club** encontrarás las mejores
recomendaciones de lectura.

Únete a nuestra comunidad y viaja con nosotros.

penguinlibros.club

 penguinlibros